rororo

Mark Johnson, geboren 1979, hat jahrelang als politischer Berater gearbeitet. Heute ist er im PR-Bereich tätig. «Das blinde Spiel» ist der zweite Band der schwedischen Thrillerreihe um den idealistischen Wissenschaftler Jonatan Stark und die investigative Journalistin Betty Lind.

MARK JOHNSON

DAS BLINDE SPIEL

THRILLER

Aus dem Schwedischen
von Justus Carl

Rowohlt Taschenbuch Verlag

Die Originalausgabe erschien 2019 unter dem Titel «Det blinda spelet» bei Norstedts / Norstedts Förlagsgrupp AB, Stockholm.

Deutsche Erstausgabe
Veröffentlicht im Rowohlt Taschenbuch Verlag, Hamburg, August 2020

Redaktion Anja Lademacher
Covergestaltung ZERO Werbeagentur, München
Coverabbildung Shutterstock
Satz Mercury bei Pinkuin Satz und Datentechnik, Berlin
Druck und Bindung GGP Media GmbH, Pößneck, Germany
ISBN 978-3-499-27425-1

Die Rowohlt Verlage haben sich zu einer nachhaltigen Buchproduktion verpflichtet. Gemeinsam mit unseren Partnern und Lieferanten setzen wir uns für eine klimaneutrale Buchproduktion ein, die den Erwerb von Klimazertifikaten zur Kompensation des CO_2-Ausstoßes einschließt.
www.klimaneutralerverlag.de

FSC www.fsc.org
MIX
Papier aus verantwortungsvollen Quellen
FSC® C014496

Für meine Mutter,
die mich mit in die Bibliothek nahm.

Aber wenn die Wächter nicht glücklich sind,
wer soll es sonst sein?
ARISTOTELES, *Politik*

PROLOG

Das Armaturenbrett leuchtete einen kurzen Moment auf, nachdem der Motor verstummt war, und Jonatan sah sein Spiegelbild in der Frontscheibe aufblitzen. Seine Vergangenheit als politischer Berater in der schwedischen Regierungskanzlei brachte ihm in dieser Situation jedenfalls keinen Vorteil, genauso wenig wie das halbe Jahr Thaibox-Training, das hinter ihm lag. Sein einziger Vorteil bestand darin, dass keiner der Männer hier wusste, was er als Nächstes vorhatte.

Im Rückspiegel sah er, wie aus dem grünen Geländewagen zwei Männer ausstiegen und sich langsam auf Jonatans Auto zubewegten. Unter ihren Jacken zeichneten sich die Umrisse von Schusswaffen ab. Sofort startete Jonatan den Motor, drehte das Lenkrad ganz nach rechts und trat das Gaspedal durch.

Er war selbst davon überrascht, wie schnell alles ging. Mit dem linken Scheinwerfer schrammte er eine der Betonbarrieren – das Geräusch von splitterndem Glas erklang, bevor der Wagen laut dröhnend den Kai entlangraste und auf das eiskalte Meerwasser am Ende des Hafens zusteuerte. Er beschleunigte auf siebzig Stundenkilometer, einen Meter links von ihm die Kaimauer. Er richtete seinen Blick starr geradeaus. Als er die Ecke eines Palettenstapels streifte, schaute er nach rechts und sah, wie der grüne Jeep zurücksetzte. In einem geschmeidigen Manöver wendete der Fahrer das Auto, das größer und bulliger als Jonatans Mitsubishi war und diesen ohne Probleme ins Wasser schieben konnte, wenn sich die Möglichkeit dazu ergeben sollte.

Jonatan wurde klar, dass er sich vom Rand des Kais entfernen musste. Kurz bevor er die Containergebäude erreichte, ging er vom Gas und lenkte das Auto rechts an ihnen vorbei. Die Reifen quietschten auf dem kalten und feuchten Asphalt. Jetzt hatte er die Busse bei den Absperrgittern vor sich, Menschen stiegen ein. Gerade als er wieder nach rechts steuern wollte, blitzte ein Lichtstrahl in seinem Augenwinkel auf, und der grüne Jeep prallte in seinen Kofferraum, wobei sich die grinsende Frontpartie des Geländewagens durch das Blech fraß und Funken die Luft erfüllten. Mit einem fürchterlichen Krachen riss die hintere Stoßstange des Mitsubishis ab.

Jonatans Lenkrad entwickelte plötzlich ein Eigenleben, wurde aus seinen Händen gerissen und drehte sich wie wild. Durch den Regen, der auf die Windschutzscheibe prasselte, konnte er kaum etwas erkennen. Schließlich bekam er das Steuer wieder zu fassen und gab Gas.

Links flog das Terminalgebäude an ihm vorbei. Er schaltete die Scheibenwischer ein, presste seine Kiefer so fest aufeinander, dass sie schmerzten, und sah das nächste Problem bereits vor sich: Zwischen den Betonblöcken an der Ausfahrt wartete noch immer der zweite Geländewagen, glänzend schwarz stand er dort wie ein unheilvoller Schatten. Ein Frontalzusammenstoß wäre auf jeden Fall tödlich, schoss es Jonatan durch den Kopf, während sich von hinten bereits der grüne Geländewagen näherte.

Hektisch hantierte er an seinem Sicherheitsgurt herum, steckte die Schnalle mit einem Klicken ins Schloss und legte einen niedrigeren Gang ein. Dann drückte er das Gaspedal durch und ließ die Kupplung kommen.

«Was machst du denn da?», schrie Betty vom Rücksitz aus.

Das Auto schoss nach vorne, und Jonatan hielt auf die beiden Männer zu, die aus dem schwarzen Auto ausgestiegen waren. Drei der Betonbarrieren waren bei seinem vorherigen Manöver umgekippt, sodass die Absperrung jetzt nicht mehr viel höher als eine Bordsteinkante war.

Jonatan ließ seinen Fuß auf dem Gaspedal, und kurz bevor er mit voller Wucht auf die umgestürzten Betonblöcke traf, warfen sich die beiden Männer zur Seite. Der vordere Teil seines Autos wurde in die Luft gerissen, während der Motor weiterheulte. Sie schlugen auf der anderen Seite der Absperrung auf und hörten, wie der Unterboden über den Kies schleifte.

Das Auto ließ sich kaum noch steuern. Es schlitterte an einer weiteren Absperrung vorbei, wo zwei Polizisten standen, die klug genug waren, sich ihm nicht in den Weg zu stellen, sondern sofort zu ihrem Streifenwagen sprinteten.

«Was zur Hölle treibst du?», rief Betty und drehte sich nach hinten um. «Wir müssen mit der Polizei reden.»

Jonatans Kiefer schmerzten. Er fuhr über eine rote Ampel und trat wieder aufs Gas. Doch obwohl er das Pedal bis zum Anschlag durchdrückte, wurde der Wagen nicht schneller. Das Lenkrad zitterte in seinen Händen. Wahrscheinlich blockierte das eingedrückte Heck die Lenkung. Im Rückspiegel sah er, wie mehrere Fahrzeuge die Verfolgung aufnahmen.

Bis zum Valhallavägen war es weniger als ein Kilometer, und der Verkehr wurde immer dichter. Vor ihm tauchte ein weißer Kastenwagen auf, der ihm keine andere Wahl ließ, als das Tempo zu drosseln.

Verdammt.

Die Geländewagen kamen wieder näher. Sie überholten einige Autos, und sein Vorsprung schrumpfte weiter. Jonatan beschleunigte und lenkte sein Auto auf die Gegenfahrbahn, einer der beiden Jeeps folgte ihm.

Ein entgegenkommender Kleinbus konnte gerade noch ausweichen, ein Taxi fuhr auf den Gehweg, um einen Zusammenstoß zu vermeiden.

Jonatan lenkte den Wagen wieder zurück auf die rechte Spur, sodass der Jeep hinter ihm dem Taxi ausweichen musste und dabei auf der nassen Fahrbahn beinahe den Halt verlor.

Jonatan sah, wie die Ampel weiter vorne auf der Kreuzung auf Grün umsprang. Kurz überlegte er, einen weiteren Überholvorgang zu starten, als der Jeep zum zweiten Mal in seinen Kofferraum krachte und er für einen kurzen Moment die Kontrolle verlor. Die Wucht des Aufpralls schob ihn erneut über die Mittellinie. Der Fahrer eines entgegenkommenden Autos stieg so heftig in die Eisen, dass sein Fahrzeug zu schlingern begann und auf Jonatan zuschoss.

Er sah ein, dass es vorbei war.

ERSTER TEIL

Der Gutshof Cederström im Bergbaugebiet Bergslagen wäre wohl kaum in den Geschichtsbüchern erwähnt worden, wenn nicht ein junger Mann den Hof im Winter des Jahres 1791 besucht hätte. Es sei ein ganz gewöhnlicher Tag gewesen, erklärte Graf Axel von Cederström dem Polizeipräsidenten ein Jahr später.

Der Graf hatte sich an diesem Tag in der Bibliothek seiner Korrespondenz gewidmet, wie er es oft nach dem Mittagessen tat, als auf dem Hofplatz vor dem Fenster das Geräusch von Hufschlägen ertönte. Er spähte hinaus und konnte durch das Fensterglas einen einsamen Reiter erkennen.

Der alternde Graf musterte das Gesicht des Fremden und durchforschte seine Erinnerungen. Er war überzeugt davon, diesen Mann noch niemals zuvor gesehen zu haben. Der Reiter saß ab und humpelte in Richtung des Eingangs. Sein Stockdegen und die fleckenfreien Kavalleriestiefel wiesen ihn deutlich erkennbar als Offizier aus. Nur ein Offizier, der sein Pferd im Griff hatte, war in der Lage, mitten im Winter bis zu Cederströms Gutshaus zu reiten, ohne dabei schmutzig zu werden.

An der Tür stellte der Fremde sich als Hauptmann Anckarström vor, merkte aber an, dass er aus der Armee ausgeschieden sei. Er bat den Grafen um ein kurzes Gespräch, es gehe um die Zukunft des Königreichs. Anschließend wolle er nach Stockholm zurückkehren. Der Graf, der den größten Respekt für die königlichen Offiziere hegte, bat ihn einzutreten. Er bot Anckarström an, sich in einem Sessel am offenen Feuer niederzulassen, wo er sich aufwärmen könne. Den angebotenen warmen Punsch lehnte der Hauptmann aber dankend ab. Eine Weile lang saß er reglos da und starrte auf seine zitternden Hände, während er kaum hörbar vor sich hin murmelte.

«Womit kann ich Ihnen dienen?», erkundigte sich der Graf.

«Crimen laesae maiestatis», antwortete der Mann und sah ihn mit einer furchterregenden Eindringlichkeit an. «Hochverrat. Beistand bei einer Sache im Interesse der Nation.»

Ein Jahr später sollte ebendieser Anckarström König Gustav III. auf einem Maskenball erschießen. Bereits am nächsten Tag wurde er festgenommen. Er bekannte sich schuldig und gab zu, Graf Cederström getroffen zu haben, erklärte aber auch, dass das Treffen «keine Früchte getragen» habe. Dennoch sei dem Anliegen des Hauptmanns mit «kaltblütiger Ruhe und herzlicher Ermunterung» begegnet worden, was dem Polizeipräsidenten im Hinblick auf die weitere Entwicklung der Ereignisse besonders kompromittierend erschien. Außerdem erachtete er es als notwendig, den anderen Adelsfamilien des Landes deutlich zu machen, dass derartige Gespräche über die Krone in keinem Fall zu akzeptieren waren.

Als der Graf wiederum vom Polizeipräsidenten verhört wurde, stritt er zunächst jeglichen Kontakt zu dem Meuchelmörder ab, besann sich dann aber, als ihm der Polizeipräsident mit der Konfiszierung des Gutshofs drohte, und berichtete detailgetreu über das Treffen mit Anckarström.

Am selben Tag, an dem der Königsmörder in Stockholm hingerichtet wurde, entsandte der Hof einen Repräsentanten zum Gutshof, um Cederström mitzuteilen, dass er fünf Jahre lang Strafsteuern würde zahlen müssen. Der Grund für diese Bestrafung wurde nie publik gemacht, aber die Bauern und Pächter auf den Feldern des Gutshofs zogen schnell ihre eigenen Schlüsse: Der Graf hatte bei der Ermordung des Königs eine Rolle gespielt. Und trotz der vielen guten Vermächtnisse, die der alternde Graf hinterlassen würde – er hatte die einzige Landwirtschaftsschule der Region aufgebaut, eine geregelte Landwechselwirtschaft eingeführt und eine der größten Werkzeugfabriken des Landes finanziert –, war sein Ruf nicht mehr zu retten. In den folgenden Jahren hatte der Gutshof mit wirtschaftlichen Problemen zu kämpfen. Pächter und Bauern wehrten sich gegen die Landabgaben, und als nach fünf Jahren die letzte Strafsteuer bezahlt war, hatte Axel von Cederström Bankrott gemacht. Eigene Kinder hatte er nicht.

Ein Jahr darauf brachte er sich in ebenjenem Sessel um, in dem damals Anckarström gesessen hatte.

* * *

Um zweihundert Jahre später zum Gutshof zu gelangen, musste man sich durch längst vergessene Ortschaften und kleine Dörfer schlagen. Die neuen Besitzer des Hofs hatten keine Mühe darauf verwendet, die Zufahrtsstraßen zu modernisieren.

Jonatan Stark hatte schon vom Gutshof Cederström gehört und stellte sich eine Art Camelot vor, das in überwuchertem und hügeligem Gelände versteckt lag. Ein idealer Ort für politische Beratungen weit weg vom Großstadtgewimmel. Er kannte diese Art von Treffen, war selbst schon mit Papierstapeln zu Verhandlungsorten mitten im Nirgendwo geschickt worden, um vor Männern mit versteinerten Mienen Vorträge zu halten, die eigentlich nur darauf warteten, endlich auf die Jagd gehen zu können.

Nach einer Stunde in dem BMW, der über verschlungene Straßen durch den Wald raste, machte sich eine leichte Übelkeit bei ihm bemerkbar. Seit dem Tag, als er von dem Unfall erfahren hatte, bei dem seine Eltern ums Leben gekommen waren, hasste er es, so hilflos als Beifahrer im Auto zu sitzen, es verursachte jedes Mal ein Gefühl der Beklemmung – auch jetzt.

«Geht es Ihnen nicht gut?», fragte der Fahrer, der Bo Kessler hieß und ein eigenes Consultingbüro betrieb, das Investmentanalysen und strategische Beratungen anbot.

«Ich komme schon klar», sagte Jonatan.

«Sicher?» Der Mann hinter dem Steuer ging ein wenig vom Gas. «Wir sind gleich da.»

Jonatan konnte hören, wie der Hybridmotor vom elektrischen in den Verbrennungsbetrieb schaltete, was beinahe wie ein Tonartwechsel klang.

«Das letzte Stück ist das schlimmste», sagte Kessler. «Zu der Zeit, als der Gutshof errichtet wurde, konnte ein Eichhörnchen hier in die Baumspitzen klettern, ohne den Boden auf seinem Weg nach Süden noch einmal berühren zu müssen, bevor es den Strand bei Travemünde erreichte.»

Am Abend zuvor hatte Kessler vor dem Fitnessstudio in der Kocksgatan auf Jonatan gewartet. Jonatan wohnte allein und trainierte oft noch am späten Abend. Nach seiner Zeit als politischer Berater für Energiefragen im schwedischen Regierungssitz Rosenbad lebte er vom Arbeitslosengeld, um so finanziell die Zeit zu überbrücken, bis er im nächsten Jahr wieder in die Forschung wechseln und weiter an seinen Untersuchungen zu Solarzellen arbeiten würde.

Kessler war offensichtlich kein Mann, der viel Sport trieb, für solche Dinge hatte er wahrscheinlich keine Zeit. Für Berater wie Bo Kessler war Zeit ein rares Gut. Das kleine bisschen Übergewicht nahm er dabei wohl einfach in Kauf. Mit Männern von Kesslers Sorte hatte Jonatan schon oft zu tun gehabt. Gewöhnlich tauchten sie in den entscheidenden Momenten auf und verschwanden genauso schnell, wie sie gekommen waren. Was andere von ihnen dachten, war ihnen völlig egal, und sie waren kaltschnäuzig und skrupellos. Männer wie Bo Kessler scheuten sich nicht davor, die Privatsphäre anderer Menschen zu verletzen.

Auf dem Bürgersteig vor dem Fitnessstudio war Kessler am Abend zuvor rastlos hin und her gelaufen. Seine linke Hand war in seiner Hosentasche vergraben, und er hatte die Stimme gesenkt, während er mit Jonatan sprach und die Passanten an ihnen vorbeigingen.

Das schwedische Gasnetz wechselt bald wieder seinen Besitzer, hatte er erklärt. *Das wird ein historischer Deal, und wir brauchen dringend einen politischen Sachverständigen wie Sie an unserer Seite, der noch für die frühere Regierung gearbeitet hat und erläutern kann, wie man damals darüber gedacht hat.*

Jonatans Bauchgefühl sagte ihm sofort, dass er ablehnen sollte. Sein Interesse für Politik hatte sich weitestgehend verflüchtigt, auch wenn ihn Energiethemen immer noch interessierten und er sich in diesem Bereich gut auskannte. Als er noch in Rosenbad tätig gewesen war, hatten die anonymen Eigentümer hinter LSI Holdings das schwedische Gasnetz erworben. Dabei waren Bestechungen und Erpressungen im Spiel gewesen, und auch jetzt waren sie als Netzbetreiber nicht gerade beliebt. Als ihre Geschäftsmethoden dann in den Medien publik wurden, war es politisch nicht mehr tragbar, dass sie im Besitz eines so wichtigen Teils der schwedischen Infrastruktur blieben. Daher setzte sich die Regierung inzwischen dafür ein, dass das Gasnetz vom staatlichen Energiekonzern Sveakraft zurückgekauft wurde.

Wie haben Sie mich gefunden?

Kessler hatte sich beim Energieministerium über Jonatan Stark erkundigt und so herausgefunden, wo er abends normalerweise unterwegs war.

Ihre Kollegin Mikaela Paulsson sagt, Sie seien ein Boxfreak, hatte Kessler gefeixt. *Außerdem sagt sie, dass Sie mal wieder raus in die echte Welt müssen. Sie haben zu viel Zeit und zu wenig zu tun, findet sie.*

Also hatte Jonatan zugestimmt, Kessler als Sachverständiger zu dem Treffen auf Gutshof Cederström zu begleiten. Sie hatten sich auf ein Honorar geeinigt, das ungefähr einem Monatslohn entsprach. Allein das hätte Jonatan schon stutzig machen müssen, doch er entschied sich, nicht weiter darüber nachzudenken.

Gerade kamen sie an einem geschnitzten Wegweiser aus Holz vorbei, der anzeigte, dass es noch zwei Kilometer bis zum Gutshof waren. Jonatan rieb sich mit den Händen über das Gesicht, um seinen Kreislauf in Fahrt zu bekommen, denn er fühlte sich abgeschlagen und müde.

«Der Gutshof ist mittlerweile in russischem Besitz», sagte Kessler. «Wussten Sie, dass Anckarström, lange bevor er den König erschoss, verdächtigt wurde, ein russischer Spion zu sein?»

«Nein.»

«Das erste Geld, das Russland in der Zeit von Glasnost verlassen hat, ging hierher in den Bergslagen.»

«Das bezweifle ich.»

«Hier wurde etwas Einzigartiges geschaffen. Aber wie auch immer, erzählen Sie mir lieber Ihre Geschichte.»

«Welche Geschichte?»

«Auf dem Treffen wird vielleicht jemand wissen wollen, wer Sie sind. Es wäre klug, ein paar Antworten parat zu haben.»

«Ich denke, da haben Sie sicher schon eine Idee.»

«Ich?» Kessler lächelte, musste aber nicht lange nachdenken. «Solarzellenforscher von internationalem Rang. Politischer Berater des ehemaligen Staatsministers. Experte für Energiefragen. Vertraut mit den politischen Vorgängen rund um den Verkauf des Gasnetzes.»

«In das Geschäft selbst war ich nicht involviert.»

«Es wird niemanden interessieren, was Sie genau über das Geschäft wissen. Das Einzige, was man dort hören will, ist, wie es war, für Staatsminister Anders Ekholm zu arbeiten.»

«Was genau soll ich dann eigentlich dort?»

«Wir sollen einfach dafür sorgen, dass der Vertrag unterzeichnet wird. Beide Geschäftspartner haben der Verhandlung zugestimmt, LSI Holdings will fünfzehn Milliarden, Sveakraft wird eventuell ein wenig feilschen. Sie müssen nichts weiter tun, als zuzuhören und das zu machen, was ich Ihnen sage.»

Jonatan wartete, aber Kessler machte keine Anstalten, weiter ins Detail zu gehen. Noch wusste er nicht viel über ihn.

«Wie gesagt, es ist ein historischer Deal», fuhr Kessler fort. «Und glücklicherweise wird niemand darüber berichten. Alle Medien haben sich auf den Kutter eingeschossen.»

Jonatan klappte die Sonnenblende herunter und betrachtete sich im Spiegel. Sein Gesicht war feucht und seine Lippen trocken. «Welchen Kutter?»

«Die *Athena*», sagte Kessler. «Dieses Flüchtlingsschiff, das auf dem Weg nach Stockholm ist. Vierhundert Menschen an Bord. Bis auf den Värtahafen haben alle Häfen dem Schiff das Anlegen untersagt.»

«Werden die Flüchtlinge bleiben dürfen?»

«Schauen Sie keine Nachrichten?»

«Nein. Ich habe mir lieber Ihre Homepage angeschaut», sagte Jonatan, um das Thema zu wechseln, «und habe gesehen, dass Sie strategische Beratungen und Investmentanalysen anbieten.»

«Das stimmt.»

«Warum finde ich dort nichts darüber, dass Sie in der Rüstungsindustrie gearbeitet haben?»

Wieder lächelte Kessler. Das Haar an seinen Ohren war schon ein wenig lichter geworden, auf dem Scheitel war er vollständig kahl. «Jeder, der mir zum ersten Mal begegnet und mich gegoogelt hat, glaubt, dass ich mich mit Infrastrukturfragen beschäftige. Sie nicht?»

«Nein», antwortete Jonatan. «Ich nicht.»

«Wie haben Sie das herausgefunden?»

«Ihrem Facebook-Profil zufolge gehen Sie im Januar gern in Sälen Ski fahren. Sie haben keine Kinder. Man fährt im Januar nicht in Sälen Ski und zwängt sich durch die Kindermassen auf den Hängen – es sei denn, man ist ohnehin dort, um an der jährlichen Konferenz für Sicherheitspolitik teilzunehmen.»

«War ich auf einem Foto zu sehen?»

«Vor der Skipiste mit dem Verteidigungsminister.»

«Das habe ich hinter mir gelassen.»

«Wenn Sie das sagen.»

«Wollen Sie wissen, weshalb?» Kessler nickte, als hätte er nichts zu verbergen. «Wenn ich Ihnen sagen würde, dass ich die ganze Politik und diese Abendessen satthatte und eingesehen habe, dass all das Gerede die Konflikte in dieser Welt nur verschlimmert?»

«Ich würde Ihnen nicht glauben.»

Kessler verdrehte die Augen. «Indien rüstet gerade auf. Schmutziger kann es nicht werden, wenn die größte Demokratie der Welt im Begriff ist, sich ein neues Verteidigungssystem zu kaufen. Außerdem verabscheue ich Curry und Tandoori.»

Jonatan schwieg.

«Das ist mein Ernst», sagte Kessler, «dieses Kapitel ist für mich beendet, keine Verbindungen mehr vorhanden. Ab sofort kümmere ich mich nur noch um die Infrastruktur. Ich bringe Experten zu verschiedenen Zeitpunkten in den Prozess ein. Wie Sie gerade. Ein Monatslohn für ein paar Stunden auf Gut Cederström ist doch nicht übel, oder?»

«Es bleibt bei diesem einen Auftrag», stellte Jonatan klar.

«Sicher.»

«Das ist eine einmalige Sache.»

«Wir sorgen nur dafür, dass heute die Absichtserklärung unterzeichnet wird. Ich war schon bei großen Ereignissen ganz nah dran, habe sogar zwei amerikanischen Präsidenten die Hand geschüttelt, aber das heute ist etwas Außergewöhnliches.»

* * *

Sie fuhren durch ein herrschaftliches Tor, ehe sie auf den Platz vor dem alten Wohnhaus einbogen. Das Haus war im klassizistisch gustavianischen Stil restauriert worden, aber die russischen Eigentümer hatten dabei der Versuchung nicht widerstehen können, dem Gutshof auch ihren eigenen Stempel aufzudrücken. Zwei Flügel waren angebaut worden, beide mit einem Erker aus Glas, von denen aus man den Vorplatz gut überblicken konnte. Der eigentliche Zweck der Erker bestand, wie Jonatan vermutete, jedoch eher darin, dass die Gäste vom Haus aus bequem ihre Autos miteinander vergleichen konnten.

Während Kessler das Auto parkte, blickte sich Jonatan nach hinten um. Auf dem Eingangstor waren Überwachungskameras angebracht, und daneben befanden sich vier riesige Scheinwerfer, die ohne weiteres auch die Landebahn für einen Jumbojet hätten ausleuchten können. Außerdem war die gesamte Vorderseite des Geländes von einer zwei Meter hohen weißen Mauer begrenzt.

Jonatan stieg aus dem Wagen, schaute nach oben in den grauen Himmel und ließ seine dunklen Locken im Wind wehen. Die düsteren Wolken kündigten noch schlechteres Wetter an. Er hatte nicht an eine Regenjacke gedacht, als er sich für seinen einzigen maßgeschneiderten Anzug entschieden hatte. Als er dort stand, genauso schlecht auf das drohende Unwetter vorbereitet wie auf seine Aufgabe hier, kam es ihm so vor, als erhielte er eine Warnung:

Wenn du dich zu lange in diesem Milieu aufhältst, wird es dich vernichten.

Schnell schritten sie über den Kies auf dem Vorplatz. Außer ihnen war niemand zu sehen, allerdings parkten noch vier weitere Autos neben Kesslers BMW. Hinter den Eingangstüren zum Hauptgebäude reihten sich Jagdstiefel aneinander, und entlang der Wände hingen Gewehre an Halterungen. Ein junger ganz in Weiß gekleideter Portier erwartete sie hinter dem Rezeptionstresen. Seine Wangen waren so glatt, als hätte er die Pubertät noch vor sich.

Jonatan und Kessler wurden gebeten, ihre Führerscheine vorzuzeigen. Der Portier studierte sie genau und verglich ihre Namen mit einer Liste auf seinem Computer. «Der Konferenzraum befindet sich am Ende der Empore», sagte er und gab ihnen die Führerscheine zurück. «Gibt es irgendwelche Gegenstände, die Sie an der Garderobe lassen möchten?»

Kessler gab seine Aktentasche und die Autoschlüssel ab und nahm sich eine der Tageszeitungen vom Tresen. Dann führte er Jonatan in den Speisesaal auf der linken Seite.

In der Mitte des Raums stand ein langer Tisch, auf dem ein Buffet angerichtet worden war. Früher schien dieser längliche, schmale Raum einmal als Bibliothek gedient zu haben, und er konnte sicher bis zu einhundert Gäste aufnehmen. Jetzt war er jedoch menschenleer – bis auf zwei Männer, die neben dem offenen Kamin am anderen Ende des Raums saßen.

«Eine der Hauptpersonen heute», flüsterte Kessler Jonatan zu. «Lars Lassard vertritt LSI Holdings. Beeindrucken Sie ihn, und Sie können sich jeden Job in der Risikokapitalbranche aussuchen, den Sie wollen.»

Den letzten Satz überhörte Jonatan und betrachtete die Männer, die beide in ihre Mobiltelefone vertieft waren.

«Folgen Sie mir, dann stelle ich Sie vor.»

Kessler ging auf dem knarzenden Parkettboden voran, und noch bevor Jonatan beim Kamin angekommen war, nahm einer der Männer sein Telefon ans Ohr, erhob sich und ging in den angrenzenden Raum hinüber.

Der andere Mann schaute kaum auf, während er geduldig Kesslers Statusbericht über sich ergehen ließ. Schließlich wandte der Mann sich Jonatan zu und musterte ihn auf die abschätzige Art, die sich mächtige Männer für den am wenigsten Einflussreichen im Raum vorbehielten.

«Das ist Jonatan Stark», sagte Kessler. «Ehemaliger Berater in Rosenbad.»

«Ist das wirklich nötig?», lamentierte Lassard. «Es sind schon viel zu viele involviert.»

«Stark hat dem letzten Staatsminister Anders Ekholm zugearbeitet. Er kennt sich mit den Vorgängen um das Gasnetz aus.»

Lassard zog sich am Ohrläppchen. Am anderen Ende des Raums betraten einige Kellnerinnen in weißen Hemden und schwarzen Röcken den Raum.

«Sie arbeiten also für Kessler», konstatierte Lassard, «und wollen sicherstellen, dass alles in trockene Tücher kommt?»

Seine Stimme klang kühl und ein wenig höhnisch.

«Er hat das richtige Profil», fuhr Kessler fort. «Wir brauchen jemanden, der uns die Perspektive der alten Regierung darlegen kann. Vielleicht kommen bestimmte Fragen auf, die er beantworten kann.»

Schlagartig wurde Lassard ernst. «Politische Fragen?»

«Sie wissen, wie das abläuft», sagte Kessler, «nichts ist sicher, bevor es nicht unterschrieben ist.»

Lassard schnitt eine Grimasse und zog sich erneut am Ohrläppchen. «Sie kennen sich also mit dem Gasnetz aus?»

«Es ist nicht mein eigentliches Aufgabengebiet ...», erwiderte Jonatan.

«Aber ...»

Jonatan zuckte mit den Schultern. «Aber es ist ziemlich einleuchtend, dass der Staat im Besitz des Gasnetzes sein sollte. Es war nicht gerade die ruhmvollste Tat der letzten Regierung, es zu verkaufen.»

«Wenn kurz vor dem Eintreffen der Gäste eine Wasserleitung platzt, ist es gut, den Klempner vor Ort zu haben», warf Kessler mit einem nervösen Lachen ein. Lassard und er wechselten einen langen Blick, es wirkte wie eine eingehende Unterhaltung, obwohl kein Wort gesprochen wurde. Sie kannten sich ziemlich gut, das jedenfalls wurde Jonatan klar.

«Kommt außer Sveakraft noch jemand?», fragte Lassard.

«Der Staatsminister schickt jemanden her.»

«Was ist mit Kjell Morén?»

Kessler schlug die Zeitung auf und hielt sie Jonatan und Lassard hin. «Morén muss abtreten» lautete die Schlagzeile auf der ersten Seite. Das Bild zeigte einen Mann mit verängstigtem Blick, der hastig in ein Auto stieg.

Der scheidende Energieminister Kjell Morén stand ganz allein vor den Medienvertretern im Pressesaal von Rosenbad, der den Namen Bella Venezia trug. Normalerweise hätten Sicherheitskräfte mit Checklisten an der Tür gestanden, und normalerweise hätte die Pressekonferenz nach den Morgenbesprechungen der Nachrichtenredaktionen stattgefunden, aber nichts in den vier Wochen, in denen Kjell Morén das Amt des Energieministers innegehabt hatte, war in irgendeiner Form normal gewesen. Viele waren überzeugt davon, dass er heute seinen Rücktritt bekanntgeben würde.

Morén war großgewachsen und hatte graues zurückgekämmtes Haar. Er trug dasselbe Hemd und dasselbe Sakko wie am Tag zuvor, als er dem Medienrummel vor dem Energieministerium und den Kameras auf dem Weg zum Taxi in geduckter Haltung entflohen war.

Betty Lind saß während der Pressekonferenz in der hintersten Reihe und betrachtete die Lage, zu der sie selbst mit beigetragen hatte. Sie war dreiunddreißig Jahre alt und politische Redakteurin bei *Dagens Nyheter*, der größten schwedischen Tageszeitung. Sie stellte sich dieselbe Frage wie alle anderen im Pressesaal: Würde Morén die Vorwürfe entkräften können?

Während des Wahlkampfs hatte Kjell Morén sich begeistert für ein geteiltes Elterngeld und gleichgestellte Renten ausgesprochen. Seine politischen Gegner bezeichnete er gerne als Chauvinisten, selbst wenn es dafür eigentlich keine Gründe gab. Und dann war eine zehn Jahre alte Fotografie auf Bettys Schreibtisch gelandet. Das Bild zeigte, wie Morén eine offensichtlich berauschte, beinahe bewusstlose Frau begrapschte. Betty schrieb einen Leitartikel mit der Überschrift «Ist Morén wirklich Feminist?» und veröffentlichte das Foto. Am nächsten Tag meldeten sich drei weitere Frauen, die Morén sexuelle Nötigung unter Alkoholeinfluss vorwarfen.

«In der letzten Zeit habe ich viele Menschen kennengelernt», erklärte Morén und sah in die Gesichter der Reporter, «Alleinerziehende, Lehrer, Beamte, Krankenpfleger, Arbeitslose, Langzeiterkrankte und viele andere mehr. Von uns Politikern wird erwartet, dass wir Veränderungen herbeiführen, und einige Wochen lang konnte ich daran arbeiten, diese Erwartungen zu erfüllen.»

Er legte eine Pause ein. Es war deutlich zu erkennen, dass ihm die Situation zu schaffen machte. Seine verschlossene Miene deutete an, dass auch er mittlerweile den Ernst der Lage erkannt hatte.

«Ich kann unmöglich alle Vorwürfe entkräften. Ich würde das gerne tun, aber es ist, als ... gelänge mir das nicht. Es war nie meine Absicht, irgendjemanden zu verletzen oder zu kränken. Was vor zehn Jahren geschehen ist ... ich habe die Betroffenen kontaktiert und sie um Entschuldigung gebeten.»

Es wurde still im Saal, und Betty hatte ein wenig Mitleid mit dem gequält wirkenden Energieminister.

«Ich habe Fehler gemacht, für die ich mich schäme. Und ich übernehme die Verantwortung dafür und ziehe mich aus den Regierungsgeschäften zurück. Mehr habe ich dazu nicht zu sagen. Falls Sie Fragen haben, stellen Sie sie bitte jetzt, denn weder ich noch ein anderes Mitglied der Regierung wird diesen Vorfall in Zukunft weiter kommentieren. Vielen Dank.»

Morén verließ das Pult, stieg vom Podium und blieb an einem der Seitenausgänge stehen. Alles war in weniger als einer Minute über die Bühne gegangen.

Während andere Reporter nach vorne eilten, um weitere

Kommentare einzufangen, blieb Betty auf ihrem Platz sitzen. Sie würde lieber sofort in die Redaktion fahren und dort einen Artikel über Moréns Rücktritt schreiben, doch als sie aufstehen wollte, bemerkte sie, dass sie eine neue E-Mail empfangen hatte. Sie öffnete die Nachricht auf ihrem Smartphone.

ICH HABE WEITERE INFORMATIONEN FÜR SIE.

Im Lauf der letzten Monate hatte Betty mehrere solcher Mails erhalten, alle kurz und prägnant, in Großbuchstaben verfasst und stets von derselben anonymen Adresse. Wer auch immer der Verfasser der Mails war, diese Person versorgte Betty mit gut verwertbarem Nachrichtenmaterial. Eine Sekunde später traf bereits eine weitere Mail ein, deren Inhalt Betty überraschte.

ICH WARTE AUF DEM GUSTAV ADOLFS TORG.

Sie hatte keine Ahnung, woher die Person wusste, dass sie sich nur zwei Blocks vom Gustav Adolfs Torg entfernt aufhielt. Und vielleicht war das auch besser so, denn es machte die Sache noch mysteriöser, und ihre Neugier wuchs. Das war das erste Mal, dass sich ihre Quelle mit ihr treffen wollte. Zu Beginn war sie noch ziemlich misstrauisch gewesen, was die Informationen betraf, die sie von der Person erhielt, aber sie hatten sich jedes Mal als richtig herausgestellt.

Vor zwei Wochen war ihr von der Quelle Material zugespielt worden, das enge Verbindungen zwischen dem Risikokapitalunternehmen LSI Holdings und dem russischen Oligarchen Andrej Susjinskij belegen konnte. Der Aufsichtsrat von LSI Holdings hatte dem zwar vehement widersprochen, doch die Berichterstattung in den Medien führte letztlich dazu, dass alle Mitglieder des Vorstands ihre Posten räumen mussten.

Betty steckte das Handy wieder ein und wollte gerade den Pressesaal in Rosenbad verlassen, als Kjell Morén sie bemerkte und zwischen den Stuhlreihen hindurch auf sie zukam.

Er lächelte nicht, reichte ihr aber die Hand. Erneut empfand sie so etwas wie Mitleid mit dem Politiker – doch das Gefühl währte nur kurz.

«Guter Artikel über den Indiendeal. ‹Habichte tragen keine Olivenzweige im Schnabel›.»

Betty hatte einen kritischen Leitartikel über Indiens Aufrüstungspläne geschrieben, die umfangreiche Aufträge für Waffenlieferungen mit sich brachten, für die sich unter anderem auch der schwedische Waffenhersteller Hökbergs AeroDynamics bewarb, in dessen Firmenlogo ein Habicht zu sehen war. Und Hökbergs' Chancen, den Zuschlag für die Lieferungen zu erhalten, standen gut.

«Letzte Woche war ich noch unantastbar», sagte Morén in vertraulichem Ton. «Es ist wirklich eigenartig, wie schnell sich das ändern kann. In der Politik muss es Missverständnisse geben dürfen, sonst gibt es keine Debatten. Aber bei dieser Sache geht es um mehr als ein Missverständnis.» Er brachte ein gezwungenes Lachen zuwege. «Sie wissen, wie das läuft und dass das hier erst der Anfang ist.»

Betty betrachtete die kleine Gruppe von Journalisten, die noch geblieben waren, um sich miteinander zu unterhalten und ihre Notizen zu vergleichen. Mit gequälter Miene trat Morén einen Schritt näher an Betty heran.

«Ich habe nicht einmal die Hälfte von dem getan, was mir vorgeworfen wird. Ich weiß, was Sie jetzt denken. Aber ich muss Ihnen das unter vier Augen sagen, ich bin nicht so jemand.»

«Okay.» Dann sagte Betty ihm, was sie für die Wahrheit hielt. «Ohne das Foto wären Sie einigermaßen unbeschadet davongekommen.»

Er beobachtete sie einen Moment. «Soweit ich das sehe, hat das alles viel eher damit zu tun, dass ich nach Ihrer Reportage angefangen habe, Fragen über die Verbindung von Susjinskij zu LSI Holdings zu stellen.»

«Glauben Sie, dass Sie das Opfer eines Komplotts geworden sind?», fragte Betty.

«Ich habe noch ein paar Asse im Ärmel, Betty. Ich will, dass Sie das wissen. Ich bin zwar als Energieminister zurückgetreten, aber bis mein Nachfolger feststeht, bin ich noch im Amt, und bis dahin ist der Job erledigt.»

«Welcher Job?»

«Neue Informationen über das Gasnetz. Ich werde LSI Holdings ein für alle Mal entlarven. Wollen Sie als Erste davon erfahren, wenn es losgeht?»

«Sicher», sagte Betty eine Spur zu schnell und zweifelte plötzlich daran, wie sehr sie Morén vertrauen konnte, nach dem, was sie über ihn geschrieben hatte. «Was sind das für Informationen?»

Bevor Morén darauf antworten konnte, kamen die übrigen Reporter auf sie zu, und Morén war gezwungen, sich zu ihnen umzudrehen. Betty nutzte die Gelegenheit und verschwand durch die Tür nach draußen.

Sie überquerte die Drottninggatan und spürte ein Rasseln in ihrer Lunge. Zehn Jahre als Journalistin und ein Jahr als Chefin des Presseamts in Rosenbad hatten ihre Gesundheit ziemlich mitgenommen. Sie hatte eine Veranlagung zu hohem Blutdruck und eine schwache Lunge – und sie trank zu viel Alkohol. Doch lieber schrieb sie das alles der Arbeit zu.

Sie erreichte den Gustav Adolfs Torg in weniger als einer Minute, trotz des morgendlichen Verkehrschaos und der vielen Menschen, die sich auf den Gehwegen drängten. Die Gebäudekomplexe in den umliegenden Vierteln verschluckten Tausende

Büroangestellte, und im Kreisverkehr rund um den Platz stauten sich Taxis, Autos und Busse.

Vor der Königlichen Oper blieb Betty stehen und musterte die Gesichter der Passanten. Sie wartete darauf, dass jemand ihrem suchenden Blick begegnete, doch die Einzigen, die in ihre Richtung schauten, waren die Wachleute vor dem Gebäude des Außenministeriums auf der anderen Seite des Platzes.

«Betty Lind?», hörte sie plötzlich eine Stimme hinter sich.

Sie fuhr herum. Ein Mann war von hinten an sie herangetreten. «Dort drüben sitzt der Mann, den Sie suchen.» Er deutete auf die Mauer am Wasser.

«Sie sind doch die Journalistin Betty Lind, oder nicht? Er wartet schon eine ganze Weile.»

Trotz der frühen Uhrzeit war die Strömgatan entlang des Wassers schon mit parkenden Reisebussen überfüllt. Als sie einen der Busse umrundete, blies ihr ein kalter Wind entgegen. Auf der Mauer saß ein zusammengesunkener Mann und schaute nach unten auf das vorbeirauschende Wasser. Es war Ragnar Nylund, der Chef des schwedischen Nachrichtendienstes Säpo.

* * *

Ragnar Nylund war als Leiter der Säpo häufig zu Gast in Talkshows, um dort über Terrorismus und andere Sicherheitsbedrohungen zu sprechen, was ihn in ganz Schweden bekanntgemacht hatte. Sein charakteristischer Schnurrbart und die türkische Lederjacke, die er auch heute trug, waren dabei zu seinen Markenzeichen geworden. Nach seinen Fernsehauftritten konnten Meinungsforschungsinstitute oft einen bemerkenswerten Effekt feststellen: Die Menschen fühlten sich sicherer. Der Grund dafür schien in seiner sachlichen Präsentation von Fakten und seinem charmanten Umgang mit spekulativen Fragen zu liegen. In letzter Zeit wurde jedoch häufig über seinen Gesundheitszustand diskutiert. Seine Wangen waren eingefallen, und die kleinen Augen verschwanden tief in den Höhlen. Zwar hatte er im Frühjahr seinen Rücktritt bekanntgegeben, und eine der führenden schwedischen Security-Firmen hatte ihm einen attraktiven Posten angeboten, doch vieles deutete darauf hin, dass er sein Amt noch bis zum Jahresende bekleiden würde.

«Ich entschuldige mich für die Hektik», sagte er in gemächlichem Ton.

Betty trat einen Schritt zurück, so als wäre sie gerade in eine Falle getappt. «Woher wussten Sie, wo ich war?»

«Sie würden doch niemals eine Pressekonferenz verpassen, auf der ein Minister seinen Rücktritt bekanntgibt.»

Sie starrte den Geheimdienstchef an. «Sie sind meine Quelle?»

«Enttäuscht?»

Nylund stand auf und überreichte ihr einen braunen Umschlag.

«Was ist das?», fragte Betty.

«Informationen zu einem Militärmanöver in der nächsten Woche.»

«Was soll ich damit?»

Mit unschuldiger Miene sah Nylund sie an. «Das IT-System des Militärs ist gehackt worden. Es stammt von Hökbergs, die sich zurzeit ja auch um den indischen Rüstungsauftrag bemühen. Und wie wir nun wissen, hat es erhebliche Sicherheitsmängel. Wie Sie dem Material hier entnehmen können, sind die Positionen der Flotte und der Amphibienverbände bekanntgeworden. Ist das nicht spektakulär, dass militärische Befehle nach außen gedrungen sind, bevor die Verbände überhaupt die Chance hatten, sie auszuführen?»

Betty war enttäuscht. «Ich bin nicht interessiert.»

«Ich plaudere solche Militärgeheimnisse nicht ohne Grund aus.» Nylund legte den Umschlag neben sich und faltete die

Hände. Betty bekam ein wenig Angst, dass der Wind die sensiblen Dokumente einfach in die Fluten wehen würde, doch Nylund wirkte völlig unbekümmert.

«Zwei Minuten bevor die Befehle gestern vom Hauptquartier an die Kommandanten des Manövers gesendet wurden – in hochverschlüsselter Form natürlich –, konnte die Aufklärungseinheit des Militärgeheimdienstes die gesamte Information über der Ostsee abfangen. Wir hatten geglaubt, dass eine Dechiffrierung für jemanden außerhalb der schwedischen Armee unmöglich wäre, aber ein paar Leuten aus dem Umfeld von Andrej Susjinskij ist es anscheinend gelungen.»

«Andrej Susjinskij?»

«Das ist der bisher gefährlichste Sicherheitsangriff, der auf sein Konto geht. Doch Susjinskij hat auch Telefone abgehört und andere Daten gesammelt. Aber das ist noch nicht alles.» Nylund griff nach dem Umschlag und holte einige Fotos heraus. Sie zeigten das Flüchtlingsschiff *Athena*.

«Susjinskij interessiert sich auch für Flüchtlinge?»

Betty betrachtete die Bilder. Sie war eine ganze Weile still, wobei sie Nylund mit eindringlichem Blick musterte.

«Das hat mich auch gewundert. Wir konnten ein Telefongespräch mithören, in dem er großes Interesse für die *Athena* zeigte. Aber ich würde gerne genauer wissen, was sein Interesse geweckt hat.»

«Viel Glück dabei.»

«Ich hatte gehofft, Sie würden sich der Sache vielleicht annehmen und mit Sebastian Hendricks sprechen.»

«Ich?»

«Hendricks verachtet die Medien und die Journalisten. Die Säpo oder andere Behörden widern ihn geradezu an. Aber mit Ihnen scheint er zu sprechen. Hatten Sie zuletzt nicht zwei Interviews mit ihm?»

Betty und der Milliardär Hendricks hatten sich zu ihrer Zeit als Pressechefin in Rosenbad kennengelernt. Hendricks galt damals als Unternehmer mit einem hervorragenden Ruf, und er hatte ihr gesagt, dass sie sich jederzeit und mit welchem Anliegen auch immer bei ihm melden könne, was anscheinend sogar ihre Tätigkeit als Reporterin mit einschloss. Dabei hatte vor allem Hendricks' Impulsivität Eindruck auf Betty gemacht. Ständig widmete er sich anderen Projekten. Sein neuestes Ding war es, Menschen auf der Flucht zu helfen, wovon selbst Betty überrascht war. Er ließ ein Schiff im Mittelmeer kreuzen, das in Seenot geratene Menschen aufnahm. Dennoch hatten sich die Medien in der letzten Zeit eher auf seine privaten Angelegenheiten eingeschossen, in denen es unter anderem um eine Anklage wegen der Misshandlung seiner Ex-Freundin und um Drogen ging.

«Das ist etwas anderes», wiegelte Betty ab. «Es gibt sicher noch andere, mit denen er spricht.»

«Nein, das habe ich überprüft. Sie sind die einzige Reporterin, von der er sich im letzten halben Jahr hat interviewen lassen. Und mit jemand anderem scheint er nicht sprechen zu wollen.» Nylund blickte sich um, so als halte er nach jemandem Ausschau. «Wenn Hendricks nichts über Susjinskijs Interesse an seinem Schiff weiß, dann wird er es meiner Meinung nach zu schätzen wissen, wenn er von Ihnen darüber informiert wird: Ein russischer Oligarch interessiert sich für sein Schiff. Wenn Hendricks die Gefahr sieht, dass das gesellschaftliche Interesse an ihm nachlässt, weil er mit zweifelhaften Oligarchen in Verbindung gebracht wird ... dann würde er zumindest in Erwägung ziehen zuzuhören, glauben Sie nicht? Er hat doch mittlerweile beinahe einhunderttausend Follower in den sozialen Medien, oder?»

Dass Nylund einen öffentlichen Selbstdarsteller wie Hendricks dazu nutzte, um eine nationale Sicherheitskrise in den Griff zu bekommen, erschien Betty ziemlich surreal, genauso wie die Situation, in der sie sich gerade befand. Nylund wischte auf seinem Smartphone herum, und bevor Betty begriff, was er da tat, vibrierte ihr eigenes Handy in der Jackentasche.

«Schauen Sie sich das an.»

Betty rief die Nachricht auf und öffnete den Link, woraufhin der Bildschirm ihres Handys schwarz wurde und ein Video zu sehen war. Sie sah zwei junge Frauen auf einem Schiffsdeck, die weinten. Der Himmel über ihnen war dämmrig, es war frühmorgens oder kurz vor Sonnenuntergang. Sie warfen Kartons über Bord, während Sebastian Hendricks hinter ihnen stand und schrie, dass er sie eigenhändig ins Wasser werfen würde, wenn sie die Kisten nicht verschwinden ließen. Auf dem letzten Bild des zwanzig Sekunden langen Videos starrte Hendricks mit wutverzerrtem Gesicht in die Kamera.

Betty steckte ihr Mobiltelefon wieder ein. «Was wollen Sie mir damit sagen?»

«Hendricks weiß vielleicht, was Susjinskij haben will.»

«Wie sind Sie an das Video gekommen?»

«Wir haben da so unsere Methoden.»

Skeptisch beäugte Betty ihn. «Die Methoden der Säpo sind also mit anderen Worten so gut, dass sie auf Journalisten zurückgreifen muss, um an Informationen zu kommen?»

«Ich arbeite allein, Betty.»

«Was bedeutet das?»

«In der Heeresleitung sind alle mit dem Sicherheitsleck beschäftigt, das auf die Software von Hökbergs zurückzuführen ist. Um die *Athena* kümmert sich da niemand, obwohl die Zustände an Bord katastrophal sind. Es fehlt vor allem an Nahrungsmitteln und medizinischer Versorgung.»

Auf Betty wirkte der Säpo-Chef, als würde er insgeheim um ihre Hilfe betteln. Sein Gesicht war so grau, wie es das von Bettys Vater gewesen war, als er im Sterben lag.

«Das ist meine private Nummer», sagte er und reichte ihr einen kleinen Zettel, «Sie dürfen mich gerne anrufen.»

Als sie nach dem Zettel griff, konnte sie sehen, dass Nylund ein Armband aus lila Perlen trug, auf denen der Text «Fuck Hodgkins» zu lesen war.

«So eins hatte ich auch», sagte Betty spontan.

Schweigend betrachtete Nylund sein Handgelenk.

«Wer ist krank?», fragte sie.

«Meine Tochter Vera.»

«Das tut mir leid. Bei mir war es mein Vater.»

Angesichts dieser unerwarteten Gemeinsamkeit nickte der Geheimdienstchef Betty zu und versteckte das Armband wieder unter seinem Jackenärmel. Einen Moment lang kämpfte er mit den Tränen.

«Irgendetwas auf der *Athena* interessiert Susjinskij brennend», sprach Nylund weiter. «Mir wäre es recht, wenn er es nicht in die Finger bekommt.»

Auf einmal wurde Betty klar, wie er sich das vorstellte. «Sie wollen, dass ich das Video gegen Hendricks verwende, um eine Antwort auf Ihre Frage zu erhalten?»

Nylund zuckte mit den Schultern. «Wenn man diesem kleinen Video Glauben schenken kann, dann lässt Hendricks auf seinem Schiff Flüchtlinge verhungern. Will die Reporterin in Ihnen denn nicht wissen, warum?»

Betty konnte sich keinen Grund vorstellen, weshalb irgendein Mensch so etwas tun sollte, insbesondere jemand, der so auf seinen Ruf bedacht war wie Hendricks.

Plötzlich gab Nylund einer Person auf dem Gustav Adolfs Torg ein Zeichen. Einen Augenblick später fuhr ein Auto vor.

«Sie können selbst entscheiden, ob Sie das Video veröffentlichen oder nicht», sagte er. «Das steht Ihnen frei, früher oder später wird es ohnehin jemand tun.»

«Warten Sie», sagte Betty hastig. «Die Informationen über LSI Holdings, die Sie mir geschickt haben ... woher hatten Sie die?»

Statt ihr zu antworten, stieg Nylund in das wartende Auto, das eine Sekunde später davonraste.

* * *

Als Betty am Bistro Pontus im Redaktionsgebäude auf der Insel Kungsholmen ankam, war ihr Hunger verflogen. Normalerweise kaufte sie sich etwas in dem kleinen Café, um es vor ihrem Laptop zu essen, aber an diesem Morgen hatte sie keinen Appetit.

Die Informationen, die sie vom Chef der Säpo erhalten hatte, waren wirklich außergewöhnlich. Was auf dem Video zu sehen war, gefiel ihr zwar nicht, dennoch ließ es sie nicht los. Nylund hatte einen wunden Punkt bei Betty getroffen: Sie konnte es absolut nicht ausstehen, erst als Zweite Kenntnis von sensationellen Nachrichten zu erhalten. Im Aufzug ging sie die Kontaktliste auf ihrem Handy durch, bis sie den Eintrag von Sebastian Hendricks fand. Sie hatten sich bei einem Firmenevent kennengelernt, als sie noch Pressechefin in Rosenbad war, und dort ihre Nummern ausgetauscht. Seitdem war Betty eine der wenigen Journalistinnen, denen die Ehre zuteilwurde, von Hendricks ernst genommen zu werden. Und er hatte sein Versprechen gehalten, Betty durfte eine Reportage über seine Kindheit verfassen. Seine Geschichte schien zwar nicht völlig glaubwürdig, aber Betty meinte dennoch, etwas Authentisches darin entdecken zu können.

Noch bevor sich die Türen des Aufzugs im dritten Stock öffneten, schickte sie ihm eine SMS und fragte, ob er Zeit und Lust habe, sich mit ihr zu treffen.

Seit vier Monaten war Betty Lind nun politische Redakteurin bei *Dagens Nyheter*. Eigentlich hatte man ihr den Posten der Nachrichtenchefin in Aussicht gestellt, doch aufgrund ihrer

Kontakte aus der Zeit in Rosenbad war sie in der Politikredaktion gelandet, was Betty eigentlich ganz recht war. Da sich die Geschäftsführung das Ziel gesteckt hatte, die Zusammenarbeit zwischen den Abteilungen möglichst funktional zu gestalten, musste Bettys Abteilung sich den Platz mit der Nachrichtenredaktion teilen, der sich direkt vor dem Glaswürfel von Chefredakteur Ralf Bogren befand. So konnte dieser bequem mit dem Finger direkt auf diejenigen zeigen, die die Quelle von Problemen waren. Auch sonst bestanden die meisten Wände der Redaktion aus Glas, waren allerdings mit limettengrüner und honiggelber Plastikfolie beklebt, sodass der ganze Bereich eher an einen Kindergarten erinnerte. An den Decken liefen Lüftungsrohre entlang, die im Sommer entsetzlich knarrten. Im Winter waren es dagegen die Heizkörper, die die Arbeit durch ihr lautes Dröhnen erschwerten.

Von ihrem Arbeitsplatz aus blickte Betty auf die russische Botschaft, die direkt gegenüberlag.

Als Betty sich ihrem Schreibtisch näherte, sah sie ihren Assistenten Raja Singh, der in seinem Bürosessel versunken mit dem Rücken zu ihr saß.

«Hat er geweint?», fragte er.

«Krokodilstränen. Aber immerhin hat ihm unser Artikel über Hökbergs gefallen – ‹Habichte tragen keine Olivenzweige im Schnabel›.»

«Habe ich doch gleich gesagt, dass Vögel im Titel gut ankommen.»

Betty hatte den stets tadellos gekleideten Raja – der jüngste Pressechef in Rosenbad, nachdem man sie von diesem Posten gefeuert hatte – aus der Politik zur Zeitung gelockt und zu ihrem Stellvertreter gemacht, denn niemand schuftete so hart wie er. Als Siebenjähriger war er nach Schweden gekommen, und selbst nach zwanzig Jahren schien es, als lebte er in ständiger Angst, jeden Moment wieder ausgewiesen zu werden, weshalb er alles so schnell wie möglich zu erledigen versuchte.

Auf Bettys Handy erschien eine Nachricht von Sebastian Hendricks: *Um zehn Uhr im Speisesaal des Nobis?* Betty sagte zu und bemerkte dabei, wie Raja über ihre Schulter zum Büro des Chefredakteurs hinüberschielte.

«Kurze Frage, nur zur Sicherheit», sagte er, «bist du mein Chef oder Daniel Svensson?»

«Was ist das denn für eine bescheuerte Frage?», erwiderte Betty.

«Er hat mich gebeten, in der nächsten Stunde für die Homepage etwas über Hendricks zu schreiben.»

Stumm schaute Betty Raja an.

«Ich gehe der ganzen Flüchtlingsfrage gerne aus dem Weg», fuhr er fort, «das weißt du. Aber dann fiel mir ein, dass du ihn in den letzten Monaten sogar zweimal interviewt hast und dass dir sicher etwas dazu einfällt.»

Betty drehte sich zum Glaswürfel um, in dem Chefredakteur Ralf Bogren gerade telefonierte. Der Chef der Nachrichtenredaktion, Daniel Svensson, war dagegen nirgends zu sehen. Die beiden waren ein eingespieltes Duo, das sich eines Jargons bediente, der Betty manchmal das Gefühl gab, nicht dazuzugehören.

«Es ist nicht seine Aufgabe, uns zu sagen, was wir schreiben sollen.»

«Eine Kopie der Mail ging an Bogren», sagte Raja und schüttelte den Kopf. «Und er hat nicht protestiert.»

Betty verließ ihren Platz so ruckartig, dass ihr Bürostuhl fast auf den Boden gekippt wäre. Mit schnellen Schritten marschierte sie auf das Glasbüro ihres Chefs zu und hatte einen solch entschlossenen Blick in den Augen, dass ihr die anderen Kollegen sofort aus dem Weg gingen.

Bogren hatte ihr den Rücken zugewandt, als sie eintrat, und war die Ruhe in Person. Eigentlich hatte sie sein Telefonat rüde unterbrechen wollen, doch dann schnappte sie die Wörter *Athena* und Hendricks auf und entschied sich abzuwarten.

Das Büro war ganz im japanischen Stil eingerichtet, mit Papierlaternen und Origamivögeln, die an den Ästen eines Bonsaibaums hingen. Rund um einen Tisch, der kaum mehr als zwanzig Zentimeter hoch sein konnte, stand eine Sofagruppe. Betty war fest davon überzeugt, dass es sehr viel einfacher sein musste, sich zum Kaffeetrinken auf den Boden zu setzen als auf dieses Sofa. Auf dem Schreibtisch stand ein Porzellanhund, der angeblich dem japanischen Kaiser Yoshihito gehört hatte und der über Umwege bei Bogren gelandet war, die er gern in Form einer lustigen Anekdote schilderte.

Er schaute Betty herausfordernd an, nachdem er das Telefongespräch beendet hatte. Genau dieser Blick hatte Betty drei Wochen zuvor noch dazu bewogen, mit ihm ins Bett zu gehen, aber in diesem Moment hatte er überhaupt keinen Effekt mehr auf sie.

«Man kann die Ereignisse rund um die *Athena* auf sehr unterschiedliche Art und Weise betrachten», erklärte er, «aber wir haben soeben eine Sicht auf die Dinge erhalten, die alle anderen Perspektiven hinfällig machen könnte.»

Betty schluckte den Köder. «Ach ja?», sagte sie. «Dann lass mal hören.»

«Unser allseits geschätzter Menschenfreund Sebastian Hendricks weigert sich, Hilfsmittel anzunehmen, und zeigt dem Roten Kreuz den Vogel.»

«Sagt wer?»

«Das Rote Kreuz. Daniel ist gerade los, um mit jemandem darüber zu sprechen.»

«Und deshalb erteilt er meinen Leuten jetzt Befehle?»

«Wir müssen unbedingt einen Text über die *Athena* bringen. Oder hast du eine bessere Idee?»

«Morén ist als Energieminister zurückgetreten. Wir haben den Rummel zwar mit veranlasst, seit der Veröffentlichung des Fotos aber nichts Neues mehr dazu geschrieben.»

Bogren verstummte, und wie immer, wenn sie allein waren, folgte sein Blick Bettys Bewegungen. Sie hatten am ersten Abend nach der Arbeit zusammen ein Glas getrunken, und dieser Blick war Betty schon damals aufgefallen. Mit dem Effekt, dass sie zusammen im Bett gelandet waren. Sie nahm die Männer lieber mit zu sich nach Hause, statt zu ihnen zu gehen. Und sie hatte kein Problem damit, ihnen zu sagen, dass sie ihre Sachen packen und abhauen sollten, wenn sie fertig waren.

«Hendricks ist irgendwo vor Malta von Bord der *Athena* gegangen und dann erster Klasse nach Hause geflogen», sagte Bogren. «Er hat das Boot in einem miserablen Zustand zurückgelassen, und einiges deutet darauf hin, dass er die Situation an Bord sogar noch verschlechtert hat, damit es gute Pressebilder gibt, wenn es hier ankommt.»

«Ich finde, wir sollten zuerst mit ihm reden.»

«Lässt er sich darauf ein?»

Betty zögerte kurz, und das war ungewöhnlich für sie. «Wir haben da vielleicht etwas über die *Athena*», sagte sie schließlich. «Andrej Susjinskij könnte darin verwickelt sein.»

«Erzähl weiter.»

«Meine Quelle meldet sich nur, wenn etwas richtig Großes im Gange ist.»

Bogrens Gesichtszüge entspannten sich ein wenig. «Etwas vom gleichen Kaliber wie LSI Holdings? Dann bitte mehr davon, Betty, ich stehe momentan unter großem Druck.»

«Ich werde mit ihm reden.»

Bogren stand auf und kam gedankenverloren um seinen Schreibtisch herum. In seinen Bewegungen steckte dieselbe Lebenskraft, die ihren Vater ausgezeichnet hatte, bevor er krank wurde. Und auch Bogrens gerade, wohlgeformte Augenbrauen erinnerten sie an ihren Vater.

Für einen Moment schlüpfte er aus seiner Rolle als Chefredakteur und senkte seine Stimme.

«Heute Abend kommt jemand von den Eigentümern vorbei und wird mir wahrscheinlich die Hölle heißmachen, weil wir die Gewinnziele nicht erreichen.»

Sie merkte, dass Bogrens Gedanken plötzlich eine völlig andere Richtung einschlugen. Verstohlen blickte er auf den Flur hinaus, als wollte er sich vergewissern, ob irgendjemand sie beobachtete.

«Du hast mich um den Finger gewickelt, Betty. In meiner Naivität habe ich geglaubt, du wärst hereingekommen, weil du dich nach mir sehnst.»

«Hör auf.»

«In Ordnung, tut mir leid.» Er wirkte beschämt. «Ich rede mit Daniel, okay? Und du sprichst mit Hendricks? Heute Abend werde ich schwach und klein sein und nicht zur Ruhe kommen, bis du meine zitternde Hand nimmst und mich ins Bett führst.»

«Und meine Leute erhalten ihre Instruktionen von niemandem außer mir.»

Bogren streckte seine Hand nach Bettys aus. «Abgemacht.»

Jetzt schaute auch sie auf den Flur hinaus. «Was machst du da?»

Er beugte sich ihr entgegen, doch bevor er sein Ziel erreichen konnte, befreite Betty ihre Hand aus seinem Griff und schlug ihm ins Gesicht. Die Ohrfeige fiel härter aus, als sie selbst erwartet hatte, doch sie zuckte kaum zusammen.

Ihre Stimme klang wie eine Peitsche. «Hör auf, habe ich gesagt.»

Mit verletztem Blick sah Ralf Bogren sie an, ehe sie sein Büro verließ und sich wieder an ihren eigenen Schreibtisch setzte.

Als sie sich in der Redaktion umschaute, senkten alle sofort ihre Köpfe und taten so, als konzentrierten sie sich auf etwas anderes als auf die peinliche Situation, die sie gerade noch beobachtet hatten.

Einsam stand Jonatan am offenen Kamin und musterte alle, die den Speisesaal des Gutshofs Cederström betraten oder verließen. Mittlerweile war es halb zwölf, und das Buffet in der Mitte des Saals war gut besucht.

Viele der Anwesenden – auffallenderweise alles Männer – schienen sich gut zu kennen. Für Jonatan dagegen waren die meisten Fremde, obwohl er einige Gesichter aus den Wirtschaftsnachrichten oder von einer der vielen Listen von Regierungsvertretern wiederzuerkennen meinte, die die PR-Branche jeden Monat zusammenstellte. Sie alle trugen teure Anzüge, und im Gegensatz zu Jonatan schienen sie sich in dieser Kleidung wohlzufühlen. Sein eigener Anzug war seit seinem intensiven Boxtraining ein wenig zu eng geworden: Der Stoff spannte am Rücken und um die Oberarme, wenn Jonatan sich bewegte.

Nach einer Weile bemerkte er, dass Kessler nach ihm Ausschau hielt und ihn mit Blicken aufforderte, jemanden zu begrüßen. Doch Jonatan reagierte nicht, sodass Kessler es schließlich aufgab und ihm scherzhaft salutierte.

Warum rege ich mich eigentlich so über ihn auf?

Kessler machte ihn wirklich wütend, was ihm gestern vor dem Fitnessstudio noch nicht aufgefallen war. Er hatte die Warnsignale offensichtlich übersehen. Alle hier schienen Kessler zu schätzen, und umso mehr irritierten Jonatan seine Gefühle ihm gegenüber.

Wie alle geschickten PR-Berater erledigte Kessler mehrere Dinge gleichzeitig – er schüttelte Hände, klopfte Männern mit einer Hand auf die Schulter, während er mit der anderen den

Kellnerinnen anzeigte, wer Milch in seinem Kaffee mochte. Seine klaren, aufmerksamen Augen wirkten nie bedrohlich, sie spiegelten Wertschätzung und waren voller Freundschaft und Verständnis. Doch von diesem Charme ließ sich Jonatan nicht blenden.

Er warf einen prüfenden Blick auf das üppige Buffet, auf dem Smoothies in Cocktailgläsern standen, silberne Teekannen, Karaffen mit Sahne, Milch und einer Vielzahl an Säften, Körbe mit frisch geröstetem Brot, kleine Schälchen mit Marmelade und Honig, diverser Aufschnitt sowie eine bunte Obstauswahl. Doch trotz all der Köstlichkeiten und obwohl er eigentlich ziemlichen Hunger hatte und sein Magen knurrte, reizte ihn das Essen nicht.

Kesslers Art verärgerte ihn. Wie kam er dazu, ihn einfach vor dem Fitnessstudio abzufangen? Wieso nannte er das Flüchtlingsschiff *Athena* einen «Kutter»? Und warum tat er so geheimnisvoll und weihte ihn nicht in seine Absichten ein?

Jonatan blätterte in einem der ausliegenden Hochglanzmagazine und sah sich die Anzeigen für Luxusyachten an, die komplett mit Besatzung gechartert werden konnten. Während er darüber nachdachte, welche Yacht er wohl gewählt hätte, wenn sein Leben anders verlaufen wäre, richtete er seinen Blick aus dem Fenster.

Ein Mann lief zwischen den parkenden Autos umher, so als wollte er einen Moment lang allein sein. Er schaute zurück zum Eingangstor, und es wirkte, als wollte er das Gelände am liebsten wieder verlassen. Jonatan meinte, ihn schon einmal im Energieministerium gesehen zu haben, was ihn auf eine Idee brachte. Er holte sein Handy hervor, wählte die Nummer der Regierungskanzlei und bat darum, mit Mikaela Paulsson verbunden zu werden.

«Mikaela Paulsson aus dem Energieministerium», betonte Jonatan.

«Einen Augenblick, bitte», bat eine Stimme.

Als er darauf wartete, dass Mikaela abnahm, wurde Jonatan klar, dass er seit einem halben Jahr nicht mehr mit ihr gesprochen hatte. Sie war in der Abteilung für erneuerbare Energien angestellt und hatte Jonatan kennengelernt, als er noch in Rosenbad gearbeitet hatte.

«Hallo?»

«Hej, Mikaela, hier ist Jonatan Stark.»

«Jonatan?», sagte sie.

Einen Moment lang herrschte Stille. «Das ist eine Weile her.»

«Geht es dir gut?»

«Mir geht's prima, ich bin im Urlaub. Wie steht's mit dir?»

«Alles ausgezeichnet. Wo machst du Urlaub?»

«An der Costa del Sol. Bin mit meiner Familie seit einer Woche hier, und wir bleiben noch eine Woche.»

«Wunderbar», sagte Jonatan und bemerkte, dass sich der Speisesaal langsam leerte. «Mikaela, ich wollte dich fragen, ob sich in den letzten Tagen bei dir jemand nach mir erkundigt hat.»

«Nach dir erkundigt?», fragte Mikaela. «Wer denn?»

«Ein gewisser Bo Kessler», antwortete Jonatan.

«Bo Kessler», wiederholte sie. «Mein Telefon war hier ausgeschaltet.»

«Also hast du mit niemandem gesprochen?»

Es rauschte in der Leitung, und Mikaela sprach ein wenig lauter. «Nein, habe ich nicht. Tut mir leid, aber die Verbindung ist wirklich schlecht. Wollen wir zusammen Mittag essen, wenn ich wieder zurück bin?»

«Klar doch, gerne», sagte Jonatan.

«Und wenn sich jemand nach dir erkundigen sollte, sage ich nur Gutes über dich, okay?»

«Danke, Mikaela.»

Jonatan beendete das Gespräch und sah, dass Kessler auf ihn zukam. «Gerade eben ist Peder Skyttare eingetroffen, also fangen wir gleich an.»

Kessler beugte sich zu Jonatan vor, damit niemand mithörte.

«Der engste Vertraute des Staatsministers. Sozialdemokrat in dritter Generation. Schwer zu glauben angesichts seiner Diplomatenausbildung und seinem Alpaka-Mantel, aber wenn er Weihnachten feiert, sind die wichtigsten Leute der Arbeiterbewegung um seinen Tisch versammelt. Kann nicht schaden, ihn kennenzulernen.»

Jonatan blickte Kessler direkt in die Augen. «Mit wem haben Sie im Energieministerium noch gleich gesprochen?»

Kessler zog die Manschetten aus dem Sakkoärmel und richtete sie. «Mein Gott, was weiß ich. Mit einer Mikaela, auf den Nachnamen komme ich gerade nicht. Aber das habe ich Ihnen doch schon gesagt.»

«Mikaela Paulsson ist im Urlaub.»

Kessler seufzte laut. «Sie haben mich ertappt. Ich habe mit niemandem gesprochen. Ich erledige meine Hausaufgaben gerne allein. Können wir jetzt reingehen?»

* * *

Auf dem Weg in den Konferenzraum durchquerten die Teilnehmer einen langen Spiegelsaal, um dann über eine Treppe auf die Empore zu gelangen, an deren Ende sich der Konferenzraum befand. Jonatan kam es vor, als hätte er einen Club der schwedischen Oberklasse betreten, in dem sich die Personen tummelten, auf die er in den Ministerien ansonsten immer nur einen flüchtigen Blick hatte werfen können, ehe die Türen der Räume, an denen er vorbeiging, geschlossen wurden – alles erfolgreiche Kapitalisten, die durch die Blume mit den anwesenden Bürokraten über die Gefahren sprachen, die ihre gigantischen Privatvermögen bedrohten.

Als er den Raum betrat, fielen ihm als Erstes die Fenster zum angrenzenden Park auf, die mit Adlern aus vergoldetem Buntglas geschmückt waren, die ihre Schwingen ausbreiteten. Und in jeder der vier Ecken der Gewölbedecke blies eine Nymphe aus Stuck in ihre Trompete. Der Dekorateur hatte für den Anlass kleine Lampen in den vergoldeten Trompeten angebracht, die den Saal in ein warmes Licht tauchten. Vor dem offenen Kamin standen zwei mit grauem Brokat bezogene Lehnstühle, und über dem Konferenztisch hing ein massiver Kristallkronleuchter, der vermutlich ein Loch in den Boden reißen würde, sollte er von der Decke fallen.

Kessler führte Jonatan zur langen Seite des Tisches und zeigte auf den Platz neben seinem eigenen. Auf den beiden Namensschildern stand «Kessler Consulting». Ein paar Servicedamen legten Papier und Kugelschreiber auf die Plätze. Wer sein Namensschild nicht auf dem Tisch fand, musste mit einem Stehplatz entlang der Wände und Fenster vorliebnehmen.

Einen der Männer erkannte Jonatan sofort. Es war der Vorstandsvorsitzende von Sveakraft, Assar Melinder. Er war eher informell gekleidet, trug keine Krawatte zu seinem hellen Leinenanzug, sodass es wirkte, als wollte er im Anschluss noch eine Schulabschlussfeier besuchen. Normalerweise hatte er eine respekteinflößende Ausstrahlung, aber heute wirkte sein Auftreten eher wie ein stummer Hilfeschrei. Sein Gegenpart, Lars Lassard von LSI Holdings, plauderte über den Tisch hinweg zwanglos mit Melinder und legte dabei die übertriebene Höflichkeit an den Tag, die im Vorfeld solch wichtiger Verhandlungen für Männer wie ihn typisch war. Am Kopfende des Tisches nahm der Mann Platz, den Jonatan zuvor auf dem Vorplatz des Gutshofs zwischen den Autos beobachtet hatte. Es war Peder Skyttare.

Er war die rechte Hand des Staatsministers und hatte die Ausstrahlung eines echten Gentlemans, ein Mann der Zukunft, wenn auch noch mit jungenhaften Zügen. Er nickte einigen auserwählten Personen im Saal zu, ehe er seine gefalteten Hände auf den glänzenden Mahagonitisch legte.

Assar Melinder eröffnete das Meeting und bedankte sich bei den Anwesenden für ihr Erscheinen. «Wir werden sehen, wie lange wir brauchen und ob es uns gelingen wird, am Ende eine gemeinsame Absichtserklärung zu unterschreiben. Das Ergebnis wird schon ungeduldig erwartet, aber da es hier um die Zukunft des gesamten Gasversorgungsnetzes geht, ist es essenziell, dass wir nichts übersehen.

Wir werden heute über die verschiedenen Phasen des Betreiberwechsels sprechen. *Nicht* sprechen werden wir allerdings über technische Fragen wie den Gasdruck, das Transmissionsnetz oder die Relaisstationen, weil wir damit nur unnötig Zeit verlieren würden. Im Zentrum werden heute die Preisvorstellungen stehen. LSI Holdings fordert fünfzehn Milliarden Kronen. Peder, was sagt die Regierung dazu?»

Skyttare, der Vertraute des Staatsministers, räusperte sich. «Optimal wäre es, wenn wir die Zustimmung des Parlaments bereits hätten, aber dazu hat die Zeit leider nicht gereicht. Wenn keine neuen Erkenntnisse oder Fakten auftauchen, geht die Regierung allerdings davon aus, dass wir uns heute einigen und der Vertrag, sobald er dann vom Parlament abgesegnet ist, unterschrieben werden kann.» Er legte eine kleine Pause ein. «Es war ein langer Prozess bis hierher, und alle Beteiligten haben sich wahrscheinlich gut kennenlernen können. Wir haben schon während des Wahlkampfs begonnen, über einen Betreiberwechsel zu verhandeln, und seit der Wahl haben wir viel erreicht. Das zeigt, wie sehr sich Wahlergebnisse schon im Vorfeld beeinflussen lassen.»

Zwar lachten alle am Tisch über diese Bemerkung, doch es war eher ein nervöser Reflex. Jonatan spürte die Anspannung, auch wenn das bei ihm ganz andere Gründe hatte. Seine Gedanken rasten, und er erinnerte sich daran, wie seine eigene Karriere in der Politik zu Ende gegangen war.

«Unsere Investoren sind der Meinung, dass es so am besten für die Kunden ist», sagte Lassard. «Einen derart wichtigen Teil der Infrastruktur wie das Gasnetz zu besitzen und zu betreiben, erfordert großes Vertrauen vonseiten der Politik. Wenn wir das nicht haben, müssen wir daran arbeiten.»

«Lassen Sie uns dieses Thema nicht ausweiten», bat Assar Melinder von Sveakraft und wandte sich an Kessler. «Haben wir die Kopien der Unterlagen?»

Kessler begann damit, die Papiere auszuteilen, die beiden Originale blieben bei Melinder und Lassard. Um keine unnötige Aufmerksamkeit auf sich zu ziehen, bewegte sich Kessler ruhig, wobei er sich wie ein britischer Butler nach vorn beugte.

Als dann Kjell Morén unerwartet den Raum betrat, achtete allerdings sowieso niemand mehr auf Kessler.

Der ehemalige Energieminister trug einen dunklen Anzug, der auch auf einer Beerdigung angemessen gewesen wäre, doch sein Gesicht wies keinerlei Anzeichen von Trauer auf. In seiner Hand hielt er einen Stapel mit Blättern. Morén wartete, bis sich alle Augen auf ihn gerichtet hatten.

«Haben Sie schon angefangen?»

«Gerade eben», antwortete Melinder.

«Entschuldigen Sie die Verspätung.»

Morén machte ein paar Schritte in den Raum hinein, blieb hinter Skyttare stehen und wies einen jungen Juristen an, seinen Platz für ihn zu räumen.

«Wir waren gerade dabei, uns die Absichtserklärung anzusehen», erklärte Skyttare.

«Dann bin ich ja wirklich gerade rechtzeitig gekommen.» Mit einer einzigen Bewegung schob Morén den Papierstapel, der aus einigen zusammengehefteten Berichten bestand, über den Tisch.

Die Papiere verteilten sich auf dem Konferenztisch, sodass ein Exemplar sogar bis zu Jonatans Platz am anderen Ende rutschte.

«Es gibt neue Informationen», verkündete Morén.

* * *

Jonatan war zwar schon öfter bei Treffen mit unerwarteten Wendungen zugegen gewesen, aber nichts reichte an die Ereignisse dieses Vormittags heran. Morén knallte seine Aktentasche auf den Tisch, wobei nicht auszumachen war, ob er besonders verärgert war. Aber jeder wusste, dass Morén jemand war, der kämpfte, wenn es ums Überleben ging.

«Setzen Sie sich doch bitte», bat Lassard ihn. «Ich denke, ich spreche für uns alle, wenn ich Ihnen mein Bedauern über das Verhalten der Zeitungen ausspreche, dem Sie sich gegenübersehen. Offenbar machen sie vor nichts mehr halt.»

Morén lächelte, doch seine Miene glich eher einer Grimasse. «Als ich in der zweiten Klasse war, gab es einen älteren Jungen, der mich schikanierte, sobald er die Gelegenheit dazu hatte. Genau so, wie die Zeitungen es im Moment tun. Oft schlich er sich von hinten an und verpasste mir mit der flachen Hand einen Schlag ins Genick. Monatelang ging das so. Irgendwann verletzte er mich dabei, sodass ich ins Krankenhaus musste. Vor ein paar Jahren habe ich exakt diesen Kerl zufällig im Vasapark gesehen, wie er allein auf einer Bank saß und Enten fütterte. Es war niemand in der Nähe, und ich hätte problemlos zu ihm gehen und ihn schlagen können. Direkt in den Nacken. Aber ich tat es nicht. Mein ganzes Leben lang hatte ich geglaubt, dass ich genau das tun wollte, mich für all die Schläge rächen. Doch dann erschien es mir auf einmal nicht mehr wichtig. Es war mir egal. Er war es nicht wert. Letztendlich bedeutete er *nichts,* er war einfach nur ein armer Kerl, der Enten fütterte.»

Als Morén aufhörte zu reden, merkte er, dass es still im Saal geworden war. Jetzt hatte er sein Publikum.

«Man muss sich entscheiden, wann man etwas tun sollte und wann man es nicht tun sollte», fuhr er fort. «Wann es etwas bedeutet und wann es das *nicht* tut. Ich habe früh gelernt, dass sich die meisten Dinge mit der Zeit von alleine klären.»

«Sicher tun sie das», warf Lassard zögerlich ein.

Morén sprach weiter: «Und nachher fahren Sie dann zurück in Ihr Büro auf Blasieholmen, ja? Gönnen sich ein paar Gläschen vom kalt gestellten Champagner? Ein paar Grand Siècle?»

Lassard schielte über den Tisch zu Melinder hinüber, der ebenfalls keinen Schimmer hatte, was hier gerade vor sich ging.

«Als ich im Energieministerium arbeitete, war LSI Holdings das Thema, über das jeder redete. Um wie viele Milliarden wollen Sie uns eigentlich betrügen, Lassard?»

«Betrügen?», fragte Lassard erstaunt.

«Ein Gasnetz, das Sie durch Bestechung, Erpressung und Betrügereien erworben haben? Fünfzehn Milliarden sind ein Witz.» Noch bevor Lassard irgendetwas darauf erwidern konnte, hielt Morén ein Exemplar des Berichts in die Höhe, den er mitgebracht hatte. «Das hier wird nächste Woche veröffentlicht. Die Umweltorganisation Earth First hat den Zustand des Gasnetzes untersucht. Die Leitungen sind allesamt verrostet.»

Morén reichte Lassard ein Exemplar des Berichts. Er weigerte sich, ihn entgegenzunehmen. Stattdessen nahm Skyttare die Dokumente an sich und blätterte so vorsichtig darin, als befürchte er, zwischen den Seiten auf Milzbrandsporen zu stoßen.

«Ich werde das hier nicht kommentieren», sagte Lassard. «Nichts für ungut, ich wünsche Ihnen persönlich alles Gute und hoffe, dass Ihnen wegen dieser schlimmen Vorwürfe Gerechtigkeit widerfährt, aber wir werden hier heute eine Erklärung unterzeichnen, und daran wird niemand etwas ändern.»

«Sie betreiben das Netz nun seit sechs Monaten und haben keinerlei Instandhaltungsarbeiten durchgeführt. Wollen Sie allen Ernstes behaupten, Sie hätten so einen Überblick über den Zustand des Netzes?»

«Wenn der Bericht nicht öffentlich ist», seufzte Lassard, «wie sind Sie dann überhaupt an die Dokumente gekommen?»

«Seien Sie so gut und sehen Sie sich die Bilder an. Die Gasleitungen liegen nur zwei Meter unter der Erde. An jeder Stelle, an der die Freiwilligen von Earth First gegraben haben, zeigt sich das gleiche Bild. Die Rohre sind am Ende. Kaputt. Finito.»

Lassard zuckte zusammen. «Ich muss zugeben, dass ich davon nicht genug verstehe. Außerdem haben wir niemandem die Erlaubnis erteilt, unsere Gasleitungen freizulegen. Also, Assar, was gedenken Sie zu tun? Will Sveakraft das Gasnetz nun zurückkaufen oder nicht?»

«Ich weiß nicht so recht», meldete sich Skyttare zu Wort. Der Mann des Staatsministers überflog den Bericht, blinzelte verwirrt angesichts des klein gedruckten Textes und legte den Kopf auf die Seite. «Wenn das hier stimmt, ist ihre Preisvorstellung definitiv vom Tisch.»

«Das diskutieren wir am besten in einer kleineren Gruppe.» Morén stützte sich mit beiden Händen am Tisch ab und stand auf. «Wenn alle Assistenten und Helfer so nett wären und den Raum verlassen? Das ist das Beste. Bitte gehen Sie.»

Jonatan witterte seine Chance, nach draußen zu kommen, doch er wurde von Kessler unsanft zurück auf seinen Stuhl gedrückt. Die Leute an den Fenstern und an der Wand bewegten sich mit überraschten und enttäuschten Gesichtern auf die Tür zu. Noch bevor sie geschlossen war, konnte man hören, wie draußen das Geschehen von ihnen kommentiert wurde.

Morén sagte: «Ich kann mir vorstellen, dass es in der Welt von LSI Holdings vollkommen normal ist, Druck auszuüben, indem man Panik schürt, aber das ist nicht mein Stil. Ich bin einfach nur sehr genau. Sitzt Susjinskij in seinem Büro und wartet auf Ihren Anruf?»

Dass Lassard unter Stress stand, war ihm deutlich anzusehen. «Dieses Meeting war eine reine Formalität. Das Gebot stand schon seit Monaten bei fünfzehn Milliarden, was also soll das alles hier?»

Niemand antwortete ihm. Selbst Kessler hielt sich zurück, so als fürchtete er, die Situation zu verschlimmern, wenn er etwas sagte.

«Sehen Sie mich an», forderte Morén Lassard auf. «Sie verhandeln ab sofort mit mir. Sveakraft kauft das Gasnetz für fünf Milliarden Kronen.»

Lassard öffnete seinen Mund, doch er brachte kein Wort heraus, so als müsste er einen Augenblick nachdenken, um seinen Handlungsspielraum auszuloten, wobei er genau wusste, dass die Zeit knapp wurde. «Das ist ausgeschlossen.»

«Fünf Milliarden», wiederholte Morén, «oder Sie rufen Susjinskij an und teilen ihm mit, dass die Übernahme nicht stattfindet.»

Die matten Augen Lassards schienen auszudrücken, was er dachte: Wenn sich der Bericht als wahr herausstellte, würde die Absichtserklärung nicht unterzeichnet werden. Und als diese Erkenntnis schließlich ganz zu ihm durchgedrungen war, stand er auf und verließ den Saal.

«Und nun?», fragte Skyttare.

«Zeit für einen Kaffee», sagte Morén. «Wir warten ab.»

Plötzlich spürte Jonatan, wie sein Handy in der Brusttasche vibrierte. «Unbekannte Nummer», war auf dem Display zu lesen.

Aus den Augenwinkeln sah er, wie Kessler ihn beobachtete, und sein Blick bedeutete ihm, das Gespräch anzunehmen.

Er stand auf und ging nach draußen. Vor der Empore fand er einen kleineren Gruppenraum, in dem ein Tisch und sechs Stühle standen. An einer der Wände hing ein Whiteboard.

«Jonatan Stark?», fragte eine männliche Stimme, nachdem Jonatan abgenommen hatte.

«Ja?»

«Ich will, dass Sie mir ganz genau zuhören.»

* * *

Irgendetwas stimmte da nicht.

Jonatan wusste nicht, warum, aber er wusste mit absoluter Sicherheit, dass es so war. Irgendetwas an dieser Stimme war sonderbar.

«Wer sind Sie?»

«Hören Sie mir einfach zu», antwortete die Stimme.

Sie klang nach einem Mann im mittleren Alter. «Wir haben nur wenig Zeit, und Sie sind dafür verantwortlich, was als Nächstes passieren wird. Verstanden? Sie erhalten gleich ein Video», fuhr die Stimme fort. «Ich will, dass Sie es sich genau ansehen. Es ist nicht lang.»

Wieder spürte Jonatan, wie sein Handy vibrierte, und der Bildschirm zeigte eine neue Nachricht an, die er öffnete. Anschließend drückte Jonatan auf Play, woraufhin das Video abgespielt wurde.

Zunächst wusste er nicht, was er glauben sollte, als er das Video sah. Es war offensichtlich mit einem Mobiltelefon aufgenommen worden und zeigte seine Ex-Freundin Åsa Westman, die in der Küche ihres Hauses in Nysätra stand und Geschirr spülte. Jonatan konnte sogar die Spülmittelflasche auf der Fensterbank erkennen, die neben den Tontöpfen mit frischen Kräutern stand. Åsa wurde von außerhalb des Hauses gefilmt und schien den heimlichen

Beobachter nicht zu bemerken. Wie immer beim Geschirrspülen hatte sie ihre Haare zu einem Knoten gebunden. Ihr Kopf war zur Seite geneigt, und die Lippen bewegten sich, so als würde sie bei der Hausarbeit singen.

Was zur Hölle ist das?

Gerade als Jonatan sich fragte, ob das Video nicht einfach nur irgendein schlechter Scherz war, geschah etwas. Auf der Hauswand leuchtete direkt neben dem Küchenfenster, durch das Åsa zu sehen war, ein roter Punkt auf. Ein plötzliches Geräusch schreckte Åsa auf, und sie sah aus dem Fenster, woraufhin sich die Person mit der Kamera hinter einem Gebüsch versteckte. Nach wenigen Sekunden setzte Åsa ihre Arbeit wieder fort.

Benommen wankte Jonatan zurück auf den Korridor und sah sich um. Vor dem Konferenzsaal standen die Assistenten und Helfer, während unterhalb der Empore zwei Hostessen auf die Treppe zusteuerten.

Er sah sich das Video ein zweites Mal an, wobei ihm auffiel, dass das Geräusch so klang, als würde jemand mit den Fingern schnipsen. Kurz bevor das Video zu Ende war, klingelte sein Telefon.

Sofort nahm Jonatan den Anruf an, obwohl seine Zunge am Gaumen klebte, als hätte jemand sie dort festgenagelt.

«Habe ich Ihre volle Aufmerksamkeit? Lächeln Sie den beiden Damen zu, die an Ihnen vorbeilaufen, damit sie nicht beunruhigt sind.»

«Was soll das alles?» Jonatan sah in die Richtung der beiden Frauen, lächelte aber nicht. «Wer sind Sie?»

«Das ist unwichtig. Viel wichtiger ist das, was Sie gerade gesehen haben: die leiseste und leistungsstärkste Präzisionswaffe auf dem Markt, mit Laseraufsatz und Schalldämpfer.»

Jonatan spürte, wie sich etwas in seiner Brust zusammenzog.

«Wenn Sie in irgendeiner Weise Probleme machen, wenn Sie

nicht tun, was Kessler Ihnen sagt, oder wenn Sie mit Ihrem Auftrag scheitern ...»

Sofort legte Jonatan auf, ließ das Telefon auf den Boden fallen, wich einige Schritte zurück und versuchte zu begreifen, was gerade geschehen war, doch er konnte nur das Telefon anstarren.

Lächeln Sie den beiden Damen zu, die an Ihnen vorbeilaufen, damit sie nicht beunruhigt sind ...

Er hob sein Handy wieder auf und kehrte zum Konferenzsaal zurück. Dabei richtete er seinen Blick starr nach vorn, und er nahm keinerlei Notiz von den leisen Gesprächen der Männer vor dem Saal. Mit einem von ihnen stieß er beinahe zusammen, als er sich umsah, um herauszufinden, ob einer der Umstehenden gerade ein Handy einsteckte. Doch niemand wandte seinen Blick ab oder verhielt sich sonst in irgendeiner Weise verdächtig.

Wieder meldete sich der Vibrationsalarm seines Handys. Auf dem Display stand auch dieses Mal «Unbekannte Nummer», und Jonatan drückte den Anruf weg. Er entschloss sich, Åsa anzurufen, und ging zurück in Richtung der Empore. In einem Spiegelzimmer kurz vor dem Speisesaal fand er die Abgeschiedenheit, nach der er suchte.

Montag war normalerweise Åsas freier Tag, an dem sie nicht ins Amtsgericht musste. Als alleinerziehende Mutter verbrachte sie ihren freien Tag aber meistens mit dem Haushalt, und sie kochte Gerichte für die ganze Woche vor, damit die restliche Woche nicht chaotischer wurde, als sie sowieso schon war.

Er konnte sich zwar nicht mehr an ihr letztes Gespräch erinnern, aber gegen Ende ihrer Beziehung war es einfach nur noch wie verhext gewesen, meistens hatten sie über seine Verfehlungen gesprochen, aber für Jonatan waren Åsa und ihre beiden Kinder, Alice und Aston, immer noch wie ein Teil seiner Familie.

Es klingelte fünfmal, ehe Jonatan an die Mailbox weitergeleitet und gebeten wurde, auf den Piepton zu warten. Im letzten Augenblick legte er dann doch auf, ohne eine Nachricht zu hinterlassen.

Stattdessen durchforstete er sein Telefonbuch nach der Nummer von Åsas Mutter Elspeth, einer pensionierten Lehrerin, die seit zehn Jahren verwitwet war.

«Elspeth», sagte er, als sie den Anruf entgegennahm. Er war sich unsicher, ob sie seine Stimme erkannte. «Hier ist Jonatan Stark. Es tut mir leid, wenn ich störe, aber ich wollte hören, ob bei Åsa alles in Ordnung ist.»

«Hej.» Elspeth war einen Moment lang still. «Du bist es also. Was sollte denn nicht in Ordnung sein?»

«Deswegen rufe ich ja an. Heute ist Montag, und das ist doch normalerweise Åsas freier Tag. Wir haben zwar schon eine Weile nicht mehr miteinander gesprochen, aber normalerweise geht sie immer ans Telefon, besonders montags. Oder arbeitet sie wieder in Vollzeit?»

Jonatan lehnte sich gegen das Spiegelglas an der Wand und sah, wie sich sein Spiegelbild auf der anderen Seite des Raums unendlich wiederholte. Wie oft Åsa wohl mit ihrer Mutter über ihn geredet hatte?

«Hast du eine Nachricht aufs Band gesprochen?», fragte sie.

«Nein, habe ich nicht. Wie gesagt haben wir schon lange keinen Kontakt mehr gehabt. Das wäre ja auch eigenartig.»

«Zu zeigen, dass du dich um sie sorgst?» Elspeth seufzte, als würde das Gespräch sie jetzt schon langweilen. «Vielleicht hat Aston das Handy versteckt.»

«Warum sollte er das tun?»

«Kinder machen so etwas.»

Eine kurze Pause entstand, in der Jonatan überlegte, ob der zwei Jahre alte Aston tatsächlich der Übeltäter in diesem Drama sein konnte, doch er kannte die Kinder besser als Elspeth. «Das klingt nicht nach ihm. Wie dem auch sei, ich wollte mich nur kurz melden.»

«Ich hole Alice heute aus dem Kindergarten ab», sagte Elspeth. «Åsa ist sicher im Stress, weil sie später noch mit ein paar Freundinnen ins Wellnessstudio will.»

«Ins Wellnessstudio?»

«Das war ein Geburtstagsgeschenk der Mütter aus ihrer Babygruppe. Sie fahren nach dem Mittagessen und kommen erst morgen zurück, die Kinder sind heute Nacht bei mir.»

«Sag ihr einen Gruß, wenn sie dich anruft. Und vielen Dank, Elspeth.»

«Tschüss, und lass mal wieder von dir hören.»

Jonatan dachte gerade, dass er bei Elspeth offensichtlich kein Misstrauen geweckt hatte, als sein Handy wieder klingelte.

Dieses Mal nahm Jonatan ab. «Ich höre.»

Die Stimme klang angespannter als zuvor. «Und weiter?»

«Die Zeit ist knapp, ich habe es kapiert, Sie machen die Regeln.»

«Machen Sie so etwas nicht noch mal. Nie wieder.»

«Wenn Sie ihr auch nur ein Haar ...»

«Nein. Ich bin derjenige, der hier ‹wenn› sagt, Stark. Sie hören einfach zu und tun, was ich Ihnen sage.»

Jonatan spürte eine Woge der Wut in sich aufsteigen.

«Glauben Sie ja nicht, Sie hätten es mit Amateuren zu tun. Schauen Sie an die Decke und sagen Sie mir, was Sie sehen.»

Krampfhaft umklammerte Jonatan sein Handy, sodass seine Finger beinahe taub wurden. Wonach sollte er Ausschau halten? Zuerst sah er nur sein eigenes Spiegelbild, doch dann fielen ihm wieder die kleinen Lampen in den Trompeten der Nymphen auf, die auch in diesem Raum die Ecken zierten.

«Überwachungskameras?», murmelte er.

«In jedem Raum. Überall. Sie können sich nirgends vor uns

verstecken, wir sehen und hören alles, was Sie tun. Was glauben Sie, bedeutet das?»

Jonatan schwieg.

«Es bedeutet, wenn Sie einen Aufstand machen oder um Hilfe rufen oder Åsas Mutter anrufen – dann erfahre ich das. Ich erfahre auch, wenn Sie versuchen, zu fliehen oder die Polizei einzuschalten. Denken Sie daran. Wenn Sie irgendetwas unternehmen, das uns nicht gefällt, dann wird Åsas Hirn durch die Küche spritzen.»

«Was wollen Sie?»

«Sie haben einen Auftrag. Erledigen Sie ihn, danach können wir weitersprechen.»

«Für wen arbeiten Sie?», fragte Jonatan. «Wer hat Sie beauftragt?»

Die Stimme verstummte, und Jonatan schaute noch immer an die Decke. Er wollte die Kameras herunterreißen und zerstören, doch dann bemerkte er, dass jemand den Raum betreten hatte. Im Türrahmen stand Kessler mit einem Gesichtsausdruck, den Jonatan noch nie zuvor gesehen hatte.

* * *

«Sie haben angerufen, stimmt's?», sagte Kessler.

Für einen kleinen Augenblick ließ Jonatan seine Deckung fallen. Einerseits wollte er sich zur Wehr setzen, aber andererseits wollte er auch unbedingt wissen, was genau hier eigentlich vor sich ging.

«Wer steckt dahinter?»

«Sie sind clever», sagte Kessler. «Ich glaube, das finden Sie schon heraus.»

Jonatans Lider zuckten unkontrolliert. «Ich will es von Ihnen hören. Ist sie in Gefahr?»

«Das liegt an Ihnen. Es tut mir leid, aber es gibt keine andere Möglichkeit.»

Mit zwei Schritten war Jonatan bei ihm, so nah, dass er sein Aftershave riechen konnte. Kessler konnte nicht ausweichen, aber es dauerte einen Moment, bis er Jonatans Blick erwiderte.

«Susjinskij mag Sie, Jonatan», versuchte Kessler zu erklären. «Seine Methoden mögen vielleicht nicht besonders zivilisiert sein, doch wenn das alles überstanden ist…»

«Warum sollte ich Ihnen überhaupt zuhören?»

«Glauben Sie, mir macht das hier Spaß?»

«Sie bedrohen eine unschuldige Frau und zwei kleine Kinder.»

«So ist es. Und deshalb sollten wir uns jetzt schleunigst wieder der Verhandlung widmen. Wir zwei sind uns gar nicht so unähnlich, Sie und ich, Jonatan…»

Jonatan packte Kessler am Kragen und presste ihn gegen die Spiegelwand, sodass er ihm beinahe die Luft abschnürte.

«Die anderen», keuchte Kessler unter Anstrengung, «die anderen wissen nur, dass Susjinskij den Deal unter Dach und Fach haben will.»

«Ich erzähle es ihnen.»

«Jonatan, die da drinnen sind Familienväter. Die haben Ferienhäuser im Schärengarten und Kreditschulden, die buchen Zauberer für die Geburtstage ihrer Kinder. Hören Sie mir zu.»

Jonatan lockerte seinen Griff, ließ Kessler aber nicht los.

«Und wenn ich mich weigere?»

«Das werden Sie nicht tun, das wissen wir beide. Susjinskij überlässt nichts dem Zufall.»

Jonatan schaute zu den Kameras an der Decke. Würden sie wirklich eine Mutter von zwei kleinen Kindern töten? Nein, das war unvorstellbar, viel zu riskant, geradezu idiotisch. Aber er konnte nicht mit Sicherheit sagen, wo für Susjinskij die Grenze verlief. Seinen Wahnsinn und seine Brutalität hatte er schon am eigenen Leib erfahren dürfen. Jonatan bebte vor Wut, aber er hatte auch den Wunsch, Åsa auf jede nur erdenkliche Weise zu schützen.

«Sie werden vollständig überwacht, sehen Sie sich doch einmal um. Wollen wir noch weiter herumstehen und nach den Gründen suchen? Oder gehen wir zurück und erledigen unseren Job?»

Kessler atmete tief durch, nachdem Jonatan ihn losgelassen hatte. Körperliche Gewalt war er anscheinend nicht gewohnt. Er blickte in Richtung der Treppe zur Empore, doch niemand hatte etwas von ihrem kleinen Streitgespräch mitbekommen. Mit einer Hand fuhr er sich über den kahlen Schädel und wischte die Schweißtropfen von seinen buschigen Augenbrauen.

«Morén bringt alles durcheinander, und wir müssen ihn aufhalten. Deshalb sind Sie hier.»

«Was soll ich tun?»

«Spielen Sie einfach Ihre Rolle.»

«Und welche verdammte Rolle soll das bitte sein?»

«Haben Sie nicht gesehen, was da drinnen gerade passiert ist?», fragte Kessler und zeigte auf den Konferenzsaal. «Nehmen Sie den Bericht auseinander, machen Sie, was auch immer nötig ist, um ihn zu zerlegen, bevor Morén alles zunichtemacht. Das ist die einzige Chance.»

«Ich verstehe absolut nichts von Erdgas.»

«Sie waren Energieexperte der Regierung, Sie haben für den Staatsminister Memos zu allen Energiesparten geschrieben, das war Ihr Job. Selbst Susjinskij sagt, dass Sie eine wichtige Rolle gespielt haben, als er das Gasnetz gekauft hat.»

Jonatan musste den Blick abwenden, denn er zitterte zu stark, um antworten zu können – er hatte Angst um sein Leben.

* * *

Sie gingen zurück zum Versammlungssaal und hörten schon aus der Entfernung, dass sich die leisen Gespräche der anwesenden Juristen auf dem Korridor in der Zwischenzeit zu hitzigen Diskussionen entwickelt hatten. Jonatan blickte noch einmal zu den Nymphen an der Decke hinauf – überall Kameras.

An der Tür zum Konferenzsaal versuchte Kessler, sich am telefonierenden Lassard vorbeizuschieben, doch der hielt ihn auf.

Lassard drückte ihm ein Exemplar des Berichts in die Hand. «Ich habe mit den wichtigsten Anteilseignern des Fonds gesprochen, und sie sagen: kein Deal unter fünfzehn Milliarden.»

Kessler sah sich nach hinten um, und in genau diesem Augenblick schauten alle auf dem Korridor in seine Richtung. «Wir hatten nicht damit gerechnet, dass Morén auftauchen würde», zischte er leise.

«Soll das eine Entschuldigung sein?»

«Nein.» Kessler zuckte mit den Schultern. Für Jonatan war es schwer zu erkennen, ob Kessler nur schauspielerte oder ob es ihm wirklich egal war. «Niemand konnte ahnen, dass sich Morén gegen den Deal stellen würde.»

«Aber jetzt ist es eine Tatsache, mit der wir uns auseinandersetzen müssen.»

«Keine Ahnung, warum er plötzlich auf Earth First hört.»

«Immerhin waren Sie es, der ihn hereingelassen hat», sagte Lassard mit gesenkter Stimme. «Sie haben ihm den Spielraum für diesen elenden Bericht gelassen.»

«Auf einen Minister habe ich keinen Einfluss, Lars.»

«Ich werde nicht so tief sinken und dafür geradestehen, wenn dieses Geschäft nicht zustande kommt. Nach all den Garantien, die Sie uns gegeben haben ... Sie haben uns auf Knien angebettelt, das Gasnetz zurückkaufen zu dürfen.»

«Ich bezweifle, dass die Regierung ihren Standpunkt geändert hat.»

«Hören Sie auf, mich für dumm zu verkaufen, Bo», fauchte Lassard.

«Mein Auftrag war es, das Treffen zu arrangieren. Ich glaube, der Staatsminister hat Morén geschickt, um den Preis zu drücken.» Kessler schielte über Lassards Schulter. «Vielleicht hat er ihm etwas in Aussicht gestellt», schlug er leise flüsternd vor, «einen neuen Posten oder ein Ministerium, irgendetwas, das den Kerl vor der Gosse rettet. Aber eben nur, wenn er den Preis für Sveakraft herunterhandelt.»

«Das ist mir völlig egal.» Lassard schaute Kessler lange in die Augen. «Köpfe werden rollen, falls die Erklärung nicht unterzeichnet wird. Aus dieser Nummer kommen Sie nicht mehr raus. Kapieren Sie, was ich sage, Bo?»

«Absolut.» Kessler schaute ebenso lange zurück. «Ich verstehe exakt, was Sie sagen.»

Lassard wandte sich ab und griff wieder zu seinem Handy. Kessler hingegen richtete sich an Jonatan. «Wollen wir endlich erwachsen werden, Stark? Ich kann den Spot anschalten, aber tanzen müssen Sie. Ich will nur, dass wir uns einig sind, dann muss ich mir keine Sorgen darüber machen, was Sie da drinnen von sich geben.»

Mit diesen Worten reichte er den Bericht an Jonatan weiter, der sich kurz sträubte, ihn zu berühren, dann aber doch mit angestrengtem Blick darin blätterte.

Earth First hatte ein hübsches Dokument zusammengestellt, wie Jonatan fand. Berichte wie dieser waren oft auf seinem Schreibtisch in Rosenbad gelandet. Ein Bericht, wie ihn hochmotivierte und gut bezahlte Lobbyisten verfasst hatten. Der Titel lautete: «Unabhängiges Gutachten zur Infrastruktur des schwedischen Gasnetzes – Earth First».

«Wenn wir die Sache rein logisch betrachten», sagte Kessler, «dann stellt sich die Frage, wer überhaupt dazu imstande ist, Freiwillige in einer solchen Größenordnung zu engagieren, wie von Morén behauptet wird? Ist das möglich, ohne dass die Öffentlichkeit davon erfährt? In diesen Zeiten der Selbstdarstellung? Daran ist irgendetwas faul.»

Wenn man mit Sebastian Hendricks zu tun hatte, war nichts einfach. Als Betty Lind um zehn Uhr das Hotel Nobis am Norrmalmstorg betrat, saß Hendricks ganz hinten im Restaurant. Der Milliardär hatte sein eigenes Séparée im Speisesaal. Selbstverständlich besaß er ein eigenes Séparée, und einen Koch am Tisch, eine eigene Bedienung und eine eigenen Oberkellner, alles, was einem Milliardär eben gebührte. Im Saal waren alle Tische belegt, die Atmosphäre gedämpft. Die Gäste hier lebten in ihrem eigenen Tempo, sie richteten sich nicht nach anderen. Durch die Fenster fiel ein wenig Tageslicht in den Saal, das jedoch nicht ganz bis in den hinteren Bereich vordrang. Ein großgewachsener Mann in einer schwarzen Lederjacke hinderte Betty daran, einfach auf Hendricks zuzugehen, doch nach einem Handzeichen des Milliardärs ließ er sie passieren.

«Guten Morgen», sagte Betty, als sie sich setzte.

«‹Ein neuer Wolkenkratzer für eine neue Zeit›.» Hendricks hielt ihr den Stockholmer Teil von *Dagens Nyheter* vors Gesicht. Auf dem Bild war der Entwurf für ein Hochhaus zu sehen. «Haben Sie sich die Schlagzeile ausgedacht?»

«Ich bin nicht für die Schlagzeilen zuständig», entgegnete Betty und musterte Sebastian Hendricks' Kleidung. Obwohl er abgekämpft aussah und gerötete Augen hatte, war er wie für ein Fernsehinterview gekleidet. Das rot-weiß karierte Hemd unter seinem Sakko war aber nicht gebügelt, die hellblonden Haare waren zerzaust und hingen ihm vor den Augen, sogar sein Brillengestell war zerkratzt. Wäre da nicht der Privatkoch neben seinem Tisch gewesen, der ihm soeben ein Ei Benedict mit

Nashibirnen zubereitete, wäre er womöglich als ein ganz normaler Angehöriger der Mittelschicht durchgegangen.

«Europa schließt seine Grenzen, und Schweden hat einen unglaublich dummen Mistkerl als Staatsminister. Gefällt es Ihnen bei der Zeitung?»

«Es ist der reinste Traumjob.»

«Wie kann es sein, dass Sie in Ihren Artikeln den Kampfsport kritisieren, weil er angeblich so gefährlich ist, und gleichzeitig die Pläne für einen neuen Wolkenkratzer in Stockholm feiern, wo doch allgemein bekannt ist, dass der Bau eines Wolkenkratzers im Schnitt einem oder zwei Bauarbeitern das Leben kostet. Die Gewerkschaften wissen es, die Bauunternehmer wissen es, sogar die Politiker wissen Bescheid. Menschen müssen sterben, weil eine Großbank eine neue Zentrale braucht. Und Sie alle machen bei dem Tanz mit.»

«Wer sind ‹Sie alle›?»

«Die Reporter, die mir jedes Wort im Mund umdrehen.»

«Ich weiß nicht, ob das wahr ist.» Betty kramte einen Notizblock aus ihrer Handtasche. «Aber danke, dass Sie so kurzfristig Zeit gefunden haben.»

«Keine Ursache.»

Betty hielt sich zurück, denn sie war überzeugt, dass es nicht schaden konnte, Hendricks die Initiative zu überlassen, wohin auch immer das führen mochte. Die Regeln für das Interview würde sie nach und nach festlegen. «Was soll das eigentlich?»

«Was meinen Sie?», fragte er verwundert.

«Dass Sie nur mit mir reden.»

«Wie bitte? Ich rede die ganze Zeit mit irgendwelchen Leuten. Erst gestern hat mich die Kanzlei des Generalsekretärs der UN angerufen.»

«In letzter Zeit haben Sie niemand anderem gestattet, Sie zu interviewen.»

Hendricks deutete auf einen Tisch, der ein Stück entfernt stand. «Sehen Sie den Fettwanst da drüben? Er hat soeben ein Gazpacho mit Roter Bete, Entenleber und Champagner serviert bekommen. Es ist zehn Uhr morgens. Uns geht es gut, Betty. Ich finde, wir können ein wenig von unserem Wohlstand mit anderen teilen, bevor wir in Sodom und Gomorrha enden.»

«Was hat das mit mir zu tun?»

«Ich mag Sie, Betty. Zu den Zeiten Ihres Vaters hatten die Medien noch Klasse, Konrad Lind war eine echte Legende, jemand, der sich für die Schwächsten unserer Gesellschaft eingesetzt hat. Sie haben das Herz ebenfalls am rechten Fleck. Wenn die *Athena* eintrifft, gebe ich eine Pressekonferenz am Hafen, aber Sie können meinen ersten Kommentar bekommen.»

Betty hatte keinerlei Interesse, über ihren Vater zu reden. Sie bemerkte, wie Hendricks' prüfender Blick durch den Raum glitt, auf der Suche nach möglichen Geschäftskontakten oder heimlichen Zuhörern. Wenn man ihm Glauben schenkte, hatte er mit seinen vierzig Jahren so etwas wie ein neues Leben begonnen, aber viele nahmen ihm die Beweggründe für sein Engagement nicht ab. Nichtsdestotrotz schien ihn die Gefängnisstrafe, die er vor zwei Jahren hatte absitzen müssen, verändert zu haben. Vier Monate hatte er wegen einer Misshandlung hinter Gittern gesessen und nach seiner Freilassung auf einer Pressekonferenz den Krieg gegen die «Eliten» ausgerufen. Es sei an der Zeit, sich vom «Establishment» zu befreien. Auch schon davor, als er sich ganz seinem Größenwahn und den Drogen verschrieben hatte, waren viele seiner Geschäftspartner auf Distanz gegangen, die Haftstrafe war lediglich der Tropfen, der das Fass zum Überlaufen gebracht hatte. Anschließend war er in vielen Kreisen nicht mehr willkommen, weshalb er auf Rache aus war.

Seine eigene Geschichte hatte in einer kleinen Mietwohnung in Vallentuna begonnen, wo er mit seiner alleinerziehenden

Mutter gelebt hatte. Mit fünfunddreißig Jahren hatte er seine IT-Firma verkauft, war ins Stockholmer Luxusviertel Danderyd gezogen, und auf seinem Konto hatten sich zwei Milliarden Kronen befunden. Der Wechsel von einem Extrem ins andere war typisch für seinen bipolaren Charakter.

«Die Situation im Nahen Osten verschlimmert sich jeden Tag aufs Neue», sagte er und legte die Zeitung beiseite. «Die Menschen dort verbringen ihr ganzes Leben hinter Stacheldraht, viele Kinder wissen nicht einmal, wie die Welt hinter den Zäunen aussieht. Mein Engagement ist die reinste Form von Humanismus. Die *Athena* symbolisiert den kläglichen Rest Hoffnung, den es in unserer Welt noch gibt. Die Mitmenschlichkeit ist verschwunden, Betty.»

«Da haben Sie recht.»

«Die Regierung werde ich hart angehen. Staatsminister Björk hatte mir eine Plattform versprochen, weil bei Migrationsfragen niemand den Mund aufmacht. Stattdessen hat er Lügen über mich verbreitet, mich ein warnendes Beispiel genannt und behauptet, ich würde die Linke zersplittern. Dabei habe ich mehr für ihn getan, als irgendjemand sonst.»

«Das Leben ist ungerecht.»

«Vorsichtig ausgedrückt.»

«Björk würde ich lieber außen vor lassen. Mein Interesse gilt der *Athena* und der Sicherheit der Flüchtlinge an Bord.»

«Ich habe eine starke Aversion gegen Schlösser an Kajütentüren», schoss Hendricks los, als ob er die erste Frage schon ahnte. «Viele Menschen sind unnötigerweise bei Schiffsunglücken ums Leben gekommen, weil sie in ihren Kajüten eingesperrt waren. Auf der *Athena* lässt sich keine einzige Kabine abschließen. Ich will das so.»

«Und die Essenspakete vom Roten Kreuz?»

«Welche Essenspakete?»

«Die, die Sie über Bord haben werfen lassen.»

Mit zusammengekniffenen Augen funkelte Hendricks Betty an.

«Freiwillige Helferinnen, die weinen», fuhr sie fort. «Sind deshalb einige abgesprungen?»

Hendricks hob seine Augenbrauen und bedachte den Koch, die Bedienung und den Kellner mit einem vielsagenden Blick, woraufhin sie sich sofort zurückzogen. «Versuchen Sie, mich vorzuführen?»

«Nicht im Geringsten.»

«Sie sind hier, um *mir* zuzuhören. Es geht um *meine* Version. Wenn ich mich beschimpfen lassen will, kann ich auch irgendeinen beliebigen anderen Idioten bei Ihrer Zeitung anrufen.»

«Was haben Sie gegen das Rote Kreuz?»

«Das geht Sie überhaupt nichts an.»

«Aber warum wurden Freiwillige gezwungen, Essen über Bord zu werfen?»

«Das war's.» Mit einem Winken beorderte Hendricks seine Leibwächter zu sich.

«Denken Sie nach, Sebastian.» Zum ersten Mal entschloss sich Betty, ihn mit seinem Vornamen anzureden. «Es ist wichtig. An Bord der *Athena* leiden Menschen. Wenn Sie das leugnen, dann schreibe ich, dass Sie das leugnen. Und ich veröffentliche das Video, in dem Sie die Helfer anschreien, damit sie die Lebensmittel wegwerfen.»

Als die Leibwächter am Tisch angekommen waren, hielt Hendricks sie mit einer Hand zurück. Worte wirkten anscheinend nicht, Bilder hingegen schon, und das wusste Betty für sich zu nutzen. Hendricks' Follower in den sozialen Medien waren die Eckpfeiler seines gesamten Geschäftsmodells, und nicht einmal auf deren Loyalität konnte er sich verlassen.

Ihr war bewusst, dass Hendricks ihren Bluff bemerken konnte, also streckte sie ihm schnell das Handy entgegen. «Wenn ich das Video veröffentliche, sehen es mindestens zehntausend Menschen, bevor ich zurück in der Redaktion bin. Ihre Follower würden Ihnen das nicht verzeihen, sie lieben das Rote Kreuz.»

Hendricks biss sich auf die Unterlippe, bemerkte es und hörte sofort damit auf. «Was wollen Sie?», fragte er.

«Andrej Susjinskij?»

«Wer?»

«Auf Kos wurden die Lebensmittelpakete aufgeladen, drei Tage später kamen Sie nach Tartus, wo die Flüchtlinge an Bord gingen. Laut meinen Quellen will Susjinskij irgendetwas, das sich auf der *Athena* befindet.»

«Der Name sagt mir nichts.»

«Ein ehemaliger russischer Geheimdienstchef, der inzwischen als Großunternehmer auftritt und Interesse für Erdgas und Geldwäsche an den Tag legt. Sebastian ... halten Sie das Rote Kreuz von der *Athena* fern, weil es etwas Kompromittierendes an Bord gibt?»

«Das ist die wildeste Anschuldigung, die mir je untergekommen ist.»

Betty gab ihm ein paar Sekunden Bedenkzeit, in der er ihrem Blick zunächst auswich, sie dann aber doch flehend ansah. Er schickte seine Leibwächter wieder weg und knetete seine Hände. Dabei fiel Betty auf, dass auch seine Manschetten ausgefranst und schmutzig waren.

«Schon seit ich klein bin, finde ich, dass Thunfisch Katzenfutter ist. Er schmeckt mir einfach nicht, hat er noch nie.»

Betty versuchte, ihm gedanklich zu folgen.

«Wir haben Thunfischkonserven an Bord genommen. Die halbe Besatzung hat am selben Abend noch davon gegessen, ich allerdings nicht. Schon nach einer Stunde fühlten sich manche krank. Ich dachte, sie hätten Durchfall oder die Ruhr, bis Jessika, eine der Freiwilligen, ihre Hand ansah und sagte, Salvador Dalí hätte sie malen sollen. Sie sagte, sie hätte acht Finger.»

«Eine Lebensmittelvergiftung?»

«Ich habe den Fisch über Bord werfen lassen, um eine Epidemie zu verhindern. Ein paar der Freiwilligen haben mir geholfen, ein paar haben protestiert.»

«Und dann?»

«Über Funk konnte ich ein Ärzteteam erreichen, das uns im Hafen erwartete, denn Jessika brauchte unbedingt medizinische Versorgung. Dabei trafen wir Soldaten aus einem Militärkrankenhaus, die uns aufforderten, eine Frau als Passagier mit an Bord zu nehmen.» Mit einem Mal verstummte Hendricks und schien zu bereuen, was er zuletzt gesagt hatte. «Das ist alles.»

«Wer war diese Frau?»

«Betty … ich will nicht, dass dieses Video an die Öffentlichkeit gelangt.»

«Ich verspreche, dass ich es nicht hochlade, wenn Sie mich davon überzeugen, dass Sie die Wahrheit sagen.»

«Verdammt.» Überrumpelt vom Ernst der Situation schob Hendricks den Teller mit dem Ei Benedict von sich. «Ich befördere keine Spione, Betty, und ich mache mich auch nicht zum Laufburschen von Staaten oder Geheimdiensten. Die *Athena* ist das Schiff der Schwachen, der Frauen und Kinder. Nur die Schwachen sind willkommen an Bord. Darum ging es von Anfang an. Diese … Frau war eine Ausnahme.»

«Eine Geheimdienstmitarbeiterin?», fragte Betty.

«Wer weiß. Sie ging an Bord und hatte außer einem Krankenblatt nichts bei sich.»

«Was stand darauf?»

«Ihre Diagnose: Haemolacria.»

«Was ist das?»

«Sie weint Blut.»

Wieder blickte sich Hendricks im Restaurant um und senkte seinen Kopf.

«Auf der *Athena* sterben Menschen, weil die Schleuser uns die Kranken und Schwachen überlassen. Und wenn ich krank sage, dann meine ich die *wirklich* Kranken. Und die Schleuser werden dabei von den örtlichen Behörden unterstützt, damit sie die Flüchtlinge nicht in den Lagern begraben müssen.»

«Wer ist sie?»

«Sie hören mir nicht richtig zu.»

«Stand kein Name auf dem Krankenblatt?»

«Darauf habe ich nicht geachtet, denn dafür war keine Zeit. Ich habe das Blatt überflogen und wieder zurückgegeben. Was hätte ich denn machen sollen? Sie einfach nicht mitnehmen und Jessika sterben lassen?»

Unruhig wippte Hendricks auf seinem Stuhl hin und her. Zwar schien er erleichtert darüber zu sein, endlich frei reden zu können, aber er wirkte auch völlig verängstigt. Hinter seiner Unruhe verbarg sich mehr als nur Nervosität, er schien auch Angst zu haben, eine Angst, die an Verzweiflung grenzte. «Zuerst wollten wir nach Haifa, doch es gab eine Planänderung. Dann erhielten wir grünes Licht, nach Tartus zu fahren. Ich habe keine Ahnung, wer die Frau ist, und ich will es auch nicht wissen.»

«Susjinskij ist an ihr interessiert. Haben Sie deshalb Leibwächter?»

Plötzlich war Hendricks erneut kurz davor, die Beherrschung zu verlieren. «Wissen Sie eigentlich, wie viele Feinde man sich macht, wenn man tut, was ich tue? Ich werde permanent bedroht. Sind es keine Rechtsextremisten, dann ist es die Polizei oder die Steuerfahndung.»

Schon wieder huschte Hendricks' Blick über Bettys Schulter, doch auf einmal hielt er inne.

«Was gibt es?», wunderte sich Betty.

«Sie sollten besser darauf achten, wen Sie alles so im Schlepptau haben.» Nach einem kurzen Moment schien sich Hendricks seiner Sache sicher zu sein. «Der Tisch am Fenster, ein Mann und eine Frau.»

Betty wartete drei Sekunden, ehe sie sich unauffällig umdrehte. Rechts hinter ihr saßen zwei normal gekleidete Personen, die eher müden Beamten ähnelten als Geschäftsleuten. Der Mann trug einen gestrickten Pullover und darüber ein Sakko aus Jeansstoff, die Frau eine dünne Bluse und eine Lederjacke. Beide hatten ihre Gesichter auf die Hände gestützt und sahen aus dem Fenster, auf dem Tisch vor ihnen lagen unangetastet einige Tageszeitungen.

Als die Frau bei einem Griff in ihre Jackentasche den Kopf zur Seite drehte, traf sich ihr Blick für einen Sekundenbruchteil mit Bettys, woraufhin ihr Begleiter und sie schlagartig in Hektik verfielen. Seine Lippen bewegten sich in schnellem Tempo, als ob er dauerhaft vor sich hin murmeln würde. Dann entdeckte Betty den Kopfhörer.

«Sie sind kurz vor Ihnen eingetroffen», merkte Hendricks an. «Würden Sie bitte so freundlich sein und mir sagen, was hier los ist?»

«Ich werde das Video nicht veröffentlichen, Sebastian», sagte Betty und stand auf.

«Betty …»

«Machen Sie sich aber darauf gefasst, dass es früher oder später an die Öffentlichkeit kommt.»

«Wo wollen Sie hin?»

Betty entfernte sich vom Tisch und ging eilig durch den Speisesaal. Als sie die Lobby erreichte, sah sie gerade noch, wie das Duo ins Freie trat. Sie rannten nicht, bewegten sich aber zielstrebig über den Platz vor dem Hotel. Von einer plötzlichen Wut gepackt, nahm Betty die Verfolgung auf, wobei ihre Haare und ihr Mantel im Wind flatterten. Der Mann und die Frau liefen eng nebeneinander, aber dennoch hielten sie Abstand, sie waren wohl eher Kollegen als Verliebte. Nach einem kurzen Spurt stiegen die beiden in einen schwarzen Volvo, der auf sie gewartet hatte. Betty hätte schwören können, dass der Fahrer des Geländewagens ebenfalls einen Knopf im Ohr hatte. Rasch notierte sie sich das Kennzeichen des Wagens auf einem Zettel, bevor er um die nächste Ecke verschwand.

Sie zückte ihr Handy und wählte die Nummer, die Nylund ihr zuvor gegeben hatte. Wie um sicherzugehen, dass niemand sonst zuhören konnte, presste sie das Telefon fest an ihr Ohr und wartete darauf, dass jemand abnahm. Währenddessen versuchte sie, sich selbst zu beruhigen. Beim nächsten Mal würde sie ihre Umgebung besser im Blick behalten.

Nach einer Minute wurde sie automatisch an eine Mailbox weitergeleitet.

Schließlich ging sie zurück zum Eingang des Hotels, wo sie sich ein Taxi nahm.

Jonatan kehrte an seinen Platz im Konferenzsaal zurück und starrte auf die Tischplatte, unter der er seine Hände nervös ineinander verschränkt hielt. Er spürte, wie sich seine Fingernägel direkt unterhalb der Knöchel in den Handrücken gruben.

Von Lassard war keine Spur zu sehen, doch ansonsten war die Versammlung vollzählig. Wie gelähmt saß Assar Melinder von Sveakraft da und richtete seine ganze Aufmerksamkeit auf den Kampf zweier rivalisierender Schwärme Krähen und Elstern, der sich vor den Fenstern abspielte.

Spielen Sie einfach Ihre Rolle.

Jonatan fühlte, wie sein Puls raste, wenn er auf den Bericht blickte. Es kam ihm vor, als müsste er Fehler in einem Text suchen, der in einer Sprache geschrieben war, die er nicht einmal kannte. Die Bilder im Bericht zeigten hauptsächlich rostige Gasleitungen. Earth First hatte Teile des Gasnetzes freigelegt und dann fotografiert, was an sich keine besonders beeindruckende Vorgehensweise war. Aber die Menge an Bildern war gigantisch und vermittelte schon beim ersten Anblick Glaubwürdigkeit.

Genau wie der Max-Pendel-Bericht.

Aus irgendeinem Grund musste Jonatan an Max Pendel denken. Während seiner Zeit in Rosenbad hatte Jonatan nur einen einzigen Bericht über die Erdgasinfrastruktur gelesen, und der stammte von einem «Forscher» und Aktivisten namens Max Pendel. Dieser Mann hatte versucht, ein Gasprojekt an der schwedisch-norwegischen Grenze zu verhindern, indem er anhand von Beweisbildern zeigte, dass die Netzbetreiber ihre Wartungsarbeiten an den Leitungen nicht ordnungsgemäß durchgeführt hatten. Fotos von durchgerosteten Gasleitungen wurden in den Lokalzeitungen abgedruckt, und die öffentliche Meinung wandte sich immer mehr gegen das Gasunternehmen. Schon damals war das alles ein heikles Thema gewesen. Die schwedische Regierung befand sich zu der Zeit in einer Krise und wollte nicht noch zusätzlich Gegenwind von unten bekommen, obwohl sie das Gasprojekt im Grunde unterstützte. Als der Bericht auf Jonatans Schreibtisch landete, war er schon zu einem wichtigen Bestandteil der gesamten Debatte geworden – bis Jonatan aufdeckte, dass alles nur ein Bluff war. Ihm war die undankbare Aufgabe zuteilgeworden, zwei Tage bevor die Regierung eine Entscheidung über die weitere Förderung des Projekts fällen wollte, den Inhalt des Berichts zu verifizieren. Doch die Arbeit, von der er zunächst angenommen hatte, sie würde eine doppelte Nachtschicht bedeuten, war nach nicht einmal einer halben Stunde erledigt gewesen. Auf den Bildern waren Jonatan einige Pflanzen des Thüringischen Fingerkrauts aufgefallen, das in Nordschweden nur extrem selten vorkam. Er kannte das Thüringische Fingerkraut aus seinen Solarzellenstudien, für die er die Pflanze auf die Fähigkeit, Licht zu absorbieren, untersucht hatte. Dieses Kraut wuchs vor allem in Deutschland und in Polen, und als Pendel mit dieser Information konfrontiert wurde, gab er den Schwindel zu. Die Fotos waren an einem stillgelegten Gasnetz in Polen aufgenommen worden. Und irgendetwas an dem Bericht von Earth First, den Jonatan gerade durchblätterte, erinnerte ihn an Max Pendel.

Ist das Thüringisches Fingerkraut?

In diesem Augenblick wurde die Tür des Saals von Lars Lassard zugeschlagen, der anschließend um den Tisch ging und sich auf seinen Platz setzte. Seine Miene ließ vermuten, dass während seines Telefonats ein paar heftige Beleidigungen gefallen waren.

«Sind Sie zu einem Entschluss gekommen?», wollte Morén wissen.

Trotz seiner offensichtlichen Gereiztheit bewahrte Lassard die Fassung. «Der Preis liegt weiterhin bei fünfzehn Milliarden.»

Morén nickte und beugte sich über den Bericht von Earth First, den er mit der gleichen Bewunderung ansah wie ein Komponist seine Noten. «Dann glaube ich nicht, dass wir heute irgendetwas erreichen werden. Richten Sie dem alten und neuen Betreiber Susjinskij meine Glückwünsche aus. Wie geht es nun weiter? Hat jemand einen Vorschlag?»

Die Frage war an alle gerichtet, und es dauerte nicht lange, bis die Teilnehmer des Treffens engagiert miteinander zu diskutieren begannen. Auch die jüngeren Juristen entlang der Wände brachten jetzt den Mut auf, einen Kommentar darüber abzugeben, wie die Abwicklung vonstattengehen und wer als Erstes über die neueste Entwicklung informiert werden sollte. Alles war eine Frage der Kommunikation.

Jonatan hörte nur mit halbem Ohr zu, da er sich die Bilder des Berichts ein zweites Mal ansah. Er war verwirrt, doch gleichzeitig so aufgewühlt, dass er gar nicht anders konnte, als dem Mysterium auf den Grund zu gehen.

Sind das die Bilder aus dem Max-Pendel-Bericht?

Er holte sein Smartphone aus der Tasche und gab Max Pendel als Suchbegriff ein. Mehrere Zeitungen hatten über den Skandal berichtet, manch einer hatte Jonatan sogar in der Regierungskanzlei besucht, um ihm «ewige Dankbarkeit» für die Enttarnung dieses Bluffs auszusprechen. Für ein paar Tage war Jonatan ein Held, denn er hatte der Regierung ermöglicht, ihren Beschluss zu fassen. Die geplante Gasleitung konnte gebaut werden.

Als er die Ergebnisse der Suche auf dem Display sah, hörten seine Lippen auf zu zittern, und er klickte auf einige Bilder aus dem Pendel-Bericht. Bevor er begriff, was geschah, wurde sein ganzer Körper von einer rasenden Unruhe durchströmt.

Während Kjell Morén weitersprach, drehte Jonatan sein Mobiltelefon so, dass Kessler die Bilder sehen konnte.

«Böswillige Gerüchte und Schuldzuweisungen nützen niemandem. Ich hoffe, dass wir alle zu unseren Partnern zurückkehren und ihnen mitteilen können, dass es weiterer Fakten bedarf, bevor es weitergeht. Ich finde, auch das Parlament sollte seine Meinung dazu äußern können, doch das bespreche ich mit dem Staatsminister. Sind wir uns darüber einig?»

Rund um den Tisch fingen die Leute an, ihre Sachen zusammenzupacken. Plante Kjell Morén etwa trotz allem ein schnelles politisches Comeback? Jonatan sah Kessler an, der ihn mit eindringlichen Blicken dazu aufforderte, etwas zu sagen. Aus den Augenwinkeln nahm er wahr, wie Morén ihn von seinem Platz aus anstarrte.

«Sie da», sagte er. «Ja genau, Sie, junger Mann. Sie möchten anscheinend etwas sagen. Wie heißen Sie?»

«Stark», antwortete Jonatan stockend. «Jonatan Stark.»

«Wollen Sie uns etwas mitteilen?»

Zögerlich hob Jonatan die Schultern. Innerlich schlug sein Herz wie wild, und er fühlte sich an seinen ersten Schultag erinnert.

«Haben Sie etwas zu sagen oder nicht?»

Jonatan zögerte immer noch, doch die Zeit war gekommen. «Ich kann Ihre Sorge wegen des schlechten Zustands der Gasleitungen wirklich sehr gut nachvollziehen.»

«Es interessiert niemanden, was Sie nachvollziehen können und was nicht.»

«Das mag sein, doch es gibt ein Problem mit dem Earth-First-Bericht.»

Es dauerte einen Moment, bis alle verstanden hatten, was

Jonatan gesagt hatte, doch dann starrten sie ihn an, als hätte sich sein Brustkorb geöffnet und ein außerirdisches Wesen streckte seinen Kopf heraus. Morén verzog sein Gesicht zu einer Grimasse und verschränkte die Arme, was Jonatan als Kampfbereitschaft interpretierte.

Jonatan zeigte die Bilder auf seinem Telefon herum. «Die Fotos sprechen für sich selbst, wenn sie sich jemand ansehen will. Die Bilder im Bericht haben mit dem schwedischen Gasnetz jedenfalls nichts zu tun.»

«Behaupten Sie etwa, ich wäre ein Lügner?»

«Sehen Sie selbst.»

Peder Skyttare, der Vertraute des Staatsministers, erhob sich von seinem Stuhl, ging um den Tisch herum, ließ sich das Handy geben und betrachtete die Bilder mit kritischem Blick.

«Sie sind ziemlich ähnlich», schob Kessler ein. «Ich werde das überprüfen.»

Er stand auf und ging zum Fenster, um zu telefonieren.

Alle anderen warteten darauf, dass Skyttare sich äußerte. Jonatan war erstaunt darüber, wie gut das menschliche Gehirn funktionierte, wenn es etwas gewittert hatte, und über die Fähigkeit, kleinste Details selbst unter Stress wieder abrufen zu können. Er hatte die Bilder wiedererkannt. Ihn selbst hatte es nicht sonderlich gefreut, der Erdgasbranche durch das Aufdecken der Fälschungen in Max Pendels Bericht geholfen zu haben, doch er konnte sich an die Stimmung in Rosenbad erinnern: Es war derselbe Rausch gewesen, den er auch jetzt wahrnahm.

«Hier können Sie sehen, dass die Bilderserie des Berichts identisch mit der auf dem Handy ist», erklärte Jonatan und zeigte Skyttare die Übereinstimmungen. «Es sind exakt dieselben Bilder. Sie wurden einfach nur in den Bericht kopiert.»

«Was ist denn das für ein Blödsinn?», meldete sich Morén von der anderen Seite des Tischs.

Jonatan ignorierte ihn. «Wenn Sie sich die Bildunterschriften genauer ansehen, werden Sie merken, dass sie wahrscheinlich ebenfalls kopiert wurden. Die Formulierungen sind die gleichen, nur Ort und Datum wurden geändert.»

Niemand am Tisch sagte etwas. «Ich weiß das, weil ich den Fotografen getroffen habe», fuhr Jonatan fort. «Die Bilder wurden an einem stillgelegten Gasnetz auf dem Land in Polen aufgenommen. Vor zehn Jahren.»

«Lassen Sie mich mal sehen», forderte Lassard und ging zu Jonatan hinüber. Er war schon nach wenigen Sekunden überzeugt.

«Entschuldigen Sie», sagte Morén, «aber auf wie viele verschiedene Arten kann man Gasleitungen eigentlich fotografieren?»

«Sicher auf viele Arten», erwiderte Jonatan. «Aber Thüringisches Fingerkraut gibt es in Schweden nur an sehr wenigen Orten. So wurden die Bilder beim letzten Mal entlarvt. Sie wurden hereingelegt, diese Bilder wurden definitiv in Polen aufgenommen.»

Morén schien nicht zuzuhören. «Peder», sagte er mit einem flehenden Unterton in der Stimme, «dieser eingebildete Affe arbeitet doch für Susjinskij und tut alles, um diejenigen in Verruf zu bringen, die seine Geschäfte in Frage stellen. Gehen Sie ihm nicht auf den Leim.»

«Da bin ich mir nicht so sicher», sagte Skyttare und blickte Jonatan an. «Wen genau repräsentieren Sie hier?»

«Er gehört zu mir», sagte Kessler, der mittlerweile vor dem offenen Kamin stand. «Er war in der letzten Regierung politischer Berater für Energiefragen. Er weiß, wovon er spricht.» Damit kehrte er an seinen Platz zurück und steckte das Telefon in seine Tasche. «Earth First hat den Bericht dementiert. Weder hatten sie Pläne, ein solches Gutachten anzufertigen, noch haben irgendwelche Freiwilligen Gasleitungen ausgegraben.»

Lassard atmete erleichtert aus. «Ich finde, wir haben genug gehört ...»

Doch Morén war da anderer Ansicht. Energisch ging er auf Kessler zu und fuchtelte mit der Hand vor seinem Gesicht herum.

«Es tut mir leid, aber ich muss das unterbinden. Sie und Ihr kleiner Assistent legen niemanden herein. Dieser Bericht wurde mir zugeschickt, damit er weder diskreditiert, verfälscht noch geheim gehalten wird. Wenn Sie versuchen, hier irgendein Spiel zu spielen, um Susjinskij zu schützen, dann haben Sie sich geschnitten. Die Wahrheit kommt immer ans Licht.»

Skyttare versuchte, ihn zu stoppen. «Kjell ...»

«Nein, ich bin noch nicht fertig, Peder! Das ist ein solch verdammt gewissenloses Verhalten ... Fallen Sie nicht darauf herein, Peder. Sie kennen mich, ich kann es einfach nicht akzeptieren, dass Leute wie Susjinskij und die anderen von LSI Holdings ungestraft damit davonkommen. Das dürfen wir nicht zulassen.»

Mit einem Mal fasste sich Morén wieder und holte tief Luft. Dabei bemerkte er, wie die Anwesenden ihn stumm und unbewegt anstarrten. Auch Melinder saß mit regungsloser Miene da, er wirkte komplett schockiert angesichts der Vorgänge im Saal.

Da begriff Morén, dass etwas nicht stimmte, und er fuhr mit gedämpfter Stimme fort. «Ich hoffe, dass ich ... das zum Ausdruck gebracht habe, was alle hier denken und fühlen. Das war alles.»

Immer noch herrschte Schweigen im Raum, doch dann sagte Skyttare: «Würden Sie uns einen Moment alleine lassen, Kjell?»

Morén starrte einige Momente stumm vor sich hin, ehe er antwortete: «Selbstverständlich.»

Dann wankte er aus dem Konferenzsaal.

Nachdem die Tür wieder geschlossen war, sah sich Skyttare im Saal um. Mit betont beherrschter Stimme wandte er sich an die anderen im Saal. «Meine Herren, wollen wir uns darum kümmern, die Zukunft gemeinsam zu gestalten, und die Erklärung unterschreiben?»

* * *

Die Absichtserklärung umfasste fünf Seiten auf neutralem Papier. Auf der letzten Seite unterzeichneten Assar Melinder von Sveakraft und Lars Lassard von LSI Holdings, während ein junger Assistent die Szene fotografierte und das Bild in die sozialen Netzwerke stellte.

Um den Konferenztisch bildete sich eine Schlange, da alle den Unterzeichnenden gratulieren wollten.

Was dann geschah, verblüffte Jonatan, obwohl er wusste, dass er einen gewissen Anteil am Geschehen gehabt hatte. Die Konferenzteilnehmer wollten auch seine Hand schütteln und dankten ihm für seinen Einsatz. Sie lachten und warfen ihm Blicke zu, als hätte er persönlich ihre Jahresboni gerettet. Doch Jonatan wollte nur noch verschwinden.

Sogar Bo Kessler wurde zum Helden erklärt. Er hatte so kurz vor einem drohenden Crash noch einen politischen Sachverständigen auftreiben können, der den Deal tatsächlich gerettet hatte. Kessler Consulting war also eine Firma, mit der man rechnen musste. Lassard gratulierte Kessler als einer der Ersten, und genau diesen Moment nutzte Jonatan, um den Raum zu verlassen.

Draußen auf dem Korridor war es sehr ruhig, doch in seinem aufgewühlten Zustand war Stille nicht das, wonach er suchte.

Er ging hinunter an die Rezeption. Bis auf eine junge Dame, die hinter dem Tresen stand, war sie völlig verlassen.

«Ich bräuchte die Tasche und die Autoschlüssel von Bo Kessler, bitte», sagte Jonatan. «Es ist dringend.»

«Ist alles in Ordnung mit Ihnen?», erkundigte sich die Rezeptionistin.

«Ja.»

«Wer übernimmt die Kosten für das Essen?»

«Kessler Consulting», antwortet Jonatan knapp, woraufhin die Dame, ohne zu zögern, kurz verschwand und mit der Tasche und den Autoschlüsseln zurückkehrte.

«Gibt es hier in der Nähe einen ruhigen Ort?», wollte Jonatan wissen.

Die Rezeptionistin händigte ihm Aktentasche und Schlüssel aus, ehe sie auf einen Gang um die Ecke deutete. «Vor der Garderobe gibt es einen ...»

«Danke», sagte Jonatan und ging in die Richtung, die sie ihm gezeigt hatte. Vor einem Raum voller orangefarbener Jagdwesten gab es eine Nische mit einer kleinen Bank, die an eine alte Telefonzelle erinnerte.

Die Bank würde Jonatan als Arbeitsfläche dienen müssen. Jonatan stellte Kesslers Aktentasche, die ganz klassisch aus dunklem Reptilienleder gefertigt war, auf einer Zeitung ab, auf deren Titelseite das Flüchtlingsschiff *Athena* zu sehen war. In der Tasche befanden sich ein kleiner granitgrauer Laptop und eine Mappe, auf der das russische Staatswappen prangte. Jonatan öffnete sie und stieß auf einige Fotografien, die von einem Gummiband zusammengehalten wurden. Ein einzelnes Foto lag lose auf dem Stapel, es zeigte ein Schiff. Der Text in der Ecke lautete: Афина.

Als er das Gummiband lösen wollte, fiel ihm auf, dass es dasselbe Schiff war, das auch auf der Titelseite der Zeitung abgebildet war.

Auf den anderen Fotos war immer dieselbe Frau zu sehen, jedes Mal in einer anderen Situation. Auf einigen war sie komplett zu sehen, sodass Jonatan auffiel, wie groß und schlank sie war. Die Qualität der Fotos ließ zu wünschen übrig, ein paar von ihnen schienen aus privatem Besitz zu stammen, andere waren wohl von Überwachungskameras in einer Hotellobby oder einem Bürogebäude aufgenommen worden. Auf diesen Bildern war die Frau in Begleitung zweier Männer, von denen einer eine Uniform und der andere einen beigen Anzug trug. Sie ging zwischen den beiden Männern, und ihr Blick war direkt in die Kamera gerichtet. Lange musterte Jonatan die Bilder und versuchte zu verstehen, wie sie mit dem zusammenhingen, was er gerade erlebt hatte.

Nach einer Weile hörte er, wie einige Konferenzteilnehmer an die Rezeption kamen. Also legte er den Laptop und die Mappe sorgfältig zurück in die Aktentasche, bevor er sie wieder zurückgab. Manche Teilnehmer blieben anscheinend noch für einen kleinen Jagdausflug auf dem Gutshof, während andere direkt zurück nach Stockholm fuhren, um Pressemitteilungen zu verschicken und ihre Vorstände über den abgeschlossenen Deal zu informieren. Die Gesichter der meisten Männer strahlten. Ihre Blicke erinnerten Jonatan an Tiere, die plötzlich und unverhofft aus einer Falle befreit worden waren.

Unter einer immer dichter werdenden Wolkendecke, aus der es zu nieseln begonnen hatte, ging Jonatan zu Kesslers Auto. Er sah, dass Kessler mit Lars Lassard zusammenstand und sich mit ihm unterhielt. Die Männer verabschiedeten sich mit einer kameradschaftlichen Umarmung, ehe Kessler mit einem verträumten Lächeln im Gesicht auf Jonatan zuging.

«Sie haben Ihnen aus der Hand gefressen», stellte er zufrieden fest. «Sveakraft hat nur zwei Nanosekunden gebraucht, um ja zu fünfzehn Milliarden zu sagen, und weitere zwei Nanosekunden, um zu unterschreiben.»

«Dann können Sie jetzt den Mann anrufen, der mich vorhin kontaktiert hat.»

«Wollen wir uns nicht zuerst ins Auto setzen? Können wir

nicht zumindest so tun, als hätten wir etwas zu feiern? Winken Sie den Jungs zu, sie werden den Ruhm für sich beanspruchen.»

Zwei Autos fuhren an ihnen vorbei. Kessler winkte, doch Jonatan stand nur still da und ließ die Arme hängen.

«Nun ja», sagte Kessler. «Die Hauptsache ist, dass niemand einen Verdacht hegt.»

Ob Kessler diese Bemerkung bewusst fallengelassen oder ob er sich verplappert hatte, konnte Jonatan nicht sagen. Er gab Kessler die Autoschlüssel und sah ihm dabei in die Augen. Ein riesengroßes Lächeln teilte Kesslers Gesicht beinahe in zwei Hälften.

Mit einem Mal wusste Jonatan Bescheid. Die Wahrheit stand in Kesslers Gesicht.

«Der Bericht war ein Trick, er wurde Morén untergeschoben», sagte er.

«Das stimmt», gab Kessler nach einem Moment des Schweigens zu. «Die Max-Pendel-Story ist ziemlich bekannt. Ihre größte Leistung als Referent für Energiefragen.»

Jonatan erwiderte nichts.

«Morén ist kein Mann, der sich mit Details aufhält. Jemand wie er prüft einen Bericht nicht im letzten Augenblick, so etwas liegt ihm nicht.»

«Sie haben ihm den Bericht anonym zugeschickt.»

«Entscheidend war, wann er ihn bekommen würde», erklärte Kessler. «Nach den Ereignissen der letzten Wochen hatte er niemanden mehr, mit dem er den Inhalt des Berichts hätte diskutieren können. In seiner Situation denkt man nicht mehr klar – man glaubt so sehr an die Rettung, dass man die Risiken übersieht.»

«Wann haben Sie den Bericht abgeschickt?»

«Gestern.»

Mit einem müden Blick wandte sich Jonatan von Kessler ab und sah zu Boden. Er wollte etwas sagen, doch das erschien ihm sinnlos. Nichts an Kesslers Geständnis war besonders überraschend gewesen.

«Aber ohne Sie hätte das alles nicht funktioniert, Jonatan.»

* * *

Sie verließen den Gutshof. Kessler fuhr aggressiv, sodass der Regen gegen die Windschutzscheibe prasselte, und vor Jonatans innerem Auge flackerte es, als stünde sein Gehirn in Flammen.

«Warum fahren wir einen anderen Weg als heute Morgen?»

«Dieser Weg ist schneller», antwortete Kessler.

«Warum haben wir ihn dann auf dem Hinweg nicht genommen?»

«Heute Morgen mussten wir uns erst einmal warmreden und uns richtig kennenlernen», sagte Kessler grinsend. «Jetzt sparen wir eine halbe Stunde.»

Vergnügt trommelte er mit den Fingern auf das Lenkrad, und Jonatan verspürte nichts als Abscheu vor diesem Mann.

«Sie sind jemand, der er es immer eilig hat», sagte er. «Und was geschieht, wenn Sie die Szene wieder verlassen haben, ist Ihnen vollkommen egal.»

«Wenn es schnell gehen kann, sollte es auch schnell gehen. In meinem Beruf bedeutet eine halbe Stunde viel Geld.»

«Und der Bericht?»

«Was ist damit?»

«Susjinskij muss zufrieden sein.»

Ohne eine Miene zu verziehen, hielt Kessler seinen Blick auf die kurvige Straße gerichtet. Er schien etwas sagen zu wollen, hielt sich jedoch zurück. Nach einer kurzen Bedenkzeit fand er die richtigen Worte. «Susjinskij kontrolliert uns alle, Jonatan. Auf diese Weise gewinnt er immer. Die Erklärung musste unterschrieben werden. Auf welche Weise dieses Ziel erreicht werden würde, war belanglos. Jedes Beraterbüro in Stockholm wollte diesen Auftrag, aber ich habe ihn bekommen. Ich habe den Job erledigt.»

«Indem Sie den Energieminister ausgetrickst haben?»

«Er hat sich selbst ausgetrickst. Falls es in der Regierungskanzlei je einen Rückzugsplan für ihn gegeben hat, bezweifle ich, dass jetzt noch etwas daraus wird. Das Gasnetz ist eine sensible Angelegenheit. Als Susjinskij das Netz damals über LSI Holdings gekauft hat, gingen die Karrieren von vielen Staatsbeamten den Bach herunter. Sie haben das selbst aus nächster Nähe miterlebt. Jetzt verkauft Susjinskij das Netz an den Staat zurück und macht einen Milliardengewinn dabei. Unser Job, Jonatan, kann sehr befriedigend sein, wenn alles gut läuft, und Susjinskij hat weitere Aufträge für Sie. Betrachten Sie es als einen Anfang. Außerdem wird das alles nicht gerade schlecht bezahlt.»

«Das kommt nicht in Frage.»

«Das mit Ihnen war seine Idee, und es war nur ein Test oder eine Art zweite Chance. Ich weiß nicht mehr genau, wie er es formuliert hat.»

«Wovon reden Sie?»

«Er hat Ihnen schon einmal einen Job angeboten, nicht wahr? Sie haben abgelehnt. Ziemlich mutig. Niemand sagt nein, wenn Susjinskij ruft, und kommt damit davon.»

«Wer ist die Frau?», fragte Jonatan plötzlich.

Kesslers unbewegliche kalte Augen starrten mit nahezu übertriebener Gleichgültigkeit nach vorne.

«Sie haben eine Mappe von der russischen Botschaft über sie», fuhr Jonatan fort.

Kessler sagte immer noch nichts.

«Wenn ich weitermachen soll», sagte Jonatan, «dann sagen Sie mir lieber gleich, wer sie ist und was der nächste Schritt sein wird.»

«Sie sind also bereit zuzuhören?»

«Ja.»

«Und mitzuspielen?» Kesslers verstärkte seinen Griff um das Lenkrad. «Sie bewegen sich auf sehr dünnem Eis. Susjinskij hat mich davor gewarnt. Und ich kann nicht akzeptieren, dass Sie in meinen Sachen herumschnüffeln.»

«Beantworten Sie meine Frage.»

Kessler senkte seine Stimme, doch innerlich schäumte er vor Wut. «Die Mappe wurde von einer Fraktion innerhalb des Kremls verschickt. Vermutlich an alle russischen Botschaften in Europa. Sie suchen nach ihr und haben dafür eine riesige Maschinerie in Gang gesetzt.»

«Wer ist sie?»

«Susjinskij will sie haben. Er hat Himmel und Hölle in Bewegung gesetzt, um als Erster an sie heranzukommen. Wenn Großes auf dem Spiel steht, muss man groß denken, und größer kann eine Sache kaum sein. Das werden auch Sie bald verstehen.»

Er machte eine Pause, drehte den Kopf zur Seite und betrachtete Jonatan eindringlich, um seine Reaktion zu sehen.

«Ein paar Minuten nachdem die Absichtserklärung unterschrieben war, wurde den Angestellten der Sicherheitsfirma Nordfall, die wiederum ein Tochterunternehmen von Hökbergs ist, mitgeteilt, dass sie ab sofort für einen neuen Mehrheitseigentümer arbeiten. Nordfall ist das Unternehmen, das für die Sicherheit im Värtahafen zuständig ist. Der Gasdeal ermöglicht Susjinskij den Zugriff auf große Fondsanteile, die er jetzt in Nordfall investiert.»

Jonatan bemerkte, dass Kessler mit einer Hand auf das Handy in seiner Brusttasche drückte, das anscheinend klingelte, er wollte nicht gestört werden. Entschlossen drückte Kessler aufs Gaspedal, dann sprach er weiter.

«Susjinskijs Leute sind wahrscheinlich schon vor Ort und

spazieren lässig auf dem Hafengelände herum, während ihnen Assistenten vom Migrationsamt Schirme über die Köpfe halten und die Sicherheitskräfte von Nordfall ihnen erklären, wie und wo die Passagiere der *Athena* an Land gehen werden. Sie sind dort, um die Frau zu identifizieren, aber dazu brauchen sie die Mappe.»

«Dabei mache ich nicht mit.»

«So kurz vor dem Ziel werden wir uns doch nicht lächerlich machen.»

«Dieses Ziel ist mir scheißegal.»

«Da haben wir sie wieder. Ihre Einstellung. Ich habe versucht, mich feinfühlig auszudrücken, doch offensichtlich sind Sie zu beschränkt, um es zu kapieren.»

«Am besten wäre es, Sie gingen an Ihr Handy.»

Kessler schenkte ihm ein eiskaltes, höhnisches Lächeln. «Susjinskij hat Sie völlig im Griff! Es wird so lange eine Waffe auf die Menschen gerichtet sein, die Ihnen lieb sind, wie Susjinskij das für angemessen hält. Sie können heute sterben, morgen, nächste Woche, und es gibt absolut nichts, das Sie dagegen tun könnten.»

Jonatan warf sich nach vorne, und danach ging alles blitzschnell. Es fühlte sich wie ein plötzliches Ziehen in der Magengrube an, eine Art Schwindelgefühl, ein elektrischer Impuls, der durch seine Muskeln strömte. Wie eine Rakete traf Jonatans Faustschlag Kesslers Niere. Der nächste Hieb ging gegen seinen Kopf, und als sich Jonatan nach dem Lenkrad streckte, war es bereits zu spät.

Er konnte nur noch versuchen, sich irgendwie zu ducken, als das Auto die Böschung hinabraste.

ZWEITER TEIL

Betty Lind nahm die Treppe, als sie wieder im Redaktionsgebäude war. Der Fahrstuhl war einfach viel zu langsam, worüber sie sich immer wieder aufregen konnte, und heute ärgerte sie sich außerdem darüber, wie naiv sie gewesen war. Nicht genug damit, dass sie sich auf eine anonyme Quelle verlassen hatte, bei der es sich um den Chef der Säpo handelte, sie hatte zudem Geheimdienstagenten die Möglichkeit gegeben, ihr Gespräch mit Sebastian Hendricks zu belauschen.

Auf dem Weg zu ihrem Computer im dritten Stock stoppte sie kurz an einem Kaffeeautomaten, der einen so wässrigen Kaffee ausspuckte, dass sie kurz mit dem Gedanken spielte, einen Aufruf an die Kaffeebauern zum Boykott der schwedischen Kaffeemaschinenhersteller zu richten, bis diese gelernt hatten, wie man richtigen Kaffee kochte.

In der Redaktion war keiner ihrer Reporter an seinem Platz. Aber aus der Teeküche hörte sie die Stimme von Ralf Bogren, der gerade in ein lautstarkes Wortgefecht verwickelt zu sein schien, was Betty verwunderte, da Bogren normalerweise nie seine Stimme erhob. Doch genauso wenig hatte er jemals versucht, sie an seinem Arbeitsplatz zu küssen. Er war immer darauf bedacht gewesen, die Affäre mit seiner Politikredakteurin vor seinen Mitarbeitern geheim zu halten. Doch inzwischen wusste Betty nicht mehr, ob es überhaupt noch einmal zu einem Treffen mit ihm kommen würde.

Warum habe ich ihn nur geschlagen?

Ob die Leute über ihr Sexleben tratschten, war Betty egal. Wenn es um Sex ging, war sie nie zurückhaltend gewesen.

Schon in jungen Jahren hatte sie ihre Sexualität mit großer Lust erforscht, diese Art von Genuss war ihr wichtig, und sie probierte gerne neue Dinge aus. Seit sie zwanzig war, dokumentierte sie ihre sinnlichen Abenteuer auf einer Seekarte des Schärengartens von Stockholm, die zudem ein sprechendes Beispiel für die Schönheit sinnloser Informationen war. Die azurblau gefärbten Wasserflächen waren von kleinen Ziffern bedeckt, die die Wassertiefe rund um die Inseln und Schären angaben. Schon als Kind hatte sie es geliebt, diese Karte zu studieren, und eigentlich wusste sie gar nicht so genau, warum sie die Seekarte überall dort mit kleinen Nadeln versah, wo sie Sex gehabt hatte. Einmal hatte ihr Vater sie danach gefragt, worauf sie geantwortet hatte, die Nadeln markierten die Orte, an denen sie besonders schöne Sonnenuntergänge erlebt habe. Anfangs hatte jede Farbe der Nadelköpfe für einen bestimmten Liebhaber gestanden, doch irgendwann hatte das Nadelkästchen nicht mehr genügend Farben hergegeben.

Sie versuchte, für einen Moment an etwas anderes zu denken, und als sie auf ihre Computertastatur drückte, sodass der Bildschirm aufleuchtete, tauchte plötzlich Raja Singh an ihrer Seite auf. Er beugte sich ganz nah zu ihr hinab, obwohl beinahe niemand in der Nähe war.

«Was ist?», fragte sie.

«Frag mich, was das Geheimnis hinter einer langen und erfolgreichen Karriere ist.»

«Erzähl.»

«Es könnte tatsächlich deine Chance sein, eines Tages Chefredakteurin der größten Zeitung des Landes zu werden.»

«Ich lade dich auf einen Latte macchiato ein, wenn du es mir erzählst.»

«Andererseits sollte man seine Nase auch nicht in alles stecken.»

«Was soll das heißen?»

«Nehmen wir an, dass ich etwas gehört habe, das ich nicht hätte hören sollen. Eine Information von einer anonymen Quelle, über etwas, das dieser Zeitung gefährlich werden könnte, über LSI Holdings und das Thema Verschwiegenheitspflicht.»

Betty wischte etwas von ihrem Hals, ein Insekt, wie sie zunächst glaubte, doch es war ein Schweißtropfen, der über ihre Haut lief. Plötzlich war ihr heiß, obwohl sie vor einem Moment noch gefroren hatte.

«Wer hat das gesagt?»

«Das ist eine Frage, die die Götter beantworten müssen, aber ich würde einen Monatslohn darauf verwetten, dass diese Person immer die absolut neueste Herrenmode trägt.»

Betty war sofort klar, dass Raja den Chef der Nachrichtenredaktion, Daniel Svensson, meinte. «Einer der Eigentümer kommt heute Abend vorbei», sagte er. «Anscheinend hat Bogren Svensson darum gebeten, auch dabei zu sein.»

«Glaubst du, die beiden werden gefeuert?»

«Mit diesem Risiko leben sie jeden Tag.»

Daniel Svensson war nicht an seinem Platz, wie Betty nach einem kurzen Blick hinüber zur Nachrichtenredaktion feststellte. Svensson war ihr gegenüber nie unfreundlich oder respektlos, doch sie war froh, dass Raja immer auf der Hut war und sie vor hinterlistigen Angriffen schützte, wenn er konnte. Svensson trug das Haar an den Seiten kurz rasiert und mit einem messerscharfen Scheitel, ganz wie ein moderner Dandy. Er wusste alles über die Akteure der schwedischen Finanzwelt und des Boulevards, bis hin zu deren exaktem Jahresgehalt. Er kannte die bevorzugten Alkoholsorten, den Lieblingsdesigner und das Lieblingsparfüm der Partnerin, wusste, wer welches Auto fuhr, die Namen und das Alter der Kinder, welche Krankheiten sie eventuell gehabt hatten, ihr Lieblingsessen, den Musikgeschmack, ihre politische Einstellung und Dutzende, wenn nicht gar Hunderte andere Details – sowohl die relevanten als auch die trivialen.

«Wenn ich mir einen neuen Job suchen muss, will ich, dass du mir das sagst», meinte Raja.

«Du bist doch gerade erst drei Monate hier.»

«Ich bleibe nicht, wenn du verschwindest.»

«In Ordnung. Kannst du mir einen Gefallen tun?»

«Gern.»

«Recherchier mal zu Haemolacria, das ist eine Erkrankung, und sieh nach, ob du aktuelle Fälle mit Verbindungen in den Nahen Osten finden kannst.»

«Frau oder Mann?»

«Eine Frau.»

«Eine Frau mit Haemolacria und eventuelle Artikel darüber», fasste er zusammen. «Ist das alles?»

«Das sollte erst mal reichen.»

Raja machte sich an die Arbeit, und Betty versank in den Tiefen ihres Computers. Dass der Säpo-Chef sie für seine Zwecke benutzt hatte, hätte sie wütend machen können, wäre da nicht seine kranke Tochter.

Hodgkins...

Ihr Vater, Konrad Lind, war an einem Nachmittag im Sommerhaus in Sandhamn gestorben, wo Betty ihn betreut hatte. Betty war nur kurz in der Stadt gewesen, und als sie zurückgekommen war, hatte sie an der Haustür gemerkt, dass sie die Schlüssel vergessen hatte. Sie hatte an die Tür geklopft und durch das Glasmosaik im Windfang hineingeschaut: Ihr Vater lag bewusstlos auf dem Boden. Dieses Bild würde sie niemals vergessen. In ihrem Kopf war es immer nur einen kleinen elektrischen Impuls weit entfernt.

Sie wischte sich eine Träne aus den Augen, die allzu leicht gekommen war, und holte ihr Handy hervor. Sie wählte nochmals die Nummer von Nylund, doch dieses Mal war sie besetzt. Eigentlich verabscheute sie die Anruf-Halten-Funktion – die ihrer Meinung nach die schlimmste aller sogenannten «Servicefunktionen» der Telefongesellschaften war, die damit ihre Gewinne noch weiter in die Höhe treiben konnten –, doch jetzt nutzte sie diese Funktion.

Während sie wartete, überprüfte sie das Kennzeichen des Autos, das sie vor dem Hotel gesehen hatte. Eine Seite im Internet gab ihr die Information, dass es sich um einen Mietwagen handelte. Kurzerhand griff sie zum Hörer ihres Redaktionstelefons und rief die Mietwagenfirma an, bei der sich direkt ein Mitarbeiter meldete.

«Wir hätten ein paar Fragen zu einem Wagen, den wir bei Ihnen geliehen haben», sagte Betty und gab das Kennzeichen des Autos durch. «Wir sind gerade eben von einem anderen Unternehmen aufgekauft worden, weshalb sich unsere Adresse ändert, und wir wollen sichergehen, dass die Rechnung richtig zugestellt wird. Wer ist denn als Kontaktperson eingetragen?»

«Allan Sedin», antwortete der Mitarbeiter. «Er ist für insgesamt drei Autos eingetragen.»

«Ausgezeichnet, und welche Adresse hat er angegeben?», fragte Betty.

Der Mann zögerte einen Moment. «Linnégatan 27.»

«Vielen Dank, dann stimmt alles. Auf Wiederhören.»

Sie gab die Adresse und den Namen in eine Suchmaschine ein und wurde auf die Stockholmer Filiale eines Detektivbüros verwiesen, das in ganz Schweden tätig war. Der Homepage der Detektei zufolge übernahmen sie Aufträge von Privatpersonen, Unternehmen und aus dem öffentlichen Sektor in Schweden, aber sie arbeiteten auch international.

Welche Schlüsse Betty aus dieser Information ziehen sollte, wusste sie selbst nicht ganz genau, doch während sie noch darüber nachdachte, wurde ihr Anruf mit Nylund verbunden. Ihre erste Frage schien ihn zu überraschen.

«Wie viel Zeit bleibt Ihrer Tochter noch?»

Der Säpo-Chef verstummte und antwortete nur sehr zögerlich: «Wieso fragen Sie mich das?»

«Ich bin neugierig.»

«Das ist nicht der richtige Zeitpunkt.»

«Wenn es etwas gibt, das ich wirklich weiß, dann, dass immer der richtige Zeitpunkt ist, um über jemanden zu sprechen, der einem wichtig ist.»

«Die antineoplastischen Medikamente der Chemotherapie sind nicht stark genug, und das ist nur der Anfang einer langen Liste.»

«Hat sie einen guten Arzt?»

«Es spielt keine Rolle, wie gut er ist.»

«Welche Behandlung wird bei ihr durchgeführt?»

«Es ist keine mehr übrig.»

«Es gibt immer eine Behandlung. Man muss sie nur finden.»

«Danke für Ihre Anteilnahme.»

«Warum haben Sie sich zu erkennen gegeben?»

Die Stille erschreckte Betty zunächst, doch ihr Interesse war aufrichtig. «Sie hätten sich nicht enttarnen müssen. Wieso haben Sie es also getan?»

«Sind Sie in Schwierigkeiten, Betty?»

«Das weiß ich noch nicht. Aber wenn ich gewusst hätte, dass Sie derjenige sind, der mir die brisanten Informationen über LSI Holdings verschafft, dann hätte ich wohl ein bisschen länger darüber nachgedacht.»

«Ich werde damit nicht an die Öffentlichkeit gehen.»

«Darum habe ich Sie auch nicht gebeten.»

«Noch nicht, nein.»

«Deshalb rufe ich nicht an. Ich habe angerufen, um Ihnen zu sagen, dass ich finde, Sie sollten bei Ihrer Tochter sein.»

«Ich bin so oft bei ihr, wie ich nur kann.»

«Ich habe meinen Vater nur ein paar Stunden allein gelassen, und als ich zurückkam, war er tot.»

«Das tut mir leid.»

«Ich kann mich nicht einmal erinnern, warum ich überhaupt weggefahren bin.»

Ralf Bogren kam aus der Teeküche und steuerte auf Betty zu. Hinter ihm tauchte Daniel Svensson auf, der aber die entgegengesetzte Richtung einschlug. Beiden war die Erregung nach ihrem Streit deutlich anzusehen.

«Wir hören uns später», murmelte Betty und legte auf, als Ralf Bogren einen Stuhl nahm und sich neben ihr niederließ. Er wirkte alles andere als froh darüber, Betty zu sehen. Ganz offensichtlich war er gerade ihr Chefredakteur und nicht ihr Bettgefährte.

«Was hat Hendricks gesagt?», wollte er wissen.

«Dass das Essen an Bord eine Lebensmittelvergiftung hervorgerufen hat.»

«Glaubst du ihm?»

«Ja.»

«Und was ist mit Susjinskij?»

«Er interessiert sich für einen der Passagiere auf der *Athena*.»

Bogren legte seine Stirn in Falten. «Wie geht es weiter?»

«Ich weiß es noch nicht.»

«Bist du über irgendetwas verärgert?»

«Ganz und gar nicht. Worüber hast du mit Daniel gesprochen?»

Bogren rutschte näher an Betty heran. «Svensson hat eine Quelle zum Indiendeal. Das indische Verteidigungsministerium wird seinen neuen Vertragspartner jeden Moment bekanntgeben. Zwischen den verbliebenen Bewerbern gibt es gerade eine regelrechte Schlammschlacht, und Daniel trifft die Quelle, die zu wissen glaubt, wer das Rennen machen wird.»

«Interessant.»

«Heutzutage kann man nicht vorsichtig genug sein mit den Informationen, die man erhascht.»

«Bist du besorgt?»

«Ich? Immer ... um meine Söhne, um die Zeitung, um meine Rente, mein Golfhandicap ... ich sorge mich sogar um dich.»

Betty wartete ab.

«Was vorhin passiert ist», er legte eine Pause ein, «so etwas hast du noch nie getan.»

Betty zuckte mit den Schultern. «Denk lieber darüber nach, was du getan hast.»

«Nichts.»

«Nichts?»

«Was willst du damit andeuten?», fragte er.

«Ich deute damit an, dass du versucht hast, mich vor den Augen der gesamten Redaktion zu küssen.»

Bogren lehnte sich im Stuhl zurück und sah sich um, ehe er Betty wieder in die Augen schaute. «Warum sollte ich das tun?»

«Das frage ich mich auch.»

«Okay ...»

Betty errötete. «Können wir bitte über etwas anderes sprechen?»

«Svensson hat erfahren, dass die Informationen, die wir für die Veröffentlichung über LSI Holdings genutzt haben, von einer Spionage-Software stammen, mit der die Telefonate von LSI Holdings abgehört wurden. Nur der Geheimdienst darf solche Programme nutzen.»

«Spionieren wir jetzt also unseren Informanten hinterher?»

«Die Anwälte sind auf dem Weg hierher, und ich will nicht, dass wir Quellen benutzen, die gegen Datenschutzgesetze verstoßen. Ich dachte, du und ich, wir sollten uns mit ihnen zusammensetzen und das diskutieren.»

Betty betrachtete ihn erstaunt. «Mit Anwälten?»

«Aus einer Kanzlei in der Stadt», sagte Bogren. «Anders geht es leider nicht.»

Zwei Polizisten betraten das Solarzellenlabor der Universität. Jonatan sah es wieder genau vor sich: Sie trugen Uniformen, der eine war groß und schmächtig, der andere hatte graues Haar und war eher kräftig gebaut. Ihre Blicke waren voller Mitgefühl, und Jonatan wusste, dass das auf schlechte Neuigkeiten hindeutete.

Im Labor diktierte die iranische Laborchefin Rania ihrem britischen Kollegen Scott gerade, was sie durch ihr Mikroskop beobachtete. Über den Leuchtstoffröhren an der Decke surrten die Ventilatoren, und Jonatan, der seinen weißen Laborkittel trug, war damit beschäftigt gewesen, den Wirkungsgrad einer neuen Solarzelle zu messen.

Der schmale Polizist übertönte alle anderen Geräusche. «Sind Sie Jonatan Stark? Würden Sie uns bitte mit nach draußen folgen?»

Mit den Fingerspitzen schnippte Jonatan gegen einen Glaskolben, in dem sich ein Farbstoff befand.

«Es geht um Ihre Eltern», sagte der Polizeibeamte.

Jonatan musste sich kurz an der Tischkante abstützen, bevor er aus dem Labor wankte. Er ahnte, was passiert war. Währenddessen diskutierten seine Kollegen stumm gestikulierend, welches Verbrechens er sich wohl schuldig gemacht hatte.

Die Beamten brachten ihn in das Universitätskrankenhaus in Uppsala, wo ein Chirurg am Eingang auf sie wartete und Jonatan ohne Umschweife erklärte, dass kein Arzt der Welt seine Eltern hätte retten können. Eine enge Kurve. Ein zurücksetzender Lastwagen. Kollision bei neunzig Stundenkilometern. Erst nach dreiundzwanzig Minuten sei Hilfe vor Ort gewesen. Multiple innere Blutungen, Schädelfrakturen und zerquetschte Organe.

Jonatan registrierte all das, ohne antworten zu können.

Sie kamen an eine spiegelblanke Metalltür, an die der Chirurg klopfte. Ein anderer Arzt öffnete die Tür und bat sie in einen schwach beleuchteten Raum, in dem zwei fahrbare Krankentragen standen, auf denen zwei Körper in weißen Leichensäcken lagen.

«Unser aufrichtiges Beileid», sagte der Arzt.

Jonatan zwang sich, nach vorne zu gehen, wo die Leichen seiner Eltern lagen. Die schwarzen Haare seiner Mutter waren gekämmt, ihre Wangen waren geschwollen, die Augen geschlossen, aber ihr Mund stand offen. Das Gesicht seines Vaters hingegen war in einem Ausdruck des äußersten Schmerzes erstarrt. Als der Arzt schließlich fragte, ob er die Leichensäcke wieder schließen könne, nickte Jonatan nur.

Am folgenden Tag fuhr er zur Unfallstelle. Vor der Kurve stieg er aus, dort, wo das Straßenschild stand, ein N im Namen der kleinen Gemeinde Lönnhagen fehlte, sodass auf dem Schild «Lönhagen» zu lesen war.

Und dann sah er das Tal.

Ein kleiner See lag vor ihm, umringt von Kiefern und Laubbäumen, zu beiden Seiten erhoben sich steile, bewaldete Hänge. Es schien der ideale Ort für jemanden zu sein, der über die großen Rätsel des Lebens nachsinnen wollte. Jonatan war überzeugt davon, dass der Blick seines Vaters in genau dem Augenblick von der Aussicht gefangengenommen worden war, als der Lastwagen zurücksetzte.

* * *

Als Jonatan wieder zu sich kam, nachdem Kesslers Wagen von der Straße abgekommen war, hatte er das Bild des Tales noch immer vor Augen. Er hatte das Gefühl, als müsste er ersticken. Er öffnete seinen Mund weit, legte den Kopf zurück und holte so tief Luft, wie er nur konnte. Mit jedem Atemzug wurde der Schmerz ein klein wenig erträglicher. Unter seinem linken Lid zuckten die Muskeln unkontrolliert, und als er die Augen langsam öffnete, war sein Blick verschwommen.

Er hing kopfüber.

Sein linker Arm wurde vom Sicherheitsgurt abgeschnürt, während sein gesamtes Körpergewicht auf seiner Brust lastete. Der Motor lief noch, und das Auto zitterte, als würde es von inneren Schmerzen geplagt. Wirkungslos quietschte einer der Scheibenwischer vor sich hin. Mit einiger Mühe schielte Jonatan nach links und sah Kesslers Körper leblos herabhängen, das Gesicht flach gegen das Autodach gepresst.

Jonatan versuchte, seinen Arm aus der Gurtschlinge zu befreien, doch die Schmerzen waren nicht auszuhalten. Mit seinem rechten Arm tastete er nach dem Gurtschloss, bekam es aber nicht zu fassen. Vorsichtig bewegte er seinen Oberkörper hin und her, sodass der Autositz zu knacken begann. Während er allmählich sein volles Bewusstsein wiedererlangte, bemerkte er die zersplitterte Windschutzscheibe, die, ebenso wie die Sitze und das Armaturenbrett, voller Blutspritzer war. Der Aufprall musste gewaltig gewesen sein. Dann sah er, dass Benzin ins Fahrzeuginnere tropfte.

Er streckte sich erneut, erreichte die Schnalle und öffnete den Gurt. Seine Arme kamen frei, und mit einem dumpfen Schlag fiel er auf das Autodach, in dem sich bereits eine Pfütze aus Benzin gebildet hatte. Er stützte sich mit den Ellenbogen auf und stemmte sich hoch.

Sein Kopf schmerzte wie verrückt, aber er wusste, dass das auslaufende Benzin sein Leben bedrohte. Das brummende Geräusch des Motors machte ihm unmissverständlich klar, dass er sich so schnell wie möglich aus dem Auto befreien musste. Mit einer Hand fasste er sich an die Brust – sein Herz hämmerte mit einer furchterregenden Geschwindigkeit. Von Kesslers Hals suchten sich mehrere Rinnsale Blut ihren Weg durch das Gesicht bis in die Haare. Jonatan wusste sofort, dass der Mann nicht mehr lebte.

Da ein Baum von außen gegen seine Seite des Wagens drückte, war Jonatans Versuch, die Tür von innen zu öffnen, zwecklos. Der einzige Weg aus dem Wagen, in dem sich der Benzindampf ausbreitete, führte an Kessler vorbei. Mit beiden Beinen stemmte er sich gegen den leblosen Körper, und nach ein paar Tritten löste er sich aus dem Gurt und schlug auf dem stoffbespannten Wagendach auf. Von seinem Überlebensinstinkt getrieben und voller Panik schob sich Jonatan über den Körper, um ins Freie zu gelangen.

Dort stand er eine Weile und betrachtete das Bild, das sich ihm bot: Das Auto lag auf dem Dach und war zwischen zwei Kiefern, deren Äste sich in der Wagenfront verkeilt hatten, hängen geblieben. Das Ganze erinnerte an ein modernes Kunstwerk aus zerbeultem Metall und zersplittertem Glas. Ein Blick hinauf zur Straße sagte ihm, dass sie ungefähr zehn Meter durch die Luft geflogen und dann gegen einen Baum gekracht sein mussten. Dabei hatte sich der Wagen um die eigene Achse gedreht und beim Sturz auf die Erde Rinde und mittelgroße Äste mit sich gerissen.

In schnellem Takt dröhnte und pochte es in Jonatans Kopf, in seiner Schulter pulsierte ein schneidender Schmerz, und es brannte in seiner Nase. Erst allmählich dämmerte ihm, dass der intensive Geruch seinen benzindurchtränkten Kleidern entströmte.

Er stolperte die Böschung zur unbefestigten Straße hinauf, wo er sich in alle Richtungen umsah – doch einzig und allein der Regen war zu hören. Eine plötzliche Apathie überkam ihn, als ihm die Tragweite dessen bewusstwurde, was soeben passiert war.

Er drehte sich um und setzte seinen Fuß verkehrt auf. Ein Schmerz durchfuhr ihn, als wäre irgendetwas darin explodiert. Er rutschte den Hang wieder nach unten, wobei er verzweifelt nach Grasbüscheln und Wurzeln griff, die aus der Erde ragten, bis er mit seiner Schulter gegen einen Baumstumpf schlug, der direkt neben dem Autowrack stand. Sein Schmerzensschrei hallte zwischen den Bäumen wider. Kurz dachte er daran aufzugeben, doch dann hörte er auf einmal wieder Kesslers eiskalte Stimme in seinem Kopf.

Es wird so lange eine Waffe auf die Menschen gerichtet sein, die Ihnen lieb sind, wie Susjinskij das für angemessen hält. Jonatan sammelte all seine Kraft, stand auf und stemmte den knarzenden Kofferraumdeckel auf, sodass er Kesslers Aktentasche und einen Koffer herausnehmen konnte. Dann quetschte er sich zwischen den Sitzen bis zu Kesslers Körper hindurch. Eines seiner Augen starrte ihn an, und plötzlich veränderte sich das Motorengeräusch in ein Heulen, so als würde der Keilriemen schleifen oder die Ölzufuhr des Motors abgewürgt. Das Heulen ging schnell in ein Kreischen über.

Ein Kreischen, das verheerende Funken verursachte.

Er durchsuchte Kesslers Taschen und fand ein Handy, dessen Abdeckung sich im Stoff des Anzugs verheddert hatte. Ein kleines Stück von Kesslers Sakko riss ab, als sich das Handy löste. Mit schnellen Bewegungen kroch Jonatan rückwärts aus dem Auto.

Erst als er oben am Straßenrand innehielt, spürte er den Regen in seinem Gesicht. Er stand einfach da und atmete tief ein, sog die kalte, feuchte Luft in seine Lungen.

Das Gelände auf der anderen Straßenseite sah unwegsam aus – hinter einigen Bäumen schimmerte ein großer Sumpf.

Jonatan beschloss also, der unbefestigten Straße bis zur nächsten Landstraße zu folgen, und griff in seine Tasche.

Sein eigenes Handy war nicht dort.

Noch einmal zum Autowrack hinabzuklettern und in Kesslers tote, starrende Augen sehen zu müssen, war das Letzte, was er wollte. Doch eine Sekunde später begriff er, dass es ohnehin zu spät war.

Das Auto explodierte, und Flammen schlugen aus den Fenstern. Jonatan packte den Koffer und die Tasche und verließ den Unfallort, so schnell es ihm möglich war.

* * *

Auf der Landstraße fuhren mehrere Autos an Jonatan vorbei, ohne von ihm Notiz zu nehmen. Der vierte Wagen – ein weißer BMW älteren Baujahrs – raste mit hoher Geschwindigkeit vorbei, fuhr nach etwa einhundert Metern aber auf den Seitenstreifen und wartete dort. Das rote Bremslicht glühte im dichten Regen, und Jonatan lief in Richtung des Autos.

Kesslers Rollkoffer kugelte Jonatan beinahe den Arm aus, als er ihn hinter sich herzog. Was sollte er sagen? Wie sollte er erklären, dass seine Kleider nach Benzin rochen? Er bemühte sich, seine Panik in Schach zu halten und nicht zu viel nachzudenken. Durch die Heckscheibe konnte er die Silhouette von Fahrer und Beifahrer ausmachen, ein Mann und eine Frau, die eine erregte Diskussion führten. Gerade wollte Jonatan den beiden etwas zurufen, doch noch bevor er den Mund öffnen konnte, drückte der Fahrer aufs Gas, und der Wagen verschwand im Regen.

Er fluchte laut und spürte, wie seine Stimme brach. Dann verschnaufte er kurz. Der tiefe Schnitt in seiner Schulter blutete und färbte sein Hemd rot, und jedes Mal wenn er mit dem rechten Fuß auftrat, fühlte es sich an, als gösse jemand heiße Lava auf seine Schulter.

Obwohl er Angst hatte, wusste er, dass er weitergehen musste. Während das Adrenalin in seinem Körper brannte, schleppte er sich weiter am Straßenrand entlang, die Aktentasche in der linken Hand und den Koffer mit der rechten hinter sich herschleifend. Denn wenn er stehen bliebe, würde die Panik vollends Besitz von ihm ergreifen.

Wie viele Kilometer er den Koffer schon an der Straße entlanggezogen hatte, wusste er nicht, als er schließlich an eine Tankstelle kam.

In der Ausfahrt standen zwei Autos, keines von ihnen ähnelte denen, die ihn auf seinem Weg überholt hatten. Er ging in Richtung des Gebäudes. An den beiden Zapfsäulen war der Asphalt voller Ölflecken.

Zur Tankstelle gehörte auch ein spartanisch eingerichteter Geschäftsraum, es war eine dieser kleinen Tankstellen, die nicht von den großen Ölkonzernen abhängig waren. Sie war dazu verdammt, langsam aber sicher in Vergessenheit zu geraten.

Jonatan betrat das Geschäft. Die kleine Glocke über der Tür bimmelte. In der Mitte des Raums standen ein paar Zeitungsständer, neben denen sich Kartons mit Chipstüten auftürmten, deren Haltbarkeitsdatum abgelaufen war und die deshalb zu Sonderpreisen angeboten wurden. Auf der linken Seite befanden sich ein alter Kaffeeautomat und ein wackliger Stehtisch. Der ganze Laden roch nach Autowerkstatt. Ein einzelner Kunde, ein tätowierter Typ im Jeanshemd, sah sich eine Flasche mit Scheibenwischerflüssigkeit an, während ein schmaler Mann, der über seinem karierten Hemd eine Weste mit dem Tankstellenlogo trug, hinter der Kasse stand und Zeitung las.

Der Kassierer bemerkte Jonatan nicht, als er an den Regalen

mit Flüssiggrillanzünder und Duftbäumen vorbei um die Ecke ging, wo er die Toilette betrat und die Tür hinter sich verschloss.

Die Kabine war eng, die Klobrille defekt, und die Papierhandtücher hatten die Qualität von Schleifpapier. Auch das Waschbecken hatte mehrere Risse, und auf dem Boden standen Pfützen aus Wasser und Urin.

Jonatan ließ sich auf den Toilettendeckel fallen. Er hatte keine Ahnung, wie es weitergehen sollte, keine Idee, keine Strategie. Die Attacke gegen Kessler war nicht geplant gewesen. Ein Mensch war tot, und das war seine Schuld. Mehrere Minuten saß er da, wie verschluckt von der Stille, die ihn umgab, und versuchte nachzudenken. Wie ein Tornado wirbelten die Gedanken durch seinen Kopf.

Dann packte ihn eine furchterregende Vision: Åsa, niedergeschossen in ihrer eigenen Küche. Er fühlte die unerträgliche Schwere der Trauer und der Schuld, die auf ihm lasten würde, sollten Alice und Aston seinetwegen ihre Mutter verlieren. Also redete er sich ein, dass sie in Sicherheit waren, solange niemand erfuhr, was passiert war. Er stand auf und betrachtete sich selbst im Spiegel.

Kessler ist tot. Daran lässt sich nichts mehr ändern.

Er stellte den Koffer auf den Klodeckel. Es war ein einfacher Rollkoffer mit einer Schale aus Hartplastik. Im grellen Licht der Deckenlampe öffnete er das Schloss, ohne zu wissen, was er im Koffer zu finden hoffte. Darin lagen Unterwäsche, zwei Krawatten und einige Eton-Hemden. In der Aktentasche befand sich immer noch der granitgraue Laptop, der beim Unfall an einer Stelle gerissen war. Ohne Passwort und Nutzernamen hatte er sowieso keine Verwendung dafür.

Doch er hatte die Mappe.

Er zog sich aus und rollte seine Kleider zu einem Bündel zusammen, das er in den Mülleimer stopfte. Anschließend füllte er das Waschbecken mit Wasser und wusch sich. Dabei ging er akribisch vor, um ja nichts dem Zufall zu überlassen. Kräftig seifte er Gesicht, Hände, Haare und Arme ein, spülte sie mit Wasser ab und wiederholte das Ganze zweimal. Dann trocknete er alle sichtbaren Körperpartien notdürftig mit den Papierhandtüchern, ehe er sich erneut im Spiegel begutachtete.

Als das Auto gegen den Baumstamm gekracht war, hatte sein rechter Arm den größten Schaden davongetragen. Zwar war er nicht gebrochen, doch eine Reihe blauer Flecke zeigte, dass dazu nicht viel gefehlt hatte. Abgesehen von einer dicken roten Beule an der rechten Schläfe war sein Gesicht relativ glimpflich davongekommen. Dafür blutete es aus der Wunde an seiner Schulter, die wahrscheinlich genäht werden musste.

Jonatan riss eins von Kesslers Unterhemden in Streifen und wickelte sie vorsichtig um seine Schulter. Darüber zog er ein zu großes, aber immerhin sauberes Hemd aus dem Koffer und schlüpfte in ein Paar Hosen.

Zu guter Letzt entfernte er alle Haare, Blutspritzer und Seifenreste, die er in der Toilette hinterlassen hatte, mit Papiertüchern, die er in den Mülleimer warf.

Und Kesslers Koffer hielt noch eine weitere Überraschung für Jonatan bereit, denn in einem der Seitenfächer fand er ein Sectra Tiger XS-Telefon. Über solche Handys hatte er etwas in einer Technikzeitschrift gelesen und wusste daher, dass sie absolut abhörsicher waren. Zusammen mit Kesslers anderem Handy steckte er es in seine Hosentasche. In der Zwischenzeit hatte niemand angerufen oder eine Nachricht geschickt.

Bevor er die Tür wieder öffnete, holte Jonatan tief Luft und fasste in Gedanken seine Lage kurz zusammen, um nicht die Besinnung zu verlieren:

Sie hatten ihn ins Visier genommen.

Sie waren in sein Privatleben eingedrungen.

Sie waren davon ausgegangen, dass er klein beigeben und jede ihrer Anweisungen direkt befolgen würde.

Das lähmende Gefühl ebbte langsam ab, und Jonatan verließ die Toilette. Er vermied es, den Mann hinter dem Tresen anzuschauen, während er auf den Ausgang zuging. Mit gesenktem Blick griff er nach der Türklinke, als er eine bekannte Stimme hörte.

«Sie kenne ich doch.»

Jonatan wollte einfach weitergehen, doch schließlich blieb er stehen und sah auf. Neben dem Kaffeeautomaten stand Energieminister Kjell Morén, der sein Sakko auf dem Stehtisch abgelegt hatte. Draußen vor der Scheibe stand Moréns Dienstwagen, der Jonatan nicht aufgefallen war, als er an die Tankstelle gekommen war. Er musste auf seinem Weg zurück in die Stadt hier haltgemacht haben. Vielleicht brauchte er einfach noch einen Moment für sich.

Morén hielt einen Becher mit frischem Kaffee in den Händen. Er hielt den Kopf gesenkt, als fürchtete er, ihn zu verlieren. Jonatan wusste nicht, was er sagen sollte.

«Wo ist Kessler?», fragte Morén.

«Wir hatten unterschiedliche Ziele», entgegnete Jonatan und bemühte sich, glaubhaft zu klingen, «und eigentlich hätte hier ein Mietwagen auf mich warten sollen, aber es scheint da ein Missverständnis gegeben zu haben, und jetzt ...»

«... sind Sie hier draußen gestrandet?»

«Ich werde mir einfach ein Taxi rufen.»

«Von hier?», fragte Morén ungläubig.

«Die Firma zahlt.»

«Die Rechnung landet am Ende immer bei den Kunden, wenn es Kesslers Firma ist.»

«Wir sind fertig miteinander. Kessler und ich.»

«Ach ja?» Innerhalb von wenigen Sekunden wechselte Moréns

Gesichtsausdruck von Mitleid zu Verachtung. «Wie viele seiner Laufburschen habe ich im Lauf der Jahre kennengelernt? Eine ganze Menge. Sie sind alle weg. Hat er Ihnen auch eine Partnerschaft versprochen und sich im letzten Moment anders entschieden?»

«Das Ganze war von Anfang an eine einmalige Sache.»

Morén sah in seinen Becher, dann zu Jonatan und wieder in den Kaffeebecher. Er trank aus und warf ihn dann in einen Abfalleimer.

«Meine politische Laufbahn begann im Verteidigungsausschuss, und dabei konnte ich Kessler zum ersten Mal in Aktion erleben. Wie lange kennen Sie ihn schon?»

«Nicht lange.»

«Das war vor etwa elf oder zwölf Jahren. Alle neuen Mitglieder waren ins NATO-Hauptquartier eingeladen worden, und am Abend trafen wir uns in einem Restaurant, Kessler wollte uns die Stadt zeigen. Damals war er der bestbezahlte Lobbyist bei Hökbergs. Es war ungefähr zwei Uhr nachts, als ich zum Hotel zurückkam. Ich wollte gerade hineingehen, als ein Taxi aus voller Fahrt vor dem Hotel hielt. Zuerst glaubte ich, das Taxi wollte mich abholen, und winkte ab, doch der Fahrer sah mich nicht. Auf der Rückbank saß Kessler mit einem jungen Mädchen, dessen Kopf er in seinen Schritt drückte, bis sie sich losriss, ausstieg und auf dem Gehweg stehen blieb. Sie war so eine Escortdame, wissen Sie, im kurzen Lederrock und mit Netzstrumpfhosen, ihre Knie waren aufgescheuert, damit jeder sehen konnte, welche Art von Diensten sie anbot. Ich betrat die Lobby, und kurz nach mir kamen die beiden ebenfalls ins Hotel, doch Kessler bemerkte mich nicht. Sie schrien sich an, und ich hörte, wie das Mädchen mehrmals «njet» rief, bis Kessler plötzlich laut pfiff. Darauf kamen zwei Gorillas aus einem Nebenraum angerannt und packten das Mädchen. Kessler stand daneben und grinste breit, während sie eine Ohrfeige nach der anderen kassierte. Das Hotelpersonal versuchte, mich in mein Zimmer zu komplimentieren – sie wussten offensichtlich Bescheid –, aber ich blieb stehen. Auf einmal fiel mir auf, dass Kesslers Ding immer noch aus seiner Hose hing. Er war so betrunken, dass er sie nicht einmal zugemacht hatte.»

Morén verstummte und blickte aus dem Fenster. Die dunklen Schatten unter seinen Augen ließen ihn krank aussehen, und Jonatan suchte nach einer cleveren Ausrede, um gehen zu können, doch ihm fiel nichts ein.

«Sie können mit mir fahren», sagte Morén. «Ich habe Platz im Auto, und es gibt einiges, worüber wir uns unterhalten sollten.»

* * *

Sie fuhren bereits eine Stunde, aber es herrschte immer noch eine angespannte und abwartende Atmosphäre zwischen ihnen. Als die Straßenschilder anzeigten, dass sie etwa die Hälfte der Strecke nach Stockholm zurückgelegt hatten, fragte sich Jonatan, wie klug es eigentlich gewesen war, Moréns Angebot anzunehmen und mit ihm zu fahren. Aber es war die schnellste Möglichkeit, zum Värtahafen und zur *Athena* zu gelangen, bevor dort jemand bemerkte, dass Bo Kessler verschwunden war. Und mit Moréns Fragen konnte er umgehen, sie konzentrierten sich auf seine Forschungen an der Universität, seine Zeit in Rosenbad oder auf energiepolitische Fragen. Und Morén war ein Politiker, der sich selbst gern reden hörte. Jonatan antwortete einfach mit der leicht einschmeichelnden Art des typischen Trampers.

«Wo sollen wir Sie absetzen?», fragte Morén.

«Machen Sie sich keine Umstände. Einfach irgendwo in der Nähe der U-Bahn.»

«Sagen Sie mir einfach, wo Sie hinmöchten. Ich habe Zeit.»

«Dann zum Värtahafen, bitte.»

«Das war doch gar nicht so schwer, oder?»

Sie hatten das düstere Dunkel der Landstraße hinter sich gelassen und fuhren nun im Schein der Straßenbeleuchtung von Stockholms Vororten.

«Ich habe an einem Montag im Ministerium angefangen, und an einem Montag übergebe ich alles meinem Nachfolger», sagte Morén, als sie an einer roten Ampel halten mussten, wie um das Gespräch in eine neue Richtung zu lenken. «Es kommt mir so vor, als wäre ich nur für ein paar Stunden Minister gewesen. Die Zeit macht einen blind. Zu viele Feinde, vermute ich. Zu wenig Zeit, um Verteidigungsmauern zu errichten.»

«Das tut mir leid.»

«Meine Vorgängerin, Nora Carling, hat mich sofort im Ministerium aufgesucht, ich war erst eine Woche im Amt. Kennen Sie sie?»

«Nicht wirklich.»

Morén beäugte Jonatan skeptisch. «Sie waren der Energiereferent des Staatsministers, und Sie kannten die Energieministerin nicht?»

«Ich war nur ein einfacher Berater. Mit Carling habe ich nur selten geredet.»

«Warum haben Sie den Job angenommen?»

Jonatan zuckte mit den Schultern. «Man muss schließlich Geld verdienen.»

«War das der einzige Grund?»

«Es war ein Job.»

«Sie würden das also auch für andere machen?»

«Das weiß ich nicht.»

«Wenn das Geld stimmen würde, meine ich?»

«Ich bin fertig mit der Politik.»

Morén nickte. Als die Ampel grün wurde, gab er Vollgas, so

als hätte ihn irgendetwas aufgewühlt. An der Kreuzung Norrtull wurde der Verkehr dichter, weshalb Morén nach Osten abbog und in Richtung der Wohngebiete am Valhallavägen fuhr. Der Wagen vor ihm war so langsam, dass er seine Geschwindigkeit wieder drosseln musste. «Sie haben ihn natürlich schon getroffen», stellte Morén fest.

«Wen?»

«Susjinskij.»

«Ein Mal.»

«Was ist Ihre Theorie?»

«Worüber?»

«Über seinen Wechsel in die Sicherheitsbranche.»

«Keine Ahnung.»

Während sie auf dem Valhallavägen vorankrochen, ließ Morén seinen Blick eine lange Weile auf Jonatan ruhen. «In absolut gar keinem Fall wechselt Susjinskij vom Energie- in den Sicherheitssektor, ohne dass der Kreml das gebilligt hat. Irgendjemand muss sein O. K. gegeben haben.»

«Sie bitten einen Blinden, einen Sonnenuntergang zu beschreiben.»

«Aber heute sind Sie der Held in der Risikokapitalbranche. Sie haben ein Geschäft über fünfzehn Milliarden Kronen möglich gemacht. Da haben Sie eine ganze Menge für Susjinskij erreicht.»

Jonatan kommentierte Moréns Äußerung nicht weiter. Stattdessen hielt er Ausschau nach einem geeigneten Platz zum Aussteigen, als sie beim Olympiastadion in den Lidingövägen einbogen.

Auf der Höhe der Königlichen Tennishalle stand eine lange Reihe Busse, die auf ein Zeichen für die Abfahrt zu warten schienen und den Verkehr blockierten. Die Abgase der Busse, deren Motoren im Leerlauf brummten, vernebelten die gesamte Straße.

«Sie können mich hier rauslassen.»

Jonatan öffnete die Tür und stieg aus. Der frische Wind verschaffte ihm sofort Abkühlung. Als er die hintere Tür des Wagens öffnete, um die Tasche und den Koffer herauszuholen, griff Morén nach seinem Arm.

«Wissen Sie, was? Carling hat mich vor LSI Holdings gewarnt. Deshalb ist sie so schnell im Ministerium aufgetaucht. Ich hätte auf sie hören sollen.»

«Vermutlich.»

In Moréns Augen war nichts als Leere. «Dieses Foto von mir ist in den Zeitungen erschienen, nachdem ich mich kritisch über Susjinskij geäußert hatte.»

Jonatan schüttelte den Kopf. «Sie hätten den Bericht besser überprüfen sollen.»

«Glauben Sie, das hier ist vorbei?» Morén zog an Jonatans Arm. «Bald weiß ich, wer hinter dem Bluff mit dem Bericht steckt. Sie wollen mich nicht zum Feind haben, Stark.»

«Nicht?», erwiderte Jonatan und begegnete seinem Blick, ohne zurückzuweichen. «Sie haben sich durchgeschummelt, Sie waren faul, und Sie haben Ihre Machtposition ausgenutzt. Das System hat Sie entlarvt.»

Damit schlug Jonatan die Autotür zu und ging mit schnellen Schritten davon. Plötzlich spürte er, wie eines der Handys in seiner Hosentasche vibrierte. Das Display von Kesslers Telefon zeigte eine Nummer an, die er sich notierte.

Betty Lind war gerade damit beschäftigt, ihre Kopfhörerkabel zu entwirren, als drei Männer in teuren Anzügen aus dem Fahrstuhl im dritten Stock traten und schnurstracks auf Bogrens Büro zuschritten, ohne die anwesenden Journalisten auch nur eines Blickes zu würdigen. Ralf Bogren begrüßte die Männer und führte sie in sein gläsernes Büro.

Betty telefonierte gerade mit ihrer Mutter, vielleicht um sich von der wenig inspirierenden Arbeit an einem Artikel abzulenken, für den es zudem keine Deadline gab, die sie hätte anspornen können.

«... das habe ich alles Edith erzählt, deiner alten Geschichtslehrerin», sagte ihre Mutter am Telefon. «Jetzt, wo sie Witwe ist, verbringt sie viel Zeit in der Bibliothek. Ich will mich zwar nicht selbst loben, aber ich finde schon, dass mir ein Teil der Ehre gebührt, was deine Erfolge angeht.»

«Aber natürlich, Mama.»

«Du warst in der vierten Klasse, es regnete, und du hast dich geweigert, in die Schule zu gehen. Ich wollte dich nicht krankmelden und habe gesagt: ‹Betty, es geht nicht nur darum, gut auszusehen und Talent zu haben, Bildung ist genauso wichtig. Geh in die Schule. Du weißt nie, was du dort heute lernen kannst.› Erinnerst du dich?»

«Sicher.»

«Genau so habe ich es doch gesagt?»

«Ja natürlich, Mama.»

«Weißt du noch, als Edith dich im Geschichtsunterricht gefragt hat, was ‹Parlamentarismus› bedeutet, und du es nicht gewusst hast? Du hast dich so sehr darüber geärgert, dass du sofort in die Bibliothek gegangen bist und so lange gelesen hast, bis du mehr wusstest als sie. Das hat sie beeindruckt, hat sie mir erzählt. Du warst die Wissbegierigste in der ganzen Klasse.»

«Das hat sie gesagt? Das wusste ich gar nicht mehr. Wann hast du mit ihr gesprochen?»

«In der Bibliothek. Hörst du mir denn nicht zu?»

Betty überflog die neuesten Nachrichtenticker von TT, Reuters und Bloomberg – alle erwähnten das Flüchtlingsschiff *Athena.* Eine Sekunde später erhielt sie eine Textnachricht auf ihrem Handy. Raja Singh schrieb: Schalte den Fernseher ein!

«Mama, ich muss jetzt auflegen», sagte Betty und streckte ihren Rücken.

«Warum das denn?»

«Es ist etwas passiert, weißt du. Ich rufe bald wieder an.»

Während des gesamten Gesprächs hatte sie gespürt, wie einsam ihre Mutter war. Sie hatte das Gefühl gehabt, nach ihr schauen zu müssen, und sie schwor sich, ihre Mutter bei der nächsten sich bietenden Gelegenheit wieder anzurufen. Dann griff sie zur Fernbedienung und wechselte den Kanal auf dem großen Fernsehschirm an der Wand.

Es war eine Livesendung aus dem Värtahafen, wo eine junge Reporterin ohne Jacke im heftigen Wind stand und fröstelte, während sie zu verstehen versuchte, was ihre Kollegen im Fernsehstudio gesagt hatten. Hinter der Reporterin blinkten die Lichter von Lastwagen und Gabelstaplern, die Paletten mit Bauzäunen abluden, weshalb ihre Worte kaum zu verstehen waren.

«Hier hinter mir», sagte die Reporterin mit einem dramatischen Unterton, «wird die *Athena* anlegen. Die Passagiere erhalten, sobald sie an Land gegangen sind, Wasser und Essen. Diejenigen, die medizinische Hilfe benötigen, werden in eines der Sanitätszelte gebracht. Der Gesundheitszustand der Passagiere ist immer noch eines der großen Fragenzeichen, über die uns vielleicht Sebastian Hendricks, der Initiator der Aktion, mehr sagen kann. Er berichtet, dass viele der Geflüchteten unterernährt und traumatisiert sind. Wie ist Ihre Einschätzung der Lage auf der *Athena*, Herr Hendricks?»

Hendricks trug noch dieselben Kleider wie am Morgen, als er sich mit Betty getroffen hatte. Die Regenwolken im Hintergrund verstärkten den Eindruck, den er zu vermitteln versuchte:

«Ich will, dass alle Zuschauer Zeugen des Verbrechens werden, das der schwedische Staat hier im Hafen begehen wird. Auf dem gesamten Gelände befinden sich Sicherheitskräfte und Polizisten, die mit Elektroschockpistolen und Schlagstöcken bewaffnet sind. Sie sind hier, um sich an den wehrlosen Frauen und Kinder von der *Athena* zu vergreifen und ein Exempel an ihnen zu statuieren.»

«Dennoch gibt es viele Menschen, die behaupten, Sie selbst hätten dafür gesorgt, die Stimmung anzuheizen. Außerdem würden Sie sich weigern, mit den Behörden oder Hilfsorganisationen zusammenzuarbeiten.»

«Was soll ich denn tun? Niemand sieht die wirkliche Situation der Geflüchteten. Sie müssen schnell und angemessen versorgt werden, und bei den sogenannten Hilfsorganisationen erhalten sie keine echte Hilfe.»

«Aber was entgegnen Sie denen, die der Meinung sind, dass Sie Menschen dazu ermuntern, auf dem Mittelmeer lebensgefährliche Risiken einzugehen?»

«Die Kälte, die die EU schutzlosen Menschen entgegenbringt, ist widerwärtig. Ich will dazu beitragen, Leben zu retten, und auf diese Weise Mitmenschlichkeit zeigen.»

Bevor die Reporterin das Interview beenden konnte, hob Hendricks sein Handgelenk in die Höhe und hielt es in die Kamera. «Ich will, dass die Zuschauer dieses rote Armband hier sehen. Jede

Person an Bord der *Athena* trägt ein solches Band. Mein Appell richtet sich an die schwedische Bevölkerung: Nehmen Sie diese Menschen bei sich zu Hause auf. Zeigen Sie Ihre Mitmenschlichkeit. Viele von ihnen werden nicht bleiben dürfen. Aber wohin sollen sie zurückkehren? Ihre Heimat gibt es nicht mehr, nichts ist mehr davon übrig. Wer auch immer diese Menschen bei sich aufnimmt, wird eine Entschädigung erhalten, die ich aus eigener Tasche bezahlen werde. Das ist ein Versprechen.»

Hendricks' Coup verunsicherte die Reporterin, die ihren Finger auf den Kopfhörer drückte, als warte sie auf weitere Anweisungen aus dem Studio. «Vielen Dank, Sebastian Hendricks. Viele Demonstranten haben sich hier im Värtahafen versammelt, und das Sicherheitsaufgebot ist groß. Wir hoffen, gleich weitere Informationen von einem Vertreter des Unternehmens zu erhalten, das für die Sicherheit hier im Hafen zuständig ist.»

Betty warf einen Blick in Bogrens Büro. Es wirkte ruhig. Von der anderen Seite des Flurs kam ihr Raja Singh entgegen, der leise vor sich hin murmelte, als bereite er sich auf eine ausschweifende Erklärung vor.

«Ich habe zwei Minuten», sagte Betty.

Raja ließ sich auf einen Bürostuhl fallen, in den Händen hielt er einen Stapel Papiere. «Es gibt keine anerkannte medizinische Erklärung für Haemolacria. Die erste Studie wurde vor dreißig Jahren an etwa hundert Personen durchgeführt, deren Tränen Blut enthielten. Bei den Frauen im fruchtbaren Alter wurde angenommen, dass das Krankheitsbild auf Hormone zurückzuführen ist, während man bei den Männern vermutete, dass bestimmte Bakterien in den Augen dafür verantwortlich sein könnten. In den allermeisten Fällen handelte es sich um junge Frauen, die keinen regelmäßigen Menstruationszyklus hatten. Einige Forscher nehmen an, dass es psychologische Ursachen hat. Letztes Jahr hat National Geographic eine Dokumentation über ein indisches Mädchen gedreht, das als Wunder gilt, weil sie Blut weint.»

Während Raja sprach, bemerkte Betty, wie die Männer, die sie für Juristen hielt, sich in Bogrens Büro erhoben. Irgendetwas war da bereits im Gange. «Das war alles?», fragte sie verwundert.

«Ein Arzt aus Jordanien hat vor zehn Jahren in Paris eine Theorie dazu präsentiert. Erinnerst du dich an den Sorbonne-Skandal?»

Stumm blickte Betty ihn an.

«Jungfrauentränen. Der Arzt war mit einer Familie befreundet, deren Tochter Blut weinte, und versuchte, eine religiöse Erklärung dafür zu geben. Er sprach von Gott und der Erlösung. Ein paar Wochen später erlitt er einen Nervenzusammenbruch und ist seitdem aus der Öffentlichkeit verschwunden.»

«Oh.»

«Es war eine besonders prekäre Angelegenheit, da die Familie Verbindungen zum jordanischen Königshaus hatte.»

Betty nahm sich Rajas Notizen und blätterte in den Papieren. Raja hatte ein Bild des Arztes aus Jordanien gefunden, das ihn bei einem Vortrag zeigte. Er stand auf einem Podium, hinter ihm war eine große Leinwand aufgespannt, auf der das Bild einer jungen Frau zu sehen war. Sie hatte ein sinnliches Lächeln und breite, füllige Lippen, ihr Gesicht wurde von gewelltem dunklem Haar eingerahmt. Neben dem Foto stand ihr Name.

«Maryam Shatnawi?», fragte sie und runzelte die Stirn. Sie war sicher, den Namen schon einmal gehört zu haben, konnte sich aber nicht erinnern, wo das gewesen war.

«Sagt mir nichts», erwiderte Raja.

Betty sah sich das Bild genauer an. Das Gesicht wirkte fremd, doch den Namen kannte sie von irgendwoher. Sie drehte sich zu ihrem Computer um und suchte nach dem Namen, doch in den digitalen Datenbänken der Redaktion gab es keine Maryam

Shatnawi. Auch im Netz erzielte sie keine Treffer, selbst in einer internationalen Datenbank mit Zeitungsartikeln, für deren Nutzung die Redaktion eine Menge Geld zahlte, gab es kein einziges Suchergebnis. Zuletzt öffnete sie das Archiv für unveröffentlichte Artikel, das *Dagens Nyheter* angelegt hatte. Dort wurde sie fündig. In einer Reportage für eine Sonntagsbeilage, die nie gedruckt worden war, tauchte der Name Shatnawi auf. Der Artikel erwähnte einen jordanischen Diplomaten mit dem Namen Karim Shatnawi und war von Gösta Bergman geschrieben.

«Bergman», murmelte Betty leise.

«Wen meinst du?»

«Einer der Auslandskorrespondenten. Hat vierzig Jahre lang hier gearbeitet.»

«Ist so etwas überhaupt ... gesund?»

«Er ist in Rente, aber schreibt freiberuflich noch.» Betty zuckte mit den Schultern. «Manchmal kam er nach Rosenbad, ist auf Pressekonferenzen aufgetaucht, hat aber nie ein Wort gesagt.»

«Ein Reporter ganz nach meinem Geschmack», sagte Raja und klang zu Tode gelangweilt. «Was hältst du von der Sache mit der *Athena*?»

«Dort drüben scheint die Lage ziemlich angespannt zu sein, allein die vielen Sicherheitskräfte vor Ort.»

«So wie diese Söldner aussehen, stellt die Sicherheitsfirma nur Faschisten und Ex-Polizisten ein.»

«Welche Firma ist das?»

«Keine Ahnung», antwortete Raja. «Aber ich finde es heraus, wenn du mit mir zu Mittag isst.»

«Morgen vielleicht.»

Raja stürmte davon, froh darüber, etwas zu tun zu haben. Betty war furchtbar schlecht darin, ihm anspruchsvolle Aufgaben zu geben, und gelobte Besserung in dieser Hinsicht.

Sie öffnete Bergmans Artikelentwurf und begann, ihn zu lesen. Die Reportage handelte von den Herausforderungen im Nahen Osten, bot aber keine neuen Perspektiven, weshalb der Artikel wahrscheinlich nie veröffentlicht worden war, vermutete Betty. Dennoch fand sie, dass er gut geschrieben war. Er hatte Potenzial. Plötzlich erinnerte sie sich daran, dass Bergman einige Wochen zuvor in die Redaktion gekommen war und über das Thema geredet hatte. Dabei hatte er tatsächlich den Namen Karim Shatnawi erwähnt.

In einem Register der freiberuflichen Mitarbeiter der Zeitung fand sie Bergmans Telefonnummer. Er hob schon nach dem dritten Klingeln ab.

«Hier ist Betty Lind. Wir haben uns letztens unterhalten, als Sie in der Redaktion waren.»

Der alte Auslandskorrespondent musste nicht lange nachdenken. «Betty, wie geht es Ihnen?»

«Gut, danke.»

«Eigentlich hatte ich Sie damals schon fragen wollen, warum Sie der Politik den Rücken gekehrt haben.»

«Es hat sich nicht mehr richtig angefühlt.»

«Und wie fühlt es sich jetzt an?»

«Ziemlich schlecht», scherzte Betty, «ich bin vom Regen in die Traufe gekommen.»

Am anderen Ende der Leitung erklang ein glucksendes Lachen. «Was haben Sie auf dem Herzen, Betty?»

«Shatnawi», sagte sie. «Ich bin auf einen Artikelentwurf gestoßen, in dem Sie einen Diplomaten erwähnen, einen Karim Shatnawi ...»

«Mit ihm hatte ich große Pläne, aber die Chefredaktion war davon nicht so begeistert.»

«Worum ging es da?»

Bergman räusperte sich. «Ich habe immer noch gute Kontakte

zu den Redaktionen im Ausland, aber das heißt leider nicht, dass sie einem alles verraten, was man wissen will, oder dass sie preisgeben, woher ihre Informationen stammen.»

«Verständlicherweise.»

«Mir ist das Gerücht zu Ohren gekommen, dass eine Delegation des jordanischen Königshauses Friedensverhandlungen im Nahen Osten betreibt, eine sehr geheime Initiative. Laut meinen Quellen hat Karim Shatnawi diese Delegation angeführt.»

Während sie Bergman zuhörte, machte sich Betty auf einem Block Notizen.

«Viele der Informationen wurden nicht bestätigt, aber es deutet einiges darauf hin, dass Gespräche zwischen Russland, der NATO und dem syrischen Regime stattgefunden haben.»

«Wissen Sie, ob es eine Frau gibt, die mit Karim Shatnawi in Verbindung steht? ... Eine *Maryam* Shatnawi? Sie hat eine seltene Augenkrankheit ...»

Bergmans plötzliches Schweigen überraschte Betty. Es war, als wäre sie gegen eine Wand gelaufen.

«Sie weint Blut, simpel ausgedrückt», fuhr Betty fort. «Der medizinische Fachbegriff lautet Haemolacria.»

«Warum fragen Sie?»

«Es ist vielleicht ein bisschen weit hergeholt, aber blutige Tränen zu weinen, ist recht ungewöhnlich, und Maryam Shatnawi könnte eine Person sein, die ...»

«Maryam ist verschwunden», unterbrach Bergman sie. «Sie ist Karim Shatnawis Tochter. Zum letzten Mal wurde sie auf seiner Beerdigung gesehen, das war vor drei Wochen. Karim Shatnawi ist bei einem mysteriösen Autounfall ums Leben gekommen.»

«Wieso mysteriös?»

Im Hintergrund konnte Betty hören, wie Bergman mit Papieren raschelte. Sie vermutete, dass er in seinem Arbeitszimmer saß, wo sich Berge alter Notizen, Zeitungsausschnitte und Zeitschriften auftürmten. «Er ist mit dem Auto in eine Schlucht gestürzt, mitten am Tag, wenn ich mich recht erinnere. Bei schönem Wetter und guten Straßenverhältnissen, ohne Bremsspuren zu hinterlassen und ohne einen Tropfen Alkohol im Blut. Die Theorie des Gerichtsmediziners lautete Schlafapnoe.»

Bettys Puls begann, ein wenig schneller zu schlagen. «Was wissen Sie über Maryam Shatnawi?»

«Die Shatnawis sind eine Diplomatenfamilie, die enge Verbindungen zum jordanischen Königshaus pflegt. Maryam ist Karims älteste Tochter, und es ist durchaus möglich, dass sie Teil der Verhandlungsdelegation war, wenn diese Delegation überhaupt je existiert hat.»

«Haben Sie ein Foto von ihr?»

Einen Moment lang herrschte Stille in der Leitung. «Um was geht es hier, Betty?»

«Ich weiß es nicht», antwortete sie. «Vielleicht um gar nichts.»

«Aber wenn mein Text auf einmal relevant ist, muss etwas passiert sein.»

«Wir wollen die Geschehnisse um die *Athena* von allen Seiten beleuchten.»

Wieder verstummte Bergman, ehe er weitersprach. «Glauben Sie, dass sich Maryam Shatnawi auf diesem Flüchtlingsschiff befindet?»

«Ich weiß es nicht.»

«Ich werde sehen, was sich machen lässt.»

«Vielen Dank, Gösta.»

Betty spürte, wie ihre Energie nach dem Telefonat langsam zurückkehrte. Mit einer Frau, die ihren Vater verloren hatte, hatte sie wenigstens etwas gemeinsam.

Zehn Minuten später tauchte auf ihrem Bildschirm eine neue E-Mail von Bergman auf, in der sich ein Link zu einem Artikel über Karim Shatnawis Beerdigung aus der *Jordan Times* befand, zu dem auch ein Foto der trauernden Familie gehörte. Darauf waren die Mutter und drei Töchter in schwarzer Kleidung zu sehen. Betty sah sich die älteste Tochter genau an.

Das ist sie.

Es handelte sich definitiv um die Frau, über die der Arzt in seinem Vortrag referiert hatte. Sie war inzwischen zwar älter, aber mindestens genauso attraktiv, wenn nicht sogar attraktiver. Ihr Gesicht war verzerrt vor Trauer, ihre Schminke war verlaufen, und das Taschentuch, das sie in ihrer Hand hielt, war von roten Flecken übersät.

Irgendjemand brüllte über den Redaktionsflur. «Bingo!»

Betty blickte auf und sah Raja, der über den Gang stürmte.

«Fünf Minuten alt», triumphierte er. «Eine Pressemeldung von LSI Holdings. Sie haben den Mehrheitsanteil der Aktien der Sicherheitsfirma Nordfall gekauft, die zu Hökbergs' Unternehmensgruppe gehört.»

«Wann?»

«Gerade eben.» Raja las von seinem Handy ab. «Hökbergs' Kommentar dazu lautet, dass der Verkauf dieses Tochterunternehmens ein wichtiger Schritt auf dem Weg sei, die strategische Ausrichtung der Unternehmensgruppe zu festigen und den Fokus gezielt auf Produktlösungen und weniger auf die personalintensiven Geschäftszweige zu richten.»

In Bettys Körper stieg der Adrenalinspiegel. «Wie reagiert die Börse darauf?»

Nach einer kurzen Suche auf dem Handy wusste Raja die Antwort. «Hökbergs' Aktie ist gestiegen ... Wow, acht Prozent in der letzten Stunde.»

«Apropos Hökbergs. Hast du inzwischen noch mal etwas über den Indiendeal gehört?»

«Nichts.» Überrascht schaute Raja Betty an. «Glaubst du, sie haben den Rüstungsauftrag bekommen?»

«Frag mal in der Wirtschaftsredaktion nach, ob die etwas wissen.»

Betty druckte das Bild von Maryam Shatnawi aus, das Gösta Bergman ihr zugeschickt hatte. Anschließend druckte sie auch die Pressemitteilung von Hökbergs aus, denn sie wusste, dass sie innerhalb der nächsten vierundzwanzig Stunden zumindest einen Leitartikel dazu würde schreiben müssen. Nachdem sie das Foto noch einmal genau gemustert hatte, war sie sich sicher. Es zeigte dasselbe Gesicht wie bei dem Vortrag in Paris.

Plötzlich spürte sie, wie jemand eine Hand auf ihre Schulter legte. Sie drehte sich um. Es war Ralf Bogren. «Wir warten auf dich.»

«Hast du das hier gesehen?», fragte sie.

Bogren warf einen ungeduldigen Blick auf die Papiere. «Es gibt andere Dinge, über die wir reden müssen.»

«Susjinskij kauft sich in die schwedische Sicherheitsbranche ein ... Sind das keine Neuigkeiten?»

«Du willst Neuigkeiten hören?» Bogren senkte seine Stimme. «Die Zukunft dieser Zeitung, deine und meine Zukunft. Das sind auch Neuigkeiten für die Presse. Wenn alles schiefgeht.»

«Ich habe keine Zeit.»

«Es muss nicht lange dauern.»

Betty seufzte, doch sie folgte Bogren in den Glaswürfel. Als sie eintraten, sah keiner der gut gekleideten Anwälte auf. Zwei von ihnen trugen einen Siegelring am Zeigefinger ihrer linken Hand, vermutlich Familienerbstücke, dachte Betty. Zwischen ihnen saß ein braun gebrannter Schnösel mit einer kleinen runden Brille und zurückgekämmtem schwarzem Haar, der so etwas wie der Wortführer der drei zu sein schien. Vor ihrem inneren Auge sah Betty sofort, wie die drei Männer wohnten: weiß verputzte Steinhäuser auf Vaxholm, von denen aus die Bootsanleger für ihre Segelyachten zu Fuß erreichbar waren.

«Das sind Josef, Erik und Samuel», präsentierte Bogren die drei und bedeutete Betty, in einem Sessel Platz zu nehmen.

Die Männer schauten kurz auf, ehe der Wortführer zu sprechen begann und seinen Blick dabei wieder auf den Laptop richtete, den er vor sich auf dem Couchtisch platziert hatte. «Ausgehend davon, was uns Ralf berichtet hat, diskutieren wir hier verschiedene Szenarien, nachdem ein Informant gegen seine von Amts wegen bestehende Verschwiegenheitspflicht verstoßen hat und Ihre Quelle, Frau Lind ...»

«Ich werde unter keinen Umständen preisgeben, wer meine Quelle ist», unterbrach ihn Betty.

Der Anwalt schürzte seine Lippen. «Ihre Quelle blieb während der gesamten Berichterstattung zu LSI Holdings *anonym* und hat ihre Identität erst *gestern* enthüllt. Ist das korrekt?»

«Kein Kommentar.»

«Betty», warf Bogren mit süßer Stimme ein, «sie sind hier, um zu helfen.»

«Ich verstehe. Aber über meine Informanten spreche ich nicht.»

Die drei Anwälte sahen sich an. «Wir sind Problemlöser und kennen uns mit Krisen aus. Unsere Kanzlei hat eine gewisse Kompetenz aufgebaut, wenn es darum geht, Komplikationen vorherzusehen.»

«Ich kann hier keine Krise erkennen», sagte Betty.

«Sie könnten eine behördliche Untersuchung behindert haben. Das ist das eine», erklärte einer der anderen Anwälte. Er setzte ein gequältes Lächeln auf, als wollte er ihr mitteilen, dass die Rechnung, die am Ende auf sie wartete, es in sich haben würde. «Das andere ist, dass eine Person, die von Amts wegen zur Verschwiegenheit verpflichtet ist, möglicherweise Informationen an journalistische Medien weitergegeben hat. Das heißt, diese Person könnte vor Gericht landen, und möglicherweise wird dann auch diese Zeitung involviert werden.»

Mit einem wütenden Blick starrte Betty ihn an. «Das klingt, als wüssten Sie bereits, wer die Quelle ist.»

Die Männer sagten nichts, und in Betty regte sich ein unterdrückter Zorn, der sich nicht gegen die Anwälte, sondern gegen Ralf Bogren richtete. Sie konnte nicht begreifen, dass sie mit solch einem Mann das Bett hatte teilen können, mit jemandem, der sich jetzt hinter Juristen versteckte.

«Ich arbeite auf der Grundlage des schwedischen Gesetzes», sagte sie, «und wenn es sonst nichts gibt, dann sind wir hier fertig.»

Sie verließ das Büro, durchquerte die Redaktion, schnappte sich ihre Handtasche und stopfte die Unterlagen hinein. Dann setzte sie ihren Weg zum Aufzug fort, wo Bogren sie einholte.

«Hör auf, dich so verflucht störrisch aufzuführen», zischte er sie an. «Sie sind *unseretwegen* hier. Sie sind nervös, weil ich nervös bin.»

«Nein, Ralf, sie sind nicht nervös. Es ist ihr Job, dich nervös zu machen. Bei dieser Sache geht es nicht um dich.»

Bogren seufzte. Dann, nachdem er sich vergewissert hatte, dass niemand in Hörweite war, legte er eine Hand auf ihre Schulter und drückte sie unerwartet fest. «Betty, ich bewege mich ziemlich schnell auf eine Situation zu, in der ich einen sehr schweren Entschluss fassen muss.»

Betty schob seine Hand entschieden weg, und Bogren vergrub sie sofort in seiner Hosentasche. «Vielleicht ist es am besten, wenn du eine Pause machst, nur für die nächsten Tage», sagte er schnell, «bis wir das alles mit den Anwälten durchgesprochen haben.»

Betty musste sich sehr beherrschen, um nicht völlig die Fassung zu verlieren. «Eine Pause?»

«Ich weiß nicht. Nur bis wir die Situation durchgesprochen haben. Klar, das ist drastisch und äußerst defensiv, aber ...»

«Du versuchst, deinen eigenen Kopf zu retten.»

Bogren blickte Betty direkt in die Augen. Denselben kühlen Blick hatte sie auch schon in Rosenbad gesehen, als sie noch dort gearbeitet hatte und unverschämt genug gewesen war, einen herrschsüchtigen Stabschef zu kritisieren.

«Überlege dir gut, wie du dich entscheidest. Wenn du auf eigene Faust weitermachen willst, musst du dir eine andere Zeitung suchen.»

Betty hörte gar nicht erst zu. «Wenn du noch Sachen bei mir in der Wohnung hast, solltest du sie sofort abholen. Und ich will meinen verdammten Schlüssel wieder.»

Noch bevor Ralf Bogren etwas darauf erwidern konnte, war Betty im Aufzug verschwunden, und die Türen schlossen sich.

* * *

Nach einem kurzen Spaziergang stieg Betty in die grüne Linie der Stockholmer U-Bahn, die in Richtung T-Centralen fuhr. Die Hektik in der U-Bahn störte sie normalerweise, aber gleichzeitig fanden ihre Gedanken dort auch Zerstreuung. Heute konnte davon jedoch keine Rede sein. Betty war unglaublich wütend über Ralf Bogrens Feigheit und seinen Vorschlag, sie solle eine Pause einlegen.

Was wird er tun, wenn ich mich weigere?

Das Risiko, gefeuert zu werden, rief wie so oft alte Erinnerungen wach. Die Journalistik war schon immer ihre Welt gewesen. Schon in der Grundschule hatte sie an der Schülerzeitung mitgearbeitet. Es war nicht nur ein Hobby gewesen, sondern auch ein Schrei nach der Aufmerksamkeit, die sie sich von ihrem Vater, dem bekannten Nachrichtensprecher Konrad Lind, so sehr gewünscht hatte. Am Ende, als die Ärzte feststellten, dass sich der Krebs bereits in seinem gesamten Körper ausgebreitet hatte, ließ sich Betty vom Dienst freistellen, um in das Sommerhaus im Schärengarten zu ziehen und bei ihm zu sein.

Aber dort kamen auch die Erinnerungen an ihre Mutter zurück, an all das, was ihr Vater ihr angetan hatte. Niemals würde Betty die Nacht vergessen, in der ihre Mutter es nicht mehr ausgehalten hatte. Damals war Betty fünfzehn Jahre alt gewesen. Ihr Vater Konrad war betrunken nach Hause gekommen, und das Essen war noch nicht fertig gewesen. Er hatte ihre Mutter beschimpft und sie schwer misshandelt.

Betty hatte alles mit angehört, die Schmerzensschreie ihrer Mutter, die Beleidigungen ihres Vaters.

Während Konrad am nächsten Tag seinen Rausch ausschlief, saßen Betty und ihre Mutter am Küchentisch und besprachen, dass sie beide ausziehen würden. Die ganze Zeit über hatte Betty die geschwollene Wange und das blaue Auge im Gesicht ihrer Mutter betrachtet.

Und obwohl sie auf seiner Beerdigung geschworen hatte, Konrad Lind zu vergessen, musste sie seitdem fast ständig an ihn denken.

An der Station T-Centralen wechselte sie in die rote Linie und stieg an der Haltestelle Gärdet aus. Als sie die Straße erreichte, die zum Värtahafen führte, rief Raja sie an. «Du hast es schon wieder getan, Bets.»

«Was hast du gehört?»

«Bogren hat die Redaktion zusammengetrommelt und gesagt, dass wir uns in einer juristisch brenzligen Situation befinden und deshalb bis auf weiteres jede Arbeit über LSI Holdings eingestellt wird.»

«Ralf und ich», sagte Betty, «haben unterschiedliche Ansichten zu manchen Dingen.»

«Okay.»

«So etwas kommt vor.»

«Wie in Rosenbad. Du legst dich mit der falschen Person an und riskierst, deinen Job zu verlieren.»

«Darf ich dich daran erinnern, dass es dir damals eine Beförderung eingebracht hat?»

«Kannst du mir wenigstens sagen, was vor sich geht? Ich will nicht, dass Svensson mein Chef wird.»

Für einen kurzen Augenblick war Betty drauf und dran, ihm alles zu erzählen. Sie und Raja kannten sich jetzt schon, seit sie ihn in Rosenbad eingestellt hatte. Doch dann war der Moment vorbei, sie konnte sich ganz einfach nicht dazu überwinden, mit jemand anderem über ihr Privatleben zu reden.

«Ich will das hier nur noch fertig machen», sagte sie, «ich bin fast am Värtahafen.»

«Du wirst nicht einmal in die Nähe der *Athena* kommen, Betty. Erik und Linda sind mit einem Fotografen da, und sie sagen, dass Nordfall einen Sicherheitsring rund um den Hafen gebildet hat, um die Demonstranten abzuhalten.»

«Wir werden sehen.»

Betty steckte das Handy ein und zog ihren Mantelkragen hoch, um sich vor dem Regen zu schützen. Sie fluchte, weil sie mal wieder vergessen hatte, einen Regenschirm mitzunehmen.

Die Einfahrt zum Värtahafen wurde von einer Handvoll Verkehrspolizisten bewacht. Und ein von Stacheldraht gekrönter Bauzaun, an dem rote Warndreiecke hingen, sprach seine eigene deutliche Sprache, wobei nicht auszumachen war, ob der Zweck der Absperrung darin bestand, Menschen vom Hafengelände fern- oder sie dort festzuhalten.

Jonatan ging an den Polizisten vorbei und spürte ihre prüfenden Blicke. Orangefarbene Hinweisschilder wiesen den Bussen den Weg. Die Strecke führte durch das Netz der Straßentunnel, so als ob die Geflüchteten unter der Stadt hindurchgeschleust werden sollten, um den übrigen Verkehr nicht zu stören.

Jonatan ging auf das Terminalgebäude zu, ein niedriger, aber gigantischer Koloss aus Beton, Stahl und Glas. Bevor Jonatan durch die automatischen Schiebetüren am Eingang trat, warf er einen Blick auf die digitalen Anzeigetafeln mit den Ankunfts- und Abfahrtszeiten der Fähren. Es wurden keine Verspätungen oder Störungen angezeigt. Auch der Restaurantbetrieb lief wie gewohnt, Servicekräfte, Verkäufer und Putzleute gingen ihrer Arbeit nach – hier nahm jedenfalls niemand Notiz von dem, was sich vor den riesigen Panoramafenstern des Terminals abspielte. Jonatan ging an der Fensterfront entlang und sah hinunter zum Hafen.

Von oben glich das Gelände einem Labyrinth, einem wilden Durcheinander aus Zäunen und Absperrungen, die auf der Asphaltfläche aufgebaut waren. Dazwischen fuhren Kräne, Lastwagen, Minibusse und Lastenmopeds, und überall blinkten gelbe Warnleuchten. Um das Gelände herum hatte man Leitkegel aufgestellt, zwischen denen rote Absperrbänder verliefen und schwarz gekleidete Wachleute patrouillierten. An der Seite zum Kai hin gab es keine Absperrungen – dort würde die *Athena* anlegen. Innerhalb der Absperrungen zählte Jonatan vierzehn Zelte, die sich auf drei verschiedene Bereiche verteilten. Die Zelte hatten die Größe von jeweils einem Badmintonfeld, und in ihnen herrschte ein ständiges Kommen und Gehen. Menschen in gelben, roten und hellgrünen Warnwesten brachten Pakete und Proviant in die Zelte und aus ihnen heraus.

Sie wird in eines der Zelte gebracht werden, dachte er, öffnete die Aktentasche und holte die Mappe heraus. Die Tasche und den Koffer ließ er neben einem Abfalleimer stehen und nahm anschließend die Rolltreppe, die hinunter zum Hafengelände führte.

Der Wind wehte heftiger, als er es vermutet hätte, und da er keine Jacke trug, mischte er sich unter die Reporter und Fotografen im Pressebereich, um windgeschützt zu stehen. Links von ihm standen Schaulustige, die aussahen, als stünden sie Schlange für eine Vorführung, während auf der rechten Seite Platz für Demonstranten freigehalten wurde. Eine Menschenansammlung, die aus vielen, dicht zusammengedrängten und entschlossen dreinblickenden Demonstranten bestand, war bereits von Sicherheitskräften umgeben. Sie hatten sich gegenseitig untergehakt und bildeten so eine Menschenkette. Hinter dieser effektiven Barrikade standen weitere Wachleute, die offenbar versuchten, sich einen Überblick über die Entwicklungen auf dem Hafengelände zu verschaffen. Auf ihren schwarzen Hosen war in weißer Schrift der Name der Sicherheitsfirma «Nordfall Security Service» aufgedruckt und auf ihren ebenfalls schwarzen Baseball-Caps stand die Abkürzung «NSS».

Jonatan schlug sich bis zur Absperrung durch, hinter der ein Mann in einer hellgrünen Weste zu einigen Mitarbeitern sprach, die die gleichen Westen trugen.

«Entschuldigung?»

Der Mann in der Weste beachtete ihn nicht.

Jonatan wurde lauter. «Sie da!»

Mit hochgezogenen Augenbrauen schaute der Mann ihn schließlich an.

«Ich arbeite für LSI Holdings», erklärte Jonatan.

Der Mann beendete seine Ansprache und redete in ein Funkgerät, wobei er eine Art Checkliste in der Hand hielt. Anscheinend erstattete er einem Vorgesetzten Bericht. Er hatte ungefähr Jonatans Alter, dieselbe Größe und Statur.

Du bist ein Mitarbeiter von Kessler, machte Jonatan sich noch einmal klar, um seiner Rolle gerecht zu werden. *Berater für LSI Holdings, ein Stratege am Verhandlungstisch. Du bist der Star der Konferenz, der Mittelsmann, der das Geschäft erst möglich gemacht hat.*

Der Mann kam auf Jonatan zu. «Was wollen Sie?»

«Ich musste vom Stadion bis hierher laufen.» Dabei hielt Jonatan die Mappe in die Luft, als enthielte sie lebenswichtige Dokumente. «Das Taxi konnte nicht mehr weiterfahren. Das war ein verdammt langer Weg. Wo sind die anderen?»

«Wovon reden Sie da?»

«Ich arbeite für LSI Holdings, ich sollte herkommen und den Kontakt zu den Medien vorbereiten. Wo sind die anderen Mitarbeiter?»

Ein Stück hinter ihnen ertönte eine laute Stimme. Einer der Wachleute wies eine Gruppe Helfer in orangefarbenen Warnwesten, die gerade ein Zelt aufbauten, auf unsanfte Art zurecht.

«Die Leute von LSI Holdings sind in den Containergebäuden auf der anderen Seite», erklärte der Mann. «Aber da kommen Sie nicht rein.»

«Warum nicht?»

«Nicht ohne Weste, Uniform oder Presseausweis.»

«Aber sie haben mich doch herbestellt», beschwerte sich Jonatan.

«Warten Sie.» Der Mann ging zu einem der Wachleute und redete laut und aggressiv auf ihn ein.

«Elendes Gemecker», meinte der Mann, nachdem er zu Jonatan zurückgekommen war. «Sie glauben, dass die Transporte das Problem sind. Wenn es nach ihnen gegangen wäre, hätten sie die Busse bis an den Kai gefahren. Wer hat Sie angerufen?»

«Gute Frage.» Jonatan gab vor, darüber nachzudenken. «Ich soll mich mit den Jungs um die Medienangelegenheiten kümmern.»

«Welche Jungs?» Der Mann schnaubte genervt. «Wer hat Sie angerufen?»

«Ich weiß es nicht», sagte Jonatan freundlich, dann zückte er sein Handy. «Ich rufe in der Zentrale an, dann können Sie Ihren Namen nennen und erklären, warum Sie mich nicht durchlassen. Wie heißen Sie?»

«Mattias Nilsson», antwortete der Mann aus einem Reflex heraus. «Hat Frank oder der andere Kerl Sie hierherbestellt?»

Jonatan zuckte mit den Schultern, weil er eine Falle hinter der Frage vermutete. «Ich bin nur hier, um zu helfen. In der Liveübertragung ist nachher der Teufel los. Bringen Sie mich zu jemandem, der etwas zu sagen hat, und ich richte Ihrem Chef meinen Dank für Ihren Einsatz aus.»

Nilsson seufzte tief und öffnete die Absperrung. «Kommen Sie mit», sagte er und bedeutete Jonatan, ihm zu folgen.

In jedem der Zelte standen zwischen drei und fünf Reihen mit Etagenbetten. Schubkarren mit grauen Militärdecken wurden in die Zelte gefahren, während ein Rekrut damit beschäftigt war, Lichterketten zwischen den Zeltwänden zu befestigen.

Vor einem Zelt blieb Nilsson stehen. «Warten Sie hier.» Drinnen sprach er mit einem Wachmann und kam nach etwa einer

Minute wieder heraus. «Wir müssen einen anderen Weg nehmen.»

«Gibt es Probleme?», fragte Jonatan.

«Sie haben den Weg zu den Containern gesperrt.»

Sie gingen wieder zurück und umrundeten dabei ein Sanitätszelt, aus dem der Geruch von Desinfektionsmitteln strömte. Auf der anderen Seite des Zeltes gelangten sie auf einen provisorischen Parkplatz und waren plötzlich ganz allein.

«Wo kriegt NSS seine Leute her?», wollte Jonatan wissen.

«Das ist doch eure Show», murmelte Nilsson vor sich hin. «Ein Haufen Rowdys, wenn Sie mich fragen. Die Hälfte von denen hat nicht mehr alle Zähne im Mund. Sie sind wie ein Überfallkommando hier angekommen, haben angefangen, herumzuschreien und Befehle zu brüllen. Aber alle tanzen nach ihrer Pfeife, weil sie für die Sicherheit verantwortlich sind.»

Unter seiner Weste trug Nilsson einen grauen Anzug und ein kariertes Hemd, seine Füße steckten in genau der Art von Slippern, die die meisten von Jonatans Kollegen in Rosenbad und in den Ministerien getragen hatten. Ein typischer Schreibtischtäter, dachte Jonatan.

«Die in den gelben Westen sind Flüchtlingshelfer», fuhr Nilsson fort. «Das Migrationsamt trägt Grün, die Sanitäter Rot und das Militär Orange. Weswegen waren Sie noch mal hier?»

«Medienangelegenheiten.»

«Wird es noch mehr Pressekonferenzen geben?»

«Hoffentlich nicht», sagte Jonatan auf gut Glück. «Wir haben Einzelinterviews geplant. Dann müssen sich die Journalisten in eine Reihe stellen, bis sie es leid sind und wieder nach Hause gehen.»

«Und wer steht für die Fragen zur Verfügung?» Nilsson deutete mit dem Kopf auf ein paar leere Parkplätze. «Meine Chefs sind schon abgehauen, das Hafenbüro hält sich aus allem heraus, und die Polizei kümmert sich nur um die äußere Sicherheit. Ich weiß nicht einmal, wer das Sagen hat, und seit Hendricks' Auftritt pilgern Horden von Demonstranten hierher.»

«In erster Linie soll ich LSI Holdings auf mögliche Fragen der Presse vorbereiten.» Jonatan wusste, dass er auffliegen würde, wenn das Gespräch nur lange genug dauerte. «Wir hoffen darauf, eine Pressekonferenz vermeiden zu können ... Patrouilliert NSS im ganzen Hafen?»

«Es ist die reinste Festung, da gibt es kein Durchkommen.»

«Was meinen Sie», versuchte Jonatan es, in dem Bewusstsein, dass die Frage gewagt war, aber er spielte jetzt schließlich die Rolle des Medienberaters, «wann wird es Ihrer Meinung nach kritisch?»

«Ist das nicht offensichtlich? Alle erhalten die Chance, sich auszuweisen, aber viele werden sich weigern und dann hier auf dem Hafengelände bleiben.» Nilssons Tonfall ließ erahnen, dass er nicht gerne darüber sprach. «Die Befragungen werden in den Zelten durchgeführt, die direkt am Kai stehen. Wir haben nur fünf Dolmetscher, es wird also dauern. Niemand bekommt etwas zu essen oder darf die Toilette besuchen, bevor sie oder er befragt wurden. Es gibt kein Verpflegungszelt, und es wird ausschließlich Fingerfood verteilt. Angeblich soll aus Sicherheitsgründen kein Besteck benutzt werden.»

«Dann sind die Schlafzelte für diejenigen errichtet worden, die keine Ausweisdokumente dabeihaben?»

«Für die, die nicht reden wollen», korrigierte ihn Nilsson. «Alle anderen bekommen einen Stempel auf die Hand und werden mit den Bussen in ein Flüchtlingszentrum außerhalb der Stadt gebracht. Wir haben den Hafen für zweiundsiebzig Stunden, danach wird Stockholms Stadtverwaltung klingen wie die Rechtspopulisten von den Schwedendemokraten.»

«Ist es üblich, dass Frauen allein auf der Flucht sind?»

Nilsson seufzte, so als handelte es sich dabei um eines seiner bevorzugten Gesprächsthemen. «Männer kommen beinahe immer allein. Die Frauen kommen mit Kindern und Familie, zwar nicht alle, aber die meisten. Allein reisende Frauen gibt es auch.»

«Wo werden sie hingebracht?»

«In diese Container hier.»

Die Gebäude, auf die Nilsson zeigte, waren zu drei Stockwerken aufeinandergestapelt, eine Außenbeleuchtung gab es nicht. Der bewölkte Himmel verdunkelte diesen Teil des Hafengeländes, lediglich ein Scheinwerfer, der ein Stück entfernt davon am Kai stand, sorgte für einen schwachen Lichtschein. Ansonsten brannte nur in einem der Fenster im oberen Stock Licht.

«Ihre Freunde sind dort oben», sagte Nilsson.

«Wie viele sind gekommen?»

«Fragen Sie mich nicht, ich habe nur Frank gesehen.»

Das gellende Geräusch einer Sirene heulte über den Hafen hinweg, als ein Kranlastwagen an der Spitze einer Fahrzeugkolonne an den Zelten vorbeifuhr und ganz dicht an der Wasserkante zum Stehen kam.

Auf Nilssons Stirn traten die Adern deutlich hervor. «Bald geht es los», sagte er. «Viel Glück mit den Pressefuzzis.»

Damit ließ er Jonatan an der Eingangstreppe zu den Containern stehen. Mittlerweile hatte es zu regnen begonnen. In Jonatans Mund breitete sich ein metallischer Geschmack aus, der Geschmack von Stress und Adrenalin. Dann spürte er, wie etwas von seinem Kinn tropfte. Mit den Fingerspitzen fuhr er den Hals hinauf und strich über die weiche, heiße Haut. Als er auf den Boden blickte, sah er, wie sich Schweißtropfen von seinem Kinn lösten und sich mit dem Regenwasser zu seinen Füßen vermischten.

Er nahm seinen ganzen Mut zusammen und ging die Treppe

hinauf, drückte die Türklinke herunter und öffnete sie langsam. Obwohl er sich Mühe gab, die Tür leise zu öffnen, quietschten die Scharniere. Jonatan stand in einem kleinen Flur, an dessen anderem Ende sich eine weitere Tür befand. Er stieg über einen Karton und entdeckte links von sich eine kleine Küche. Überall blätterte die Farbe von den Wänden ab und fiel auf den zerschlissenen Fußboden. Hinter der Tür hörte Jonatan zwei Männer miteinander sprechen. Sie unterhielten sich gedämpft in einer fremden Sprache, von der Jonatan annahm, dass es Russisch war.

Er klopfte an, worauf die Stimmen augenblicklich verstummten.

Jonatan zählte bis drei und trat ein. Er musste die beiden Männer nur einen Sekundenbruchteil ansehen, um zu wissen, was sie dachten.

Sie hatten mit Kessler gerechnet.

Einer der beiden saß hinter einem Schreibtisch und sah wie ein ganz gewöhnlicher Typ mit Hemd, Pullover und Chinohosen aus. Seine Haut war braun gebrannt, und das blonde Haar glänzte hell. Vor ihm stand ein Computer mit Kamera, daneben lagen ein Notizblock, ein paar verstreute Kugelschreiber und Formulare. Der andere Mann war zwar jünger, dafür aber um einiges kräftiger. Er hatte seinen Mantelkragen aufgestellt, sodass sein rasierter Kopf und die schiefe Nase gut zur Geltung kamen.

Jonatan sprach den Schreibtischmann direkt an. «Frank?»

Keine Antwort. Nicht die geringste Reaktion.

«Sprechen Sie Schwedisch?», hakte Jonatan nach.

«Das ist ein Privatbereich», entgegnete der, der eventuell Frank hieß.

«Ich bin auf der Suche nach Frank», sagte Jonatan.

«Vielleicht ist Frank hier, vielleicht aber auch nicht. Wer will das wissen?»

Jonatan schloss die Tür hinter sich. Draußen auf dem Hafengelände ertönte ein Signalhorn, doch keiner der Männer schien sich darum zu scheren. Mit langsamen Bewegungen öffnete Jonatan die Mappe. Er musterte die Fotos, als sähe er sie zum ersten Mal, legte sie auf den Tisch, sodass die Männer sie einen Moment begutachten konnten.

«Kessler will sichergehen, dass ihr wisst, wonach ihr suchen sollt.»

Der Mann hinter dem Schreibtisch betrachtete die Bilder. Für einen kurzen Augenblick sah er überrascht aus, doch dann erstarrten seine Gesichtszüge wieder zu einer ausdruckslosen Miene. Sein Partner begann, ziemlich heftig auf Russisch auf ihn einzureden.

«Mein Freund wundert sich, wo Kessler ist», sagte der Schreibtischmann.

Jonatan schaute den anderen Mann an. Seine Nase war wirklich auffallend krumm.

«Es gab eine Planänderung», erklärte Jonatan knapp.

«Warum geht er nicht an sein Handy?»

«Ich denke, wir werden uns selbst um diese Sache kümmern müssen.» Jonatan versuchte, so zu klingen, als würde ihm das auch nicht gefallen. «Wie ist eigentlich der aktuelle Stand der Dinge?»

«Alles läuft nach Plan, nur dass Kessler nicht ans Handy geht.»

Alles läuft nach Plan …

In Jonatans Kopf machte die Wut sich wieder bemerkbar. «Wie wollt ihr vorgehen? Bringt ihr sie alle einzeln hierher?»

«Wen?»

«Die Frauen.»

Der Mann war gerade im Begriff, etwas darauf zu erwidern, als er es sich auf einmal anders überlegte. Es schien, als sei ihm in diesem Moment schlagartig etwas klargeworden. Nachdem er Jonatan lange angestarrt hatte, nickte er dem Russen zu, der mit einer übel zugerichteten Hand seinen Mantel aufknöpfte und sich Jonatan näherte.

«Das läuft jetzt folgendermaßen», erklärte der Mann hinter dem Schreibtisch, «mein Freund hier wird Ihnen die Beine brechen, wenn Sie meine Frage nicht beantworten. Wo ist Kessler?»

In Jonatans Hirn blitzen fürchterliche Bilder auf: Åsas Leiche, Einschusslöcher im Kopf, Blutspritzer in der gesamten Küche, zwei kleine Kinder ohne Eltern.

«Rufen Sie ihn einfach noch mal an», forderte Jonatan ihn auf.

Sein Gegenüber presste kurz die Lippen aufeinander, als würde er nachdenken. Doch dann nahm er sein Handy, stand auf und stellte sich mit dem Rücken zu Jonatan ans Fenster.

Was sich als großer Fehler herausstellte.

Während er spürte, wie Kesslers Handy in seiner Hosentasche vibrierte, sah er im Augenwinkel, wie der Russe reagierte. Doch er war nicht schnell genug. Jonatans linker Ellenbogen traf seine Schläfe mit voller Wucht, ehe er einen rechten Haken gegen die schiefe Nase folgen ließ, der es dem Russen in den nächsten Wochen schwer machen würde, richtig zu atmen. Er schlug auf dem Boden auf, wo er regungslos liegen blieb.

Blitzartig wirbelte der andere Mann herum, schnappte sich den Feuerlöscher von der Wand und machte einen Ausfallschritt, als Jonatan auf ihn zukam. Der Feuerlöscher rammte Jonatans Schulter, und ein stechender Schmerz fuhr durch seinen ganzen Körper. Wieder riss der Mann den Feuerlöscher in die Höhe und stieß ihn in Jonatans Richtung, der sich jedoch darunter hinwegducken konnte, sodass der Metallzylinder stattdessen in die dünne Sperrholztür hinter Jonatan krachte. Aus einer geduckten Position heraus gelang es Jonatan, einen Tritt gegen die Kniescheibe des Mannes so zu platzieren, dass sich das Knie verdrehte. Ein halb erstickter Schmerzensschrei presste sich aus der Kehle des Mannes, als sein Kreuzband riss und die Kniescheibe zertrümmert wurde. Unter Schmerzen warf er sich auf die Seite und kroch in Richtung des Schreibtisches, wo er sich auf ein Messer stürzte, das dort lag.

Jonatan kam wieder auf die Beine. Von Panik getrieben, packte er den Kopf des Mannes und stieß ihn auf den Schreibtisch – erst ein Mal, dann ein zweites Mal –, bis der Körper erschlaffte und zu Boden fiel.

Der Kampf hatte nicht einmal fünfzehn Sekunden gedauert.

Jonatan ließ sich einen Moment lang auf den harten Boden sinken, schwer atmend betrachtete er die beiden Männer.

Nebeneinander lagen sie da, mit geschlossenen Augen und geöffneten Mündern. Dem Russen lief Blut aus der Nase, der andere hatte eine aufgeplatzte Augenbraue.

Erneut ertönte das Signalhorn vor dem Fenster, und Jonatans Atem stockte. Wenn jetzt jemand in den Raum käme …

Er stand auf und wankte zur Tür, die er so heftig aufriss, dass sie mit einem lauten Knall gegen die Wand geschleudert wurde. An der frischen Luft musste Jonatan mehrmals schlucken, um sich nicht zu übergeben. Aber glücklicherweise war niemand auf dem Weg zu den Containern.

Als sich seine Lungen wieder mit Sauerstoff gefüllt hatten, hörte er ein Geräusch aus dem Containergebäude hinter sich und entschied sich gegen seine innere Stimme, die ihm riet zu fliehen. Stattdessen ging er noch einmal zurück.

Die Männer waren noch außer Gefecht gesetzt, das Geräusch stammte von einem Handy, das vor dem Fenster auf dem Boden lag und vibrierte. Er hob es auf und legte zögerlich seinen Finger auf das Display. Er musste sich nur die Bilder von Åsa vor Augen rufen, um den Mut aufzubringen, das Gespräch anzunehmen.

«Frank», sagte eine Stimme, «wie läuft es?»

Jonatan blieb stumm und lauschte der Stimme, die ihm fremd und gleichzeitig irgendwie bekannt vorkam.

«Bist du da?», fragte die Stimme.

«Frank ist hier. Mit wem spreche ich?»

«Geben Sie Frank das Handy», wies ihn die Stimme an.

«Das geht nicht.»

«Warum?»

«Er ruht sich aus.»

Die Person am anderen Ende der Leitung verarbeitete diese Information innerhalb von einer Sekunde und beendete das Telefonat sofort. Jonatan öffnete die Anrufliste des Handys und sah, dass dieselbe Person Frank heute zweimal im Lauf des Vormittags und in der letzten Woche mindestens dreimal täglich angerufen hatte. Frank schien nicht viele Freunde zu haben – in seiner Kontaktliste erschienen nur vier Telefonnummern.

Jonatan nahm sich einen Kugelschreiber und ein Blatt Papier vom Schreibtisch. Mit zitternden Händen notierte er die vier Nummern auf dem Zettel und steckte ihn in die Hosentasche.

Anschließend sah er sich in dem kleinen Raum um und fand zwei grüne Westen, die über einem Stuhl hingen. Es waren die gleichen Westen, die er zuvor schon auf dem Hafengelände gesehen hatte, mit Klettverschlüssen und Reflektorstreifen an den Nähten. Er zog sich beide Westen über sein Hemd und machte sich daran, die Taschen der beiden Männer zu durchsuchen: Autoschlüssel, Brieftasche, ein russischer Pass, ein Feuerzeug, ein Päckchen Zigaretten. Der Russe hatte zwar keine Kreditkarte bei sich, dafür aber eine Menge Bargeld in großen Scheinen, Euro, Kronen und Rubel. Die Stempel in seinem Pass zeigten, dass der Mann oft zwischen Schweden und Russland pendelte, während Frank laut seinem Führerschein neununddreißig Jahre alt war und große Lkws fahren durfte. Jonatan nahm die Autoschlüssel an sich, von denen er vermutete, dass sie zu dem Auto gehörten, das vor den Containern parkte.

Als Jonatan bereits im Begriff war, das Gebäude wieder zu verlassen, klingelte das Handy erneut.

Er nahm den Anruf an. «Jonatan Stark?», fragte die Stimme.

Es war die gleiche Person wie vorher, und dieses Mal war sich Jonatan sicher. Er hatte die Stimme schon einmal gehört. Am Vormittag, vor dem Konferenzsaal.

«Und mit wem spreche ich?», fragte Jonatan.

«Wo ist Kessler?»

«Er ist tot.»

«Tot?»

«Verschieden. Gestorben. Nicht erreichbar.»

«Wie schade», sagte die Stimme in abschätzigem Ton, als hätte Jonatan etwas völlig Belangloses erwähnt. «In diesem Fall habe ich schlechte Neuigkeiten.»

«Ich ebenfalls.»

«Ihre Freundin wird sterben.»

«Das glaube ich nicht.»

«Glauben Sie, das ist ein Scherz?»

«Kessler ist tot. Frank und sein Freund träumen süß. Und ich bin noch lange nicht fertig.»

Die ruhigen Atemzüge des Mannes am anderen Ende der Leitung machten Jonatan rasend vor Wut, das alles schien ihn nicht im Geringsten zu beeindrucken. «Es ist Ihre Entscheidung, Stark.»

«Wem wird Susjinskij Ihrer Meinung nach die Schuld dafür geben?», erwiderte Jonatan. «Solche Jobs führt man nur mit wenigen Beteiligten durch. Und wenn etwas schiefgeht, müssen diejenigen, die übrig sind, dran glauben.»

«Wenn etwas schiefgeht?»

Jonatan zögerte einen Moment, doch er wusste, dass er nichts mehr zu verlieren hatte. «Ich habe die Frau», sagte er. «Ab sofort verhandle ich direkt mit Susjinskij. Sie existieren nicht mehr.»

Damit beendete Jonatan den Anruf und wartete darauf, dass das Handy wieder klingelte. Nach etwa einer Minute war es so weit. Dieses Mal antwortete er nicht.

Wer auch immer der Mann war, er würde mit Sicherheit ein paar Minuten darauf verwenden, die Vor- und Nachteile eines Anrufs bei Susjinskij abzuwägen. Er würde die Möglichkeit in Betracht ziehen zurückzurufen. Vielleicht würde er sogar darüber nachdenken, die Morddrohung wahr zu machen. Unmittelbar nachdem das Handy aufhörte zu klingeln, erklang das Signalhorn zum dritten Mal, und Jonatan ging ans Fenster, um hinauszusehen.

Betty Lind trat im selben Moment aus dem Terminalgebäude ins Freie, als erneut ein heftiger Regen einsetzte. Sie begab sich zum Treffpunkt der Medienvertreter auf der linken Seite des Hafengeländes und sah sich unter den vielen Menschen nach bekannten Gesichtern aus ihrer Redaktion um. Zahlreiche Nachrichtenteams sendeten live, mehrere davon kamen aus dem Ausland. Insgesamt waren etwa zwanzig Kameras und ebenso viele Reporter mit Mikrofonen in den Farben ihrer Sender vor Ort.

Ganz links in der Pressezone entdeckte sie Erik Sundin, einen alten Nachrichtenproduzenten, der seiner Konkurrenz hinterherhinkte, was die Vorbereitung der Livesendung betraf. Einer seiner Techniker war gerade damit beschäftigt, das Kamerastativ zu montieren, während er selbst völlig in seinen Laptop versunken auf dem Boden saß.

«Hej, Erik», begrüßte Betty ihn.

Er trug einen langen Bart und hatte seine Haare zu einem Pferdeschwanz zusammengebunden. Mit seinen zwanzig Jahren Berufserfahrung als Nachrichtenreporter gehörte Sundin zur alten Garde der Journalisten. Seitdem das Internet seinen Durchbruch gefeiert hatte, war es ihm nie so richtig geglückt, sich in der neuen Welt zurechtzufinden, sodass es fast einem Wunder glich, dass er immer noch als Reporter unterwegs war.

«Die Verbindung funktioniert irgendwie nicht.»

«Wo hattest du vor zu filmen?»

Er deutete auf die erste Reihe der Zelte. «Dort in der Lücke stören wir niemanden, und wir kriegen Bilder von den Zelten zur medizinischen Versorgung. Die anderen wollen nur die Demonstranten filmen.»

Betty fiel Sundins Wortwahl auf. «Zelten zur medizinischen Versorgung» war ein Begriff, wie ihn PR-Berater verwenden würden, aber ein Nachrichtenreporter? Vielleicht war er schon von einem Mitarbeiter des Hafenbüros gebrieft worden.

Sie richtete ihren Blick nach vorne.

Hinter den Zeltreihen und den Absperrungen konnte sie die *Athena* ausmachen. Nach über zwei Wochen auf See hatte das Schiff endlich einen Hafen erreicht.

Aus der Entfernung sah es beinahe verlassen aus, und nur die Scheinwerfer enthüllten, welche Kämpfe das Schiff auf See hatte durchstehen müssen. Die grün-gelbe Lackierung entlang der Wasserlinie war in großen Stücken abgeplatzt.

Es knirschte und krachte laut, als sich das Bugvisier öffnete, und weitere Scheinwerfer wurden eingeschaltet, während sich gleichzeitig das gesamte Presseaufgebot wellenartig in Bewegung setzte. Zuerst glaubte Betty, die *Athena* sei der Grund für die Aufregung, aber dann drehte sie ihren Kopf zur Seite.

Hinter den Absperrgittern hatten sich an der Ecke des Terminalgebäudes einige hundert Menschen versammelt, in deren Mitte ein einzelner Mann stand. Gut sichtbar für die Kameras war er auf einen Stapel Paletten geklettert und hielt ein Megafon in der Hand. Genau wie in seiner flammenden Rede im Fernsehinterview stachelte Sebastian Hendricks die Demonstranten um sich herum auch jetzt an:

«Die Helden auf der *Athena* sind einem Lager hinter Stacheldraht ohne Essen, ohne Wasser und ohne medizinische Versorgung entflohen. Und was erwartet sie hier? Sie haben ihr Leben riskiert, und doch werden sie mit noch mehr Gittern und Absperrungen empfangen.»

Hendricks musste seine Ansprache unterbrechen, als sich

eine kleine Gruppe Demonstranten auf das Hafengelände durchkämpfte und über den Asphalt bis zum Zeltkomplex vordrang, wo sie auf einen Trupp der Sicherheitskräfte stieß.

Die Fotografen hielten ihre Kameras auf die Szene, um das Bild eines Jugendlichen einzufangen, der auf den Asphalt fiel, nachdem er von einem Schlagstock an der Brust getroffen wurde. Ein anderer Demonstrant stürzte sich auf den Wachmann und versuchte, den Schlagstock an sich zu reißen, bevor auch er von einem Schlag gegen den Kopf zu Boden gestreckt wurde.

In diesem Moment raste ein Mannschaftswagen der Sicherheitsfirma heran und kam abrupt vor Hendricks' Zuhörern zum Stehen. Sechs weitere Sicherheitsleute sprangen aus dem Bus, während ein zweiter Wagen mit Sicherheitspersonal vorfuhr. Mit gezückten Schlagstöcken rückten sie bis zu den Holzpaletten vor, konnten die Demonstranten aber nicht zurückdrängen.

Betty sah alles mit an. Fürs Fernsehen waren die Bilder viel zu brutal, doch für Hendricks' Kanäle in den sozialen Medien war es das perfekte Material. Mit seinem Handy filmte er, wie ein Sicherheitsmann ihn von den Paletten zu zerren versuchte, bis einige der Demonstranten den Mann daran hinderten und ihn zur Seite schoben.

Hinter sich bemerkte sie, wie Sundin mit einem großen Wachmann sprach und dabei sehr einschmeichelnd klang. «Hej, Chef. Wir würden gern ein paar Bilder von den Frauen und Kindern schießen, wäre das in Ordnung?»

«Ihr müsst hier weg», grunzte der Wachmann. «Am besten packt ihr gleich zusammen.»

Betty kam hinzu und stellte sich vor. «Hallo, ich heiße Betty Lind. Wäre es okay, nur eine Kamera vorzulassen, um ein paar Bilder ...»

«Hören Sie schlecht?» Der Wachmann beugte sich nach vorn

und hielt ihr seinen Zeigefinger vors Gesicht. «Entweder ihr geht freiwillig, oder wir tragen euch hier weg.»

«Was ist denn das für ein Unsinn?»

«Das ist Unsinn, auf den Sie besser hören sollten», sagte der Mann und versetzte Betty einen Stoß.

Betty wurde rot vor Wut. «Haben Sie mich gerade eben geschubst?»

Der Mann griff zu seinem Funkgerät und forderte Verstärkung an, während er sich mit der anderen Hand weitere Reporter vom Leib hielt.

Auch wenn Betty innerlich vor Wut kochte, beherrschte sie sich. Sie hatte sich an diesem Tag schon genug Feinde gemacht. Noch einen Streit konnte sie nicht gebrauchen.

Sundin schaute in Richtung des Wachmanns und grinste. «Einen Versuch war es wert, Betty.»

Doch als er sich zu ihr umdrehte, war sie schon weg.

* * *

Entschlossener als zuvor lief Jonatan über das Hafengelände und sah, wie vier Besatzungsmitglieder die Brücke der *Athena* verließen. In tropfenden Regenjacken starrten sie auf den Hafen und auf die Menschen in den verschiedenfarbigen Westen hinunter. Die Männer schienen nach jemandem zu suchen.

Draußen auf dem Wasser formierten sich die Boote der Küstenwache um das fünfundfünfzig Meter lange Schiff, damit sie die Menschen retten konnten, die eventuell von Bord springen würden, um an Land zu schwimmen.

Im Hafen war alles in Bewegung, und Jonatan suchte sich einen geeigneten Beobachtungsplatz an einem der Absperrgitter. Innerhalb eines Radius von zehn Metern standen drei Sicherheitskräfte, doch seine grüne Weste machte ihn unsichtbar für sie. Links von ihm war die Absperrung zur *Athena* hin geöffnet, während sich auf seiner rechten Seite die bewachten Zelte aneinanderreihten. Die Flüchtlinge würden über ein verschlungenes Leitsystem aus Pfosten und Metallzäunen dorthin geführt werden.

Ich muss sie finden, bevor sie dort ankommt.

Niemand schien genau zu wissen, was als Nächstes passieren würde. Ein Elektro-Quad, auf dessen Anhänger zwei Helfer saßen, fuhr vorbei und hielt ganz am Ende des Kais. Dort sprangen die Helfer ab, um Schilder mit einem englischen Text aufzustellen, als neben ihnen ein schwarzes Auto von Nordfall stoppte.

Die Sicherheitsleute stiegen aus, um die Helfer am Aufstellen der Schilder zu hindern, doch ein paar Sanitäter in weißen Kitteln kamen ihnen zu Hilfe. Viel hatten sie den Wachleuten allerdings nicht entgegenzusetzen. Sie brachen die Schilder in Stücke und warfen die Reste zurück auf den Anhänger. Die Proteste der Sanitäter gingen im knirschenden Geräusch des Bugvisiers unter, das sich nun vollständig öffnete. Aus dem Schiffsinneren drang ein murmelndes Durcheinander von Stimmen, als die Strahlen der Scheinwerfer auf dem Hafengelände den Bug des Schiffs hell erleuchteten.

Jonatan stellte sich auf die Zehenspitzen, um besser sehen zu können.

Zuerst gingen einige der Sanitäter an Bord. Aus dem Dunkel des Schiffs trat eine Menschenmenge, die sich langsam und vorsichtig an ihnen vorbeibewegte, um an Land zu gelangen.

Vor dem Terminalgebäude hatten die Sicherheitskräfte Reporter und Fotografen zurückgedrängt, ebenso wie alle anderen, die sich an den Barrieren aufhielten.

Jetzt oder nie.

Er sprang über das Gitter vor ihm und stand nach ein paar

schnellen Schritten mitten in dem Labyrinth aus Pfosten und Zäunen.

Schon tauchten die ersten Menschen vom Schiff auf, die versuchten, sich vor dem Regen zu schützen. Helfer in grünen Westen wiesen ihnen den Weg durch das Leitsystem und zu den Zelten.

«Bleiben Sie ruhig», hörte er die Helfer auf Englisch rufen, «gehen Sie langsam weiter bis zu den Zelten.»

Auf allen Gesichtern sah er den gleichen abwesenden Ausdruck, während die Gestalten durch den Regen wankten, als wären sie alle Mitglieder ein und derselben traumatisierten Familie.

Auch Jonatan ging weiter durch das Labyrinth und spürte, wie er fröstelte. Die ersten Flüchtlinge gingen an ihm vorbei, alle trugen sie rote Armbänder. Jonatan musterte ihre Gesichter und lächelte denen zu, die seine Blicke erwiderten.

Eine Frau zog ihre zerrissene Bluse hoch, sodass sie kurz ihre Brust entblößte. Sie keuchte, als stünde sie unter Schock. Dann sprach sie ihn auf Arabisch an. Jonatan wollte sich an ihr vorbeischieben, doch plötzlich brach sie zusammen, und er musste sie auffangen. Er packte sie unter den Armen und half ihr, sich an einer der Absperrungen festzuhalten.

Kurz darauf blieb ein älterer Mann vor ihm stehen, als er vom Scheinwerferstrahl erfasst wurde. Wie paralysiert starrte er Jonatan an. Seine linke Gesichtshälfte war von einem narbigen Gewebe überzogen, als wäre eine Granate direkt vor seinem Gesicht explodiert. Er trug eine alte braune Strickjacke und wedelte panisch mit einer Handvoll roter Armbänder. *Bitte,* schien er sagen zu wollen, *meine Familie ist noch auf dem Schiff, und sie brauchen Hilfe.*

Als die ersten Menschen die Zelte erreichten, staute sich die Menge. Während der Regen vom Himmel prasselte, drängten die

Passagiere an Land, doch das Leitsystem konnte die vielen Menschen nicht auf einmal aufnehmen.

Jonatan arbeitete sich in entgegengesetzter Richtung durch die Menge, noch mehr Gesichter huschten an ihm vorüber, doch keines erinnerte an die Frau auf den Fotos. Er spürte die Unruhe um sich herum, so als wüssten alle, dass schon sehr bald eine Entscheidung darüber getroffen würde, ob sie im Land bleiben durften oder nicht.

Er ging an einer Frau mit drei Kindern vorbei, eines davon trug sie in einem Tragetuch vor dem Bauch, ihre beiden anderen Kinder, zwei ungefähr vier Jahre alte Töchter, presste sie fest an sich. Der Regen hatte den letzten Lebensfunken der Mädchen erstickt.

Jonatan rieb sich das Gesicht, Wasser lief ihm in die Augen, und auch ansonsten war er völlig durchnässt. Für einen Moment fragte er sich, was er hier mitten in diesem Labyrinth eigentlich tat. Bald würden die Männer in den Containern wieder zu sich kommen und Alarm schlagen. Gerade als er überlegte, ob es nicht am klügsten wäre, aus dem Hafen zu verschwinden, flimmerte das azurblaue Kopftuch einer Frau vor ihm auf. Geistesgegenwärtig kramte Jonatan das Foto aus seiner Tasche und verglich das Bild mit der Frau.

Sie bewegte sich nicht und schien vollkommen gleichgültig gegenüber dem Wind und dem Regen, die ihr ins Gesicht peitschten. Sie fixierte den Rücken ihres Vordermannes.

Jonatan änderte seine Position, als ein Wachmann in seine Richtung schaute, und stellte sich mitten ins Gedränge. Die Menge schob sich weiter, und es wirkte, als hielten sich all die erschöpften Menschen nur noch aufrecht, um dem Regen zu entrinnen. Ein paar Meter vor ihm bewegte sich die Frau in seine Richtung, ihre Arme hingen schlaff neben ihrem Körper herab.

Sie schien zu spüren, dass Jonatan sie ansah, denn sie hob

den Kopf, und ihre Blicke trafen sich. Wie exotischer Schmuck hingen Wassertropfen von ihrer Nasenspitze und ihren Ohrläppchen, sie zitterte am ganzen Körper. Und sie verstand, dass er Bescheid wusste.

* * *

Die Haut unter den Augen der Frau war dunkel. Sie wirkte zwar nicht krank, aber völlig kraftlos und erschöpft. An die Frau von dem Foto erinnerten lediglich die orientalischen Gesichtszüge mit den hohen Wangenknochen.

Jonatan hatte sich vorher überlegt, wie er sie ansprechen wollte, doch in diesem Augenblick fielen ihm nicht einmal die allergewöhnlichsten Floskeln ein. Neben ihm blitzten gehetzt wirkende Augenpaare auf und blickten ihn nervös an, wenn das Scheinwerferlicht auf sie fiel. Alle schauten in Richtung der Zelte.

Alle außer der Frau.

Sie richtete ihren Blick wieder auf den Rücken des Mannes, der vor ihr ging. Der Wind zerrte an ihrem Mantel, den sie mit einem breiten Gürtel aus harter gewebter Baumwolle um ihren Körper gebunden hatte. Als der Scheinwerfer seinen Strahl auf sie richtete, erstarrte sie und blieb regungslos stehen.

Jonatan machte den ersten Schritt.

Um nicht bedrohlich zu wirken, näherte er sich langsam und vorsichtig. Die verschlissene Trainingskleidung, die die Frau unter dem Mantel trug, und ihre schmutzigen Sneakers deuteten darauf hin, dass sie einen langen Fußmarsch hinter sich hatte.

«Ich bin ein Freund», sagte er. «Sprechen Sie Englisch?»

Sie antwortete nicht. Stattdessen schob sie einige Haarsträhnen unter ihr Kopftuch und betrachtete Jonatans grüne Weste. Die Haare fielen ihr wieder ins Gesicht.

«Können wir miteinander reden, während wir weitergehen?»

«Kommen Sie nicht näher», erwiderte sie auf Englisch.

Der Mann vor ihr drehte sich um, als wären dies die ersten Worte, die er von ihr hörte. Jonatan starrte ihn so lange an, bis er seinen Blick wieder nach vorn richtete.

«Sie wissen, dass Sie hier sind», fuhr er leise fort. «Sie suchen nach Ihnen.»

Die Frau bewegte ihre Hände, und Jonatan sah die kleinen, dünnen Adern, die sich unter ihrer Haut abzeichneten. Ihre Nägel waren kurz geschnitten und unlackiert. Sie trug keine Ringe.

Als der Menschenstrom sich verlangsamte, sog sie die Luft ein, und Jonatan hätte schwören können, dass ihre Lippen zitterten. Ein Stück weiter standen drei Sicherheitsleute, die die Gesichter der Menschen, die an ihnen vorbeigingen, mit den Fotos auf den Ausweispapieren verglichen und sie in eine Liste eintrugen. Die Bürokratie funktionierte jedenfalls. Einem jungen Mädchen wurde mit einer Taschenlampe ins Gesicht geleuchtet, einer der Männer schob ihr Kopftuch zurück. Verzweifelt sortierte das Mädchen die Schriftstücke in ihren Händen und hielt sie ihnen entgegen, doch die Wachleute ignorierten die Papiere und schoben sie weiter.

Nur noch fünf Meter.

Jonatan zog eine der beiden grünen Westen aus und gab sie der Frau. «Hier. Ziehen Sie die an», sagte er, «und folgen Sie mir.»

Verwundert sah ihn die Frau an. Jonatan wusste nicht, warum sie ihm vertrauen sollte. Jetzt, wo er sie gefunden hatte, erschien ihm die ganze Idee irgendwie unrealistisch. Er holte die Mappe mit dem Logo der russischen Botschaft hervor und zeigte ihr die Fotos. «Ich bin Ihr einziger Freund.»

Noch drei Meter. Sie knetete ihre Hände, als würde sie intensiv nachdenken.

Schließlich drehte die Frau sich um und sah Jonatan direkt ins Gesicht. Sie war etwa zwanzig Zentimeter kleiner als er. Sie hatte geweint. Die tiefen dunklen Augen spiegelten die verschiedensten Gefühle wider, doch Jonatan konnte sie nicht richtig deuten.

Die Frau streckte ihre Hand aus.

Sie rempelten Menschen an, trennten zusammenstehende Familien und baten hastig um Entschuldigung. Dann stieg Jonatan über das Absperrgitter und sah sich um. Keiner der Wächter blickte in ihre Richtung.

Mit langsamen Bewegungen zog sich die Frau die Weste über. Dann stützte sie sich auf Jonatans Schulter ab, und er konnte die Kraft in ihren Händen spüren, als er sie über das Gitter hob. Es war der Griff einer selbstbewussten und entschlossenen Frau, die nicht lange zweifelte.

Sie liefen dicht nebeneinander, als sie sich hinter den Zelten einen Weg in Richtung Terminalgebäude bahnten, auf der Suche nach einem Fluchtweg, an den Zelten vorbei zu den Containern und dem Auto, das dort parkte.

Erst als er sah, dass mehrere Mannschaftsbusse von Nordfall den Weg zum Terminalgebäude blockierten, bereute Jonatan seinen Plan. Jemand hatte beobachtet, wie sie den abgesperrten Bereich verlassen hatten, und folgte ihnen jetzt. Also führte Jonatan die Frau zum nächsten Zelt und hob die Plane an der Seite an, sodass sie hineinschlüpfen konnten.

Das Zelt war leer. Es war ungefähr sechs oder sieben Meter breit und hatte eine Fläche von circa vierzig Quadratmetern. Von der Decke hing eine Glühbirne herab, zu ihren Füßen dampfte der Asphalt, das Zeltgerüst war an etlichen Stellen mit Klebeband fixiert.

In einer Ecke stand ein kleiner Tisch, auf dem zwei Kaffeemaschinen und zwei Mikrowellen standen, die von einem brummenden Generator mit Strom versorgt wurden. Beide Kaffeekannen waren randvoll mit frisch gebrühtem Kaffee, also handelte es sich wohl um ein Aufenthaltszelt mit Proviant für die Helfer. Ungeöffnete Kartons mit Mullbinden und Schmerzsalben standen in einer anderen Ecke.

«Ich habe ein Auto», sagte Jonatan.

«Wo?»

«Auf der anderen Seite des Zelts.»

«Wohin fahren wir?»

«Das weiß ich noch nicht. Aber wenn es uns gelingt, von hier wegzukommen, finden wir einen Ort, an dem wir in Ruhe reden können.»

Die neu gewonnene Hoffnung im Gesicht der Frau erlosch.

«Sind Sie allein?»

«Ja.»

«Sie kennen diese Menschen nicht», sagte sie.

«Da liegen Sie falsch.»

Ein Geräusch schreckte Jonatan auf, und er warf einen Blick über seine Schulter. Hinter ihnen hatte ein Mann das Zelt betreten, der jetzt ganz ruhig dastand. Er trug schwarze Kleidung und zog vorsichtig etwas aus seinem Hosenbund. Kein Walkie-Talkie. Kein Handy. Keinen Schlagstock. Sondern eine Pistole mit Schalldämpfer.

«Wer sind Sie?», fragte er Jonatan auf Englisch.

Jonatan schien es am klügsten zu sein, wenn er schwieg. Er vermutete, dass die zweite grüne Weste gerade sein Leben gerettet hatte. Außerdem wollte der Mann gar keine Antwort von ihm, er wandte sich direkt an die Frau.

Er murmelte etwas auf Russisch. Dann wurde seine Stimme lauter, und Jonatan merkte, wie die Frau zusammenzuckte und dann den Kopf schüttelte. Aus ihrem Mund war nur eine kurze Antwort zu hören.

Plötzlich senkte der Mann seinen Arm und schoss zwischen

ihre Füße in den Boden. Der Schalldämpfer gab ein pfeifendes Geräusch von sich, als die Kugel zwischen ihren Zehenspitzen einschlug und die Patronenhülse in einem aufblitzenden Bogen ausgeworfen und anschließend gegen die Zeltwand geschleudert wurde, wo sie ein kleines Loch hinterließ.

Die Frau hob ihre Hände.

Noch immer richtete der Mann die Pistole auf sie und winkte sie dann mit einer Handbewegung zu sich.

Mit zögerlichen Schritten ging sie auf ihn zu. Als er wieder mit ihr sprach, erwiderte sie seine Worte mit lauter und selbstsicherer Stimme. Ihre Antwort machte den Mann so wütend, dass er sie attackierte und mit einem Schlag gegen die Schläfe zum Schweigen brachte.

Jonatan konnte nicht eingreifen und sah dabei zu, wie die Frau hilflos vor ihm auf den Boden stürzte.

Blitzschnell zielte der Mann mit der Pistole wieder auf Jonatan, der seinen Blick hob. Auf der Stirn des Mannes traten deutlich pulsierende Adern hervor.

«Wer sind Sie?», fragte der Mann erneut.

Jonatan antwortete nicht, versuchte, keine Miene zu verziehen, aber in seinem Hirn waren sämtliche Warnleuchten angesprungen. Der Mann hob seine Pistole und zielte auf Jonatans Kopf.

«Ich dachte, Sie wollten mit ihr reden», brachte er heraus.

«Wir haben lange genug geredet.»

Sein Blick ging direkt durch Jonatan hindurch, so als wäre er ein Gespenst. Jonatan sah in diese leeren, glänzenden Augen und dachte, seine Zeit wäre gekommen, als die Zeltwand flatterte und eine Person eintrat.

An der Universität hatte Jonatan Wissenschaftler kennengelernt, die Zeitabstände von bis zu einer Pikosekunde gemessen hatten – dem billionsten Teil einer Sekunde. In einem solchen kurzen Zeitintervall kann alles Mögliche passieren. Was innerhalb der ersten Pikosekunden geschah, nachdem Betty Lind das Zelt betreten hatte, veränderte jedenfalls alles. Der Mann mit der Pistole fuhr herum und richtete die Waffe gegen sie, sein Zeigefinger war fest um den Abzug gespannt. Doch im nächsten Augenblick entschied er sich anders und zielte wieder auf den Körper der bewusstlosen Frau am Boden. Diesen Moment nutzte Jonatan, fasste eine der Kaffeekannen am Henkel und schleuderte sie auf den Mann. Ein Schuss löste sich und schlug direkt neben dem Kopf der Frau ein, während die Glaskanne am kahlen Schädel des Revolvermannes zersplitterte.

Im Grunde spielt es keine Rolle, wie hart man ist, siedend heißer Kaffee und Glassplitter setzen selbst den abgehärtetsten Gewalttäter außer Gefecht. Der Mann schrie auf und ging in die Knie, bis Jonatan seinen Schmerzen ein Ende bereitete, indem er ihm einen Tritt gegen den Kopf versetzte, sodass der Mann bewusstlos zu Boden ging. Mit einem dumpfen metallischen Klirren landete die Pistole auf dem Asphalt.

Ganz leise standen Jonatan und Betty da und lauschten dem Geräusch von Gesprächen, Befehlen und Menschen, die versuchten, sich in verschiedenen Sprachen Gehör zu verschaffen. Durch die beiden Einschusslöcher in der Zeltwand strömte Luft herein.

Jonatan nahm die Frau in seinen Arm. An ihrer Stirn entdeckte er eine kleine Platzwunde, die jedoch nur schwach blutete. Er tastete nach ihrem Handgelenk, konnte aber keinen Puls spüren. Dann legte er sein Ohr auf ihre Brust, und durch das Stimmengewirr, das von außen hereindrang, konnte er ihren rasenden Herzschlag hören, der viel zu schnell war, als dass er die Schläge hätte zählen können.

Verwirrt starrte Betty Jonatan an, als versuchte sie immer noch zu verstehen, wie Jonatan Stark in dieses Zelt gelangt war.

«Was machst du hier?», fragte sie.

«Das Gleiche könnte ich dich fragen.»

«Atmet sie?»

«Sie lebt.»

«Das ist Maryam Shatnawi, oder?»

«Ich weiß nicht, wie sie heißt.»

«Sie ist es», insistierte Betty.

Betty glaubte nicht, dass sie unter Schock stand, doch die Situation war vollkommen surreal. Seit ihrem letzten Aufeinandertreffen vor über einem halben Jahr hatte Jonatan Stark sich nicht nur äußerlich verändert. Auch seine Körpersprache erinnerte nicht mehr an den Staatsbeamten, den sie kannte.

«Die Sicherheitsleute sind jeden Augenblick hier. Hilf mir oder geh.»

«Was läuft hier eigentlich?», wollte Betty wissen.

Plötzlich begann die Frau in seinen Armen zu zittern, und Schaum bildete sich vor ihrem Mund. Jonatan bettete sie auf die Seite. Sie rang nach Atem, ächzte und gab etwas Unverständliches von sich. Also drehte Jonatan sie um, sodass ihre Brust auf seinem Arm ruhte. Mit jedem schweren Atemzug stieß sie unverständliche Laute aus, und in den kurzen Pausen sog sie die Luft so heftig ein, dass Jonatan jede einzelne ihrer Rippen spürte.

Sie braucht einen Arzt, dachte Betty und wischte ihr den rosafarbenen Schaum vom Mund.

Nach einer Weile atmete Maryam Shatnawi schon etwas ruhiger, das Zittern in ihrem Körper ließ nach, und auch der Puls normalisierte sich wieder.

«Wir müssen sie hier wegbringen», sagte Jonatan.

«Hast du einen Plan?»

«Ich habe ein Auto.»

Er wollte Maryam aufrichten, doch ihr schlaffer Körper glitt direkt wieder zu Boden, sodass Betty Maryams anderen Arm nahm und ihn sich um den Hals legte.

Zu dritt verließen sie das Zelt und gelangten an die Absperrung. Auf dem Platz davor standen einige Busse, während weitere ankamen und ebenfalls dort hielten. Es waren dieselben Busse, die Jonatan schon auf seinem Weg in den Hafen an der Königlichen Tennishalle gesehen hatte.

Auch wenn Maryam langsam zu sich kam, war sie noch zu geschwächt, um selbst über die Absperrung zu klettern. Also hob Jonatan sie über den Zaun. Betty half ihr und stieg dann ebenfalls darüber.

Während sie zwischen den parkenden Bussen hindurchgingen, bewegte sich Maryam wie eine Schlafwandlerin.

Mit seiner freien Hand kramte Jonatan den Autoschlüssel hervor, den er nach dem Kampf mit Frank und seinem Kumpanen an sich genommen hatte. Er richtete ihn auf das Auto, das vor den Containern stand, und dankte den Göttern, als das kurze Aufleuchten der Blinker den Regen erhellte. Es war ein dunkelblauer Mitsubishi Lancer GLX mit getönten Scheiben.

«Wem gehört der?», fragte Betty.

Jonatan antwortete nicht, stattdessen halfen sie Maryam auf die Rückbank, dann nahm Betty neben ihr Platz. Sie legte Maryams Kopf auf ihren Schoß, um einen weiteren Erstickungsanfall verhindern zu können.

Bevor Jonatan sich hinter das Steuer setzte, warf er einen Blick in Richtung des Gebäudes, konnte hinter den kleinen Fenstern aber keine Anzeichen für Bewegungen entdecken.

«Also, wie sieht dein Plan aus?», erkundigte sich Betty.

Überleben, dachte Jonatan. «Uns hier rausbringen.»

Er drehte den Zündschlüssel um, trat probehalber aufs Gas und justierte den Rückspiegel, bevor er langsam geradeaus rollte.

Im nächsten Kaiabschnitt kamen sie an einem militärgrünen Geländewagen vorbei, der zwischen zwei Frachtcontainern stand. Der Fahrer des Wagens schien auf etwas zu warten. Und als sie die beiden Container passiert hatten, schaltete der Fahrer des Geländewagens das Fernlicht ein, und Jonatan sah im Rückspiegel, wie das Auto aus der Lücke fuhr und sie in gemächlichem Tempo verfolgte.

Betty drehte sich um und musste die Hand vors Gesicht halten, um nicht geblendet zu werden. Das eingeschaltete Fernlicht machte es ihr unmöglich zu erkennen, wer im Fahrzeug hinter ihnen saß. Während Jonatan weiter in Schrittgeschwindigkeit am Terminalgebäude vorbeifuhr, hielt der Geländewagen einen Abstand von etwa zwanzig Metern. In diesem Moment wurden sie von einem weiteren Lichtstrahl geblendet, und Jonatan hielt an. Vor ihnen versperrten mehrere Betonelemente die Ausfahrt aus dem Hafen. Der einzige Weg hinaus führte durch eine Lücke zwischen zwei Absperrungen, in der ein schwarzer Jeep stand, der ebenfalls das Fernlicht eingeschaltet hatte. Wie ein Raubtier grinste der Kühlergrill sie an.

Jonatan ließ das Auto einen halben Meter nach vorne rollen, woraufhin der schwarze Wagen ebenso weit aus der Lücke fuhr und dann hielt. Zwei Männer stiegen aus.

Sie warfen die Autotüren zu, blieben aber bei den Betonelementen stehen. Sie trugen keine Anzüge, und auch sonst deutete nichts darauf hin, dass sie normalerweise im Büro arbeiteten.

Denk nach.

In seinem Kopf spielte Jonatan die verschiedensten Szenarien durch. Er konnte aufs Gas treten, den Jeep rammen und so an ihm vorbeikommen. Doch außerhalb des Hafengeländes stand die Polizei, die sicher die Ausfahrten überwachte, wenn sie von einer gewalttätigen Person Kenntnis erhalten würde. Natürlich konnte er Betty und Maryam überreden, aus dem Auto zu steigen und zu Fuß zu fliehen, doch das war noch weniger erfolgversprechend. Diese Männer schienen auf alles gefasst zu sein. Jonatan konnte ihnen erzählen, dass er für LSI Holdings arbeitete, in der Hoffnung, dass sie es ihm abkauften, auch wenn das mit einer halb bewusstlosen Frau auf dem Rücksitz kaum glaubwürdig war. Stattdessen griff er vorsichtig nach dem Schlüssel im Zündschloss und drehte ihn um. Der Motor ging aus.

«Was machst du?», fragte Betty verwundert.

Das Armaturenbrett leuchtete einen kurzen Moment auf, nachdem der Motor verstummt war, und Jonatan sah sein Spiegelbild in der Frontscheibe aufblitzen. Seine Vergangenheit als politischer Berater in der schwedischen Regierungskanzlei brachte ihm in dieser Situation jedenfalls keinen Vorteil, genauso wenig wie das halbe Jahr Thaibox-Training, das hinter ihm lag. Sein einziger Vorteil bestand darin, dass keiner der Männer hier wusste, was er als Nächstes vorhatte.

Im Rückspiegel sah er, wie aus dem grünen Geländewagen zwei Männer ausstiegen und sich langsam auf Jonatans Auto zubewegten. Unter ihren Jacken zeichneten sich die Umrisse von Schusswaffen ab. Sofort startete Jonatan den Motor, drehte das Lenkrad ganz nach rechts und trat das Gaspedal durch.

Er war selbst davon überrascht, wie schnell alles ging. Mit dem linken Scheinwerfer schrammte er eine der Betonbarrieren – das Geräusch von splitterndem Glas erklang, bevor der Wagen laut dröhnend den Kai entlangraste und auf das eiskalte Meerwasser am Ende des Hafens zusteuerte. Er beschleunigte auf siebzig

Stundenkilometer, einen Meter links von ihm die Kaimauer. Er richtete seinen Blick starr geradeaus. Als er die Ecke eines Palettenstapels streifte, schaute er nach rechts und sah, wie der grüne Jeep zurücksetzte. In einem geschmeidigen Manöver wendete der Fahrer das Auto, das größer und bulliger als Jonatans Mitsubishi war und diesen ohne Probleme ins Wasser schieben konnte, wenn sich die Möglichkeit dazu ergeben sollte.

Jonatan wurde klar, dass er sich vom Rand des Kais entfernen musste. Kurz bevor er die Containergebäude erreichte, ging er vom Gas und lenkte das Auto rechts an ihnen vorbei. Die Reifen quietschten auf dem kalten und feuchten Asphalt. Jetzt hatte er die Busse bei den Absperrgittern vor sich, Menschen stiegen ein. Gerade als er wieder nach rechts steuern wollte, blitzte ein Lichtstrahl in seinem Augenwinkel auf, und der grüne Jeep prallte in seinen Kofferraum, wobei sich die grinsende Frontpartie des Geländewagens durch das Blech fraß und Funken die Luft erfüllten. Mit einem fürchterlichen Krachen riss die hintere Stoßstange des Mitsubishis ab.

Jonatans Lenkrad entwickelte plötzlich ein Eigenleben, wurde aus seinen Händen gerissen und drehte sich wie wild. Durch den Regen, der auf die Windschutzscheibe prasselte, konnte er kaum etwas erkennen. Schließlich bekam er das Steuer wieder zu fassen und gab Gas.

Links flog das Terminalgebäude an ihm vorbei. Er schaltete die Scheibenwischer ein, presste seine Kiefer so fest aufeinander, dass sie schmerzten, und sah das nächste Problem bereits vor sich: Zwischen den Betonblöcken an der Ausfahrt wartete noch immer der zweite Geländewagen, glänzend schwarz stand er dort wie ein unheilvoller Schatten. Ein Frontalzusammenstoß wäre auf jeden Fall tödlich, schoss es Jonatan durch den Kopf, während sich von hinten bereits der grüne Geländewagen näherte.

Hektisch hantierte er an seinem Sicherheitsgurt herum,

steckte die Schnalle mit einem Klicken ins Schloss und legte einen niedrigeren Gang ein. Dann drückte er das Gaspedal durch und ließ die Kupplung kommen.

«Was machst du denn da?», schrie Betty vom Rücksitz aus.

Das Auto schoss nach vorne, und Jonatan hielt auf die beiden Männer zu, die aus dem schwarzen Auto ausgestiegen waren. – Drei der Betonbarrieren waren bei seinem vorherigen Manöver umgekippt, sodass die Absperrung jetzt nicht mehr viel höher als eine Bordsteinkante war.

Jonatan ließ seinen Fuß auf dem Gaspedal, und kurz bevor er mit voller Wucht auf die umgestürzten Betonblöcke traf, warfen sich die beiden Männer zur Seite. Der vordere Teil seines Autos wurde in die Luft gerissen, während der Motor weiterheulte. Sie schlugen auf der anderen Seite der Absperrung auf und hörten, wie der Unterboden über den Kies schleifte.

Das Auto ließ sich kaum noch steuern. Es schlitterte an einer weiteren Absperrung vorbei, wo zwei Polizisten standen, die klug genug waren, sich ihm nicht in den Weg zu stellen, sondern sofort zu ihrem Streifenwagen sprinteten.

«Was zur Hölle treibst du?», rief Betty und drehte sich nach hinten um. «Wir müssen mit der Polizei reden.»

Jonatans Kiefer schmerzten. Er fuhr über eine rote Ampel und trat wieder aufs Gas. Doch obwohl er das Pedal bis zum Anschlag durchdrückte, wurde der Wagen nicht schneller. Das Lenkrad zitterte in seinen Händen. Wahrscheinlich blockierte das eingedrückte Heck die Lenkung. Im Rückspiegel sah er, wie mehrere Fahrzeuge die Verfolgung aufnahmen.

Bis zum Valhallavägen war es weniger als ein Kilometer, und der Verkehr wurde immer dichter. Vor ihm tauchte ein weißer Kastenwagen auf, der ihm keine andere Wahl ließ, als das Tempo zu drosseln.

Verdammt.

Die Geländewagen kamen wieder näher. Sie überholten einige Autos, und sein Vorsprung schrumpfte weiter. Jonatan beschleunigte und lenkte sein Auto auf die Gegenfahrbahn, einer der beiden Jeeps folgte ihm.

Ein entgegenkommender Kleinbus konnte gerade noch ausweichen, ein Taxi fuhr auf den Gehweg, um einen Zusammenstoß zu vermeiden.

Jonatan lenkte den Wagen wieder zurück auf die rechte Spur, sodass der Jeep hinter ihm dem Taxi ausweichen musste und dabei auf der nassen Fahrbahn beinahe den Halt verlor.

Jonatan sah, wie die Ampel weiter vorne auf der Kreuzung auf Grün umsprang. Kurz überlegte er, einen weiteren Überholvorgang zu starten, als der Jeep zum zweiten Mal in seinen Kofferraum krachte und er für einen kurzen Moment die Kontrolle verlor. Die Wucht des Aufpralls schob ihn erneut über die Mittellinie. Der Fahrer eines entgegenkommenden Autos stieg so heftig in die Eisen, dass sein Fahrzeug zu schlingern begann und auf Jonatan zuschoss.

Er sah ein, dass es vorbei war.

Innerhalb von Sekunden wägte er seine Optionen ab. Nach links konnte er nicht ausweichen, da auf dem Gehweg Radfahrer und Fußgänger unterwegs waren. Rechts von ihm befand sich der Geländewagen auf gleicher Höhe. Er konnte nur weiter geradeaus fahren, während das außer Kontrolle geratene Auto weiter auf ihn zuschlitterte.

Das entgegenkommende Fahrzeug drehte sich weiter um die eigene Achse. Dann sah Jonatan nur noch den Kofferraum vor sich, die mögliche Kollisionsfläche war nicht mehr so groß. In einer kurzen, aber heftigen Bewegung riss er das Steuer nach rechts und direkt wieder nach links und gelangte so an dem Wagen vorbei.

Er erreichte die Kreuzung am Valhallavägen, wo mehrere

wütend hupende Autofahrer im Stau standen. Ohne das Bremspedal auch nur anzutippen, lenkte Jonatan das Auto zwischen die Bäume der Allee, die in der Mitte der großen Straße verlief und die Fahrbahnen voneinander trennte, wobei er beinahe erneut die Kontrolle verlor. Dem Fahrer des Geländewagens hinter ihm misslang dieses Manöver, und das schwere Fahrzeug schoss an den Bäumen vorbei auf die Gegenfahrbahn.

Vor Jonatan öffnete sich der menschenleere Fuß- und Radweg in der Mitte der Allee. Er gab Gas, und nach einigen hundert Metern gelang es ihm, an einer kleinen Kreuzung den Mittelstreifen zu verlassen. Er bog ab, kreuzte den Verkehr auf dem Valhallavägen und setzte die Fahrt in einer leicht ansteigenden Seitenstraße fort. Während er die Straße hinauffuhr, veränderte sich das Geräusch des Motors, und ein beißender Geruch stieg ihnen durch den Fahrzeugboden in die Nase.

Er warf einen Blick auf die Rückbank, wo Betty noch zu stark nach Luft rang, um sprechen zu können. Maryam war inzwischen wieder zu sich gekommen. In der Nähe waren Polizeisirenen zu hören, und Jonatan lenkte das Auto auf einen öffentlichen Parkplatz. Dort stellte er den Wagen zwischen zwei größeren Autos ab und zog die Handbremse, die jedoch nicht mehr zu funktionieren schien.

«Ich muss etwas nachsehen», sagte er. «Kurbelt die Fenster herunter.»

Auf keinen Fall wollte er den Motor ausschalten, aber gleichzeitig wurde der Gestank immer schlimmer. Schließlich sah er sich gezwungen, den Schlüssel doch umzudrehen und auszusteigen.

Regentropfen fielen auf sein Gesicht, als er das Auto umrundete und den Schaden begutachtete – der Auspuff schleifte auf dem Boden, der Schalldämpfer war völlig zerschlissen.

Wenn er den Wagen überhaupt noch einmal zum Laufen

bekäme, würde das Auto einen fürchterlichen Krach machen. Sie befanden sich zwar außer Sichtweite des Verkehrs auf dem Valhallavägen, doch es konnte nicht mehr lange dauern, bis jemand sie finden würde. Ein dunkelblauer Mitsubishi mit eingedrücktem Heck war schließlich kaum zu übersehen.

Er stieg wieder in den Wagen, wo Betty sich gerade abgeschnallt hatte und ihn mit zornigem Blick ansah.

«Warum bist du der Polizei davongefahren?», zischte sie. «Was willst du damit erreichen? Chaos anrichten?»

«Sie werden uns kaum helfen.»

«Maryam und ich steigen aus und verschwinden.»

«Ich habe noch Fragen an sie.»

«Du kanntest ja nicht einmal ihren verdammten Namen.»

«Trotzdem können wir nicht hierbleiben.»

«Wer waren die Männer in den Geländewagen?»

«Keine Ahnung.»

«Wer hat dich geschickt? Warum bist du hier?»

Jonatan sah sich um, er brauchte Zeit zum Nachdenken.

«Maryam braucht einen Arzt.»

«Schau mal dort drüben», erwiderte er nur.

Vor ihnen lag ein Gebäudekomplex aus roten und schwarzen Ziegelsteinen, das Krankenhaus Sophiahemmet.

Betty wandte sich an Maryam. «Sind Sie okay?»

Maryam Shatnawi nickte vorsichtig, doch sie wollte oder konnte nicht sprechen. Ihre Haare waren völlig zerzaust, und sie knetete ihre vor Kälte immer noch steifen Hände.

«Wir müssen das Auto stehenlassen», erklärte Betty auf Englisch. «Können Sie gehen?»

Mit einem bekümmerten Blick, der erahnen ließ, dass ihnen noch Schlimmeres bevorstand, sah Maryam Jonatan durch den Rückspiegel an. Er stieg wieder aus und öffnete ihre Tür, allerdings weigerte sie sich, seine Hand zu nehmen.

«Wollen Sie mit uns kommen oder darauf warten, bis die anderen hier sind?», sagte er und ließ keinen Zweifel an seiner Entschlossenheit.

Benommen torkelte Maryam aus dem Auto, ging ein paar Schritte und sah zur Straße, wo immer noch ein großes Durcheinander herrschte. Jonatan und Betty gaben ihr einen Moment, um sich zu orientieren, aber die Sirenen der Polizeiwagen kamen immer näher und übertönten bald alle anderen Geräusche.

«Wir müssen los», sagte Jonatan.

Maryam steckte ihre kalten zusammengepressten Hände unter die Weste und nickte schließlich. Gemeinsam liefen sie die Krankenhausauffahrt entlang auf den Eingang zu, wobei Maryam das Tempo vorgab.

«Warte», sagte Betty plötzlich.

Als Jonatan sich umdrehte, sah er einen grünen Geländewagen, der in ihre Richtung fuhr, abbremste und den Blinker setzte, um zum Krankenhaus abzubiegen. Maryam leistete keinen Widerstand, als Jonatan seinen Griff verstärkte und sie auf die Rasenfläche vor dem Krankenhaus führte, wo sie sich genau in dem Moment hinter einen Rhododendronbusch fallen ließen, als die Scheinwerferstrahlen über ihre Köpfe glitten.

Der Wagen rauschte an ihnen vorbei und legte vor dem Krankenhauseingang eine Vollbremsung hin. Zwei Türen wurden geöffnet, es folgte ein knapper Wortwechsel, dann Schweigen.

Obwohl der Boden nass und kalt war, rührte sich keiner von ihnen. Mit aufgerissenen Augen sahen sie sich an, ehe Jonatan einen Blick auf den Eingang riskierte. Durch das Geäst hindurch konnte er jedoch nicht viel erkennen, und aus allen Richtungen trafen inzwischen Streifenwagen ein.

«Das funktioniert so nicht», stellte Betty klar. «Ich gehe jetzt zur Polizei.»

«Warte.»

«Nein, du bist ja total verrückt, Jonatan. Du hast uns mit deiner Wahnsinnsfahrt beinahe umgebracht.»

«Meine Ex-Freundin ist in Gefahr. Åsa ... sie wird von Leuten bedroht, die diese Männer kennen. Das ist alles größer, als du denkst, Betty.»

Betty blieb stumm, während sich Maryam neben ihr hin und her wand und jedes Mal zusammenzuckte, wenn ein Polizeiauto zu hören war.

«Ich komme direkt von einer Konferenz außerhalb der Stadt», fuhr Jonatan fort, «ich wurde gezwungen, LSI Holdings dabei zu helfen, einen Deal in trockene Tücher zu bringen. Irgendjemand hat mir ein Video aufs Handy geschickt, in dem eine Waffe auf Åsa gerichtet ist. Ich hatte keine Wahl. Hätte ich nicht getan, was sie wollten, oder die Verhandlung wäre nicht wie gewünscht ausgegangen, dann wäre sie ...»

Betty verstand ihn auch, ohne dass er den Satz beendete.

«Die Sicherheitsleute im Hafen», dachte sie laut nach, «was wollen die von dir?»

«Sie wollen nichts von mir. Sie wollen Maryam. Eigentlich hätte ich überhaupt nichts über sie erfahren sollen. Susjinskij sucht sie aus irgendeinem Grund.» Jonatan gab ihr den Zettel mit den Telefonnummern von Franks Handy. «Er stand in Kontakt mit den Männern im Hafen. Åsa weiß nichts von der Gefahr, in der sie schwebt, deshalb musste ich herkommen, um herauszufinden, wer für Susjinskij arbeitet.»

Betty nahm den Zettel. «Aber wie ...»

«So weit bin ich selbst noch nicht.»

Nachdem sie die Nummern kurz angesehen hatte, schaute Betty in Richtung der Straße, wo sich die Polizeifahrzeuge näherten.

Sie zückte ihr Handy und tippte eine Nachricht an Ragnar Nylund, in der sie ihm nicht nur die Telefonnummern übermittelte, sondern auch von der Bedrohung gegen Jonatans Ex-Freundin berichtete.

Schließlich geht es jetzt darum, Menschenleben zu retten, das muss der Chef der Säpo doch ernst nehmen.

«Du hast es selbst gesehen», sagte Jonatan. «Sie wollen nicht mit Maryam reden, sie wollen sie umbringen. Hier können wir nicht bleiben, und wenn du zur Polizei gehst ...»

«Vielleicht gibt es eine andere Lösung», unterbrach ihn Betty und wandte sich an Maryam. «Können Sie noch ein Stück laufen?»

Der Säpo-Chefermittler Ragnar Nylund saß im Wartesaal der Onkologie des Krankenhauses in Danderyd, als eine Krankenschwester auf ihn zukam.

«Tut mir leid, dass Sie warten müssen», entschuldigte sie sich. «Der Arzt ist eben erst gekommen.»

«Darf ich sie sehen?», fragte Nylund.

Er hatte das Gefühl, sie schätzte kurz ein, wie gut er dafür gerüstet war, bevor sie sagte: «Selbstverständlich. Und der Arzt empfängt Sie auch gleich, wenn Sie noch ein paar Minuten haben? Montags dauert es immer etwas länger.» Damit verschwand sie in den Korridor, durch den sie gekommen war.

Montags waren alle Abteilungen des Krankenhauses Danderyd voll besetzt bis auf die Onkologie – eines von mehreren Rätseln, über die man als Angehöriger eines Krebspatienten nachgrübeln konnte. Im Wartesaal war es kühler als in den anderen Räumen, und in einer Ecke stand etwas, das entfernt an einen Gummibaum erinnerte, die Blätter waren von einer dicken Staubschicht bedeckt. Wer auch immer den Saal eingerichtet hatte, wollte die Atmosphäre offensichtlich mit einer wahren Flut aus grünen Plastikpflanzen auflockern, doch das Resultat war alles andere als imponierend.

Mit Nylund saß eine Frau im Wartesaal, ebenfalls eine Angehörige. Ihren Namen hatte er zwar gehört, ihn aber gleich wieder vergessen. Sie saß ihm direkt gegenüber, den Mantel hatte sie über die Knie gelegt und hielt eine Informationsbroschüre in den Händen. Sie schien einem Nervenzusammenbruch nahe zu sein. Ihre Blicke hatten sich nur ein einziges Mal gekreuzt, doch Nylund glaubte zu wissen, was sie ihm mitzuteilen versuchte.

Bald erhalten auch Sie die Nachricht. Es ist schlimmer, als Sie denken. Es ist immer schlimmer, als man denkt.

Beide zuckten zusammen, als Nylunds Handy klingelte. Er stand auf. Einige Minuten zuvor hatte er die Telefonnummern, die Betty Lind per SMS geschickt hatte, an den Ermittlungsleiter einer Aufklärungseinheit des Militärgeheimdienstes weitergeleitet, der sich jetzt am Telefon meldete. Er gehörte zu dem Team aus zwölf Leuten bei der FRA, das auch das Informationsleck im Verteidigungssystem untersuchte, über das die Informationen zum Militärmanöver geflossen waren.

«Können Sie reden?», fragte der Ermittlungsleiter.

«Legen Sie los.»

«Was ich Ihnen sage, wird schwer zu glauben sein.» Für einen kurzen Augenblick verstummte der Ermittler, so als hätte er Probleme, die richtigen Worte zu finden.

«Dieses Piepen, das man auf der Aufnahme hört. Dieses störende ...»

«Was ist damit?»

«Sie werden das nicht gern hören, doch unserer ersten Einschätzung zufolge handelt es sich dabei um die Übertragung von Daten. Einer ganzen Menge von Daten.»

«Also geht es nicht nur um Informationen über das Militärmanöver?»

«Nein, es geht um viel mehr. Bis jetzt sind es vier Terabyte. Wir haben erst ein Drittel davon dechiffrieren können.»

«Wurde alles vom selben Ort aus gesendet?»

«Von einem Grundstück außerhalb von Uppsala. Und genau in diesem Zusammenhang sind die Telefonnummern, die Sie mir geschickt haben, sehr interessant.»

«Weshalb das?»

«Zwei dieser Nummern konnten wir auf dem Grundstück orten.»

«Auch nachdem die Übertragung beendet war?»

«Ja.»

«Dann könnten sie sich also immer noch dort aufhalten?»

«Das ist möglich.» Wieder verstummte der Ermittlungsleiter, dann stellte er eine Frage. «Wie sind Sie an diese Nummern gekommen?»

«Über eine externe Quelle.»

«Extern ... über eine andere Behörde?»

Um seinen Gesprächspartner zu beruhigen, senkte Nylund seine Stimme. «Denken Sie nicht weiter darüber nach. Für den Fall, dass wir eingreifen müssen, will ich nur sichergehen, dass es eine hohe Wahrscheinlichkeit gibt, dort jemanden zu erwischen.»

«In der letzten halben Stunde war es relativ ruhig, aber ... in der Umgebung gibt es eine hohe Aktivität, was ein wenig merkwürdig ist, da es mitten im Nichts ...»

«Danke», unterbrach ihn Nylund, «stellen Sie mir alles zusammen, was Sie bisher herausgefunden haben, und schicken Sie es mir.»

Damit beendete er das Gespräch, und in weniger als einer Minute hatte er die nationale Eingreiftruppe, eine Spezialeinheit der Polizei, verständigt.

Als er seinen Blick hob, sah er die Krankenschwester durch den Korridor auf ihn zukommen. Das Geräusch ihrer Klinikschuhe auf dem Linoleum klang eigenartig unheilverkündend.

«Er hat jetzt Zeit für Sie», teilte sie ihm mit.

Sie gingen den farbenfrohen Flur entlang, und Nylund kam es vor, als spazierte er durch ein Kaleidoskop – die ständig wechselnden Farben schmerzten in seinen Augen. Auf den Bänken an den Wänden saßen weitere Angehörige, denn montags gaben die Ärzte Auskunft über die Krankheitsverläufe der Patienten. Manche der Wartenden waren in ihre Handys vertieft, während andere einfach nur ins Nichts starrten.

Im selben Moment, als sie das Zimmer erreichten, steckte ein Arzt seinen Kopf durch die Tür.

«Hallo, Herr Nylund, sind Sie so weit?»

Der junge Arzt trug keinen weißen Kittel, sondern eine Jeansjacke, in deren Tasche Schlüssel klimperten. Nylunds Hände waren so verkrampft, dass die Knöchel ganz weiß waren.

«Ja.»

«Kommen Sie rein.»

Der Arzt schaltete eine weitere Lampe an, sodass Nylund erkennen konnte, dass neben dem Krankenbett noch ein Stuhl und ein Tisch standen. Mitten im Raum lag Vera, aus ihrem Mund hingen Schläuche, und Monitore überwachten ihre Vitalfunktionen. Nylund ging zu seiner Tochter und sah in ihr eingefallenes Gesicht. Schlagartig wurden seine Hände schlaff und kalt.

Auf dem Tisch neben dem Bett standen ein paar Genesungskarten und Plüschtiere, die wohl als nette Gesten gemeint waren, den Säpo-Chef aber nur irritierten.

Warum schenkt man erwachsenen Menschen Plüschtiere ...

«Das ist nicht leicht», sagte der Arzt mehr zu sich selbst als zu Nylund.

«Vielleicht ist es besser, wenn Sie es mir einfach sagen», meinte Nylund.

«Vera befindet sich in einem Koma. Sie hat eine lokale Blutung im linken Lungenflügel. Ihre Blutgefäße sind empfindlicher als normalerweise. Das Blut hat sich angestaut, was wiederum zu einer Schwellung geführt hat, die auf die Lunge drückt, und das ...»

«... verschlimmert es», beendete Nylund den Satz. «Wie sind die Aussichten?»

«Das kann niemand sagen. Sie hat sowohl die Bestrahlung als auch die Chemotherapie mehrfach überstanden, aber jetzt ist sie in einer schwierigen Phase.»

«Aber Sie müssen doch wissen, wie die Chancen stehen.»

Der Arzt sprach mit sanfter Stimme. «Sie kann in den nächsten achtundvierzig Stunden wieder aufwachen. Oder in einer Woche. Oder in einem Monat. Oder nie. Und ... es besteht ein gewisses Risiko, dass der Krebs sich in der Zwischenzeit weiter ausbreitet. Um ehrlich zu sein ... ihr Körper hat mehr ausgehalten als viele andere. Er ist noch nicht ganz am Ende, aber lange wird es nicht mehr dauern.»

Der Arzt redete weiter, doch Nylund hörte seine Stimme nur ganz schwach, als spräche er von irgendwo weit entfernt. In seinem Kopf flackerten Bilder auf – das Glücksrad im Freizeitpark Gröna Lund, die Spiegel im Flur ihres Hauses, Veras sonderbar braune, beinahe schwarze Augen, ihr erstes Fahrrad, die Schulabschlussfeier, der erste Kollaps am Esstisch ...

«Ich will nur, dass Sie auf alles gefasst sind.»

«Wird sie überhaupt wieder aufwachen?»

«In jedem Fall», sagte der Arzt zögerlich, «müssen wir die Flüssigkeit aus der Lunge absaugen.»

«Kann sie verlegt werden?»

«Verlegt werden?»

«Falls es noch eine andere Behandlungsmethode geben würde ... wäre sie transportfähig?»

Der Arzt überlegte und gab dann die diplomatischste Antwort, die ihm einfiel. «Wenn es eine solche Behandlung gibt, würde ich jedem Transport meinen Segen geben.»

«Könnte ich einen Moment mit ihr allein sein?»

«Natürlich.»

Leise zogen sich der Arzt und die Krankenschwester auf den Flur zurück. Nylund beugte sich über seine Tochter im Krankenbett. Gerade erst hatte er sich an den Geruch der Medikamente der Chemotherapie gewöhnt – dieses metallische Aroma, das sich auf der Zunge und in der Nase festsetzte. Die Aufgabe der Zytostatika bestand darin, die Anzahl der roten Blutkörperchen in Veras Blut zu verringern. Darüber hinaus musste sie noch eine schwere Lungenoperation über sich ergehen lassen.

«Alles wird gut», flüsterte er und strich sanft über ihre Wange. Es war das, was man seinem Kind eben sagte, wenn etwas schiefgegangen war. Wie ein Nachtlicht, das zwar die Albträume nicht vertrieb, sie aber zumindest für eine Weile auf Distanz halten konnte.

Während er mit Vera allein war, stiegen Erinnerungen an ihre Kindheit in ihm auf. Wie sie mit zwei Jahren nackt vor ihm im Meer von Badholmen gestanden und ihren Körper mit Seetang eingerieben hatte. Als sie acht war und mit seiner Polizeimütze auf dem Kopf hinaus in den Schnee marschiert war. Bevor er sie wieder eingeholt hatte, stand sie schon an der Kreuzung ihres Wohngebiets und dirigierte den Verkehr. Als sie elf war und er sie an einer kleinen Bucht in der Nähe von Badholmen fand, wo sie später viel Zeit miteinander verbracht hatten, weil sie es verabscheute, drinnen zu sein – genau wie er. Niemand anders außer ihnen beiden setzte seinen Fuß dorthin. Genau dort war es gewesen, wo sich Ragnar Nylund in seiner Tochter wiedererkannt hatte: Sie war auf einem Stein ausgerutscht und hatte sich den Kopf angeschlagen. Die Wunde blutete, doch Vera weinte nur, weil der Stoff, den sie von ihrem Kleid abgerissen hatte, um die Wunde zu verbinden, nicht auf ihrem Kopf halten wollte, so wie bei Birk Borkason in Ronja Räubertochter. «Ronja hätte es allein hinbekommen, nur Birk braucht Hilfe beim Verbinden. Ich brauche keine Hilfe, das kriege ich allein hin.»

Mehrfach hatten Frauen Nylund vorgeworfen, keine Zärtlichkeit oder Feingefühl zu besitzen. Dass es ihm schwerfalle, Liebe anzunehmen und sie zu zeigen. Ihm fehle es an emotionaler Ausdrucksfähigkeit, hatte seine Frau ihm zu Beginn ihrer Partnerschaft einmal gesagt. Doch dann wurde sie schwanger und erwähnte es nie wieder.

Vera war ihr einziges Kind geblieben, und sie war eine vollständige Kopie ihres Vaters. Als Kind freute sie sich, wenn er mit seinem kratzigen Schnurrbart über ihre Stirn fuhr, wenn er spät nach Hause kam und sie so tat, als schliefe sie. Damit sie lernte, allein zurechtzukommen, weigerte er sich, sie zu Trainings zu fahren, als sie ein Teenager war. Gleichzeitig wusste sie aber, dass er sie von seinem Dienstwagen aus immer im Blick hatte. Nach dem Schulabschluss, ein halbes Jahr bevor man den Krebs diagnostiziert hatte, waren sie wie alte Freunde gewesen und hatten sich gegenseitig Ratschläge gegeben. Sie wollte ein Jahr warten und sich dann für die Polizeihochschule bewerben. Sie wollte reisen und den Jagdschein machen. Doch dann kam der Krebs.

Nylund wusste, wenn nicht Vera, sondern er im Krankenbett gelegen hätte, wäre sie nicht von seiner Seite gewichen und hätte ihm vorgehalten: *Du kämpfst nicht genug. Nimm dich zusammen. Lass mich nicht allein.*

«Vera», sagte er. «Irgendwie schaffen wir das.»

* * *

Nach seinem Besuch im Krankenhaus saß Ragnar Nylund auf einer Bank vor dem Treppenaufgang zur U-Bahn. Er sah in Richtung der Taxis, beobachtete ihren unermüdlichen Kampf mit den Minibussen um den Platz vor dem Eingang. Nach nur einer Runde um den Block waren sie wieder da. Nylund hatte vierzig Minuten lang gewartet, bis sich der Mann auf die Bank direkt ihm gegenüber setzte.

«Ich bin allein», sagte der Mann. «So, wie du es wolltest.»

«Wo ist das Team?»

«In der Nähe und ziemlich ungeduldig.»

«Und du selbst?»

Der Mann mit dem Namen Harald Holt stand auf. Er war der Leiter der nationalen Eingreiftruppe und hatte eine kräftige Statur. Auf einer Seite seines Kopfs deutete sich ein Blumenkohlohr an, und unter dem stoppeligen Haaransatz schimmerte eine Narbe durch.

«Forss schreibt einen Brief an das Justizministerium», berichtete Holt. Forss war der operative Chef der Säpo.

«Davon habe ich gehört.»

«Und?»

Ein Streit über das Budget hatte die Beziehungen zwischen der Säpo und der nationalen Eingreiftruppe ins Wanken gebracht, und nachdem Hugo Forss sein Interesse bekundet hatte, Nylund als Säpo-Chef zu beerben, waren die Umgangsformen auf der obersten Ebene noch ein wenig frostiger geworden. Forss' Ambitionen auf den Chefposten und seine unbescheidene Art, Druck auf das Justizministerium auszuüben, um Mittel der nationalen Eingreiftruppe für die Säpo umzuwidmen, stießen vielerorts auf wenig Gegenliebe.

«Er will es der Regierung leicht machen und die Entscheidung für sie fällen.»

«Warum ist er nicht hier?»

«Er liegt zu Hause im Bett. Grippe. Ich unterrichte den Staatsminister später.» Der Säpo-Chef erhob sich, er war einen Kopf kleiner als sein Gegenüber. «Wenn das alles vorbei ist, musst du dir um Budgetfragen keine Sorgen mehr machen. Wie ist dein Russisch?»

«Besser als deines, nehme ich an.»

Nylund gab Holt einen Kopfhörer und holte sein Handy hervor. Nur dank Nylund hatte Holt seinen Posten bekommen, denn als der Justizminister Nylund im Jahr zuvor eine Liste möglicher Namen gezeigt hatte, die für die Leitung der nationalen Eingreiftruppe in Frage kamen, war Nylunds Zeigefinger bei Harald Holt stehen geblieben.

Nylund drückte auf Play, und Holt hörte sich die Audiodatei an.

«Die Stimme gehört Andrej Susjinskij», erklärte Nylund.

Holt gab den Kopfhörer wieder zurück. «Das Manöver und die *Athena*», sagte er.

«Im Verteidigungsministerium sind alle nervös. Hökbergs kämpft um den Vertrag mit Indien, aber von ihnen stammt auch unser IT-System, das gerade gehackt wurde. Momentan analysieren wir den Inhalt der Übertragung, und dann ist da dieses Geräusch, ein Piepen, das uns Sorgen bereitet.»

«Piepen?»

«Unsere Techniker lassen massenweise Algorithmen und Dechiffrierungsschlüssel darüberlaufen, um herauszubekommen, welche Informationen da übertragen werden.» Nylund blickte nach unten und verstummte. Als er wieder aufsah und weitersprach, klang er düster. «Vielleicht hat Susjinskij uns alle abgehört.»

«Warum redet er über die *Athena*?»

«Er interessiert sich für einen der Passagiere.»

«Für wen genau?»

«Alles deutet auf eine Frau hin, die Tochter eines jordanischen Diplomaten.»

«Habt ihr mit ihr gesprochen?»

«Noch nicht, aber Nordfall ist für die Sicherheit im Hafen zuständig. Und du kannst dir denken, wer das Unternehmen heute Morgen gekauft hat.»

Holt nickte langsam, wie um sich an den Gedanken zu gewöhnen.

«Wir wissen nicht, welche Pläne Susjinskij mit ihr verfolgt, wir wissen nur, dass er aktiver geworden ist. Offenbar hat er eine Frau bedroht, die in Verbindung zu einem ehemaligen Angestellten der Regierungskanzlei steht.»

«Um wen geht es da?»

«Er heißt Jonatan Stark und war politischer Berater, er hat Susjinskijs Rolle in der Affäre um das Gasnetz aufgedeckt. Im Moment ist er mit einer Reporterin von *Dagens Nyheter* unterwegs. Sie heißt Betty Lind.»

Holt kramte ein Päckchen Kaugummis aus seiner Tasche, steckte sich die restlichen drei Stücke in den Mund und warf die Packung in einen Mülleimer.

«Das Datenleck ist riesig. Wer dahintersteckt und wie sie es geschafft haben, Informationen direkt vor unserer Nase zu stehlen, hat für uns höchste Priorität. Dann kümmern wir uns um eine angemessene Lösung in der Sache mit Jonatan Stark», erklärte Nylund.

«Was ist das Problem mit ihm?»

«Schon einmal von der Hybridinitiative gehört?»

«Nein.»

«Vor fünfzehn Jahren gab es ein Pilotprojekt in der Armee, bei dem die Rekrutierung nach völlig neuen Variablen geschah. Sie haben nach Mathematiktalenten, IT-Unternehmern und gesellschaftlich engagierten Individuen gesucht, die dann während ihres Wehrdiensts für dieses Projekt ausgewählt wurden. Sie mussten Tests absolvieren, wurden befragt und waren Teil eines komplexen Gedankenexperiments, das sich mit taktischen Problemlösungen im Cybermilieu beschäftigte. Alles wurde dokumentiert, die Resultate liegen noch im Archiv.»

Holt sah Nylund abwartend an, ehe dieser weitersprach.

«Die Teilnehmer wussten nichts von alledem, der eigentliche Zweck wurde geheim gehalten. Sie wussten nicht einmal, dass der Militärgeheimdienst hinter den Tests stand. Für die Jungs war es wie ein anspruchsvoller Hochschultest.»

«Das verstehe ich nicht.»

«Die Initiative kam nie so weit voran, dass die Teilnehmer hätten informiert werden müssen. Als es an der Zeit war, politische Unterstützung für das Projekt einzuholen, bekam das Hauptquartier kalte Füße, die Initiative wurde eingestellt, und die Teilnehmer wurden zu ihren jeweiligen Einheiten zurückgeschickt. Stark war eine der Testpersonen und hätte sehr wahrscheinlich eine Anfrage vom Militär erhalten, wenn das Projekt weitergeführt worden wäre.»

«Warum ausgerechnet Stark?»

Nylund zuckte mit den Schultern. «Er hatte die besten Testergebnisse. Verdammt talentiert. Analytisch. Intelligent. Hatte alle Qualifikationen. Er hatte gerade eine Forschungsarbeit zu Solarzellen an der Universität begonnen, als die Politik ihn ein paar Jahre später für sich gewinnen konnte. Es gab sogar Skizzen für eine Strategie, wie man ihn hätte rekrutieren können.»

«Die du natürlich gesehen hast», bemerkte Holt.

«Wenn es einen Verdacht gegeben hätte, dass der Militärgeheimdienst einen Aspiranten in der Nähe eines Staatsministers platziert hat – absichtlich oder nicht –, dann hätte das Konsequenzen für die gesamte schwedische nachrichtendienstliche Tätigkeit gehabt.»

«Wo liegt das Grundstück?», fragte Holt, um das Gespräch wieder auf den bevorstehenden Einsatz zu lenken.

Nylund reichte ihm sein Handy, und Holt scrollte vorsichtig durch die Bilder auf dem Display.

«Das Gelände ist schwierig», erklärte Nylund. «Wasser und dichter Wald rund um das Haus. Ich habe dir alles verschlüsselt zugeschickt. Und irgendetwas an der Rasenfläche auf der Vorderseite des Hauses ist eigenartig.»

Mit halb zugekniffenen Augen sah Holt auf das Display und untersuchte die Topographie des Geländes, ohne etwas Sonderbares daran zu entdecken. «Was denn?»

«Du wirst es sehen, wenn ihr die Umgebung auskundschaftet.»

Holt steckte seinen Funkkopfhörer, der während des gesamten Gesprächs über seiner Schulter gehangen hatte, wieder in sein Blumenkohlohr. Er hatte alles gesehen, was er brauchte. Dann sagte er, als wäre ihm der Gedanke eben erst gekommen:

«Was ist mit der Frau? Ist sie dort?»

Er erhielt keine Antwort, doch er verstand, warum.

«Wir schicken ein Einsatzkommando, darauf sind sie nicht vorbereitet», sagte Nylund und nahm das Handy und seine Kopfhörer wieder an sich. «Wenn es schiefgeht, kannst du einen Strick aus all den Berichten drehen, die du schreiben musst, und ihn um meinen Hals legen.»

Aus dem Treppenaufgang der U-Bahn drang lautes Gemurmel nach oben, dann strömten Menschen hinauf und gingen in Richtung des Krankenhauses. Nylund sah ihnen nach, und als er sich wieder umdrehte, um Holt ein gutes Gelingen zu wünschen, war der schon verschwunden.

Es gelang ihnen, den letzten Bus anzuhalten, der die Passagiere der *Athena* aus der Stadt beförderte. Als der weißhaarige Busfahrer Maryams rotes Armband erkannte, winkte er sie in den überfüllten Bus. Alle Sitzplätze waren belegt, und sogar im Mittelgang saßen Leute, sodass Betty und Jonatan Maryam in den hinteren Teil des Busses führten, wobei sie vorsichtig über die Menschen im Mittelgang hinwegstiegen.

Einige der Passagiere versuchten zu schlafen, während eine Mutter den Zeigefinger vor den Mund hielt und ihren Kindern ein leises «Pssst» zurief. Auf dem Gang saßen zwei Personen aneinandergelehnt und schliefen fest. Jonatan schob Maryam zu einer freien Stelle vor der Treppe an der mittleren Tür des Busses. Dabei drückte sie kurz Jonatans Hand, um ihm ihre Dankbarkeit zu signalisieren.

Eine Tüte mit Hefeteilchen wurde zwischen den Sitzen herumgereicht, und obwohl sie nicht mehr allzu frisch waren, nahm Jonatan drei Stück. Auf dem Sitz neben ihm saß eine junge Frau, die ein Baby auf dem Arm hielt. Ihr Kopf ruhte auf einem Kissen, dass sie gegen die Fensterscheibe gelegt hatte. Direkt neben ihr saß ein kleiner Junge, womöglich der ältere Bruder des Säuglings, der sich eine Decke über die Beine gelegt hatte und an seinem roten Armband herumspielte.

Jonatan hielt ihm eines der Gebäckstücke hin, und die Augen des Jungen leuchteten auf. Schnell verschlang er das Teilchen und wollte noch ein weiteres. Er war klein und mager und schien nicht viel älter als vier zu sein. Der Kopf seiner Mutter fiel nach vorn, sodass sie aufwachte. Mit müden Augen sah sie Jonatan an, ehe sie begriff, was er ihrem Sohn gegeben hatte. Sie lächelte Jonatan kurz zu und zupfte das Kissen zurecht. Nach zwei Hefeteilchen war es, als hätten Jonatan und der Junge Freundschaft fürs Leben geschlossen.

Betty betrachtete die Gesichter der Menschen um sie herum. «Jetzt beginnt die lange Ungewissheit.»

«Ungewissheit?», wollte Maryam wissen.

«Wer hierbleiben darf.»

«Was geschieht als Nächstes?»

«Alle werden in eine Unterkunft gebracht.»

«In ein Lager?»

«Nein, eine Flüchtlingsunterkunft.»

«Wo ist der Unterschied?»

Betty zuckte mit den Schultern. «Es sind richtige Häuser, aber ehrlich gesagt habe ich keine Ahnung. Jedenfalls wird es eine Menge Bürokratie geben, jeder Fall wird individuell überprüft.»

«Ich habe ein paar Fragen», mischte sich Jonatan ein und zeigte Maryam ein Foto. «Das hier stammt von der russischen Botschaft in Stockholm.»

Ihre Reaktion verblüffte ihn, denn das Foto schien sie nicht zu überraschen.

«Wer sind Sie?», fragte sie.

Jonatan deutete mit dem Kopf auf Betty. «Sie ist Journalistin, ich nicht. Wir haben gemeinsam in der schwedischen Regierungskanzlei gearbeitet. Dass wir uns auf diese Weise wiedergetroffen haben, war reiner Zufall. Entschuldigen Sie meine Neugier», sagte er, «aber jemand nimmt große Mühen auf sich, um an Sie heranzukommen.»

Wie um ihn zu bremsen, legte Betty ihm eine Hand auf die Schulter, doch Jonatan schob sie beiseite und hielt seinen Blick weiter auf Maryam gerichtet. «Wollen Sie die Wahrheit hören? Sie können nicht fliehen, es gibt keinen Ort, an dem Sie sich verstecken könnten. Es ist sinnlos, so zu tun, als wäre es anders. Aber wenn Sie uns helfen, können wir Ihnen vielleicht auch helfen.»

Maryam sah auf ihre Hände.

«Sie könnten mir mit Informationen weiterhelfen», fuhr Jonatan fort. «Andrej Susjinskij hat eine Person, die mir sehr wichtig ist, mit dem Leben bedroht.»

«Warum rufen Sie nicht die Polizei?», wunderte sich Maryam.

«Das werden wir tun», sagte Betty.

«Die kann uns jetzt nicht helfen», entgegnete Jonatan. «Aber später vielleicht.»

«Ich kann Ihnen sagen, was vor sich geht», sagte Maryam schließlich, «aber ich bin mir nicht sicher, ob Sie es verstehen werden.»

Plötzlich wachte das kleine Kind neben Jonatan auf und fing laut zu weinen an, doch seine Mutter reagierte kaum darauf. Verwirrt legte sie dem Kind ihre Hand vor den Mund, ohne dabei die Augen zu öffnen. Sie versuchte, beruhigend auf ihr Kind einzureden, gab ihm ihren Finger zum Saugen, doch es half nichts. Das Baby brüllte umso lauter.

«Warten Sie kurz», bat Jonatan Maryam.

Er beugte sich nach vorn und nahm den Säugling an sich, während er der Mutter zulächelte. Sie protestierte nicht und blickte ihn nur teilnahmslos an, ehe ihre Augen wieder zufielen.

Das Kind wog so gut wie nichts, und seine Kleider waren völlig durchnässt. Als er noch mit Åsa zusammen gewesen war, hatte er ihren Sohn Aston zwar auch getragen, doch das hier war etwas völlig anderes. Er hatte sich immer davor gefürchtet, Vater zu sein, vor der totalen Hilflosigkeit kleiner Kinder. Er legte den Kopf des Babys auf seine Schulter und streichelte seinen Rücken.

Er ging ein Stück nach vorne, wo etwas mehr Platz war. Dort

wiegte er das Kleine so lange, bis es sich beruhigt hatte. Er spürte, wie seine Hand nass wurde, und hielt nach einem Handtuch oder etwas Ähnlichem Ausschau.

Am anderen Ende des Busses hatte eine Frau in einer grünen Helferweste das schreiende Kind gehört und bewegte sich nun im Zickzack zwischen all den anderen Menschen im Bus auf Jonatan zu. «Brauchen Sie etwas?», fragte sie ihn.

«Gibt es Windeln?», fragte er zurück.

«Nur Handtücher», lautete ihre Antwort.

Jonatan folgte ihr zu ihrem Platz hinter dem Fahrer, wo sie eine Papiertüte unter dem Sitz hervorholte und ihm ein Frotteehandtuch reichte. «In Vidargården gibt es mehr davon», erklärte sie.

«Wir fahren also nach Vidargården?»

«Ja.»

«Ist Nordfall auch dort?»

«Wahrscheinlich schon.»

«Haben Sie noch Westen übrig?»

Die junge Frau gab Jonatan eine trockene Weste aus der gleichen Papiertüte.

Dann setzte er sich auf die Treppe an der vorderen Tür des Busses und legte das Baby auf seine Oberschenkel. Er öffnete die Windel und machte das kleine Mädchen mit dem Handtuch sauber. Anschließend wickelte er die Kleine in die trockene Weste ein und stand wieder auf.

Noch einmal schaukelte er das Mädchen in seinen Armen, bis es eingeschlafen war. Währenddessen schaute er ein paarmal zu Betty und Maryam, die aber nicht miteinander zu sprechen schienen. Betty beschäftigte sich mit ihrem Handy, und Maryam schlief offenbar.

Behutsam legte Jonatan das kleine Mädchen zwischen seine Mutter und seinen Bruder. Dann stellte er sich neben Betty. In ihrem Blick lag so etwas wie Neid, sie schien ihn die ganze Zeit beobachtet zu haben, während er das Kind in den Schlaf gewiegt hatte.

«Du siehst vollkommen erledigt aus», stellte sie fest.

«Mir ging es schon besser.»

Er knöpfte sein Hemd auf und fasste an seine Schulter. Bettys Blick fiel auf das eingetrocknete Blut an der Innenseite des Hemdes.

«Mit wem hast du telefoniert?», fragte Jonatan.

«Ich wollte nur eine Bestätigung, dass die Informationen angekommen sind.»

«Wem hast du die Telefonnummern geschickt?»

Statt ihm zu antworten, besah sich Betty Jonatans verwundete Schulter. «Lass mich das mal anschauen.» Vorsichtig öffnete sie einen weiteren Knopf seines Hemds. Er hielt sich an einer der Armlehnen fest und riss den Stoff herunter, den er provisorisch auf die Wunde gelegt hatte. Betty begann, Jonatans Schulter mit einem Papiertaschentuch abzutupfen, auf das sie ein wenig Wasser geschüttet hatte.

«Ich habe eine Quelle in einer einflussreichen Position.»

«Innerhalb der Polizei?»

«Die Wunde muss ein bisschen sauber gemacht werden.»

«Ja, wahrscheinlich.»

«Eigentlich müsste sie sofort desinfiziert und verbunden werden.»

Als Betty die Wunde berührte, brach Jonatan der kalte Schweiß aus, und er umklammerte die Armlehne, während sie den Schmutz aus der Verletzung wusch. Dann knöpfte sie sein Hemd wieder zu.

«Ich habe schon häufiger Interviews mit Menschen geführt, deren Leben bedroht wurde», sagte sie. «Es sind immer die Angehörigen, die am meisten darunter zu leiden haben.»

«Sie weiß nicht, dass ihr Leben in Gefahr ist.»

«Das würde die Sache einfacher machen.»

«Ich will einfach nur, dass es aufhört.» Mit einem Mal gewann seine Stimme neue Kraft. «Und deshalb will ich mit Maryam sprechen.»

Hin und wieder fiel ein wenig Licht auf den kleinen Jungen neben Jonatan, in dessen glänzendem kastanienbraunen Haar die Strahlen der vorbeifahrenden Autos und der Straßenlaternen aufblitzten. Der Junge bemerkte, dass Jonatan ihn beobachtete, und der Mund in dem ansonsten ausdruckslosen kleinen Gesicht öffnete sich. Dann blickte er demonstrativ auf eine Strickmütze, die er in einer Hand hielt.

«Er will Ihnen etwas zeigen», übersetzte Maryam, die wieder aufgewacht war.

Betty und Jonatan beugten sich nach vorn und sahen, wie die Hände des Jungen den schneeweißen Pelz einer kleinen Maus streichelten. Die Maus saß in der Mütze und putzte sich Gesicht und Ohren mit ihren nackten rosa Pfoten, die an kleine Hände erinnerten. Um den Hals der Maus hatte der Junge sein rotes Armband geknotet. Während er sie vorsichtig in seine geöffneten Hände setzte und vor sein Gesicht hob, bewegten sich ihre hauchdünnen Schnurrhaare unaufhörlich.

«Sie heißt Felicia, nach seiner Schwester», erklärte Maryam.

«Ist sie in einem anderen Bus?», wollte Betty wissen.

Maryam gab keine Antwort, und sowohl Betty als auch Jonatan wussten, was das bedeutete. Sie sahen die schlafende Mutter mit dem Baby an, deren Erschöpfung zu gleichen Teilen aus Trauer und Hoffnungslosigkeit zu bestehen schien. Vor ihrem Gesicht schlug der Regen gegen die Fensterscheibe.

«Ihr Vater wurde ermordet», richtete sich Betty wieder an Maryam, «aber was ist mit dem Rest Ihrer Familie?»

«Woher kennen Sie meinen Vater?», fragte Maryam mit verwundertem Unterton.

«Ich kenne ihn einfach.»

Maryam sah aus dem Fenster in den Regen hinaus. «Schlechtes Wetter ist gut, wenn man auf der Flucht ist. Die Soldaten bleiben im Trockenen. Sie gehen nicht nach draußen, wenn sie nicht müssen.»

«Die syrischen Soldaten?», fragte Betty.

«Dank dem Regen bin ich unbeschadet an den ersten Kontrollen vorbeigekommen. Sie sind drinnen geblieben. Andere Frauen haben es nicht geschafft.»

«Warum nicht?»

«Viele beteiligen sich am Kampf gegen das Regime, und die Soldaten zerreißen ihre Kleider, um zu prüfen, ob sie blaue Flecken haben, die vom Rückstoß eines Gewehrs stammen. Dann werden sie gemeinsam mit den Männern abgeführt.»

«Sie haben eine lange Reise hinter sich», stellte Betty fest.

Maryam dachte eine Weile nach und sah dann tief in Jonatans Augen. «Sie haben mein Leben gerettet, dafür habe ich mich noch gar nicht bedankt.»

«Was kann ein russischer Oligarch von Ihnen wollen?», fragte Jonatan.

«Informationen.»

«Über Ihren Vater?»

Ihr Gehirn schien auf Hochtouren zu arbeiten, aber sie zögerte. «Über Thermit», sagte sie schließlich. «Über Munition für Panzerfäuste, die Thermit enthält. Ostrovskij hat sie an der Zivilbevölkerung in Aleppo getestet.»

«Wer?», fragte Jonatan.

«Oleg Ostrovskij», schob Betty ein. «Ein Vertrauter des russischen Präsidenten, schon seit der Zeit, als dieser noch Bürgermeister von Sankt Petersburg war. Zuerst war Ostrovskij Offizier der Marine, später dann bei den Spezialeinheiten und im Geheimdienst. Er ist mit Dimitrij befreundet.»

Wie viele andere, die sich mit russischer Politik beschäftigten, war auch Betty dazu übergegangen, den russischen Präsidenten ausschließlich beim Vornamen zu nennen. Es war das Resultat einer PR-Kampagne von russischen Multimilliardären, die für einen Präsidenten des Volkes warb. Ein Werbevideo nach dem anderen hatte der Kreml im letzten Jahr veröffentlicht und den Slogan «Unser Dimitrij» im russischen Volk bekanntgemacht.

«Ostrovskij hält große Anteile an Ballisticheskiy», ergänzte Maryam, «und er hat dem Regime in Syrien eine Menge Waffen verkauft.»

«Was genau ist Thermit?», fragte Betty.

«Der Grundstoff für Brandbomben», erklärte Jonatan, «ein Gemisch aus Eisenoxid und Aluminium. Thermit braucht keinen Sauerstoff aus der Luft, um zu brennen, da es den nötigen Sauerstoff selbst enthält. Wenn das Zeug erst mal angefangen hat zu brennen, ist es quasi unmöglich, es zu löschen. Allerdings ist es nicht ganz einfach, eine Thermitbombe herzustellen. Sie benötigt eine Entzündungstemperatur von über tausend Grad, und man benötigt große Mengen Thermit. Einen Thermitbrand kann man nicht ersticken, dazu müsste man die Temperatur auf unter tausend Grad senken. Aber sind Thermitwaffen nicht verboten?»

«Wenn man etwas niederbrennen will, gibt es nichts Besseres», sagte Maryam. «Thermit ist effektiver als Benzin und zieht nicht so viel Aufmerksamkeit auf sich wie Flugbomben.»

In ihrem Kopf zählte Betty eins und eins zusammen. «Ballisticheskiy kämpft um den Rüstungsvertrag mit Indien.»

Maryam sah sie an und nickte langsam.

«Aber weil sie Thermitwaffen herstellen, riskieren sie, den Auftrag zu verlieren.»

«Ostrovskij hat dementiert, dass Ballisticheskiy Granaten mit Thermit herstellt», sagte Maryam. «Denn Indien hat mitgeteilt, dass Waffenhersteller, die Thermit verwenden, aus dem Rennen sind. Also sorgt Ostrovskij dafür, dass niemand etwas ausplaudern kann.»

«Welche Rolle spielt Susjinskij dabei?», wollte Jonatan wissen.

Doch seine Frage blieb unbeantwortet, da sich ein Telefon mit einem lauten Schrillen meldete. Es klang wie das Pfeifen eines Vogels auf Speed. Jonatan holte das Tiger-XS-Telefon aus seiner Tasche, während Betty und Maryam ihn erschrocken anstarrten.

Auf dem Display leuchtete der Schriftzug «Incoming» auf, was ihm angesichts des Vibrierens und Klingelns recht überflüssig erschien, während die kyrillischen Buchstaben, die darunter angezeigt wurden, schon eher sein Interesse weckten.

«Seit wann hast du ein abhörsicheres Handy?», fragte Betty.

Jonatan klappte das Handy auf, hielt es an sein Ohr, und eine bekannte Stimme mit russischem Akzent sprach zu ihm. Seit sechs Monaten hatte er diese Stimme nicht mehr gehört, doch nach allem, was in den letzten Stunden passiert war, wunderte es ihn ganz und gar nicht, sie jetzt zu hören.

«Was treiben Sie so?», fragte Andrej Susjinskij.

* * *

Kein Mensch hatte in so kurzer Zeit einen so großen Einfluss auf Jonatans Leben gehabt wie Andrej Susjinskij. Niemals zuvor hatte ihn jemand dazu gebracht, um sein Leben zu rennen oder eine Freundin zu verlassen, aus Angst, dass Fremde ihr irgendwann in der Zukunft einmal Schaden zufügen könnten.

Dass er Susjinskij an diesem Tag im April vor einem halben Jahr überhaupt getroffen hatte, fühlte sich noch immer völlig unwirklich an. Eigentlich hatte er damals meistens in seinem Büro in Rosenbad gesessen und irgendetwas zum Thema Energie für die Kabinettssitzungen vorbereitet. Sein einziger Fokus lag zu dieser Zeit auf der Überprüfung der Sprache und der Fakten. Damals – wie auch heute – befand er sich in der Peripherie des eigentlichen Handlungszentrums, doch dann hatte jemand Größeres mit ihm vorgehabt.

Eine wirkungsvolle Investitionsoffensive hatte LSI Holdings damals zur alleinigen Besitzerin der schwedischen Gasinfrastruktur gemacht. Durch diverse Mittelsmänner wurden kommunale und regionale Beamte erpresst, damit sie Bearbeitungszeiten verkürzten und ihre Beschlüsse schneller fassten, sodass die Holding schließlich den staatlichen Teil des Gasnetzes aufkaufen konnte. In Rosenbad wurden die Gerüchte über illegale Lobbymethoden geflissentlich ignoriert. Im Austausch gegen kompromittierende Informationen über die Opposition, die die Wiederwahl der Regierung sichern sollten, gab man Susjinskij einen Freifahrtschein zur Errichtung eines Monopols.

Die Aufgabe, Susjinskij die Idee «Monopol gegen Information» zu unterbreiten, war damals ihm zugefallen – dem begabten Solarzellenforscher und Quasistiefvater zweier Kinder, Jonatan Stark.

Bis zu diesem Moment war er mit seinem Job zufrieden gewesen, hatte es gemocht, morgens aufzustehen und den Bus nach Rosenbad zu nehmen. Genauso wie sein Gehalt, den kleinen Spaziergang über den Flur, um einen Kaffee zu trinken, und die Gespräche im Pausenraum. Arbeitstage mit sechzehn Stunden flößten ihm keine Angst ein.

Er erinnerte sich an das Schiff im äußeren Schärengarten, auf dem das Treffen mit Susjinskij stattgefunden hatte. Und er erinnerte sich an Susjinskij, eine große Erscheinung mit rötlichen Haaren und einem Boxergesicht, in dem durchdringende Augen lauerten. Susjinskij hatte Jonatan einen Job angeboten, und noch niemals zuvor hatte jemand eines seiner Angebote ausgeschlagen.

Doch Jonatan tat es. Dabei war ihm allerdings nicht bewusst gewesen, dass er, ohne es zu wissen, sensible Informationen verbreitet hatte, die Susjinskij gehörten. Und manche Oligarchen haben ihre ganz eigenen Methoden, um deutlich zu machen, dass man sie nicht bestiehlt.

Die Affäre um das Gasnetz sollte öfter als irgendein anderes Thema im Verfassungsausschuss des Reichstages diskutiert werden, und schon bald war man sich einig, dass der Staat das gesamte Gasnetz zurückkaufen musste.

Zwar blieb es Jonatan erspart, vor dem Verfassungsausschuss oder den Medien Rede und Antwort stehen zu müssen, doch sein Leben änderte sich gewaltig. Die Beziehung zu Åsa ging in die Brüche, und in der Hoffnung auf eine freie Forschungsstelle an der Universität lebte er in einem ständigen Auf und Ab, zwischen Erschöpfung und Unruhe, nervösem Warten und krampfhafter Furcht. Seine Albträume über Susjinskij deutete er als Zeichen dafür, dass er früher oder später wieder von ihm kontaktiert werden würde. Und er sollte recht behalten.

* * *

«Ich könnte Ihnen die gleiche Frage stellen», erwiderte Jonatan «Was treiben Sie zurzeit so?»

«Sie hatten einen Auftrag von Kessler. Einen ziemlich einfachen Auftrag.»

Jonatan bewegte sich mit dem Handy am Ohr im Bus nach vorn und kletterte über einige schlafende Passagiere hinweg. «Kessler hatte ebenfalls einen Auftrag», sagte er langsam, «er hat ihn vorzeitig abgeschlossen.»

«Sind Sie allein?»

«Definieren Sie allein.»

«Ist noch jemand anderes beteiligt?»

«Eine Nachrichtenredaktion unterstützt mich gewissermaßen.»

«Betty Lind … einzigartige Reporterin.»

«Finden Sie?»

«Gelegentlich. Ich spreche selten mit Journalisten, und wenn ich es tue, dann geht es meistens darum, dass ich ihre Familien verschonen soll.»

Jede einzelne Zelle in seinem Körper schrie ihn an, das Tiger-XS-Telefon auf den Boden zu werfen und es in kleine Stücke zu zertrümmern, doch Jonatan setzte das Gespräch fort.

«Glauben Sie nicht, dass ich die Sache mit Ihrer Freundin ernst meine?»

«Genauso wie bei Shatnawi?»

Susjinskij reagierte mit einem Schweigen, hinter dem Jonatan einen unterdrückten Wutausbruch erahnte.

«Ein Teil von mir ist tatsächlich beeindruckt von Ihnen, Stark. Sie können ruhig eine Weile davonlaufen, ich gehe gerne auf die Jagd. Am liebsten jage ich exotische Trophäen, an meiner Wand hängt das letzte vietnamesische Nashorn.»

«Ich wusste gar nicht, dass Sie so ein Naturmensch sind.»

«Doch, doch, ich liebe Tiere. Besonders ihre Köpfe.»

Mit vor Zorn angespannten Muskeln presste Jonatan das Handy an sein Ohr. «Sie hätten Åsa aus dem Spiel lassen sollen.»

«Wir haben uns doch gerade erst kennengelernt», sagte Susjinskij. «Es gibt noch so viel, was wir gemeinsam unternehmen können. Ich will nur nicht, dass Sie die Motivation verlieren.»

«Sie haben eine kranke Vorstellung davon, was motiviert.»

«Sie wissen, wie das hier ausgeht, wenn Sie sich nicht zurückhalten. Man lebt, und man stirbt. Entweder schwimmt man mit dem Strom, oder man kämpft dagegen an. Aber am Ende landet man immer am selben Ort …»

Bevor Susjinskij ein weiteres Wort sprechen konnte, zerbrach

Jonatan das Klapphandy. Aus dem Hörer erklang ein kurzes Piepen, dann wurde das Display schwarz.

Er kletterte zurück nach hinten, wo Betty mit ihrem Handy beschäftigt war.

«Mit wem hast du telefoniert?», wollte sie wissen.

«Mit niemandem.»

Vor ihm saß Maryam auf dem Boden, und mit jedem Schaukeln des Busses sank ihr Kopf noch weiter hinab. Inzwischen hatten sie eine einschläfernde Reisegeschwindigkeit erreicht, dunkle Äcker flogen an den Fenstern vorbei, während der Regen in unzähligen Bahnen an den Scheiben herabfloss.

«Hast du noch Kontakt zu den anderen in der Regierungskanzlei?», fragte Betty.

«Nein.»

«Versteckst du dich etwa?»

Zwischen den Sitzen rollte eine leere Plastikflasche hin und her. Jonatan stoppte sie mit dem Fuß. «Die Politik hat mir nie etwas gegeben.»

«Du bist ziemlich ruppig mit den Männern im Hafen umgesprungen.»

«Mir blieb keine andere Wahl.»

«Das stimmt, doch ich habe dich nicht als einen solch kaltschnäuzigen Typen in Erinnerung.»

«Wie gefällt es dir bei der Zeitung?»

«Willst du nicht darüber reden?»

«Das führt zu nichts.»

Sie nickte. «Mir gefällt meine Arbeit, wenn ich Menschen wie Maryam treffe und ihre Geschichten hören darf. Was dir im Frühling passiert ist ... sollte genug für ein ganzes Leben sein.»

«Was weißt du darüber?»

«Ich habe gehört, dass du dich mit Susjinskij getroffen hast.»

Jonatan sagte nichts. Als Pressechefin hatte Betty Staatsminister Anders Ekholm damals zwar relativ nahegestanden, doch er war nicht gerade bekannt dafür gewesen, andere in seine Pläne einzuweihen. Oft war Betty dazu gezwungen gewesen, aus dem Stegreif schwere strategische Entscheidungen zu fällen, um den Schaden zu begrenzen oder Katastrophen zu verhindern. Auf viele Kollegen hatte sie mürrisch gewirkt, was aber nur daran lag, dass sie oft gestresst gewesen war. Jonatan selbst war nie zur Zielscheibe ihrer heftigen Launen geworden.

«Ich will nur, dass das hier ein Ende hat», sagte er schließlich. «Und ich finde nicht, dass das zu viel verlangt ist.»

Um einem entgegenkommenden Auto auszuweichen, lenkte der Fahrer den Bus an den Rand des Straßengrabens, die Sitze erzitterten. Ein paar der Passagiere taumelten im Mittelgang, bis das Auto am Bus vorbeigefahren war.

«Du musst mir nicht vertrauen», fuhr Betty fort, «aber was du über die Morddrohung weißt, kann man sicher verwenden.»

«Hat die Säpo dich hierhergeführt?»

«Wer behauptet denn, dass ich mit der Säpo in Kontakt stehe? Ich bin allein hierhergekommen.»

«Dann willst du also ihre Geschichte hören?»

«Ja.»

«Glaubst du, dass sie so besonders ist? Sieh dich mal um, hier hat jeder eine Geschichte.»

«Wenn sie sie mir erzählen wollen, werde ich zuhören.»

«Und wie viel davon können die Leser ertragen?»

«Wir werden sehen. Ich muss jemanden anrufen.»

Betty ging in den vorderen Teil des Busses, wo die Frau in der grünen Weste von ihrem Sitz aufstand und Betty ansah, als hätte sie sie nicht einsteigen sehen. «Wir kennen uns noch nicht», sagte sie.

«Betty Lind. Wohin fahren wir?», stellte Betty sich vor und zückte ihren Presseausweis.

Die Frau sah aus wie eine typische Sachbearbeiterin aus dem Migrationsamt, dachte Betty. «Nach Vidargården, das ist eine neu gebaute Flüchtlingsunterkunft bei Pålsbo.» Ihre Miene verfinsterte sich. «Weiß Nordfall, dass Sie hier sind?»

«Ich glaube nicht. Waren Sie schon einmal in Vidargården?»

Kopfschütteln. «Ich habe erst vor einer Stunde davon erfahren. Nordfall regelt alles vor Ort, wir sind bald da.»

«Was heißt ‹alles›?»

«Komplettversorgung. Wir setzen die Leute ab und begleiten sie zu den Wohneinheiten, das Migrationsamt schickt sein Personal erst morgen dorthin.»

«Aber bei der Registrierung im Hafen waren Sie dabei?»

Wieder schüttelte die Frau den Kopf. «Nein, wir sind nur für die Folgefragen zuständig. Wenn wir Glück haben, bekommen wir die Informationen im Nachhinein. Aber sehr wahrscheinlich ist das nicht.»

Im letzten Satz sprach die Frau ohne Ironie oder Sarkasmus. Betty tippte eine SMS an Raja Singh in der Zeitungsredaktion und bat ihn, Hintergrundinformationen zu Vidargården zu recherchieren.

Dann sah sie, dass sie einen Anruf von Ralf Bogren verpasst hatte, aber im gleichen Moment klingelte ihr Handy. Es war der Chef der Säpo, Ragnar Nylund.

Betty ging ein paar Schritte zurück. «Hat die Information etwas gebracht?»

«Wir haben einen Ort lokalisieren können, von dem aus die Daten über das Militärmanöver wahrscheinlich abgesendet wurden», berichtete Nylund. «Wer auch immer hinter der Morddrohung gegen Starks Freundin steckt, hat sich dort aufgehalten.»

«Wo genau ist das?»

«Ein Haus in der Nähe einer Flüchtlingsunterkunft.»

«Vidargården», kombinierte Betty. «LSI Holdings kontrolliert die Sicherheitsfirma, die vor Ort ist und auf die Busse wartet.»

«Wir haben allerdings keine Ahnung, wo Jonatan Stark ist. Er täte gut daran, wenn er sich von dort fernhält. Eine Spezialeinheit ist auf dem Weg zu dem Haus, und wir wissen nicht genau, was uns dort erwartet.» Nylund brummte: «Vielleicht können Sie mir bei der Beantwortung einiger Fragen helfen.»

«Das kommt darauf an», sagte sie.

«Wissen Sie etwas über den Zwischenfall im Värtahafen?»

«Welchen meinen Sie?»

«Ein Auto ist durch die Absperrung gerast.»

Nach einem kurzen Moment sagte Betty: «Darüber können wir später sprechen.»

«Wo befinden Sie sich?»

«Außerhalb der Stadt.»

«Könnten Sie ein klein wenig genauer sein?»

«Später.» Bettys Handydisplay leuchtete auf, ein weiterer Anruf von Ralf Bogren, den sie annehmen musste.

«Ich rufe zurück», sagte sie und legte auf. Als sie ihren Chefredakteur in der Leitung hatte, wusste sie augenblicklich, dass es unangenehm werden würde.

«Wo bist du?», fragte er sie.

* * *

Während Jonatan darauf wartete, dass Maryam wieder aufwachte, überholten sieben schwarze Autos den Bus in hohem Tempo.

Maryam öffnete verschlafen die Augen. «Wo sind wir?»

«Noch immer unterwegs.»

«Wie lange sind wir gefahren?»

«Eineinhalb Stunden.»

Maryam erschauderte, und sie sah sich nach all den anderen Schlafenden um. Verängstigt legte sie ihre Hand auf Jonatans Arm. Sie griff in eine Tasche ihrer Jacke, die sie unter der Weste trug, und holte etwas daraus hervor, das sie Jonatan gab. Es war ein USB-Stick.

«Was ist das?»

«Informationen.»

«Was soll ich damit?»

«Wenn es hier Meinungsfreiheit gibt, kann sie darüber berichten», sagte sie und deutete auf Betty.

«Dann geben ... dann gib ihn besser ihr.» Er gab ihr den Stick zurück. Dann holte er die Fotos aus der Mappe und zeigte ihr eines davon. «Wer sind die Personen neben dir?»

«Der Mann links ist mein Vater», sagte sie, offenbar war sie einverstanden mit der persönlichen Anrede Jonatans. «Der andere Mann ist ein Offizier, der entdeckt hat, dass es im Syrienkonflikt zum Einsatz von Thermitwaffen gekommen ist, und etwas dagegen unternehmen wollte. In Damaskus hat ihm niemand geglaubt, weswegen er meinen Vater mitgenommen hat, um sie zu überzeugen. Mein Vater ist ... war ... Professor für Biochemie.»

Jonatan schaute Maryam verwundert an. «Ist es normal, dass junge Frauen in Jordanien Diplomatinnen werden?»

«Ich war die Assistentin meines Vaters.»

«Wie hat man in Damaskus auf die Information reagiert, dass Thermit eingesetzt wurde?»

«Sie haben die Berichte vernichtet und uns verboten, darüber zu sprechen.»

«Wie viele Menschen sind durch die Thermitwaffen ums Leben gekommen?»

«Was meinst du damit?»

«Geht es um hundert, fünfhundert oder zehntausend Opfer?»

«Ihr und eure Zahlen ...»

«Wer ‹ihr›?»

«Na, ihr Europäer. Zahlen scheinen für euch etwas Magisches zu sein. Reicht es denn nicht, dass *ein* Land vernichtet worden ist?» Sie schaute auf den schlafenden Jungen neben Jonatan. «Glaubst du, es spielt eine Rolle für ihn, ob er in einem schwedischen oder einem jordanischen Lager ist? Er will einzig und allein, dass seine Familie überlebt.»

«Das Foto stammt aus der russischen Botschaft», fuhr Jonatan fort. «Suchen noch mehr Leute nach dir?»

«Ich weiß es nicht.»

«Wenn du nicht weißt, warum Susjinskij dich jagt, dann kann ich nicht viel tun, um dir zu helfen.»

Mit einem vorsichtigen Blick vergewisserte sich Maryam, dass niemand sie belauschte.

«Vielleicht gibt es eine Antwort», sagte sie.

«Vertraust du mir?»

«Ich weiß es nicht.»

«Wenn das gerade eben Fahrzeuge der Sicherheitsfirma waren, die uns überholt haben, dann haben wir ein Problem. Es wäre klug, mir zumindest eine Chance zu geben.»

«Was heißt das?»

«Sobald wir die Möglichkeit dazu haben, fahren wir zurück nach Stockholm. Du und ich. Niemand sonst.»

* * *

Betty konnte Ralf Bogren quasi vor sich sehen, wie er in seinem gläsernen Büro saß und das Kopfhörerkabel um seinen Finger wickelte.

«Das Team im Värtahafen hat behauptet, dass du da warst, dann aber verschwunden bist.»

«Es ist etwas passiert.»

«Ach ja?», fragte er mit einem ironischen Unterton.

«Eine der Geflüchteten wurde beinahe ermordet.»

«Wer?»

Bogren lauschte Bettys Bericht, ohne etwas zu kommentieren oder Fragen zu stellen. Als sie fertig war, wollte auch er seine Neuigkeiten sofort loswerden.

«Im Tumult hat Hendricks einen Wachmann misshandelt, aber selbst ein paar Schläge einstecken müssen und befindet sich jetzt auf dem Weg ins Krankenhaus. Der Fernsehausschnitt mit den roten Armbändern ist über zehntausendmal geteilt worden, sogar die schwedische Kirche hat angekündigt, ihre Türen für die Geflüchteten zu öffnen. Doch das alles hat eine pikante Pointe: Es ist ein Video aufgetaucht, auf dem Hendricks zu sehen ist, wie er auf der *Athena* Lebensmittelpakete über Bord wirft.»

«Hast du es dir angesehen?», fragte Betty und sprach im selben Atemzug weiter. «Ich habe dir doch gesagt, dass es an Bord eine Lebensmittelvergiftung gab. Hendricks hat es mir erzählt, und ich glaube ihm.»

«Betty, wenn du nicht kapierst, welche enorme Wirkung die Sprache der Bilder in der Berichterstattung hat, dann müssen wir vielleicht einen anderen Job für dich finden.»

Sie sprach so leise, wie sie nur konnte. «Was willst du damit erreichen?»

«Ich dachte eigentlich, du wärst die Erste, die einen Journalismus befürwortet, der selbstgerechte Männer entlarvt.»

«Woher habt ihr das Video?»

«Svensson hat es. Mehr musst du dazu nicht wissen.»

Betty seufzte. «Erst lässt du mich links liegen, dann weigerst du dich, mir zuzuhören. Jetzt vertraust du mir nicht einmal mehr. Ist es denn keine Nachricht wert, dass Susjinskij hinter einem Mordversuch steckt?»

«Im Moment zumindest nicht.»

«Ralf … geht es hier um …?»

«Geht es hier um …?», wiederholte Bogren empört, als hätte sie ihn damit beleidigt. «Wie lange spionierst du in der Redaktion schon für die Säpo?»

«Ich spioniere nicht.»

«Was denkst du denn, welche Auswirkungen das für die Glaubwürdigkeit der Zeitung hat?»

«Du denkst doch nur an deinen eigenen Ruf.»

«Das geht so nicht, Betty. Ich weiß nicht, was ich machen soll. Erst stößt du die Anwälte vor den Kopf, und dann wirst du auch noch unverschämt.»

Ein Durcheinander von Gefühlen stieg in Betty auf, und sie drückte das Telefonat mit Bogren weg. Vor allem war es die Scham über ihre eigene Dummheit, die in ihr brannte. Selbst nach Monaten an Ralf Bogrens Seite verstand sie die Motive hinter seinen Entscheidungen noch nicht genau. Keine Frage, die Identität ihrer Quelle hätte sie schon früher herausfinden müssen, doch andererseits hatte es keinerlei Anzeichen dafür gegeben, dass die Informationen falsch waren.

Für Bogren spielte das keine so große Rolle. Er war zwar nicht in der Politik, doch er litt an der Krankheit aller Politiker – er brauchte den Beifall und war süchtig danach, von jedem gemocht zu werden. Sein eigenes Ansehen kam immer an erster Stelle.

Nachdem Betty sich wieder einigermaßen beruhigt hatte, rief sie Raja Singh an. Zumindest er war noch auf ihrer Seite. Als er den Hörer abnahm, klang er gestresst wie immer. «Ich sehe mir gerade eine Karte im Internet an. Vidargården liegt mitten in der Pampa, da gibt es nur Äcker und Wald.»

«Was ist da sonst noch in der Nähe?»

«Absolut gar nichts.» Raja murmelte vor sich hin. Offenbar suchte er noch immer die Karte auf seinem Bildschirm ab. «Wobei … Doch, da gibt es ein Haus, etwa einen Kilometer entfernt, aber es scheint zum selben Gelände wie Vidargården zu gehören.»

Genau dort wird der Einsatz stattfinden, von dem Nylund gesprochen hat.

«Kannst du mir die Adresse von diesem Haus schicken?»

Sie hörte Rajas Finger auf die Tastatur einhämmern, dann war es kurz still, ehe er aufgeregt sagte: «Rate mal, wer als Eigentümer des Grundstücks von Vidargården und dem Haus eingetragen ist?»

«Sag's mir.»

«Ein russischer Geschäftsmann, ein gewisser Jurij Vaslov. Hat mal ein IT-Unternehmen geleitet, das von LSI Holdings aufgekauft wurde.»

«Jurij Vaslov?»

«Ist letztes Jahr an einem Herzinfarkt gestorben.»

«Wem gehört das Grundstück jetzt?»

«LSI Holdings. Was läuft da, Betty?»

«Mehr, als du ahnst.» Betty klickte auf den Link, den Raja ihr in der Zwischenzeit geschickt hatte, und wurde auf die Seite eines Kartendienstes geleitet. Sie zoomte das Haus näher heran. Nachdem sie sich auf den Satellitenbildern orientiert hatte, legte sie den Hörer wieder ans Ohr.

«Die Flüchtlingsunterkunft liegt östlich», sagte Raja, «unterhalb des Waldstücks und des Flusslaufs.»

«Was hast du über Vidargården herausfinden können?»

«Es ist ein kompletter Neubau und bietet laut der Architektenfirma den höchsten Standard für Neuankömmlinge.»

Während sie Rajas Informationen lauschte, drehte sie ihren Kopf nach hinten. Im schummrigen Halbdunkel des Busses sah sie, dass Jonatan und Maryam in ein Gespräch vertieft waren. Überall dampfte es von den feuchten Kleidern der Passagiere, sodass sich Kondenswasser an den Innenseiten der Fenster bildete.

«Soweit ich das erkennen kann, sind es einstöckige Häuser, die in jeweils zwei Wohnungen unterteilt sind. Die ganze Anlage versorgt sich selbst mit Strom, es gibt ein kleineres Wasserkraftwerk, das ...»

«Danke, Raja, wir hören uns später.» Betty legte auf und ging zurück zu Maryam und Jonatan, der sie kritisch beäugte.

«Was ist los?», fragte er.

«Ich glaube, ich weiß, wo sich der Kerl aufhält, der deine Freundin bedroht hat», antwortete Betty.

Jonatan verzog keine Miene.

«Das Haus steht auf einem Grundstück, das im Besitz von LSI Holdings ist.» Betty tippte den Sicherheitscode ihres Handys ein, den sich Jonatan sofort einprägte, und öffnete den Kartenabschnitt mit dem Haus. «Es liegt in der Nähe der Flüchtlingsunterkunft, das Grundstück dort gehört ebenfalls LSI Holdings.»

Wie gebannt starrte Jonatan auf das Display. Mit einem Mal kam ihm der Bus ziemlich eng vor. «Wann sind wir da?»

«Bald.»

Jonatan zog seine grüne Weste aus und gab sie Betty, die ihn am Arm packte. «Eine Spezialeinheit ist auf dem Weg dorthin.»

«Ich will den Mann treffen, der mich bedroht hat.»

Der Ton in seiner Stimme ließ nicht den geringsten Zweifel daran, wie entschlossen er war. Sie würde nichts dagegen tun können, dachte Betty und zuckte urplötzlich zusammen, als ein wummerndes Geräusch über ihnen ertönte ...

Mit über dreihundert Stundenkilometern fegte der Transporthelikopter über die Landstraße hinweg und visierte das langgestreckte Tal an, an dessen Ende das Zielobjekt lag. Um eine bessere Sicht zu haben, verringerte der Pilot die Flughöhe. Neben ihm saß Einsatzleiter Harald Holt, der spürte, wie die Luftströmungen gegen das verglaste Cockpit drückten, während der Pilot das elektronische Steuerungssystem mit geübten Handbewegungen bediente, um sie auszugleichen.

«Der Wasserlauf unter uns ist ein Nebenfluss», erklärte der Pilot, und Holt fand, dass er dabei beinahe gelangweilt klang. «Höchste Fallhöhe der Provinz. Der Grand Canyon von Uppland sozusagen.»

«Sind Sie von hier?», fragte Holt.

«Habe in dieser Gegend viele Testflüge absolviert.»

Die Rotoren dröhnten so laut, dass Holt nicht verstehen konnte, was der stellvertretende Leiter der Eingreiftruppe, der während des Einsatzes «Nummer zwei» genannt wurde, ihm über Funk mitteilte.

Er drückte die Sprechtaste. «Wiederholen, kommen.»

«Vidargården auf zehn Uhr.»

Holt sah aus dem Fenster und entdeckte einige hundert Meter unter sich die Doppelhäuser der Flüchtlingsunterkunft. Auf der anderen Seite der Landstraße lag ein Parkplatz für Baumaschinen und Lastwagen, der eher einem großen schlammigen Tümpel glich, in dem die Raupenbagger wie Blutegel aussahen.

Dann fiel sein Blick auf das Zielobjekt. Durch eine Öffnung in den Baumreihen war ein ziegelrotes Haus zu erkennen, vor dem eine steile Rasenfläche zum Fluss hin abfiel, der sich um das Grundstück schlängelte. Sowohl im Osten als auch im Westen wurde das Gelände von dichtem dunklem Fichtenwald flankiert, sodass die einzigen offenen Wege für einen Zugriff über die Einfahrt aus Norden oder über die freie Rasenfläche führten. Die perfekte Lage für den, der im Haus saß und bei einem Angriff Zeit gewinnen wollte.

«Wollten Sie die Häuser sehen?», fragte der Pilot.

«Mehr oder weniger.»

«Wohl eher weniger, Sie schauen ja kaum in die Richtung.»

Manche Operationen seines Teams waren so geheim, dass nicht einmal der Pilot darüber informiert war.

«Fliegen Sie über das Haus auf dem Hügel.»

«Ein perfektes Versteck», merkte der Pilot an.

«Können Sie weiter runtergehen?»

«Dann hören sie uns.»

«Gehen Sie runter auf siebenhundert.»

Holt schaute durch sein Fernglas und bemerkte ein geparktes Auto auf der Vorderseite des Hauses. Nachdem er das Grundstück lange genug durch die nebligen Wolken beobachtet hatte, konnte er eine kleine Erhöhung auf der Rasenfläche ausmachen, die man aus mehreren hundert Metern Höhe jedoch nur dann entdecken konnte, wenn man wusste, dass es sie gab.

Wieso hast du davon gewusst, Ragnar?

Außerdem fiel Holt auf, dass die Fichten rund um die Rasenfläche symmetrisch angeordnet waren. Die Bäume standen dicht beieinander und schützten das Haus so vor Einblicken von außen. Am Ende der Erhöhung, die in der Mitte der Rasenfläche lag, standen ein paar kleinere Büsche.

«Das ist ein Tunnel oder ein Erdkeller», mutmaßte der Pilot.

«Wie kommen Sie darauf?», fragte Holt.

Der Pilot deutete auf einen der Bildschirme vor ihnen, auf dem die Aufnahmen eines Nachtsichtgeräts wiedergegeben wurden, auf dem die Topographie des Geländes in farblichen Konturen zu sehen war.

«Unsere Mutter Erde ist nicht so symmetrisch. Sehen Sie den Fahnenmast bei den Bäumen?»

«Das ist kein Fahnenmast», sagte Holt, ohne auch nur hinzusehen.

«Was ist es denn sonst?»

«Ein Sendemast.»

«Dann betreiben sie von hier aus einen Sender?»

Die Chancen, dass die Leute im Haus wussten, dass Holt und seine Männer im Anflug waren, standen seiner Meinung nach fifty-fifty. Er hatte schon Einsätze unter schlechteren Voraussetzungen durchgeführt, und es war das Risiko wert, das Gelände auszukundschaften. Hinter ihm saßen acht Spezialkräfte in voller Montur, die darauf warteten ihren Auftrag auszuführen.

«Setzen Sie uns auf der anderen Seite des Hauses ab.»

«Auf der Nordseite?», fragte der Pilot verwundert.

Holt zeigte auf eine Lichtung im Wald. Als der Pilot den Hubschrauber heftig nach rechts riss, warf Holt einen Blick in die Richtung, aus der sie gekommen waren. Auf der Landstraße näherten sich sieben schwarze Fahrzeuge mit hoher Geschwindigkeit den Flüchtlingsunterkünften in Vidargården. Kurz hinter ihnen folgte eine lange Karawane mit Reisebussen.

«Sind das dort unten unsere Freunde?», fragte der Pilot.

* * *

Jonatan stand ganz vorne im Bus und versuchte zu erkennen, was gerade passierte. Neben ihm saß der Busfahrer, der seine Hände auf dem großen Lenkrad abgelegt hatte und gelangweilt auf seine Armbanduhr schaute.

«Warum halten wir an?», fragte Jonatan.

«Vielleicht gibt es neue Anweisungen», sagte der Fahrer.

Darin witterte Jonatan seine Chance. «Können Sie die Tür öffnen?»

«Auf gar keinen Fall.»

«Wieso nicht?»

«Niemand darf den Bus verlassen.»

«Wissen Sie, für wen ich arbeite?», fragte Jonatan und seufzte entnervt.

«Niemand darf den Bus verlassen», wiederholte der Busfahrer bestimmt. «Strikte Anweisung von Nordfall.»

«Und was glauben Sie, wer Nordfall diese Anweisungen erteilt hat?», fragte Jonatan mit eiskaltem Blick. «Öffnen Sie sofort diese Tür.»

Einen kurzen Moment lang schien der Busfahrer mit sich zu kämpfen, doch dann öffnete er die Tür.

«Warten Sie nicht auf mich», rief Jonatan dem Fahrer zu und umrundete den Bus. Bevor ihn jemand sehen konnte, überquerte er die Landstraße und warf sich in den nassen Graben auf der anderen Seite. Falls die Sicherheitsleute ihn fanden, würden sie seinen Ausweis sehen wollen, und das hätte einige Unannehmlichkeiten zur Folge, über die Jonatan lieber nicht nachdenken wollte. Als er sicher war, dass ihn niemand beobachtete, warf er einen Blick in Richtung der Flüchtlingsunterkunft, die nicht mehr weit entfernt lag.

Auf dem Gelände wurde immer noch gebaut, gelbe Kräne und Lkws fuhren durch den Regen, während das Personal von Nordfall eifrig Handzeichen gab, wie und in welcher Reihenfolge die Reisebusse auf den Parkplatz zu fahren hatten.

Den Tumult vor der Unterkunft nutzte Jonatan und sprintete auf das Feld neben der Straße. Es war altes Ackerland, auf dem zwischen einigen Wasserlöchern verschiedene junge Bäume,

Grasbüschel und wildes Heidekraut wuchsen. Nach ein paar hundert Metern hielt er kurz inne und sah sich um. Hinter dem Gebäudekomplex für die Geflüchteten erkannte er das Haus, das auf der Anhöhe lag, umringt von dunklen Fichten, die wie nackte Skelette emporragten. Das Haus war ungefähr einen Kilometer entfernt, und Jonatan entschloss sich, auf seinem Weg dorthin einen Bogen um Vidargården zu machen.

Der Acker war hügeliger, als er es zunächst vermutet hatte, doch nach weiteren hundert Metern stieß er zwischen den Büschen auf einen Trampelpfad und folgte ihm bis zu dem Wasserlauf, den er auf der Karte gesehen hatte.

Dort angekommen, blieb er stehen und keuchte schwer. Trotz des kalten Regens schwitzte er, und sein Hemd klebte ihm am Körper. Er schrammte sich die Schultern an der Rinde der Bäume, zwischen denen er sich hindurchzwängte, um auf den Fluss schauen zu können. Unter seinen Füßen rauschte ein Wasserlauf mit einer Breite von acht oder neun Metern.

Am anderen Ufer des Stroms stieg ein mit Gras bewachsener Hang bis zum Haus hin an. Entschied er sich für diesen Weg, würde man ihn problemlos vom Haus aus entdecken können. Weiter links von seinem Aussichtspunkt registrierte Jonatan etwas, das wie ein kleines Wasserkraftwerk mit Turbinen aussah. Wenn er den Fluss dort überquerte, konnte er im Schutz des Waldstücks dahinter den Hügel ungesehen erklimmen.

Er folgte dem steinigen Ufer flussaufwärts bis zum Kraftwerk, wobei er über Steine und größere Äste balancieren musste, um nicht ins Wasser zu fallen. Das Stauwehr des Kraftwerks bestand aus Betonblöcken, auf denen sich, genau wie auf dem Maschinenhäuschen, dicke Schichten aus Moos und Flechten gebildet hatten. Die gesamte Anlage wirkte heruntergekommen, und der Damm machte den Eindruck, als könnte er jeden Moment brechen, doch die Turbinen liefen auf Hochtouren und kreischten, während das Wasser durch die verrosteten Dammrohre rauschte. Hinter dem Häuschen waren Stromleitungen gespannt, die zwischen den Bäumen nach oben verliefen und ihm so den Weg wiesen.

Jonatan kletterte auf den ersten Betonblock, hielt sich aber am Rand, um nicht hinabzustürzen. Er musste auf den zweiten Block springen, um auf die andere Seite zu gelangen, also nahm er Anlauf, doch seine Füße fanden auf dem glitschigen Untergrund keinen Halt, und Jonatan rutschte aus. Er fiel, und erst im letzten Moment konnte er sich an der Kante des Steinblocks festhalten. Seine Finger umklammerten den kalten Beton, und er nahm den Geruch von toten Blättern wahr.

Aufgeben kann jeder, das ist die leichteste Übung. Jonatan kamen die Worte seines Mentors, Professor Nils Linder, in den Sinn, die er ihm auf der Beerdigung seiner Eltern gesagt hatte. *Aber durchzuhalten, wenn alle anderen glauben, dass man zusammenbricht – das ist wahre Stärke.*

Mit der gleichen Anstrengung, die es ihn damals gekostet hatte, ans Grab seiner Eltern zu treten, zog sich Jonatan wieder nach oben und schob seine Knie über die Kante. Nachdem er sich aufgerichtet hatte, überquerte er den Betonblock, ließ das Kraftwerk hinter sich und setzte seinen Weg durch die Bäume fort. Er lauschte auf jedes Geräusch. Je höher Jonatan kam, desto dichter wurde der Wald, und er wusste, dass das Haus nicht mehr weit entfernt sein konnte. Er verlangsamte sein Tempo, um nicht zu stolpern. Zwischen den Bäumen konnte er eine Rasenfläche ausmachen, und nachdem er unter einem umgestürzten Baumstamm hindurchgekrochen war, sah er die Auffahrt zum Haus.

Ein Auto stand neben einem Sendemast, der sogar die Fichten überragte. Jonatan wusste sofort, dass er von der Landstraße aus nicht zu erkennen war. Um das Haus wirklich sehen zu können, musste er sich bis hinter die letzte Baumreihe vorwagen.

Die Hauswände waren bis zu den Regenrinnen von Efeu überwuchert, selbst die Fenster waren unter dem Grün beinahe verschwunden. Vor dem Haus stand eine kleine rote Windmühle als Dekoration, neben der ein paar alte Gartenmöbel langsam, aber sicher verrotteten.

Das Haus schien zwei Stockwerke zu besitzen, von denen eines halb unterirdisch lag. Der Windfang vor der Eingangstür war wohl erst später angebaut worden, doch ein Großteil der Farbe daran war schon abgeblättert, und dickes dunkelgrünes Moos bedeckte das Vordach.

Seiner Schätzung nach waren es etwa vierzig Meter bis zur anderen Seite des Grundstücks, wo der Fichtenwald ähnlich dicht war wie an der Stelle, an der er jetzt stand. Bis zum Tor an der Einfahrt hingegen waren es mindestens einhundertfünfzig Meter. Auf den ersten Blick wirkte das Haus verlassen. Es lag völlig abgeschieden, nur ein einziger Weg führte über offenes Gelände hierher. Aber nichts deutete darauf hin, dass es sich hier um eine versteckte Operationszentrale handelte, oder dass von hier eine Morddrohung ausgegangen war. Vor allen Fenstern hingen Gardinen, sodass man nur schwer hineinsehen konnte, doch trotzdem bemerkte Jonatan, dass sich im dunklen Haus etwas bewegte.

Ein Schatten huschte über eines der Fenster.

Dann war es, als würde dahinter jemand stehen bleiben und hinausschauen.

* * *

Nach nur wenigen Minuten fuhr der Bus weiter. Die junge Mutter neben Betty und Maryam hüllte ihre Tochter in einen Schal, ehe sie sie auf den Arm nahm. Dann weckte sie ihren Sohn, der neben ihr saß.

Als der Bus auf den Parkplatz einbog, begannen die Passagiere, von ihren Plätzen aufzustehen. Ungeduld war nun an die Stelle von Erschöpfung getreten, jeder wollte so schnell wie möglich aussteigen. Im Mittelgang wurden Betty und Maryam so eng aneinandergepresst, dass sie ihre Körperwärme spüren konnten.

Betty warf sich ihren Mantel über und zog die grüne Weste an, die Jonatan ihr gegeben hatte.

Ganz vorne versuchte eine Helferin, durch das Handmikrofon des Busfahrers zu sprechen, doch das Einzige, was durch die Lautsprecher drang, war ein unangenehmes Piepsen. Statt sich weiter mit dem Mikrofon abzumühen, formte sie ihre Hände zu einem Trichter.

«Bleiben Sie ruhig», rief sie auf Englisch und erzielte damit das genaue Gegenteil. «Befolgen Sie einfach die Anweisungen des Sicherheitspersonals, Ihnen werden dann Plätze in den einzelnen Häusern zugewiesen. Dort erhalten Sie im Laufe des Abends weitere Informationen.»

Betty blickte aus dem Fenster, wo sich die Busse so formiert hatten, dass in ihrer Mitte eine große quadratische Fläche entstanden war.

Die Passagiere aus den anderen Bussen stellten sich bereits in Reihen auf dem Parkplatz auf, während die freiwilligen Helfer umherliefen und versuchten, für Ordnung zu sorgen. Der Regen hatte den Boden aufgeweicht, der Platz war die reinste Schlammgrube. In der Mitte der Fläche standen mindestens vierzig uniformierte Sicherheitskräfte, die sich wie auf ein Kommando verteilten, nachdem die Letzten die Busse verlassen hatten.

In der einen Hand hielten die Männer ihre Schlagstöcke, in der anderen mehrere Plastiktüten. Sie musterten die Menschen, die vor ihnen standen – schätzten ein, wer verzweifelt war, wer möglicherweise Ärger machen würde, wer allein unterwegs war und wer alles zur selben Familie gehörte.

Zwei Wachleute kamen auf Maryam und Betty zu und verteilten Plastiktüten. Betty begutachtete den Inhalt ihrer Tüte: Plastikbesteck, Pappteller, Plastikbecher, ein Päckchen Kekse, eine Flasche Wasser, Käse und eine Rolle Toilettenpapier.

Währenddessen zählte ein anderer Mann die Anzahl der Neuangekommenen und trug sie in eine Liste ein. Er war um die fünfzig, hatte einen breiten Kopf und trug eine schwarze Mütze. Mit Adleraugen beobachtete er jede Gesichtsregung der Menschen vor ihm.

«Also», polterte er auf Englisch los, «ihr seid Gäste hier in Vidargården. Ihr seid müde, und jetzt habt ihr die ausgezeichnete Gelegenheit, euch auszuruhen. Eure Asylanträge werden individuell geprüft, bevor darüber entschieden wird. Im Moment ist das hier euer Schweden. Jeder wird die Möglichkeit erhalten, seine Geschichte zu erzählen, und danach kann alles sehr schnell gehen. Mein Rat ist: Seid ehrlich.» Er legte eine kurze Pause ein, ehe er weitersprach. «Ihr werdet in diesen Häusern hier wohnen, in den Tüten befinden sich einige Nahrungsmittel, mit denen ihr zunächst einmal zurechtkommen müsst.»

Sofort begannen die Sicherheitsleute damit, die wartenden Flüchtlinge in Bewegung zu setzen. Nach und nach konnte man die Doppelhäuser erkennen. Sie waren allesamt identisch und hatten eine unmöblierte Terrasse auf der Vorderseite. Zwischen ihnen waren schmale Kiespfade angelegt worden.

An der ersten Haustür wies einer der Sicherheitsleute die ersten zehn Geflüchteten mit seinem Knüppel an, sich in das Gebäude zu begeben. Dann zeigte er auf den elften und bedeutete ihm mit einem Wink des Schlagstocks, zur nächsten Tür zu gehen.

Als sie am Ende des Kiesweges angelangt waren, standen Betty und Maryam eng zusammengedrängt mit sechs weiteren Personen und schauten auf das letzte verbliebene freie Haus. Der Boden, auf dem sie standen, hatte sich in Matsch verwandelt. Der Wachmann drängte sie gemeinsam mit einem älteren Ehepaar und einer Familie mit zwei Jungen im Teenageralter zusammen, ehe er laut einen Befehl erteilte: «Reingehen und drinbleiben. Niemand geht raus. Verstanden?»

Maryam und Betty betraten als Letzte den Hausflur, in dem es wenigstens angenehm warm war. An den Wänden hinter der Haustür waren Haken angebracht, doch niemand zog seine feuchte Jacke aus. Hinter einem Gemeinschaftsraum befand sich eine große Küche mit einem überdimensionierten Kühlschrank und einer offenen Vorratskammer, deren leere Regale bis zur Decke reichten.

Die beiden älteren Leute setzten sich auf das Sofa im Gemeinschaftsbereich und sahen sich vorsichtig um. Die Frau trug ein Frotteehandtuch als Schal und wirkte um einiges erschöpfter als ihr Mann. Sie murmelte leise etwas, während der Mann ihre Hand streichelte. Gemeinsam sahen sie in ihre Lebensmitteltüten und beschäftigten sich mit deren Inhalt.

Währenddessen verschwanden die beiden Teenager im ersten Zimmer neben dem Eingang, in dem jedoch nur zwei Matratzen auf dem Boden lagen. Ihre Eltern folgten ihnen langsam und suchten dann nach einem geeigneten Zimmer für ihre Familie.

«Sie kommen aus demselben Dorf», sagte Maryam. «Und sie haben einen langen Weg hinter sich. Die Jungen sind krank, und ihre Tante ist so gut wie blind.»

«Das hört sich an, als wärst du Ärztin», sagte Betty.

«Ja, genauso ist es, Betty.» Maryam lächelte sie an.

In diesem Moment öffnete sich die Eingangstür, und eine der Helferinnen aus dem Bus trat ein. Als hätte sie nach ihr gesucht, ging sie direkt auf Betty zu. «Die Busse fahren gleich wieder zurück, der letzte wartet ein wenig länger, um uns Helfer mitzunehmen.»

Für einen Augenblick überlegte Betty, ob es nicht das Beste wäre, zurück nach Stockholm und in die Redaktion zu fahren, um dort alles mit Bogren durchzusprechen. Dann könnte sie bis zum Abend vielleicht schon einen kurzen Überblick veröffentlichen, der sich über Nacht zu einer Topstory entwickeln konnte. Doch zuerst musste sie noch mehr über Maryam erfahren.

«Abfahrt ist in einer halben Stunde», sagte die Helferin mit leiser Stimme. «Was ist das für eine Reportage, die Sie schreiben?»

«Das weiß ich noch nicht.»

«Ich komme vorbei und hole Sie ab.» Betty verstand die Aufforderung sofort. Es war eine Warnung.

* * *

Als er den Schatten hinter dem Fenster erblickte, hielt Jonatan die Luft an. Dann wurden die Gardinen zur Seite gezogen, und eine Person mit hellen Haaren schaute auf die Rasenfläche hinaus, ehe sie wieder hinter dem Vorhang verschwand. Es war ein Mann, wie die breiten Schultern und der hohe Haaransatz verrieten. Jonatans Hände zitterten, und die Schulter, die er gegen einen Baumstamm drückte, schmerzte heftig.

Worauf warte ich noch, wenn ich schon bis hierher gekommen bin?

Er trat aus dem Schutz der Bäume auf den Rasen und spürte, wie ihm der Wind ins Gesicht schlug. Mit einem Mal war er für alle sichtbar, und das Adrenalin schoss durch seinen Körper, als er auf das Haus zurannte. An der Hauswand verschluckte ihn das Efeu beinahe ganz, und er stand einen Moment lang still, während das Regenwasser über ihm durch die Blätter tropfte.

Es dämmerte, und bald würden die Temperaturen fallen. Er bewegte sich an der Hauswand entlang, wobei ihm das Efeu über Rücken und Nacken strich. Als er an einem der Fenster vorbeikam, duckte er sich und versuchte hineinzuspähen, konnte aber nur den Vorhang erkennen. Schließlich gelangte er auf die Rückseite des Hauses, von wo aus er den Fluss sehen konnte, der sich um den Hügel wand und dann hinter den Bäumen weiterfloss. Die abschüssige Strecke vor ihm reichte bis zum Fluss – es waren sicher vierzig Meter bis dorthin – und war vollständig von Büschen und Unkraut überwuchert.

Als er in die Richtung von Vidargården schaute, merkte Jonatan, dass es in seiner Hosentasche vibrierte. Kesslers Privathandy hatte den Regen offenbar überstanden.

Er nahm ab und hörte ein tiefes Seufzen. «Sind Sie jetzt bereit zuzuhören?», fragte Susjinskij. «Ich bin es nicht gewohnt, dass jemand ein Gespräch mit mir einfach so beendet.»

«Es gab nichts, wofür es sich gelohnt hätte, noch länger zuzuhören.»

«Was können Sie Ihrer Meinung nach denn sonst tun, wenn Sie Ihre Situation nicht noch weiter verschlimmern wollen, Stark? Sie haben Blut an Ihren Händen. Blut ist nur sehr schwer wegzuwaschen.»

«Ja, über Blut wissen Sie sicher gut Bescheid.»

«Wie lange, glauben Sie, braucht die Polizei, um Sie zur Fahndung auszuschreiben? Nach dem, was im Värtahafen passiert ist.»

«An Maryam kommen Sie nicht ran, Andrej.»

Susjinskij schwieg. Er schien überrascht zu sein. «Genau das mag ich an Ihnen, Stark. Genau das. Das Problem ist nur, dass Sie heute viele Grenzen überschritten haben – vielleicht war es eine zu viel.»

Ein heftiger Ruck ging durch Jonatans Körper, und wutentbrannt schleuderte er das Handy den Abhang hinunter. Dann schaute er um die Ecke des Hauses.

Dort erstreckte sich eine gepflasterte Fläche bis zur Böschung. Momentan diente sie als Abstellplatz für verrostetes Werkzeug und Gartengeräte. Vor einem Fenster mit heruntergelassenem Rollladen war außerdem ein großer Holzhaufen aufgeschichtet. Im oberen Stockwerk des Hauses befand sich an dieser Stelle ein überdachter Balkon, der von unten nur schwer zu sehen war. Direkt um die Ecke entdeckte Jonatan eine schwere Holztür mit einem kleinen Glasfenster, durch das er einen Blick warf. Ein dunkler Raum war zu sehen, der als Schrottlager diente und in den seit Ewigkeiten niemand mehr einen Fuß gesetzt zu haben schien – Kartons und Plastikverpackungen lagen auf einem alten Bettgestell aus Eisen, und neben einer geschlossenen Tür im hinteren Teil des Raums waren mehrere Stühle übereinandergestapelt.

Er drückte die Türklinke herunter. Abgeschlossen.

Er konnte die Tür nicht eintreten, jeder in der Umgebung hätte ihn gehört. Deshalb machte er sich auf die Suche nach einem geeigneten Werkzeug. Aus dem Haus war nichts zu hören, doch Jonatan wusste, was er gesehen hatte. Die Person, die ihn angerufen und ihm die Morddrohung gegen Åsa übermittelt hatte, musste sich in diesem Haus befinden.

In einer alten Werkzeugkiste, die beim Öffnen leicht quietschte, fand er einen rostigen Hammer, mit dem er zu der Holztür zurückkehrte. Er klopfte mit dem Griff vorsichtig gegen die Glasscheibe, um zu hören, wie laut es sein würde. Dann schlug er zu. Ein Stück Glas brach heraus und fiel nach innen auf den Boden. Nach einem weiteren Schlag konnte er seinen Arm durch das Loch stecken und die Tür von innen öffnen.

* * *

Die Männer der nationalen Eingreiftruppe landeten einen guten Kilometer nördlich des Hauses und teilten sich dort in zwei Teams auf, um sich dem Zielobjekt in einer Zangenbewegung zu nähern. Harald Holt führte Gruppe eins an der Auffahrt vorbei in den Kiefernwald, sodass sie die Baumlinie auf der nördlichen Seite der Rasenfläche erreichten. Dort warteten sie im Schutz der Bäume darauf, dass das zweite Einsatzteam seinen Platz auf der anderen Seite des Rasens einnahm.

Die insgesamt acht Spezialkräfte waren mit Nachtsichtgeräten ausgestattet, mit Hilfe derer sie die gesamte Umgebung in scharfen Konturen wahrnehmen konnten. Rund um sie herum erschien der dunkle Wald hell und farbig, sogar Wurzeln und kleinere Stolperfallen waren sichtbar. Zur Ausstattung der Eingreiftruppe gehörte auch ein abhörsicheres Kommunikationssystem mit einer ständig wechselnden Zufallscodierung. Dennoch herrschte eine strikte Anweisung zur Funkstille während des Vorrückens.

Vom Helikopter aus hatte Holt eine Stelle in der Nähe des Funkmasts markiert, an der er die Einsatzzentrale errichten wollte – eine geschützte Senke kurz vor der letzten Baumreihe des Walds, von wo aus außerdem ein rascher Rückzug möglich war.

Holt postierte zwei seiner Männer hinter der Baumlinie. Mit seinem Nachtsichtgerät spähte Holt zwischen ein paar Kiefern hindurch auf das Haus, von dem er lediglich einen kleinen Teil des Dachs erkennen konnte.

«Geschätzter Abstand dreiundachtzig Meter. Checken Sie das», wies Holt einen der beiden an.

Der Beamte mit dem Einsatznamen «Nummer eins» nahm ein Lasermessgerät aus einer seiner Taschen und zielte damit auf das Haus.

«Zweiundachtzig Komma fünf.»

In Holts Kopfhörer ertönte ein kurzes Piepen.

Der Kommandant des zweiten Teams meldete sich mit: «Bereit.»

Daraufhin hockte sich Holt in der Senke auf den Boden, wo Nummer fünf sich bereits mit dem Rücken an einen Baum gelehnt hatte. Auf seinen Knien balancierte er einen tragbaren Computer mit verstärktem Gehäuse, während er neben sich eine winzige Überwachungsdrohne, die ungefähr die Größe eines Käfers hatte, auf einem Stativ mit einer Magnetfläche platzierte.

«Sehen Sie?», fragte Nummer fünf.

Holts Blick folgte dem Zeigefinger des Beamten, der in Richtung des Funkmasts und der starken Kabel zeigte, die von dessen Spitze bis zum Boden gespannt waren.

«Schicken Sie Bettina los», befahl Holt.

Nummer fünf öffnete den Laptop, straffte seinen Rücken und schloss seine Hand um einen Joystick, den er leicht nach vorn bewegte. Ohne einen Laut erhob sich die winzige Drohne, schwebte über die Rasenfläche und wurde vom Wind erfasst.

Doch das Gerät war intelligent genug konstruiert, um allein mit dem Wetter zurechtzukommen. Über seinen Bildschirm verfolgte der Spezialist den Flug der Drohne über das Gelände.

* * *

Sollte jemand gehört haben, wie er die Glasscheibe eingeschlagen hatte, hieß es Game Over. Regungslos stand Jonatan in der Türöffnung, wobei er den Hammer immer noch in der Hand hielt. Er lauschte. Doch er hörte nichts als das Geräusch des Regens, der auf das Efeu prasselte.

Also ging er hinein und sah, dass die meisten Glassplitter auf einer Fußmatte gelandet waren. Es roch muffig, genau wie er es erwartet hatte, doch dazu mischte sich ein weiterer, säuerlicher Geruch, den Jonatan nicht einordnen konnte. Irgendwann einmal war der Raum ein Schlafzimmer gewesen, aber allem Anschein nach hatte seit Jahren niemand mehr dort übernachtet.

Jeder Schritt zwischen den schiefen Tischen und gestapelten Stühlen war ein Wagnis, denn er konnte nicht sehen, wohin er seine Füße setzte. Von einer Stehlampe, gegen die er stieß, rieselte eine große Staubwolke herab. Er erreichte die hintere Tür, die wohl in eine Art Keller führte, und öffnete sie. Eine kompakte Dunkelheit umfing ihn, und der säuerliche Geruch wurde intensiver. Mit einer Hand tastete er die Wand nach einem Lichtschalter ab, fand ihn und drückte darauf.

An der Decke leuchtete eine einzelne Glühbirne auf und erhellte einen großen Kellerraum. Entlang der einen Wand standen ein Wäschetrockner und eine Waschmaschine, auf denen sich Berge von feuchter, stinkender Kleidung türmten. Und es roch nach Öl oder Petroleum. Auf der rechten Seite des Raums befanden sich eine Hobelbank und eine Werkzeugwand, über der ein Regal mit unzähligen alten Farbdosen hing.

Jonatan ging weiter in den Keller hinein. An der gegenüberliegenden Wand war ein offener Durchgang zu einem Raum, in dem er große Jutesäcke mit Reis, Konservendosen und Kanister mit Speiseöl fand. Vorräte für ein ganzes Regiment. Von dort führte eine Treppe nach oben zu einer Tür, die nur angelehnt war.

Durch den Türspalt drangen Stimmen, die angespannt klangen, obwohl Jonatan kein Wort davon verstand.

Es reicht, sagte eine Stimme in seinem Kopf, und sein Puls begann wieder zu rasen. *Hier gibt es nichts zu holen.*

Für einen kurzen Augenblick überlegte Jonatan, vielleicht doch besser wieder zu verschwinden. Doch dann entdeckte er in der Ecke eine weitere Tür, die seine Aufmerksamkeit auf sich zog. Vorsichtig öffnete er sie und betrat einen bunkerähnlichen Raum mit niedriger Decke. Provisorisch angebrachte Lichtschläuche hingen von den Balken herab und tauchten den Bunker in ein kaltes Licht. Direkt hinter der Tür standen ein Stuhl und ein Schreibtisch, auf dem neben einigen Festplatten ein zusammengeklappter Laptop lag.

Jonatan legte den Hammer auf den Tisch und nahm eine der Festplatten in die Hand. Entlang der Wände waren Hunderte, wenn nicht sogar Tausende dieser Speicherplatten aufeinandergestapelt. In der Mitte des Raums standen ungefähr zwanzig Serverschränke, über denen mehrere Kabelknäuel mit Haken an der Decke befestigt waren. Die Stille im Bunkerraum war erdrückend. Alle Geräte waren ausgeschaltet, und der Raum wirkte wie ein Mausoleum, das man zu Ehren von Computerhardware errichtet hatte, die im Kampf gefallen war.

Auf dem Schreibtisch lag ein Magnet. Jonatan hatte schon einmal von diesen extrem kraftvollen Magneten gehört, die zum Löschen von elektronischen Daten genutzt werden konnten. Denn bei einer gewöhnlichen Formatierung von Festplatten gab es keine hundertprozentige Garantie, dass auch wirklich alle Daten gelöscht wurden. Hier kamen die Magneten ins Bild, wobei japanische Neodym-Magneten als die sicherste Variante galten. Befanden sich nach der Formatierung noch Daten auf der Festplatte, entfernte der Magnet alle verbliebenen Reste sicher. Dazu musste man ihn nur ein paarmal auf dem Festplattengehäuse hin und her reiben.

Die Elektrizität aus dem Wasserkraftwerk wird für die ganze Hardware hier gebraucht.

Er ging zurück in den Kellerraum, vorbei an der Treppe und in Richtung des Abstellraums. Dabei entdeckte er eine längliche Kiste auf der Waschmaschine, die er zuvor übersehen haben musste.

Von seiner Neugier getrieben öffnete Jonatan die Kiste und sah, was sie enthielt: Schlagbolzen, Zielfernrohr, Lauf, Schulterstütze, Magazin und weiteres Zubehör. Er verschloss den Deckel wieder und wollte gerade die ganze Kiste anheben, als er aus den Augenwinkeln sah, dass der Weg nach draußen blockiert war.

In der Tür zum Schrottlager stand ein Mann. «Legen Sie das zurück.»

* * *

Holt sah auf den Bildschirm, der die Aufnahmen der Drohnenkamera zeigte. Durch einen Spalt zwischen den Gardinen konnte die Drohne den vorderen Teil des Raums filmen. Zwei Männer huschten durch das Bild.

«Gehen Sie näher ran», sagte Holt.

Nummer fünf bewegte den Joystick, und die Drohne schwebte zwanzig Zentimeter nach vorn, sodass sie nicht einmal mehr einen Meter vom Fenster entfernt war.

«Stopp.»

Holt beugte sich näher an den Bildschirm heran und erkannte einen Ofen und einen Kühlschrank. Auf dem Esstisch stand eine Kaffeetasse, daneben lag ein Gegenstand, der einer kleinen Handfeuerwaffe ähnelte.

«Statusbericht, kommen», gab Holt über Funk durch.

In einer vorher festgelegten Reihenfolge meldeten sich die Spezialkräfte bei Holt.

«Keine Bewegungen», lautete die Nachricht aller Männer.

«Nummer fünf bestätigen Sie zwei männliche Personen», sagte Holt und wandte seinen Blick vom Laptop ab.

«Bestätige, zwei Männer.»

Durch die Äste erkannte Holt, dass das Auto auf dem Rasen ein roter Citroën C4 war. So wie der Wagen dastand, hatten die Männer es wohl ziemlich eilig gehabt. Holt konnte erkennen, dass der Kofferraum voll beladen war, doch er konnte nicht ausmachen, um was es sich handelte.

Er notierte das Kennzeichen und schickte die Angaben direkt an die Kommandozentrale in Stockholm weiter, die ihm in wenigen Minuten genauere Informationen liefern würde.

Dann drückte er die Sprechtaste seines Funkgeräts. «Nummer acht, kommen.»

«Hier Nummer acht, kommen.»

«Können Sie sehen, was im Auto liegt, kommen?»

«Stahlkanister, zwanzig Liter», antwortete der Beamte, «mindestens zwölf Stück, kommen.»

Wieder richtete sich Holts Aufmerksamkeit auf die kleine Erhebung in der Mitte der Rasenfläche. Von seiner jetzigen Position sah sie beinahe natürlich aus, doch er wusste, was er durch das Nachtsichtgerät aus siebenhundert Metern Höhe gesehen hatte. Die Erhebung führte weg vom Haus und zu einer kleinen Baumgruppe auf dem Rasen, die sich hinter der Position ihrer provisorischen Einsatzzentrale befand.

Holt blickte wieder auf den Bildschirm des Laptops und sah, dass sich die Männer in der Küche zwar die ganze Zeit über bewegten, den Raum aber nicht verließen. Gerade waren sie damit beschäftigt, die Fenster mit großen Stoffbahnen abzuhängen.

«Zentrale, kommen», meldete sich der Hubschrauberpilot.

In Holts Kopfhörern liefen zwei Frequenzen zusammen, von denen eine ihn mit den anderen Einsatzteilnehmern verband, die andere war für den Piloten vorgesehen. «Hier Zentrale, kommen.»

«Tut mir leid, dass ich störe, aber die Einsatztruppe inklusive Ihnen besteht doch aus insgesamt neun Personen, kommen.»

«Das ist korrekt, kommen.»

«Meine Wärmebildkamera hat vor kurzem zehn Personen auf dem Grundstück angezeigt. Erst dachte ich, es sei ein Reh oder womöglich ein Elch, doch jetzt bin ich mir nicht mehr so sicher.

Das Objekt hat das Haus aus westlicher Richtung kommend betreten, kommen.»

Holt verstand nicht, was ihm der Pilot mitteilen wollte. «Wiederholen, kommen.»

«Sie sind nicht allein dort unten.»

* * *

Wie versteinert stand Jonatan da und hielt den Gewehrkoffer in seinen Armen, während der Mann im Türrahmen wie ein Kind schaute, dem gerade sein Lieblingsspielzeug gestohlen wurde. Er war riesig, mindestens zwei Meter groß, und kräftig. Aber sein rundes Gesicht und der olivgrüne Pullover, der ziemlich eng um den Oberkörper saß, ließen ihn wie ein zu groß geratenes Baby wirken.

«Legen Sie den Koffer zurück», wiederholte er.

Jonatan gehorchte. Mit schnellen Schritten stürmte der Riese auf ihn zu, doch es gab keinen Platz, um ihm irgendwie auszuweichen. Der Mann packte Jonatan am Kragen und drückte sein Gesicht gegen die Wand, als plötzlich Schritte von der Treppe ertönten.

«Lass ihn los, Max», befahl eine Stimme.

Wutentbrannt schnaubte das Riesenkind. «Ich habe etwas gehört, und dann habe ich diesen Mistkerl dabei erwischt, wie er mit dem Gewehr auf dem Weg ...»

«Jetzt, Max.»

Max verkniff sich jeglichen weiteren Protest, ließ Jonatan los und wich einige Schritte zurück. Am oberen Ende der Treppe waren zwei weitere Männer erschienen. Der Mann, der Jonatan am nächsten stand, war durchtrainiert, trug ein dunkelgrünes, ärmelloses T-Shirt, sodass seine Tattoos gut zu sehen waren, und auf seinem rasierten Schädel traten die Adern deutlich hervor.

Das Gesicht des anderen Mannes konnte Jonatan nicht erkennen. In der Hand hielt er eine Pistole.

«Suchen Sie jemanden?», fragte der Mann mit der Pistole.

Und jetzt erkannte Jonatan auch die Stimme des Mannes wieder, sodass er antwortete: «Ich glaube, ich habe ihn gerade gefunden.»

Der Mann, der ihn angerufen hatte, um ihm zu sagen, dass Åsa sterben würde, stieg die Treppe hinab in den Kellerraum. Sein Alter war schwer zu schätzen – leicht sonnengebräunte Haut, kurzes, helles Haar, viereckiges Gesicht. Seine Augen waren tiefbraun und kalt wie ein verschmähter Rest Kaffee. Unter seiner Baumwolljacke trug er einen gestrickten Pullover. Er musterte Jonatan, dann schenkte er seinen Kumpanen ein Lächeln, das seine Anerkennung über Jonatans Erscheinung ausdrückte.

Als sich ihre Blicke trafen, glaubte Jonatan, die Gedanken des Mannes lesen zu können. *Okay, Stark, du hast mich überrascht, aber leider wird es dich das Leben kosten.*

«Wie haben Sie uns gefunden?», wollte er wissen.

Jonatan blieb ihm die Antwort schuldig, was den Mann dazu veranlasste, einen Schuss abzufeuern, der direkt neben Jonatans Kopf in die Wand einschlug. Betonsplitter trafen seinen Nacken, und die anderen Männer gingen vorsichtshalber in Deckung.

«Ihr Handy wurde hier geortet», erklärte Jonatan und versuchte, die Fassung zu bewahren.

«Das Handy?», entfuhr es dem Riesenkind. «Was spielt es für eine Rolle, wie er uns gefunden hat? Die Frage ist doch, was zur Hölle wir jetzt mit ihm anstellen sollen?»

Es dauerte einen Moment, bis der Mann mit der Pistole akzeptiert hatte, dass sein Anruf auf Kesslers Handy die Ursache dafür war, dass Jonatan ihn hatte aufspüren können. Er war der Anführer der drei und hatte sofort begriffen, was im Gange war.

«Geht nach oben», sagte er mit eiskalter Stimme, «und macht dort alles fertig.»

Das Riesenkind namens Max war langsamer von Begriff als sein tätowierter Komplize, der augenblicklich nach oben verschwand. Stumm starrte der Anführer den großen Mann an, als wollte er sagen: *Geh nach oben, verdammt, um das hier kümmere ich mich selbst.*

Schließlich fiel der Groschen bei Max, und er spurtete die Treppe hinauf.

«Ich gebe Ihnen eine Chance», sagte der Anführer zu Jonatan, während er ihn mit durchdringendem Blick ansah. «Eine einzige Chance, mir zu sagen, wo die Frau aus dem Hafen ist.»

Jonatan musste schlucken. «Sie ist an einem sicheren Ort.»

«Warum sind Sie hierhergekommen?»

«Ich wollte Ihr Gesicht sehen.»

«Wozu?»

«Ich wollte wissen, ob ich mich vor Ihnen fürchten muss.»

«Auf die Knie», sagte der Mann ganz ruhig. «Ich werde Sie nicht einfach erschießen», sagte er dann und lächelte. «Das wäre viel zu einfach.»

Zuerst verstand Jonatan nicht, was er meinte, doch dann sah er auf den Boden und begriff, wohin er sich knien sollte.

* * *

Holt war fest davon überzeugt, einen Schuss aus dem Inneren des Hauses gehört zu haben. «Phase zwei einleiten», ordnete er über Funk an.

Auf seinen Befehl rückten die sieben Spezialkräfte weiter zum Haus vor. In Holts Kopfhörern klickte es siebenmal, als alle ihre Positionen eingenommen hatten.

«Abwarten», befahl Holt und sah hinüber zu Nummer fünf,

der immer noch die Überwachungsdrohne steuerte. «Haben Sie etwas gehört?»

«Wann?»

«Direkt vor dem Knall.»

«Nein.»

Jetzt oder nie, dachte Holt.

«Holen Sie Bettina zurück.»

Mit schnellen Bewegungen hatte Nummer fünf ein kurzes Kommando in den Computer getippt, und nur wenig später kehrte die Drohne zur Magnetplatte zurück.

Alle Vorgänge während des Einsatzes wurden zur späteren Auswertung und Analyse aufgezeichnet, weshalb jeder Rekrut eine Kamera und ein Mikrofon am Körper trug. Im Fall einer direkten Konfrontation konnten sie selbst entscheiden, ob sie das Feuer eröffneten oder nicht, doch der Entschluss, sie ins Haus zu schicken, lag bei Holt. Nur er hatte den Überblick über das gesamte Geschehen und konnte abwägen, inwiefern die Risiken tragbar waren.

«Worauf warten wir?», fragte Nummer fünf.

Zwar schienen es die Rekruten nicht zu bemerken, doch Holt zögerte. Irgendetwas hatte ihn beunruhigt, und mit jeder Sekunde, die die Männer auf ihren exponierten Stellen verharrten, stieg die Gefahr für ihr Leben.

Er musste eine Entscheidung fällen.

* * *

Sie werden das Haus niederbrennen.

Die hochentzündlichen Dämpfe reizten seine Nase. Das war der Geruch, den er schon die ganze Zeit wahrgenommen hatte, es war Benzin. Der Mann mit der Pistole grinste hämisch und streckte sich nach einem Benzinkanister, während er die

Waffe immer noch auf Jonatans Kopf gerichtet hielt. Er stellte den Kanister vor Jonatan ab, löste den Verschluss und stieß ihn um, sodass das Benzin Liter um Liter auf den Kellerboden schwappte.

«Sie hätten es lieber lassen sollen. Es ist schade, aber Sie sind umsonst hergekommen und werden mit dem Rest des Hauses in Rauch aufgehen.»

Auf einmal erklang das Geräusch von zersplitterndem Glas. Der Mann nahm den Finger vom Abzug und schielte nach oben zur Treppe. In der Stille des Kellers erinnerte sich Jonatan daran, wie gefährlich es war, einen Psychopathen zu provozieren. Doch sein Leben hing bereits am seidenen Faden. Also stürzte er sich, ohne noch länger zu zögern, auf den Mann. Sie taumelten durch den Raum und krachten gegen die Wand, wobei Jonatan die Pistole zu fassen bekam und versuchte, sie aus dem Griff des Manns freizubekommen. Doch dieser stieß seinen Ellenbogen in Jonatans Richtung und traf ihn an der Schläfe, als er gerade den letzten Finger des Mannes vom Kolben der Waffe gelöst hatte.

Für ein paar Sekunden war Jonatan völlig desorientiert, dann schlug er auf dem Boden auf und blieb auf seiner linken Seite liegen. Ein heftiger Schmerz durchfuhr seinen Kopf, und er musste gegen ein starkes Schwindelgefühl ankämpfen.

Nach einem kurzen Augenblick war er wieder klar im Kopf und sah den Mann über sich stehen, die Pistole fest im Griff. Dieses Mal lag sein Finger auf dem Abzug, und das Grinsen war aus seinem Gesicht verschwunden. Kein Zeichen der Angst fand sich dort, nur noch der blanke Zorn.

Die enorme Explosion, die das Haus dann erschütterte, war Jonatans Rettung. Als wäre eine Bombe eingeschlagen, bebten die Wände, und der Mann wurde auf die Seite geschleudert. Dabei fiel die Pistole aus seiner Hand.

Auch wenn Jonatan noch zu benommen war, um aufzustehen,

begriff er, dass es um Sekunden ging. Ein weiterer Adrenalinschub half ihm, auf die Knie zu kommen. Während Farbflocken wie Schnee von der Decke rieselten, kroch er auf die Pistole zu, die auf dem Betonboden lag. Jeden Moment konnte das Haus einstürzen. Im selben Augenblick, als er mit seinen kalten Fingern nach der Waffe griff, traf ihn ein kräftiger Tritt in den Rücken, und er wurde auf den Boden gepresst. Die Pistole drückte von unten gegen seine Brust, und er bekam keine Luft mehr. Zusammengekauert lag er da und wartete auf den nächsten Tritt.

Doch nichts geschah.

Es war schmerzhaft, aber immerhin konnte er sich bewegen. Er sah den Mann wütend vor sich hin schimpfen, als er über ihn stieg. Zwar hatte die Explosion ihn vorübergehend taub gemacht, doch durch das Klingeln in seinen Ohren hindurch nahm Jonatan wahr, dass der Mann in den Bunkerraum mit den Festplatten hastete.

Jonatan drückte sich nach oben, rang nach Luft und hob die Pistole auf. Er forderte den Mann, der am anderen Ende des Bunkers stand, laut schreiend auf, stehen zu bleiben. Aus der Türöffnung, in der der Mann jetzt stand, drang ein wenig Licht von der Außenbeleuchtung des Hauses in den Bunker, und Jonatan sah, wie er in den Taschen seiner Jacke nach etwas suchte.

«Zeigen Sie Ihre Hände!»

Noch nie zuvor hatte Jonatan mit einer Waffe auf einen Menschen gezielt, überhaupt war es erst das zweite Mal, dass er eine Pistole in der Hand hielt.

Aus der Entfernung konnte er unmöglich erkennen, was der Mann aus seiner Tasche zog. Doch dann fuhr er mit dem Finger über den Gegenstand, ein knirschendes Geräusch erklang, und eine Flamme flackerte in seiner Hand auf.

Ein Feuerzeug.

Er schleuderte es Jonatan entgegen, der sich gerade noch

ducken konnte. Doch noch bevor das Feuerzeug auf den Boden traf, hatten sich die Benzindämpfe entzündet, und überall schossen Flammen in die Höhe. Jonatan warf einen Blick in Richtung des Mannes.

Er sah, wie die Tür zugeschlagen wurde, rannte darauf zu und rüttelte an der Klinke, doch die Tür war abgeschlossen. Jonatan drückte mit seinem gesamten Körpergewicht gegen die Tür, aber die Anstrengung jagte eine Welle des Schmerzes durch seine Schulter. Er sah ein, dass es sinnlos war. Kein Mensch auf der Welt könnte diese Tür auch nur einen Zentimeter bewegen.

Verzweifelt sah er sich nach etwas um, mit dem er sich aus dem unterirdischen Raum befreien konnte. Das Durcheinander aus Computerkabeln, Festplatten und Servern war ihm jedoch keine Hilfe. Dann fiel ihm ein, dass er den Hammer auf dem Schreibtisch abgelegt hatte, und er eilte dorthin. Im Kellerraum waren die Flammen inzwischen schon meterhoch, und die Treppe brannte lichterloh.

Er nahm den Hammer und schlug damit neben den Türscharnieren auf die Wand ein, woraufhin sich einige Betonbrocken lösten.

* * *

Die beiden Rekruten an der Außentür gingen in Deckung, nachdem sie die Blendgranate durch das Küchenfenster geworfen hatten, und hörten, wie sie über den Boden rollte. Als die Tür durch die Explosion erzitterte, traten sie sie ein und verschwanden in der Staubwolke, die die Granate verursacht hatte.

In der Senke hörte Holt die lautstarken Stimmen der Rekruten im Haus. «Polizei! Hände auf den Kopf! Polizei! Hände auf den Kopf!»

Nach dem Werfen der Granate vergingen nur wenige Sekunden, bis die Spezialkräfte die beiden Stockwerke des Hauses gesichert hatten. Nach dreißig Sekunden kamen die ersten Beamten mit zwei Männern aus dem Haus, denen sie ihre Maschinenpistolen auf den Rücken setzten. Die beiden Männer leisteten keinen Widerstand und stolperten hustend auf den Rasen. Vor dem Auto brachen sie zusammen, noch immer blind und unfähig, sich zu wehren.

«Zwei Männer», hielt Nummer vier fest.

Erleichtert schloss Holt die Augen. Niemand war zu Schaden gekommen.

Erneut meldete sich der Hubschrauberpilot über Funk. «Bewegungen auf dem Gelände, offenbar nicht von uns», berichtete er.

Genau in dem Moment, in dem Holt etwas entgegnen wollte, hörte er einen der Rekruten rufen: «Rückzug!» Und dann schnell hintereinander. «Zurück, zurück, zurück!»

Holt verließ seinen Posten, schob ein paar Zweige zur Seite und trat auf die Rasenfläche vor dem Haus. Der Regen prasselte auf seine Schutzweste, und plötzlich war es still bis auf das entfernte Dröhnen des Helikopters.

Als er zu den Beamten am Auto kam, stürmten ihre Kollegen gerade aus dem Haus. «Was ist das Problem?», fragte er.

«Feuer, es brennt.»

Nach einem Blick in den Kofferraum erinnerte er sich an die Kanister. Jetzt wusste er, was im Auto versteckt gewesen war. Er suchte den Blickkontakt zu einem der beiden verhafteten Männer, die von zwei Beamten auf den Boden gepresst wurden. Der Mann sah auf und grinste breit.

* * *

Jonatans Arme verkrampften sich, so oft hatte er inzwischen mit dem Hammer auf die Wand eingeschlagen. Schließlich ließ er den

Hammer entmutigt fallen. In der Wand war nur ein kleines Loch entstanden, auf diese Weise würde er nie nach draußen gelangen.

Panik durchfuhr ihn, und er wollte aufgeben und sich von den Rauchgasen in den Schlaf lullen lassen. Doch dann kam ihm der Gedanke, dass ihn seine nassen Kleider noch eine Zeitlang vor dem Feuer schützen würden.

Von einem Stapel an der Wand nahm er zwei Festplatten, die dem Feuer noch nicht zum Opfer gefallen waren.

Dann rannte er direkt auf die Flammen zu. Er schloss die Augen und versuchte, sich daran zu erinnern, welcher Weg aus dem Haus führte. *An der Treppe vorbei und dann nach links durch das Schrottlager.*

Inzwischen hatte sich das Feuer im Keller ausgebreitet, und Jonatan musste brennende Möbel zur Seite treten, um seine Füße auf den Boden setzen zu können. Er kämpfte sich an der in Flammen stehenden Treppe vorbei und suchte sich einen Weg bis zum Abstellraum. Dabei stieß er gegen ein brennendes Stück Holz, und die Flammen versengten sein linkes Bein. Es gelang ihm, den Schmerz zu verdrängen, die Angst um sein Leben überwog.

Als er ins Freie trat, atmete er ein Gemisch aus Rauch und frischer Luft ein. Die Regentropfen fielen auf sein Gesicht. Doch noch im selben Augenblick schleuderte ihn eine erneute Explosion durch die Luft. Die Druckwelle war so stark, dass sie ihn den Abhang hinabkatapultierte. Als er wieder auf die Füße kam, wankte er und musste sich mit einer Hand abstützen. Eine weitere Explosion war zu hören, und Jonatan duckte sich vor den Flammen, die aus den zerstörten Fenstern schlugen. Das ganze Haus war zu einem brennenden Inferno geworden, die hungrigen Feuerzungen leckten an den umstehenden Kiefern. Schnell waren die Äste verkohlt, doch der Wald war nass vom Regen, sodass das Feuer sich nicht weiter ausbreiten konnte.

Jonatan kroch auf den Fluss zu und folgte dem Ufer bis zu den Bäumen. Dort musste er über Baumstämme und Felsbrocken klettern, um zurück zum Wasserkraftwerk zu gelangen. Die ganze Zeit über beherrschte ihn das Gefühl, dass ihn jeden Moment eine Kugel in den Rücken treffen könnte. Er blickte über die Schulter, doch nichts war zu sehen. Also setzte er seinen Weg fort.

DRITTER TEIL

Betty beobachtete, wie der Regen die Gehwege zwischen den Doppelhäusern in dicken Matsch verwandelte, was die Bauarbeiter aber nicht daran zu hindern schien, den letzten Abschnitt des Sicherheitszauns fertigzustellen. In jedem Fall war Betty dankbar dafür, sich in einem Haus zu befinden. Sie fror immer noch, obwohl sie ihren Mantel trug und der Heizlüfter auf Hochtouren lief.

Vor dem Fenster eilte ein durchnässter Wachmann mit hochgestelltem Kragen vorbei und betrat eines der anderen Doppelhäuser. Kurz danach kam er mit zwei weiteren Wachleuten heraus und zeigte auf den Hügel, der sich hinter dem offenen Feld erhob.

Währenddessen leistete der alte Mann Maryam und Betty Gesellschaft. Gemeinsam sahen sie den Bauarbeitern zu, wie sie in ihrer schmutzigen gelben Arbeitskleidung und den orangefarbenen Warnwesten einen drei Meter hohen Sicherheitszaun um die Siedlung errichteten.

Betty nickte dem Mann freundlich zu, als er den Küchenschrank neben ihr durchsuchte. Dann lächelte er Betty an und redete in einer Sprache mit ihr, die sie nicht einordnen konnte.

Sie reichte dem Mann ihre Wasserflasche. So durstig sie auch war, bisher hatte sie an ihrem Wasser nur genippt. Dankbar nahm der Mann die Flasche entgegen und füllte zwei Plastikbecher, von denen er einen Betty gab, ehe er weitersprach.

«Er sagt, die Basare in Damaskus seien eine Schande für die Stadt und das Land», dolmetschte Maryam. «Aber gleichzeitig kann sich kein Land der Welt mit der Gastfreundlichkeit messen, die man in einem syrischen Zuhause erfährt.»

«Ich hoffe, ich darf sie eines Tages erleben», sagte Betty und trank einen Schluck Wasser, was ihr guttat, denn sie spürte, dass sich Kopfschmerzen anbahnten.

«Er lädt dich zum Tee bei sich ein, wenn er wieder daheim ist.»

Alle drei kehrten in den Gemeinschaftsraum zurück, wo sich der Mann neben seiner Frau aufs Sofa fallen ließ, die dort mit über dem Bauch gefalteten Händen eingeschlafen war. Auf der Armlehne neben ihr hatte sie ihre persönlichen Gegenstände abgelegt – ein zerknittertes Familienfoto, eine Brille mit gesprungenem Glas, ein Lederportemonnaie und eine goldene Armbanduhr. Ihr Mann legte seinen Arm um sie, schloss die Augen und flüsterte ihr etwas ins Ohr. Für einen kurzen Moment war es vollkommen still im Haus. Auch die Familie mit den Teenagersöhnen hatte sich in eines der Schlafzimmer zurückgezogen und ruhte sich dort aus.

«Seit ihr Dorf zerbombt wurde, haben sie kein Haus mehr betreten», sagte Maryam.

Betty bemerkte eine blutige Träne auf Maryams Wange. «Tut es weh?»

«Nein. Nicht mehr.»

«Im Internet habe ich ein Foto von einem Arzt in Paris gefunden, der während eines Vortrags Bilder von dir gezeigt hat.»

«Mein Onkel …»

«Er nannte sie Jungfrauentränen.»

«Damit wollte er einen medizinischen Fachbegriff etablieren. Außerdem war er sehr religiös und litt unter Depressionen.»

«Was macht er jetzt?»

«Er ist an Krebs gestorben.»

«Das tut mir leid.»

«Ich stand ihm näher als meinem eigenen Vater, den ich wegen der vielen Auslandsreisen nur selten sehen konnte. Vor drei

Monaten hat er sich aber plötzlich in Paris bei mir gemeldet, weil er wollte, dass ich nach Hause komme. Ich sollte bei den Friedensverhandlungen dabei sein. Aus Trotz wäre ich beinahe nicht gefahren.» Maryam wischte sich die Bluttränen mit einer Papierserviette von der Wange und sah die Flecken darauf so eindringlich an, als versuchte sie, ihre Zukunft vorherzusagen. «Ich hatte tatsächlich geglaubt, es gäbe eine echte Chance auf Frieden oder wenigstens einen Waffenstillstand. Namhafte Vertreter waren um den runden Tisch versammelt und hatten eine hunderttägige Feuerpause sowie einen permanenten Stopp für Luftangriffe ausgehandelt.»

«Wie ist dein Vater gestorben?»

«Offiziell war es ein Autounfall.»

«Was glaubst du?»

«Ich glaube, sein Tod hatte etwas mit der Thermitforschung zu tun. Das hier solltest du dir ansehen.»

«Das werde ich auf jeden Fall tun.»

Aus einer Manteltasche hatte Maryam den USB-Stick gezogen, den sie Betty so vorsichtig übergab, als wäre er radioaktiv verstrahlt. Betty sah sich den Stick an. «Worüber haben Jonatan und du gesprochen?»

«Wann?»

«Im Bus, als ich telefoniert habe.»

Maryam zuckte mit den Schultern. «Er will die Schuldigen erwischen.»

«Sonst nichts?»

Mit prüfendem Blick sah Maryam Betty an, ohne etwas zu sagen. «Er hat Angst um seine Freundin, außerdem scheint er nicht der Typ zu sein, der Gefühle zeigt.»

«Nein, die behält er gerne für sich.»

«Ihr kennt euch also besser?»

Betty legte ihr Handy auf den Couchtisch und lehnte sich

zurück. Sie spürte, wie das weiche Kissen sich um ihren Nacken schloss, und wollte nichts lieber, als für eine Weile die Augen zu schließen.

«Wir haben zusammen in der Regierungskanzlei gearbeitet», erzählte sie schließlich. «Ich war Pressechefin und Jonatan Berater. Ist gefühlt schon Ewigkeiten her.»

«Was ist passiert?»

«Der Staatsminister musste zurücktreten, und ich wurde gefeuert. Seitdem haben wir uns nicht mehr gesehen, aber das Letzte, das ich von ihm gehört habe, war, dass er sich mit dem Oligarchen Susjinskij getroffen hat.»

Maryams abgemagertes Gesicht, das voller Sorgenfalten war, blieb ausdruckslos. «Über Susjinskij weiß ich nicht viel», sagte sie, «aber was ich gehört habe, macht mir Angst.»

«Ist außer den Informationen zu den Thermitwaffen noch etwas anderes auf dem Stick?»

«Mein Vater hat alles kopiert, was er in die Hände bekam. Darunter sind auch Informationen, die Ostrovskij wohl nicht so gerne veröffentlicht sehen will, denn das syrische Regime hatte Zugriff auf Material des russischen Geheimdienstes.»

Über den Couchtisch hinweg sah der ältere Mann die beiden Frauen an. Er wirkte froh über die Gesellschaft, und Betty vermutete, dass seine Freundlichkeit ihr geholfen hatte, Maryams Vertrauen zu gewinnen.

«Es sind fürchterliche Waffen», sagte Maryam. «Frauen, Kinder und Alte verschwinden nach den Granatenangriffen spurlos. Als mein Vater sich entschloss, darüber zu reden, unterschrieb er sein Todesurteil. Und jetzt gilt das auch für mich.»

Die beiden Teenagerjungen kamen aus dem angrenzenden Zimmer und flüsterten sich etwas zu, ehe sie vor Betty traten und sie in Zeichensprache fragten, ob sie Zigaretten für sie habe. Betty schüttelte den Kopf, worauf die Jungen nach draußen gehen wollten, aber von ihrer Mutter abgefangen und zurück in ihr gemeinsames Zimmer geführt wurden.

«Komm mit zurück», sagte Betty an Maryam gerichtet.

«Wohin?»

«Hier kannst du nicht bleiben.»

Mit gesenktem Blick betrachtete Maryam ihre Hände.

«Ich organisiere uns ein Hotelzimmer, damit wir ungestört reden können», fuhr Betty fort. «Je schneller das alles ans Licht kommt, desto sicherer bist du. Meine Zeitung wird dich unterstützen, sobald sie dort begriffen haben, wie wichtig deine Geschichte ist.»

«Welche Art von Unterstützung können sie mir denn geben?», fragte Maryam und sah wieder auf.

«Alles, was du brauchst. Ich muss nur erst einige Dinge klären.»

Maryam nickte unsicher.

«Das ist nicht gerade optimal, aber es ist die beste Alternative.» Als Betty aufstand, machten sich ihre Kopfschmerzen wieder bemerkbar, und sie ging ins Bad, um sich das Gesicht abzuspülen. Der Wasserhahn ächzte, als sie ihn aufdrehte. Dann formte sie ihre Hände zu einer Schale und spritzte sich das kalte Wasser auf Gesicht und Nacken. Anschließend betrachtete sie sich im Spiegel. Ihre Augen waren gerötet, die Haare standen zu allen Seiten ab. Schließlich schaltete sie das Licht aus und spürte einen kalten Luftzug im Nacken. Als sie zurück ins Wohnzimmer kam, war Maryam verschwunden.

Der ältere Mann zeigte auf die Haustür, und Betty stellte mit Schrecken fest, dass ihr Handy ebenfalls nicht mehr da war.

Sie sprintete nach draußen, konnte Maryam aber nirgends entdecken. Mit schnellen Schritten lief sie den Kiesweg entlang, bis plötzlich eine Gruppe uniformierter Wachleute vor ihr auftauchte. Zwei der Männer gingen direkt auf sie zu, machten aber auf einmal halt und drehten um.

Dann sah Betty die Helferin aus dem Bus, die ihr aus einem der Doppelhäuser entgegenkam und anscheinend dachte, Betty suchte nach ihr. «Es ist Zeit», sagte sie. «Kommen Sie mit?»

«Haben Sie hier eine Frau vorbeikommen sehen?», fragte Betty, anstatt ihr zu antworten. «Ich bin mit ihr hergekommen.»

Die Helferin schüttelte den Kopf.

Ehe Betty weitersprechen konnte, schoss ein Pick-up vom Parkplatz auf der anderen Straßenseite und raste davon. Sie sah nur noch, wie ein Wachmann, der sich dem Wagen in den Weg gestellt hatte, zur Seite sprang.

* * *

Der achtzylindrige Motor des Pick-ups ließ das Tempo von neunzig Kilometern in der Stunde wie einhundertvierzig klingen.

«Wessen Auto ist das?», fragte Maryam.

«Keine Ahnung», antwortete Jonatan. «Die Schlüssel haben gesteckt.»

«Warum haben wir Betty zurückgelassen?»

«Sie kann auf sich selbst aufpassen.»

«Aber ging es nicht darum, die Medien einzuschalten?»

«Den Job erledigt Betty am besten allein», sagte Jonatan, ohne wirklich überzeugt zu klingen. «Hast du ihr den USB-Stick gegeben?»

Maryam verstummte plötzlich. Als zweifelt sie daran, ob es die richtige Entscheidung gewesen war, ihm zu glauben, als er ihr im Bus versprochen hatte, sie an einen sicheren Ort in der Stadt zu bringen.

«Du vertraust ihr nicht», stellte Maryam enttäuscht fest.

«Doch, eigentlich schon.»

«Aber?»

«Ich vertraue ihr als Journalistin, aber nicht darauf, dass sie den Ernst der Situation versteht, in der sie sich befindet.»

Maryam drehte sich zur Ladefläche um, als könnte sich unter der zusammengerollten Plane, die dort lag, jemand verstecken.

«Wir müssen uns ein wenig Spielraum verschaffen», sagte Jonatan. «Ich kann mir nicht vorstellen, was du durchgemacht hast und welche Dinge du hast opfern müssen, um hierherzukommen. Aber ich habe Fragen, und ich hoffe, du kannst sie mir beantworten.»

Völlig bewegungslos und mit ausdrucksloser Miene saß Maryam da.

«Ich hatte gehofft», fuhr Jonatan fort, «dass du mir von den Friedensverhandlungen erzählen kannst.»

«Sie haben zu nichts geführt.»

«Wo fanden sie statt?»

«In Damaskus, im Four Seasons.»

«Welche Rolle hast du dabei gespielt?»

«Ich habe meinen Vater unterstützt.»

«So weit hatte ich das schon verstanden.»

Maryam sprach langsam und machte immer wieder lange Pausen, als sie berichtete, wie ihr Vater Karim Shatnawi vom jordanischen Königshaus beauftragt worden war, die gegnerischen Seiten im Syrienkonflikt zu Friedensverhandlungen zusammenzubringen. Die NATO war nicht eingeladen worden, da sie, wie Maryam betonte, im Land an Ansehen verloren hatte. Russland hingegen hatte einen festen Platz am runden Tisch bekommen, denn Präsident Dimitrij genoss das große Vertrauen der beteiligten Parteien.

Detailliert schilderte Maryam, wie die anderen Teilnehmer reagiert hatten, als Oleg Ostrovskij als Abgeordneter des Kremls aufgetreten war. Dass der Präsident ihn geschickt hatte, deutete auf den Wunsch des Kremls hin, die Verhandlungen so diskret wie möglich abzuwickeln.

Zweiundsiebzig Stunden lang argumentierte Ostrovskij für einen Waffenstillstand und fand letztlich auch Gehör. Trotz dieses großen Fortschritts schickte Karim Shatnawi am Ende des ersten Tages einen eher pessimistischen Bericht an das jordanische Königshaus. Ihm sei bewusst gewesen, erklärte Maryam, dass es sich schnell herumgesprochen hätte, wenn er einen diplomatischen Erfolg erwähnt hätte, und es sei sein Bestreben gewesen, genau das zu vermeiden, um keine falschen Hoffnungen zu wecken. Außerdem habe ihn inzwischen der Verdacht beschlichen, dass die Verhandlungen ein wenig zu gut liefen.

Jonatan unterbrach sie. «Was hat er also unternommen?»

«Alle Teilnehmer wohnten im selben Hotel, und es war riskant, sich während solch sensibler Verhandlungen gemeinsam mit anderen in der Lobby sehen zu lassen.» Maryam legte eine kurze Pause ein, um Kraft zu sammeln. «Vater suchte nach Ostrovskij, doch in seinem Zimmer fand er ihn nicht. Stattdessen entdeckte er ihn im Konferenzsaal mit Abgeordneten des syrischen Regimes, wo sie gerade ein Geschäft miteinander abschlossen. Mein Vater stand vor der Tür und hörte alles mit.»

«Lass mich raten, es ging um den Verkauf von Thermitwaffen?»

«Sie planten eine komplette Neuauflage des Krieges. Die Syrer hatten die Waffenruhe gebraucht, um ihre Truppen im Feld neu zu formieren – nicht, um dem Frieden näher zu kommen.»

«Wie hat dein Vater reagiert?»

«Natürlich war er enttäuscht, doch vor allem hatte er Angst. Es blieb ihm keine andere Wahl, als zurückzuschlagen.»

«Ohne jemandem davon zu erzählen oder die Informationen bestätigen zu lassen?»

«Dazu war keine Zeit. Während einer Verhandlungspause

buchte er einen Flug nach Neu-Delhi, denn es gab nur einen Weg, einen erneuten Einsatz von Thermitwaffen zu verhindern. Er musste Einfluss auf ein Geschäft nehmen, das für Ballisticheskiy noch wichtiger war.»

«Indien», folgerte Jonatan.

«Mein Vater kontaktierte den indischen Verteidigungsminister und überzeugte ihn davon, Unternehmen aus der Bewerberliste zu streichen, die über Thermitwaffen geforscht oder sie sogar entwickelt hatten. Als Ostrovskij davon erfuhr, zogen sie die Übereinkunft zur Waffenruhe sofort zurück.»

«Wann fiel der Verdacht auf deinen Vater?», wollte Jonatan wissen.

«Schwer zu sagen. Aber er hatte sich schon gedacht, dass sein Hotelzimmer verwanzt war und sein Telefon abgehört wurde. Er sammelte Beweise für Ostrovskijs Handel mit Thermitwaffen, wobei ihm ein Offizier der regierungstreuen Truppen half, der den erneuten Einsatz dieser Waffen im Konflikt verhindern wollte. Durch ihn erhielten wir Zugang zu einer Datenbank, die ursprünglich in Zusammenarbeit mit Ballisticheskiy angelegt worden war.»

«Was für Informationen wurden in der Datenbank gespeichert?»

«Das ist alles auf dem USB-Stick. Ballisticheskiy hatte einen Server im syrischen Verteidigungsministerium.»

«Wie ist das möglich?»

«Das ist eine lange Geschichte. Was mein Vater auf diesem Server fand, übertraf seine schlimmsten Befürchtungen: Ostrovskij hatte viel Geld eingesetzt, um seine Konkurrenten überwachen zu lassen, allen voran die schwedische Firma Hökbergs und das deutsche Unternehmen Sturm. Sie hatten eine Kartei über Mitarbeiter, Forscher, Vorstandsmitglieder und deren politische Vernetzungen angelegt. Zum Beispiel fanden wir Bilder, die jemanden vom schwedischen Geheimdienst in Stuttgart zeigen.»

«Hilft Susjinskij dabei, den Handel mit Thermitwaffen zu verschleiern?»

«Ich weiß nicht, welche Abmachung er mit Ostrovskij hat.»

Jonatan drückte das Gaspedal weiter nach unten und hörte, wie der Motor aufheulte. «Dieser Mann vom Geheimdienst, den du erwähnt hast. Woher weißt du, dass er Schwede ist?»

«In der Datei waren sogar seine Abflug- und Ankunftszeiten in Stockholm-Arlanda vermerkt.»

«Hast du Bettys Handy mitgenommen?»

«Es fühlte sich nicht richtig an, es einfach einzustecken», sagte Maryam, als sie es Jonatan gab.

«Sie bekommt es wieder.»

Er gab den Zifferncode ein, den er sich gemerkt hatte, als Betty ihr Smartphone im Bus entsperrt hatte. Während er den Pickup lenkte, suchte er im Internet ein Bild des Säpo-Chefs Ragnar Nylund heraus.

«Ist er das?», fragte Jonatan und hielt Maryam das Handy hin.

Sie schaute kurz auf das Gesicht auf dem Display und nickte.

«Ist dir nicht der Gedanke gekommen, dass manche Kreml-Abgeordnete gar nichts von dem Thermitgeschäft wussten und womöglich sogar dagegen sind? Was, wenn die Verhandlung von vornherein nur ein Vorwand war, damit Ostrovskij Waffen an das Regime verkaufen konnte?»

«Das verstehe ich nicht», sagte Maryam und sah ihn fragend an.

«Denk doch mal nach – er war Dimitrijs Mann. Vielleicht haben sie die Verhandlungen von Anfang an als sinnlos eingestuft. Ostrovskij erklärte sich trotzdem bereit hinzufahren und nutzte seine Chance, Waffen zu verkaufen.»

Maryam sah ihn weiter an. «Das klingt wenig plausibel.»

«Warum nicht?»

«Ballisticheskiy würde niemals etwas hinter Dimitrijs Rücken aushecken.»

«Aber die Frage nach Thermitwaffen wurde für Ballisticheskiy erst dann heikel, als Indien die Bedingungen für den Auftrag änderte. Und im Prinzip sind Dimitrij Thermitwaffen doch egal, oder etwa nicht?»

«Was willst du damit sagen?»

Jonatan ließ seinen Blick an Maryam vorbeischweifen und richtete ihn dann wieder auf die Straße vor sich. «Die Mappe mit Informationen über dich kam aus der russischen Botschaft. Also muss es noch andere Fraktionen im Kreml geben, die mit dir sprechen wollen. Vielleicht hat Ostrovskij den Einsatz von Thermitwaffen geleugnet, und jetzt hat er Angst davor, dass du ihn verrätst.»

Es schien, als hätte die Dunkelheit über der Straße Maryam verschluckt, so still war sie.

«In der Hoffnung, dass du auftauchen würdest, wurde eine Mappe mit deinem Profil an die Botschaften geschickt. Wenn sie dir etwas hätten antun wollen, wären sie um einiges diskreter vorgegangen.»

Mit unsicherem Blick sah sie ihn an. «Wie konntest du wissen, dass die Person in Stuttgart der Geheimdienstchef war?»

«Das wusste ich natürlich nicht, aber als wir im Bus waren, hat Betty mit jemandem von der Säpo telefoniert. Es ist vermutlich dieselbe Person, die sie in den Hafen und zu dir gelotst hat.»

«Warum sollte der Geheimdienst solche Informationen an eine Journalistin weitergeben?»

«Aus genau den Gründen, die du gerade genannt hast», sagte Jonatan. «Susjinskij ist in die schwedischen Behörden eingedrungen, hat sie ausspioniert und Cyberattacken gegen sie geführt.

Die Säpo will das ans Licht bringen und die Politiker wachrütteln, weiß aber, dass sie überwacht wird.»

«Aber wie ...»

«Ich kann natürlich nur spekulieren, ausgehend von dem, was du gesagt hast und was ich gehört habe», unterbrach Jonatan sie. «Wen auch immer Betty angerufen hatte, diese Person konnte in sehr kurzer Zeit eine hochprofessionelle Polizeioperation auf die Beine stellen. Das Haus in der Nähe von Vidargården wurde von einer Spezialeinheit gestürmt. Bettys Kontakt musste also sehr weit oben angesiedelt sein.»

«Das klingt völlig verrückt», sagte Maryam.

«So ist das Leben oft.» Mit seiner rechten Hand öffnete Jonatan die Anrufliste von Bettys Handy und fand die Nummer, die sie im Bus angerufen hatte. «Wenn ich diese Nummer wähle, bekommen wir die Antwort.»

Zwar schien irgendetwas an Jonatans Vorschlag sie zu erschrecken, doch Maryam protestierte nicht.

«Ich will dir nur helfen. Wenn die schwedische Polizei wusste, dass du auf dem Weg hierher bist – warum haben sie dich dann nicht abgefangen?»

«Was machen wir jetzt?»

«Wir müssen die Wahrheit herausfinden.»

Ragnar Nylund hatte seine Kleider gewechselt und trug nun einen Anzug, ein weißes Hemd und schwarz glänzende Schuhe, denn Staatsminister Torsten Björk erwartete ihn. Mit dem Bericht in der Hand betrat er den Regierungssitz. Schon bald würde die Bombe platzen.

Hinter der gläsernen Eingangstür wartete ein junger Staatssekretär, der ihm einen Besucherausweis aushändigte. «Folgen Sie mir», sagte er. «Mein Name ist David.»

Sein Handschlag war kräftig, doch Nylund fiel auf, dass David seine Hand schnell wieder zurückzog, so als fürchtete er, sie zu verlieren. David war um die dreißig, und Nylund musste ihn nur kurz ansehen, um zu wissen, dass er innerhalb kürzester Zeit in eine Position aufgestiegen war, die mehrere Stufen über seinem eigentlichen Kompetenzniveau lag. Solche Kunststücke waren in der Politik leichter als irgendwo sonst.

«Wir haben zurzeit Probleme mit der Anmeldung im Intranet», versuchte sich David in Konversation, während sie im Aufzug nach oben fuhren. «Alle sind genervt, vor allem der Chef.»

«Ich verstehe», kommentierte Nylund die Worte des Staatssekretärs knapp.

«Wird das Treffen lange dauern?»

«Das kommt auf seine Fragen an.»

«Björk stellt selten viele Fragen. Zehn Minuten?»

Nylund zuckte mit den Schultern.

Vor den Türen des Aufzugs im siebten Stock drängten sich die Leute, die gerade Feierabend machten und auf dem Weg nach Hause waren. David führte den Säpo-Chef an den Beamten vorbei zum Dienstzimmer des Staatsministers, dessen Tür er öffnete, ohne vorher anzuklopfen.

Staatsminister Torsten Björk stand hinter seinem Schreibtisch und wischte nervös auf seinem Handy herum, ehe er seine Besucher bemerkte, das Handy weglegte und um den Tisch herumkam. «Ragnar», sagte er. «Kaffee?»

«Ja, gerne.»

«Wir erleben hier gerade einen Rückfall ins 17. Jahrhundert. Würde mich nicht wundern, wenn plötzlich Oxenstierna in Gehrock und Halstuch hier hereinkäme.»

«Was ist das Problem?»

«Glücklicherweise habe ich es im Leben so weit gebracht, dass ich das nicht wissen muss.»

Torsten Björk bedeutete Nylund, sich auf das Sofa zu setzen, vor dem mehrere Stapel mit Zeitungen auf einem kleinen Tisch lagen. David stellte ihnen eine Thermoskanne und Tassen auf den Tisch und ließ sie dann allein.

«Sebastian Hendricks ist ein Kind seiner Zeit und nutzt wirklich jede Chance, gesehen zu werden. Verfolgen Sie die Sache mit der *Athena*?»

«Ja.»

«Im Fernsehen hat Hendricks behauptet, die Säpo würde ihn überwachen.»

Diese Unterstellung überraschte Nylund, und außerdem hatte er noch nie erlebt, dass ein Staatsminister Informationen über die operative Arbeit haben wollte. Welchen politischen Nutzen konnte er daraus ziehen?

«Das stimmt nicht», erwiderte Nylund. «Wir überwachen ihn nicht. Ich habe ein paar Leute außerhalb der Behörde Fragen zu Hendricks und zur *Athena* gestellt, aber aus rein persönlicher Neugier.»

«Und sonst gab es keine weiteren Vorfälle im Värtahafen?»

«Ich denke nicht, dass ich dazu etwas sagen sollte.»

«Gut, denn ich will auch nichts darüber hören.»

Der Säpo-Chef legte den Bericht auf den Tisch und schob ihn in Richtung des Staatsministers, der sich gerade Kaffee eingoss.

«Vor wenigen Stunden hat die nationale Eingreiftruppe eine Operation in einem Gebäude außerhalb von Uppsala durchgeführt, bei der zwei Männer festgenommen wurden. Ein Feuer hat uns daran gehindert, weitere Beweise zu sichern, aber das ändert nichts an dem, was wir jetzt schon wissen: Der Oligarch Andrej Susjinskij hat das IT-System der Armee gehackt und infiltriert. Es könnte der größte Datenklau sein, der jemals stattgefunden hat. Die Ergebnisse der Funkaufklärung deuten darauf hin, dass mehrere Behörden davon betroffen sind.»

Björk blinzelte nicht einmal. «Welche?»

Nylund beugte sich nach vorn und blätterte in seinem Bericht. «Die Justizverwaltung ... im Prinzip die gesamte Staatsanwaltschaft ... das Landesvermessungsamt ... sämtliche Provinzlandtage und die Behörde für Zivilschutz und Bereitschaft.»

«Warum ausgerechnet diese Behörden?»

«Sie haben ihr IT-System von Hökbergs gekauft. Das gleiche System übrigens, das Hökbergs Indien gerade im Rahmen der Aufrüstungsverhandlungen anbietet.»

Staatsminister Björk stellte seine Tasse auf den Tisch und legte seine Hände so vorsichtig auf die Armlehnen, als könnte er sich daran verbrennen. «Wann können wir damit rechnen, dass das publik wird?»

«Wenn es Susjinskij darum geht, Hökbergs in Bezug auf den Indiendeal zu diskreditieren, dann müsste es innerhalb der nächsten vierundzwanzig Stunden an die Öffentlichkeit gelangen, also bevor der indische Verteidigungsminister seine Entscheidung bekanntgibt», sagte Nylund und machte eine abschätzende Handbewegung.

Nachdem er kurz überlegt hatte, fragte Björk: «Können wir die Verträge mit Hökbergs kurzfristig kündigen?»

«Ich sage nicht, dass es unmöglich ist», antwortete Nylund und trank einen Schluck Kaffee, «aber das könnte als panische Reaktion interpretiert werden.»

«Der Oberbefehlshaber ist ein Gentleman», sagte Björk nachdenklich. «Er ist intelligent und hat Humor, aber ehrlich gesagt habe ich keinen blassen Schimmer, wie fähig er ist. Ist Hökbergs stark in unsere Verteidigung involviert?»

«Keine Ahnung.»

«Dann gibt es wohl nur einen Weg, das herauszufinden», hielt Björk fest. «Ich rufe ihn an und unterbreite ihm meinen Vorschlag. Indien ist mir egal, Hökbergs im Grunde auch. Ich will meinen Ministern nur einen Spießrutenlauf ersparen.»

Verständnisvoll nickte Nylund und senkte seinen Blick. Dabei fiel ihm das Gesicht von Kjell Morén auf der Titelseite einer der Zeitungen vor ihm auf. Björk schien das zu bemerken.

«Morén ist aus dem Spiel. Eigentlich gab es in der Regierungskanzlei einen Rückzugsplan für ihn, doch dann hat er sich in neue Peinlichkeiten verstrickt.» Er legte eine lange Pause ein. «Die Hauptsache ist, dass Sveakraft das Gasnetz wieder übernimmt. Wir waren viel zu lange ein Testlabor für Marktexperimente und müssen die Kontrolle über gesellschaftlich wichtige Strukturen und Funktionen zurückgewinnen.»

Nylund schüttelte seinen Kopf und entdeckte etwas Neues in den Augen des Staatsministers, einen Ausdruck von Zufriedenheit. In Björks Welt war die schwedische Armee anscheinend ein ebenso kleines Problem wie Morén.

Als Nylunds Tasse leer war, streckte sich Björk nach der Thermoskanne und schenkte ihm nach.

«Ich bin froh, dass Sie hier sind, Ragnar», brach es mit spontaner Entzückung aus ihm heraus. «Sie sehen aus, als ginge es

Ihnen gut. Wie läuft das Geschäft? Alles in Ordnung bis auf die Missetaten des ewigen Übeltäters Susjinskij?»

Er redete, als seien sie gute Freunde, die sich schon seit Jahren kannten.

«Erinnern Sie sich an unser erstes Treffen?», fragte Nylund.

«Sie meinen im Waterfront-Hotel, dieses Frühjahr», antwortete der Staatsminister.

«Ich habe von meiner Absicht berichtet, mich unabhängig davon, wer die Wahl gewinnt, aus dem Dienst zurückzuziehen.»

Der Staatsminister wartete auf die Pointe.

«Mein Entschluss steht fest», sagte Nylund.

Nach einer Weile, in der niemand etwas sagte, fragte Björk: «Irgendwelche Vorschläge, wer Ihr Nachfolger werden soll?»

Der Säpo-Chef zögerte einen Moment, um sicherzugehen, dass der Staatsminister wirklich hören wollte, was er zu sagen hatte. Dann schilderte er seine Idee. Björk hörte aufmerksam zu, ohne zu zeigen, wie er darüber dachte.

Nach zehn Minuten öffnete David die Tür des Zimmers, zur großen Erleichterung beider. Sie schüttelten sich die Hände und versprachen, in Kontakt zu bleiben, obwohl sie wussten, dass sie in Zukunft einander nur sehr wenig zu sagen haben würden.

Auf dem Weg zum Aufzug spürte Nylund, wie sein Mobiltelefon in der Brusttasche vibrierte. Er holte es heraus und sah die neue SMS, die von Betty Linds Handy verschickt worden war, aber dennoch nicht von ihr stammte:

Treffen Sie mich in einer Stunde an der U-Bahn-Station
T-Centralen. Kommen Sie allein ins Café Ritazza.
Maryam S ist bei mir. Jonatan S .

* * *

Sie erreichten Stockholm kurz nach sieben und stellten den Pick-up vor dem Bahnhofsgebäude ab, es blieb ihnen noch Zeit, bis Ragnar Nylund hier eintreffen würde. Ohne ein Wort miteinander zu wechseln, gingen sie in die Ankunftshalle, wo sie ziellos zwischen den Geschäften und Restaurants umherwanderten. Nach zwei Runden durch die obere Etage kamen sie an denselben Menschen vorbei, die immer noch auf den Bänken saßen und auf ihre Züge warteten. Sie hatten wohl Überstunden gemacht – alle schauten missmutig drein und wirkten sehr gestresst.

«Müssen wir die ganze Zeit im Kreis laufen?», fragte Maryam schließlich.

Aufmunternd lächelte Jonatan sie an.

«Ich würde gerne etwas essen. Wir könnten uns irgendwo hinsetzen. Nicht direkt hier, irgendwo in der Nähe.»

Gemeinsam verließen sie den Bahnhof und traten auf den Vorplatz, der von der gewöhnlichen Schar aus Bettlern, Drogendealern und Taxifahrern belagert wurde. Jonatan ging durch den Kopf, dass sie nur deshalb auf dieser kleinen Fläche so gut miteinander auskamen, weil sie alle unterschiedliche Interessen und Ziele verfolgten.

An einem Zebrastreifen, der über die Vasagatan führte, blieben sie kurz stehen, während Fußgänger, Autos und Fahrradfahrer an ihnen vorbeieilten. Innerhalb einer guten Stunde hatten sie die Einsamkeit des Landes hinter sich gelassen und befanden sich wieder mitten in der Normalität der Großstadt, in der das Vorwärtskommen, Überholmanöver und Abkürzungen die einzigen Triumphe des Alltags darstellten.

«Möchtest du auch etwas essen?», fragte Jonatan.

«Nein danke. Ich bin nicht hungrig», antwortete Maryam.

«Dann leiste mir einfach Gesellschaft. Susjinskijs Berater übernehmen die Rechnung.»

Auf der anderen Straßenseite bemerkte er vier Männer in Uniform, die auf Grün warteten, doch sie schienen sich nicht für ihn zu interessieren.

Als die Ampel umsprang, legte er seinen gesunden Arm vorsichtig um Maryam – die zu verstehen schien, was ihn dazu bewegte –, sodass es so aussah, als wären sie gute Freunde oder ein Paar.

«Wie geht es dir?», fragte Maryam, die ihm offensichtlich ansah, wie erschöpft er wegen der Schmerzen und nach der langen Zeit in den feuchten Kleidern war.

«So, wie ich aussehe, denke ich.»

«Du brauchst einen Arzt wegen deiner Schulter.»

«Sicher, dass du keinen Hunger hast?»

«Sicher.»

Nach weiteren fünfzig Metern betraten sie einen Burgerladen, in dem Jonatan einen Cheeseburger und eine Dose Mineralwasser bestellte. Die Rechnung beglich er mit Kesslers Kreditkarte. Die Kellnerin sagte ihm, dass es ein paar Minuten dauern würde.

«Darf ich mir deine Schulter ansehen?», bat Maryam, als sie in einer Nische des Restaurants Platz genommen hatten.

«Wenn es sein muss.»

Maryam schlug seinen Kragen zurück und tastete mit ihren eiskalten Fingern vorsichtig die Wunde ab. Er zuckte vor Schmerz zusammen. «Fällt es dir schwer, deinen Arm auszustrecken?»

«Mir fällt es schwer, ihn überhaupt zu bewegen.»

«Auch wenn du dich zusammenreißt und aufhörst, wie ein Kind zu jammern?»

«Ja», sagte Jonatan, hob die Augenbrauen und sah Maryam erstaunt an.

«Die Wunde könnte entzündet sein.»

«Hier gibt es Alkohol, vielleicht sollten wir etwas davon trinken», schlug er scherzhaft vor.

Maryam lächelte und schlug seinen Hemdkragen wieder zurück. «Was tun wir, wenn die Quelle nicht auftaucht?»

«Das wird sie», sagte Jonatan bestimmt. «Und ich denke, ich führe das Gespräch besser allein», fügte er hinzu.

Nach wenigen Minuten kam das Essen. Jonatan aß, während Maryam ihm still gegenübersaß. Hungrig verschlang er den Burger, dann öffnete er die Dose mit dem Mineralwasser. Auf einmal merkte er, dass Maryam ihn staunend anblickte und schmunzelte.

«Was ist?», fragte er.

«Du hast nicht einmal vier Minuten gebraucht.»

«Ich habe seit vierundzwanzig Stunden nichts mehr gegessen. Wann hast du zum letzten Mal etwas bekommen?»

«In der Unterkunft.»

«Kekse?» Er goss Wasser in den unbenutzten Becher, der vor Maryam stand. «Du musst pappsatt sein», sagte er und lachte.

Mit zitternder Hand führte Maryam den Becher zum Mund, trank ihn aus und stellte ihn wieder ab. Jonatan schenkte ihr nach, sie leerte den Becher ein zweites Mal.

«Ich kann noch eine Dose kaufen», sagte Jonatan.

«Nicht nötig.»

«Das mache ich gern.»

«Warum soll ich eigentlich hierbleiben, wenn Betty die Informationen auf dem Stick schon hat?»

«Du bist nicht in Sicherheit, solange sie nicht veröffentlicht sind.»

«Genau das meine ich ja. Wieso tauchen wir nicht für ein paar Tage unter?»

Auf einmal war ihr Gesicht voller Leben und hatte einen sehnsüchtigen Ausdruck.

«Ich bin es leid zu fliehen», sagte er nach einer Weile. «Ich bin es leid, mich zu verstecken. Leid zu sehen, wie Menschen, die mir wichtig sind, übel behandelt werden. Ich bin es leid, nicht zu wissen, was als Nächstes passiert.»

«Eigentlich geht es mir nicht anders. Ich will, dass es endlich vorbei ist. Aber deine Freundin, die von Susjinskij bedroht wurde ...»

«Ex-Freundin.»

«Was ist passiert?»

«‹Ex-Freundin› heißt, dass es zu Ende ist», erklärte er knapp. Dass ihre Beziehung in die Brüche gehen würde, war nur eine Frage der Zeit gewesen, nach allem, was im Frühjahr geschehen war, nach all den Gefahren, die damit verbunden gewesen waren, Susjinskij getroffen zu haben. Doch Jonatan hatte es in die Länge gezogen, wie so viele Männer, wenn sie fürchten, das zu verlieren, was sie ans Leben bindet.

Nach zwei Wochen totaler Funkstille hatten sie sich in Rosendahls Gartencafé im Djurgårdenpark getroffen. Åsa hatte einen abgelegenen Tisch ausgewählt und seine Ankunft mit niedergeschlagenem Blick registriert. Sie hatte ihn zur Begrüßung nicht umarmt, was er als schlechtes Zeichen betrachtete. Ein simpler und undramatischer Prolog zu dem, was zu erwarten war. Durch die Glasfronten schien die Sonne auf ihr Gesicht und blendete sie, was ihr eine gute Ausrede dafür bot, ihm nicht in die Augen sehen zu müssen.

An den Wortlaut ihres Gesprächs erinnerte er sich nur noch vage. Doch die Botschaft war so simpel wie eindeutig gewesen. Den Mann, in den sie sich verliebt hatte, gab es nicht mehr, und was von ihm übrig geblieben war, interessierte sie nicht mehr. Er kümmere sich nicht um sie und die Kinder, habe sich in seinen düsteren Stimmungen verloren. Sie hatte ihm vierundzwanzig Stunden gegeben, um seine Sachen aus dem Haus holen – darum war es ihr vor allem gegangen –, mehr hatte sie ihm nicht zu sagen gehabt. Jonatan unternahm noch einen Versuch, in Worte zu fassen, warum das alles so gekommen war, doch er konnte es nicht richtig erklären. Åsa war längst aufgestanden, hatte einfach nur abgewinkt und sich für den Kaffee bedankt. Vielleicht war sie genauso bedrückt wie er oder hatte einfach genug. Das Treffen hatte nicht einmal eine Viertelstunde gedauert.

«Also halte ich mich von ihr fern, es ist besser so», sagte Jonatan zerknirscht und sah auf die Tischplatte, «so gern ich sie auch habe.»

«Susjinskij», sagte Maryam schließlich, «verfolgt eigene Interessen in Syrien. Das ist einer der Gründe, warum du hier bist.»

Jonatan sah sie verwundert an.

«Er hat ein großes Stück Land in der Nähe von Al-Omar gekauft», fuhr sie fort. «Dort will er einen Solarzellenpark bauen.»

«Solarzellen?»

«Es ist ein großes Projekt», antwortete Maryam und zuckte mit den Schultern.

«Weiß der Kreml davon?»

«Nicht wenn deine Theorie stimmt, dass der Kreml längst nicht über alles Bescheid weiß.»

Mit schief gelegtem Kopf dachte Jonatan eine Weile nach, und es sah aus, als studierte er die Nährwerttabelle auf der Mineralwasserdose. Maryam hatte ihm gerade ein wichtiges Puzzleteil gegeben. «Wer auch immer Betty die Informationen über dich gegeben hat, er wollte dich nie im Hafen treffen. Ich will wissen, was das zu bedeuten hat.»

«An den Punkt werden wir bestimmt kommen.»

Maryam kratzte sich mit ihren schmalen Fingern am Hals und richtete ihre Halskette, die Jonatan vorher nicht aufgefallen war. Bevor sie sie wieder unter ihrem Mantel verbarg, sah er, dass es sich um einen Messingschlüssel handelte, der an einer einfachen Ankerkette hing und dessen Schlüsselkopf ein durchbrochenes orientalisches Muster zierte.

«Schöne Kette», bemerkte Jonatan.

«Ich habe sie von meinem Vater bekommen, als ich sieben Jahre alt war. Er hat mir nie gesagt, wozu der Schlüssel passt. Vielleicht glaubte er, dass meine Neugier mich schon auf die richtige Fährte bringen würde.» Maryam dachte nach, um die richtigen Worte zu finden oder um ihre Erinnerungen wachzurufen. «Aber dann haben wir über den Schlüssel nie wieder gesprochen.»

Als sie das Restaurant schließlich wieder verließen und auf die Straße hinaustraten, war es bereits Abend geworden, die regenschweren Wolken hatten sich verzogen, und die Luft war frisch.

Am Bahnhof nahmen sie die Rolltreppe auf die Straße hinauf, von wo aus der Busbahnhof auf der anderen Seite des Klarabergviadukts zu sehen war.

Er blickte Maryam noch kurz hinterher, die weiter die Straße entlangging, nachdem sie ihm versprochen hatte, im Busbahnhof auf ihn zu warten. Dann ging Jonatan zurück in die Bahnhofshalle.

Am Tresen des Café Ritazza bestellte er einen Kaffee und nahm erleichtert zur Kenntnis, dass weder der Barista noch die anderen Gästen ihn beobachteten, obwohl sein heruntergekommenes Aussehen dazu durchaus Anlass gegeben hätte. Er nahm seinen Kaffee und setzte sich an einen Tisch zwischen den beiden Eingangstüren, sodass er eine gute Sicht auf den Haupteingang des Bahnhofs hatte. Neben ihm saßen ein paar Gymnasiasten, die an ihren Mathematikaufgaben herumrechneten. Einer von ihnen winkte einem Mädchen außerhalb des Cafés zu, das er zu kennen schien. Vielleicht gab es für sie beide doch noch eine Chance.

Bevor er wusste, was er da eigentlich tat, hielt er Bettys Telefon in der Hand und wählte Åsas Nummer. Wahrscheinlich hatten die aufwühlenden Erlebnisse und das Gefühl, dem Tod sehr nah gewesen zu sein, diesen Impuls in ihm ausgelöst, auch wenn er nicht wusste, was er Åsa überhaupt sagen wollte. Sie meldete sich mit unsicherer Stimme, sie konnte die Nummer auf ihrem Display wohl nicht einordnen.

«Hej, Åsa», sagte er, «ich bin's, Jonatan.»

«Hej», antwortete sie nach langem Schweigen.

«Hallo. Wie geht es dir?»

Die folgende Stille ließ ihn vermuten, dass Åsa nicht bereit war, ihm irgendetwas von sich preiszugeben. Wie lange war es her, dass sie miteinander geredet hatten? Einen Monat?

«Warum rufst du an?»

«Wir haben uns eine Weile nicht mehr gesprochen», sagte er und merkte, dass es zu aufgesetzt klang. «Ich wollte nur wissen, ob bei euch alles in Ordnung ist.»

«Warum sollte es das nicht sein?»

Ja, sag es ihr und mach ihr so richtig Angst. Still saß Jonatan da und warf einen Blick in Richtung der Rolltreppen, um sicherzugehen, dass Maryam nicht doch hierherkommen würde.

«Wie geht es den Kindern?», fragte er dann und hörte sich wie ein Verkäufer an, der versuchte, Konversation zu machen. «Hat Alice schon schwimmen gelernt?»

Åsa stöhnte genervt. «Ihre beste Freundin in der Schule mag kein Wasser, also mag Alice es jetzt auch nicht mehr.»

«Das klingt nach ... diesem Mädchen ... mit den Eltern aus der Reisebranche. Amanda?»

«Hast du ein neues Telefon?»

«Nein, das ist nur geliehen. Åsa, könnten wir uns vielleicht sehen?»

Er erhielt keine Antwort. Möglicherweise hatte sie ihn nicht gehört.

«Wann immer du möchtest», sagte er und versuchte, unbeschwert zu klingen.

«Und warum sollten wir das tun?»

«Es gibt keinen besonderen Grund. Einfach um ein wenig Zeit miteinander zu verbringen.»

«Ich glaube nicht, dass das eine gute Idee ist.»

«Okay.»

«Alice und Aston haben sich gerade daran gewöhnt, dass du nicht mehr da bist.»

«Ich kann vielleicht dabei helfen, ihnen zu erklären, was passiert ist.»

«Danke, aber ich denke, es ist am besten, wenn ich selbst mit meinen Kindern darüber rede.»

«Natürlich», sagte er leise und gab ihr damit die beruhigende Antwort, um die sie wohl insgeheim gebeten hatte.

«Mach's gut, Jonatan.»

Auch wenn ihn das Telefonat traurig gestimmt hatte, fühlte er sich immerhin ein wenig ruhiger. Åsa ging es gut. Sogar ihre Gleichgültigkeit über seinen Anruf war eine Erleichterung, denn ihr war nicht bewusst, welche Rolle sie in den letzten vierundzwanzig Stunden gespielt hatte.

Jonatan verbrannte sich beinahe an seinem Kaffee, als er einen Schluck davon trank und auf die Uhr in der Bahnhofshalle sah. Das Leben geht weiter, dachte er, vielleicht nicht mit Åsa, aber es geht weiter. Und dann sah er den Mann, der sich durch die Menschenmenge auf ihn zubewegte und ihn schlagartig auf andere Gedanken brachte. Mit entschlossenen Schritten ging der Mann durch die Halle, und sein Auftreten war alles andere als diskret. In Anzug und Mantel betrat Ragnar Nylund das Café und nahm gegenüber von Jonatan Platz.

Betty saß ganz vorn im Bus neben der freiwilligen Helferin, als der Busfahrer gerade die Scheibenwischer ausschaltete. Es hatte endlich aufgehört zu regnen. Obwohl es eigentlich keinen Verkehr gab, kam die Buskarawane nur langsam voran.

Einzig ihre journalistische Neugier hielt den Zorn in Schach, den Betty empfand. Sie musste unbedingt sehen, was sich auf dem USB-Stick befand. Also brauchte sie einen Computer.

Die Helferin hieß Emilia. Sie war jung, idealistisch und, nach dem, was Betty aus dem Telefonat mit ihrem Kontakt beim Migrationsamt schließen konnte, ziemlich intelligent. Ihr war der Frust darüber, wie ihr Lagebericht dort aufgenommen worden war, deutlich anzumerken.

«Wie schlimm ist es?», fragte Betty, nachdem Emilia aufgelegt hatte.

«Die Transporte nach Vidargården werden die ganze Nacht dauern», erklärte sie.

«Haben Sie zufällig einen Laptop?»

Emilia griff in den Rucksack zwischen ihren Füßen und holte einen Computer heraus. Betty schätzte, dass es noch etwa zwanzig Minuten bis Stockholm waren, und von dort brauchte sie ungefähr sieben oder acht Minuten bis in die Redaktion. Sie würde direkt zum Nachtredakteur gehen und den Inhalt des Sticks mit ihm besprechen.

«Erzählen Sie mir etwas über Vidargården», bat Betty, während sie darauf wartete, dass der Laptop hochfuhr und Emilia ihn entsperrte.

«Offiziell ist es eine Flüchtlingsunterkunft, doch unter der

Hand ist es ein Prototyp, was die Leitung des Migrationsamtes aber natürlich nie zugeben würde.»

«Ein Prototyp?»

«Für ein Abschiebezentrum. In Vidargården landen alle Migranten mit Identitätsnachweisen. Der Plan ist, dass die Geflüchteten innerhalb von vierzehn Tagen wieder außer Landes sind.»

«Alle?»

«Jeder einzelne. Wenn die Quote überschritten ist, darf niemand mehr bleiben.»

«Wohin werden sie dann geschickt?»

«Raus aus Europa.»

Nachdem sie das Passwort eingegeben hatte, gab sie Betty den Laptop. Betty sah die Sternchentattoos auf Emilias Fingern, die sich über beide Handrücken erstreckten. Dann steckte sie den USB-Stick in den Computer.

«Wir haben noch eine Menge Essenspakete übrig. Möchten Sie einen Keks?»

«Nein, danke, aber ich würde ein Wasser nehmen.»

Emilia reichte Betty eine Flasche und verschwand in den hinteren Teil des Busses. Der USB-Stick hatte eine Größe von vierundsechzig Gigabyte und enthielt vier Ordner, die fast den gesamten Speicherplatz einnahmen. Betty wollte sich nur einen groben Überblick über den Inhalt verschaffen, bevor sie damit in der Redaktion aufkreuzte.

Sie öffnete den ersten Ordner, hatte aber Schwierigkeiten, sich in den unzähligen Textdokumenten zurechtzufinden. Anscheinend gab es keine Struktur, und außerdem waren alle Texte auf Russisch. Bei einem Dokument fiel Betty das Änderungsdatum auf, das einen Monat zurücklag, weshalb sie vermutete, es könnte ein Protokoll der Verhandlungen in Damaskus sein. Als sie ein weiteres Dokument öffnete, keimte Hoffnung in ihr auf. Es handelte sich um eine Teilnehmerliste, die nicht nur in kyrillischer und arabischer Schrift, sondern auch in lateinischen Buchstaben verfasst war. Der restliche Text war auf Arabisch und nahm zwanzig Seiten ein, die alle mit roten Warnhinweisen versehen waren, sodass Betty annahm, dass es sich um ein vertrauliches Dokument handelte. Um es verstehen zu können, brauchte sie einen Übersetzer oder wenigstens ein Übersetzungsprogramm.

Der nächste Ordner enthielt mehrere Unterordner, die mit «R&D» bezeichnet waren und in denen die Textdokumente unterschiedliche Änderungsdaten hatten. Sie sahen aus wie Forschungsberichte, die auf Französisch und Englisch geschrieben waren. In den Dokumenten ging es um Forschungsarbeiten zu Thermitwaffen, die britische und französische Wissenschaftler erstellt hatten. Einer der Berichte war über zehn Jahre alt. Das Ziel der Forschung war im ersten Abschnitt formuliert: die Entwicklung von Kapazitäten zur serienmäßigen Herstellung von Waffenkonstruktionen mit Thermit.

Unter den Dateien fand sich auch ein Video, das Betty anklickte. Ein Gebäude aus Beton war erst von außen, dann von innen zu sehen. In einer Art Labor standen Männer in weißen Kitteln an länglichen Tischen. Im Hintergrund erkannte sie Andrej Susjinskij, und vor ihm stand Oleg Ostrovskij. Die Kamera zoomte auf Ostrovskij, als er neben einem der Kittelmänner stehen blieb und sich mit ihm unterhielt. Allein dieser Videoclip würde jeden Nachtredakteur wach halten.

Der nächste Ordner nahm den meisten Speicherplatz ein, und als Betty ihn öffnete, sah sie, weshalb: Sein Inhalt bestand ausschließlich aus bewegten Bildern, ein Videoclip nach dem anderen, alle zwischen fünf und dreißig Minuten lang. Sie öffnete eine der Filmdateien, woraufhin ein hochauflösendes Video abgespielt wurde. Es zeigte ein Sandsteinhaus, das auf einem verlassenen Grundstück stand. Da erst einmal nichts geschah, glaubte Betty, es sei ein Standbild. Doch dann explodierte plötzlich alles in einem grellen Lichtblitz. Hinter dem weißen Lichtstrahl erschien ein zischendes und brennendes Inferno, das Haus fiel in sich zusammen, zu Staub pulverisiert. Dann sah man das Haus wieder in unzerstörtem Zustand, aber aus einer anderen, weiter entfernten Perspektive – zwei Männer in Militäruniform beobachteten einen dritten Mann, der kniend eine Panzerfaust abfeuerte. Der Abstand zum Haus betrug etwa einhundert Meter, und als es gesprengt wurde, wirkten die Männer ungerührt, aber gleichzeitig zutiefst fasziniert. Auch ohne Ton war zu erkennen, dass einer der Männer sprach. Es war Oleg Ostrovskij.

Betty schloss das Video und sah aus dem Fenster des Busses. Wenn diese Daten bewiesen, dass Ballisticheskiy Thermitwaffen an das syrische Regime verkauft hatte, dann hielt sie ganz heißes Nachrichtenmaterial in ihren Händen.

Als sie den letzten Ordner öffnete, war ihr klar, dass sie den Jackpot gewonnen hatte. Darin befanden sich Dateien aus dem syrischen Verteidigungsministerium – drei bis vier Jahre alte Mail-Korrespondenzen –, in denen eine mögliche Zusammenarbeit zwischen Ballisticheskiy und der schwedischen Firma Hökbergs AeroDynamics diskutiert wurde. Unter den Dokumenten fanden sich auch Dutzende Bilder von Menschen, die als strategische Akteure, Interessenten, Investoren oder Konkurrenten von Ballisticheskiy aufgelistet waren.

Einige der Bilder zeigten einen Mann, der ein Bürogebäude verließ. Sein Anblick fesselte Betty, und sie ging näher an den Bildschirm. Es waren Bilder einer Überwachungskamera, die ohne Kenntnis des Mannes aufgenommen worden waren. Er schien sich in einer Großstadt zu befinden, wie die Menschenmenge auf dem Gehweg hinter ihm vermuten ließ. Auf einem der Fotos schaute der Mann in den Himmel und kniff die Augen wegen des Sonnenlichts zusammen. Betty brauchte einen Augenblick, um zu akzeptieren, was sie da sah. Doch es bestand kein Zweifel, dass der Mann auf dem Bild ihre Informationsquelle war – Säpo-Chef Ragnar Nylund.

* * *

«Also, wo ist sie?», fragte Ragnar Nylund.

«In der Nähe.»

So, als würde er überlegen, wie lange er bleiben konnte, warf der Säpo-Chef einen Blick auf die Uhr. Dann fuhr er mit den Fingerspitzen über seinen Schnurrbart und wägte seine Worte genau ab. Er sprach in einem milden und versöhnlichen Tonfall, von dem Jonatan glaubte, dass er ihn nicht sehr häufig einsetzte.

«Im Frühjahr habe ich mir Ihr Personenprofil angesehen, da waren Sie noch Berater des Staatsministers. Ihre Kenntnisse des Energiesektors sind gut und fundiert, doch in diesem Fall leider nicht von Nutzen. Mein Rat ist, dass Sie sich aus dieser Sache heraushalten.»

«Ich lerne schneller, als Sie glauben.»

«Sie sind wie ein Blinder auf einem Minenfeld. Denken Sie wirklich, Sie kommen mit dieser Aktion im Hafen davon?»

«Welcher Aktion?»

«Sie haben ein Auto gestohlen und Menschen in Gefahr gebracht. Mehrere Personen verletzt. Wenn Sie jemanden kennen, der bedroht wird, Herr *Stark*», die Betonung seines Nachnamens zeigte deutlich, wie verärgert Nylund war, «dann empfehle ich Ihnen, das umgehend der Polizei zu melden.»

Statt zu antworten, schaute Jonatan über Nylunds Schulter und sah zwei Männer die Bahnhofshalle betreten. Sie fielen nicht weiter auf, doch als sie Jonatan im Café bemerkten, änderten sich ihre Mienen. Es war, als seien sie gezwungen worden, einem unwahrscheinlichen Tipp nachzugehen, und jetzt, da sich der Tipp als wahr herausstellte, konnten sie ihre Verwunderung nicht verbergen.

«Wer sind die beiden dort drüben?»

Nylund machte sich nicht einmal die Mühe, sich umzudrehen. «Die Stockholmer Polizei.»

«Sie haben sie informiert.»

«Sagen Sie, was Sie sagen wollen, dann können Sie ruhig und friedlich mit den Beamten mitgehen.»

«Ich denke nicht.»

«Das war kein Vorschlag.»

«Maryam hat mir Geschichten über Susjinskij und Cyberattacken und Geschäfte mit Indien erzählt. Sogar von Ihnen hat sie gesprochen.»

«Ich will sie nur beschützen.»

«Haben Sie sie deshalb nicht im Hafen getroffen?»

«Wie soll das hier enden, wenn wir jetzt gemeinsam Spekulationen anstellen? Worauf sind Sie aus?», fragte Nylund.

«Vielleicht bin ich verrückt, aber ich will verhindern, dass es noch einmal geschieht. Kein Mensch, der mir wichtig ist, soll je wieder bedroht werden.»

«Und das erledigen Sie am besten allein?»

«Nein. Ich brauche Ihre Hilfe. Ich muss eine Nachricht an eine Person übermitteln. Und es wäre nicht unbedingt ratsam, den offiziellen Weg zu nehmen.»

«Über wen sprechen wir?»

«Über die russische Botschaft.»

«Mikhail Lomonosov?»

«Ein so erfahrener und pragmatischer Mann wie Sie weiß mit Sicherheit um die Vorteile, die es mit sich bringt, Kontakte an strategischen Punkten zu haben. Die Nachricht ist einfach und muss heute Abend ankommen.»

«Dafür, dass Sie in Rosenbad gearbeitet haben, wissen Sie erstaunlich wenig über Diplomatie.»

«Ich habe keine Zeit für diesen Firlefanz.»

«Ganz offensichtlich. Noch ein Tipp: Verraten Sie nie, dass die Zeit ein Faktor für Sie ist.»

Jonatan schaute in Nylunds trübe Augen. Aus seiner Hosentasche zog er eine schwarze Festplatte, ein Souvenir aus dem Bunkerraum, und legte sie auf den Tisch. «Wie war es in Stuttgart?»

Nylunds selbstsichere Miene löste sich in Luft auf.

«Ich muss die Festplatten Betty nicht unbedingt zeigen», sagte Jonatan. «Es liegt an Ihnen.»

«An den Beamten kommen Sie nicht vorbei.»

«Lassen Sie das meine Sorge sein.»

«Ich werde Ihnen nicht helfen, wenn sie Sie festnehmen.»

«Und trotzdem sitzen Sie hier. Haben Sie nun einen Kontakt in der Botschaft oder nicht?»

Nylund verstummte, und keiner der beiden sagte etwas. Gerade in dem Moment, als Jonatan dachte, Nylund würde den Männern ein Signal geben, senkte dieser seinen Blick, holte sein Handy hervor und ging seine Kontaktliste durch. Dann legte er das Telefon ans Ohr und schloss die Augen, so als bereute er seine Entscheidung bereits. Dann begrüßte er die Person am anderen Ende der Leitung. Er sprach ein paar Worte in holprigem Russisch und gab das Handy an Jonatan weiter.

Langsam stand Jonatan auf und trat mit dem Handy ein paar Schritte zurück.

«Hallo?»

«Sie wollten eine Nachricht übermitteln», sagte jemand auf Englisch.

Die Stimme des Mannes klang teilnahmslos und unpersönlich wie die Bedienung im Drive-in eines Fastfood-Restaurants.

«Andrej Susjinskij macht Geschäfte in Syrien», sagte Jonatan. Er sprach langsam und deutlich. «Er hat ein Gelände in Al-Omar erworben, um dort einen Solarzellenpark zu bauen.»

«War das alles?»

«Maryam Shatnawi ist bei mir. Sie hat Beweise.»

In der Leitung piepste es laut, dann folgte ein pulsierender Ton. Zuerst glaubte Jonatan, die Verbindung sei abgebrochen, doch dann begriff er, dass er in einer Warteschleife hing. Nach ein paar Sekunden hörte die Tonfolge auf, und der Mann meldete sich wieder. «Sind Sie noch dran?»

«Ja.»

Jonatan hörte den Mann mit Papieren rascheln, bevor er mit lauter Stimme Anweisungen vorlas, die sich Jonatan genau einprägte. Als der Mann damit fertig war, verabschiedete er sich, und Jonatan ging wieder zu Nylund, um ihm das Telefon zurückzugeben.

«Wo sind die Festplatten?», wollte Nylund wissen.

Doch Jonatan gab ihm keine Antwort, sondern verließ einfach das Café.

Bereits in der Mitte der Bahnhofshalle fingen ihn zwei Beamte der Polizei ab, die ihm wahrscheinlich schon länger gefolgt waren. «Einen Augenblick, bitte», sagte einer der Beamten. Vielleicht war die Selbstsicherheit sein Fehler. Oder die Ahnungslosigkeit. Jedenfalls überraschte Jonatans Angriff alle beide. Er rammte einem der Beschatter seinen Ellenbogen so fest und mit einer solchen Präzision ins Zwerchfell, dass der Mann zu Boden ging und sich vor Schmerzen krümmte. Währenddessen griff der zweite Beamte unter seine Jacke, doch Jonatan fegte seine Beine mit einem Rundumtritt zur Seite, sodass der Beamte auf seiner Schulter landete und die Elektroschockpistole auf den Steinboden fiel.

Ohne sich umzusehen, sprintete Jonatan auf die Rolltreppen

zu. Erst an den Drehtüren zum Busbahnhof blickte er hinter sich, schaute aber nur in die verwirrten Gesichter von Pendlern und anderen Reisenden. Völlig außer Atem hielt er draußen Ausschau nach Maryam. Aber die Überwachungskameras, die jeden seiner Schritte aufzeichneten, waren das Einzige, das er sehen konnte. Er ging an den Gates vorbei, die zu den eigentlichen Bushaltestellen führten, und entdeckte Maryam schließlich am Ende des Gebäudes zusammengesunken auf einer Bank. Langsam und vorsichtig stand sie auf, als Jonatan bei ihr ankam.

«Wir müssen jemanden treffen», erklärte er. «Und wir haben keine Zeit.»

Im Hintergrund waren Rufe zu hören, und Jonatan sah, wie sich ein paar Polizisten näherten und durch die Glasscheiben nach draußen spähten. Noch hatten sie ihn nicht bemerkt.

«Was hast du getan?», fragte Maryam mit aufgerissenen Augen.

Behutsam nahm er Maryam am Arm, und gemeinsam traten sie hinaus in die Abenddämmerung, wo sie weiter über die Brücke zur Insel Kungsholmen liefen, während hinter ihnen ein Orchester aus Blaulicht und Sirenen zu hören war.

* * *

Der Busfahrer setzte Betty an der U-Bahn-Station Sankt Eriksplan ab, wo sie direkt in Richtung der Bahnsteige verschwand. Es war, als würde sie eine andere Welt eintauchen. Die Welt der sorgenlosen Menschen. Zehn Minuten später betrat sie das Redaktionsgebäude durch das Bistro Pontus und nahm den Aufzug in den dritten Stock. Raja Singh saß an seinem üblichen Platz, doch unter seinen Augen zeichneten sich dunkle Ringe ab. Im selben Moment, in dem er Betty sah, sprang er auf die Füße. In seinen Augen flackerte ein hitziges Funkeln auf – trotz der späten Uhrzeit hatte er immer noch Energie. Inzwischen war es halb acht.

«Sie haben deinen Computer mitgenommen», sagte er und deutete auf den leeren Platz. «Es ging um die E-Mails mit deinem Informanten.»

«Du kannst seinen Namen ruhig nennen.»

«Sie haben gerade ein Meeting. Eine der Eigentümerinnen ist gekommen.»

«Wer ist es?»

«Marika Granfors-Lund.»

Stumm nickend nahm Betty diese Information zur Kenntnis. Marika Granfors-Lund hatte Biss, sie war von der alten Schule und hatte selbst eine Vergangenheit als Publizistin. Seit mehreren Jahren lebte sie von den Zinsen ihres Vermögens, und ihr einziger Zeitvertreib bestand darin, jeden Morgen in der Redaktion anzurufen und ihre Meinung über die aktuelle Ausgabe der Zeitung kundzutun. Man wollte sie nicht zur Feindin haben.

«Bogren hat mich gebeten, ihm Bescheid zu sagen, falls du auftauchst.»

Betty setzte sich an Rajas Platz. «Spielt auch keine Rolle mehr, schätze ich.»

«Magst du einen Kaffee?»

«Nein danke. Darf ich mir deinen Laptop ausleihen?»

Während Raja in die Teeküche verschwand, steckte Betty den USB-Stick in seinen Computer. Im Bus hatte sie bereits einen Ordner angelegt, in den sie nun alle Dokumente kopierte, die sie als Nachrichtenmaterial einstufte. Mit der Hilfe eines Programms übersetzte sie einige Seiten und stellte schnell fest, dass Maryam die Wahrheit gesagt hatte: Die Verhandlungen waren von Ostrovskij mit dem Ziel vorangetrieben worden, Thermitwaffen zu verkaufen. Anschließend ging sie dazu über, alle Dateien nach den Begriffen «Ballisticheskiy» und «Hökbergs» zu durchsuchen.

Die Suche ergab achtundvierzig Treffer.

Dabei handelte es sich in den meisten Fällen um Jahresabschlussberichte, Presseausschnitte und Leistungsbeschreibungen von Waffen. Doch daran war Betty nicht interessiert. Sie scrollte die Liste weiter nach unten und fand schließlich etwas, das auffällig war – ein eingescanntes Dokument.

Ein britisches Consultingbüro hatte einen Joint-Venture-Vertrag zur Thermitforschung im Auftrag von zwei Geldgebern erstellt: Ballisticheskiy und Hökbergs. Laut dem Datum auf dem Papier war der Vertrag vier Jahre alt.

Für einen kurzen Augenblick vergaß Betty ihre Stellung bei *Dagens Nyheter.* Sie hatte eine Story, egal, ob sie immer noch als politische Redakteurin angestellt war oder nicht. Vielleicht würde es ihr gelingen zu zeigen, dass Hökbergs – Ballisticheskiys wichtigster Kontrahent beim Indiendeal – zumindest in die Forschung zur Herstellung von Thermitwaffen involviert war.

Als Raja aus der Teeküche zurückkam, merkte Betty, dass irgendetwas an ihm anders war. Schweigend ließ er sich auf seinen Stuhl sinken und verschränkte die Arme. Betty kannte Raja gut genug, um zu wissen, dass etwas nicht in Ordnung war.

«Erzähl», forderte sie ihn auf.

«Wie kann Daniel Svensson wissen, dass ich in Sri Lanka geboren bin?»

Betty legte ein neues Dokument an und begann damit, das Material so zu strukturieren, dass sie es der Redaktion präsentieren konnte. Unter anderem fügte sie ein Bild von Ostrovskij bei, auf dem zu sehen war, wie dieser die Forschungsanlagen besuchte. Sie ging akribisch vor, so als wäre es ihre letzte journalistische Arbeit. Sie sollte das Beste werden, das sie jemals vollbracht hatte. «Vielleicht weil du aussiehst wie ein Singhalese?»

«Sehr witzig. Ich bin allein und über Indien hierhergekommen, das habe ich noch nie jemandem erzählt. Wie kann er also wissen, wo ich geboren bin?»

«Er war schon immer ein sehr gut informierter Journalist», murmelte sie und klickte dabei auf dem Bildschirm herum. «Das lässt er gerne heraushängen.»

«Mit siebzehn habe ich Nachforschungen zu meiner Herkunft angestellt und bekam einen Brief von einer Behörde in Sri Lanka, in dem mein Geburtsort bestätigt wurde. Diesen Ort habe ich nur ein einziges Mal erwähnt.»

«Wie hieß sie?»

«Nicht gegenüber einer Freundin. Das war, als ich in Rosenbad anfing. Ich zeigte der Säpo den Brief, als sie meinen Hintergrund überprüft haben.»

«Da hast du's.»

«Ja, schon. Aber wie konnte Svensson das wissen? Er ist einfach vorbeigekommen und hat mich gebeten über den Indiendeal zu schreiben, weil ich *Singhalese* und kein Inder bin.»

Betty verlor das Interesse an ihrer Präsentation und sah Raja so intensiv an, dass er beinahe Angst bekam. «Du hast das also beim Backgroundcheck der Säpo erzählt?»

«Ja.»

Svensson hat mit jemandem von der Säpo gesprochen. «Kommt Ralf runter und holt mich ab?», fragte sie dann.

«Er kommt gleich, schreibt er», sagte Raja nach einem Blick auf sein Handy.

Langsam wurde die Zeit für Bettys Präsentation knapp. Das ganze Material auf dem Stick zu sichten, würde mehrere Stunden dauern, und diese Zeit hatte sie nicht. Also beschloss sie, auf das zu setzen, was sie bisher herausgefunden hatte, und erstellte eine einfache Präsentation in PowerPoint.

«Kannst du mein Handy anrufen?»

Verdutzt legte Raja die Stirn in Falten.

«Es macht einen kleinen Ausflug», erklärte sie.

«Hast du es verliehen?»

«So etwas in der Art.» Sie nahm einen Notizblock, schrieb ihren Nutzernamen und den Zahlencode für ihr Smartphone darauf, riss den Zettel ab und gab ihn Raja. «Lass das Handy orten, wenn niemand drangeht.»

In diesem Moment öffneten sich die Türen des Fahrstuhls, und Ralf Bogren trat heraus. Er trug Anzug und Krawatte, was bei ihm nur selten vorkam, dann ging er auf Betty zu.

«Willkommen zurück», sagte er leicht angesäuert.

Betty klappte Rajas Laptop zu und klemmte ihn sich unter den Arm.

«Marika Granfors-Lund ist hier», fuhr er fort. «Wir würden uns freuen, wenn du kurz mit nach oben kämst und mit uns redest.»

«Ich bin bereit.»

Sie stand auf, ging zum Aufzug und wünschte sich, dass es nicht so schwer wäre, Bogrens Gesichtsausdruck zu deuten. Aber vielleicht machte genau das ihn so interessant: Er war unnahbar. Das hatte den Effekt, dass sie sich noch mehr anstrengte, um an ihn heranzukommen – genau wie bei ihrem Vater. Doch wenn sie dann bis zu den innersten Geheimnissen dieser Männer vordrang – und das gelang ihr immer –, gab es dort nichts, das sie lieben konnte.

«Was auch immer passiert», sagte Bogren im Aufzug, «ich möchte dir sagen, dass ich deine Arbeit im Großen und Ganzen wirklich schätze. Du bist ein Star. Vielleicht habe ich das in der Vergangenheit nicht oft genug gesagt.»

«Du hast mehrere Male darauf hingewiesen, Ralf», erwiderte Betty und versuchte, den richtigen Ton zu treffen, «und ich versichere dir, dass mir dein Vertrauen in meine Fähigkeit, das Politikressort zu leiten, sehr viel bedeutet hat.»

«Es ist ein schwerer Job. Und das mit uns beiden ...», Bogren verstummte, als bräuchte er Bettys Hilfe, um weiterzusprechen, doch sie sagte nichts. «Na ja, wir werden sehen.»

Noch nie zuvor hatte sie das Zimmer des Vorstands betreten. Es war ein bunkerähnlicher Raum ohne Fenster und mit dunklen Wänden. Am Kopfende eines langen Konferenztisches aus Mahagoni saßen Marika Granfors-Lund und der Nachrichtenchef Daniel Svensson. Die Miteigentümerin der Zeitung trug eine braune Daunenweste und eine pastellfarbene Tunika, auf dem Tisch lag eine große Stofftasche.

Bogren ließ sich neben Svensson nieder, Betty nahm ihnen gegenüber Platz.

«Betty», begrüßte Marika Granfors-Lund sie, «danke, dass Sie sich die Zeit genommen haben, mit uns zu sprechen.»

In der Zwischenzeit öffnete Betty die im Tisch eingebaute Klappe, in der sich die Anschlüsse für den Beamer befanden.

«Diese Zeitung», sagte Granfors-Lund, «macht schon seit langem Verluste, seit fast zehn Jahren, und ich hatte gehofft, dieses Jahr endlich die Kosten decken zu können. Ich hatte sogar an eine Party in Vinterviken gedacht. Doch dann hat mich die Empfehlung der Anwälte erreicht, dass wir uns aus der Affäre mit LSI Holdings und der Sache mit den undichten Stellen bei der Säpo besser heraushalten sollten.»

Damit saß Betty quasi schon auf der Anklagebank, weshalb sie versuchte, die Technik zügig aufzubauen, bevor jemand fragen würde, was sie da eigentlich tat. In dem Bewusstsein, dass ihre Zukunft auf dem Spiel stand, bereitete sie im Kopf ihre Präsentation vor.

«Ich hoffe, aus dieser Party wird noch was», gab Betty zurück.

«Ausgezeichnet. Dann sind Sie sicher gespannt darauf, was passiert ist, als Sie unterwegs waren. Daniel?»

Svensson trug etwas, das aussah wie die aktuelle Herbstkollektion von Massimo Dutti. Die Ärmel des teuren Hemds hatte er nach oben gekrempelt, während sein akkurater Seitenscheitel im Licht der Deckenlampen glänzte.

«Heute Nachmittag erhielt ich einen Anruf vom Chef der Säpo, Ragnar Nylund. Er gab zu, ohne anwaltliche Erlaubnis und mit Hilfe von Abhörgeräten Informationen über LSI Holdings beschafft zu haben, die wir in mehreren Fällen publiziert haben. LSI Holdings weiß darüber Bescheid, und sie wollen rechtliche Maßnahmen ergreifen. Er hat angerufen, um uns zu warnen.»

In Bogrens Augen fand sich nicht das geringste Anzeichen von Nachsicht, als Betty zu ihm herüberschielte.

«Gleichzeitig hat uns LSI Holdings eine Lösung angeboten, um einen Gerichtsprozess zu vermeiden. Diese Lösung beinhaltet, dass wir umgehend geeignete Maßnahmen einleiten. Betty, du hast diese Zeitung wirklich nach vorn gebracht, unser internationaler Ruf ist gestiegen, du schreibst mit scharfer Feder und ...»

«Ihr feuert mich?», unterbrach Betty ihn ungläubig.

«Wir versetzen Sie», schob Granfors-Lund ein. «Es tut mir leid, aber mir gefällt es, wenn die Kosten gedeckt sind.»

«Ja, das wäre gut», sagte Betty. «Das wäre eine Nachricht für sich.»

«Eine Nachricht für sich», wiederholte Granfors-Lund nachdenklich. «Ist das alles, was Sie dazu zu sagen haben?»

«Ich dachte, ich präsentiere Ihnen alles, was ich habe, und überlasse es dann den Anwesenden zu beurteilen, was geeignete Maßnahmen für die Zeitung sind.»

Granfors-Lund sah aus, als wollte sie so schnell wie möglich zurück in ihr Landhaus in Frankreich. «Beeilen Sie sich, bitte.»

Betty ließ eine Leinwand von der Decke herab und schaltete den Beamer ein, dann startete sie die Präsentation mit dem ersten Bild.

«Das hier sind Konferenznotizen von einer Friedensverhandlung im Syrienkonflikt, die vor einer Weile stattgefunden hat.» Sie klickte zum nächsten Bild. «Und das hier ist der Mann, der die Verhandlungen vorangetrieben hat, Oleg Ostrovskij, Sicherheitsberater des Kremls und Mehrheitseigner des Waffenherstellers Ballisticheskiy. Bei der Konferenz war auch ein jordanischer Diplomat anwesend, der Beweise dafür gesammelt hat, dass Ostrovskij – hinter dem Rücken des Kremls – die Bombenangriffe auf die Region nur stoppen wollte, um dem syrischen Regime Thermitwaffen verkaufen zu können. Das lässt sich belegen.» Wieder klickte Betty auf den Computer und zeigte eine Statistik über den globalen Waffenhandel. «Weltweit kommen leichte Waffen am häufigsten in bewaffneten Konflikten vor. Panzerbüchsen mit Thermitmunition sind extrem effektive Waffen, die enorme Schäden anrichten und fast keine Spuren hinterlassen. Wenn Zerstörung das Ziel ist, sind Thermitwaffen das Mittel der Wahl, da sie viel weniger Aufmerksamkeit auf sich ziehen als Raketen oder Fliegerbomben. Was die Herstellung von Thermitgranaten betrifft, ist Ballisticheskiy weltweit führend.» Betty rief das vierte Bild auf. Es war eine drei Stunden alte Schlagzeile: *LSI Holdings: Neuer Mehrheitseigner von Sicherheitsfirma.*

«Andrej Susjinskij zieht sich aus dem Energiesektor zurück und investiert in die Sicherheitsbranche, während sich die Verhandlungen um einen Rüstungsdeal in Indien der Ziellinie nähern. Die beiden maßgeblichen Konkurrenten um dieses Geschäft sind Ballisticheskiy und Hökbergs, die beide weder Kosten noch Mühen scheuen, um ihre Widersacher auszuschalten.»

Damit sich die Informationen setzen konnten, legte Betty eine kurze Pause ein.

«Susjinskij hat die schwedischen Behörden infiltriert, deren IT-Sicherheitssystem von Hökbergs stammt.» Jetzt zeigte sie das Bild von Maryam Shatnawi. «Nylund hat mir den Tipp gegeben, dass Susjinskij Interesse an der *Athena* gezeigt hat. Da er Hendricks nicht auf eigene Faust kontaktieren wollte, bat er mich, das zu tun. Ich habe Sebastian Hendricks heute Morgen getroffen, doch das ist nicht alles. Ich habe auch die Quelle aufgesucht, von der ich die Informationen erhalten habe, die ich hier gerade präsentiere. Sie kam mit der *Athena* an und wurde im Hafen zum Opfer eines Mordversuchs durch Susjinskijs Männer.»

«Wo befindet sich die Quelle jetzt?», fragte Granfors-Lund.

«Das weiß ich nicht. Was ich aber weiß, ist, dass in diesen Daten eine ganze Menge an Nachrichtenmaterial steckt.» Auf der Leinwand erschien das Bild eines Vertrags. «Aber das hier ist das Beste: Ballisticheskiy und Hökbergs mögen beim Indiendeal zwar Konkurrenten sein, doch wenn man tiefer gräbt, zeigt sich, dass Ballisticheskiy vor vier Jahren Thermitwaffen von Hökbergs gekauft hat. Wenn das indische Verteidigungsministerium davon erfährt, sind beide aus dem Rennen.»

Betty beendete die Präsentation, indem sie den Laptop ruhig und behutsam zusammenklappte.

«Das waren die Fakten», sagte sie. «Ihre Schlüsse müssen Sie selbst daraus ziehen.»

* * *

Jonatan und Maryam entfernten sich immer weiter von der Innenstadt und dem Lärm. Sie durchquerten ein Viertel nach dem anderen.

«Wie weit ist es?»

«Noch ein Stück», sagte er. «Sie schicken jemanden.»

«Wer?»

«Die Botschaft.»

Über das Wasser sah Maryam zurück zum Bahnhof und den Polizeiautos. «Was ist da drinnen passiert?»

«Nichts.»

Auf der Fleminggatan näherten sich ein paar Streifenwagen, und Jonatan zog sich in einen Hauseingang zurück. Er fürchtete, zur Fahndung ausgeschrieben zu sein, bis ihm einfiel, dass sie sich gerade in der Nähe des Polizeipräsidiums von Stockholm befanden, wo es vor Streifenwagen logischerweise nur so wimmelte.

«Ein Auto kommt, um uns abzuholen.»

«Hier?»

«An der Kreuzung da vorne.»

«Wann?»

«Wir sind schon spät dran.»

Er sah auf die Straße und fühlte sich plötzlich unsicher. War es nur eine Falle? Die Person, mit der er gesprochen hatte, konnte irgendwer sein – ein Dolmetscher der Säpo oder irgendein anderer Kontakt von Nylund. Vielleicht lotsten sie Jonatan und Maryam zum Polizeipräsidium, um ihnen alle Fluchtwege abzuschneiden.

Eine Weile standen sie einfach nur da und atmeten lautlos. Jonatan beobachtete die vorbeifahrenden Autos und musterte die Fahrer hinter den Windschutzscheiben.

Nach ein paar Minuten hielt ein schwarzer Mercedes wenige Meter von der Stelle entfernt, die man Jonatan als Treffpunkt mitgeteilt hatte: an der Ecke von Kungsholmsgatan und Scheelegatan.

Der Wagen war ein SUV mit getönten Fensterscheiben, die bei dem bewölkten Wetter pechschwarz wirkten. Das Auto strahlte Luxus aus.

Schnell überquerten sie die Straße, dann öffnete Jonatan die hintere Tür für Maryam, ehe er sich selbst auf den Beifahrersitz setzte.

«Werfen Sie alle Identitätsnachweise weg», forderte sie der Mann auf Englisch mit einem starken russischen Akzent auf. «Nichts darf darauf hinweisen, wer Sie sind oder woher Sie kommen.»

«Wir haben nichts dabei», erklärte Jonatan. «Haben wir miteinander telefoniert?»

«Ich gebe nur Anweisungen.»

Damit schoss das Auto vorwärts, doch schon nach wenigen Metern musste der Fahrer an einer Ampel heftig abbremsen, obwohl sie grün war: Mehrere Polizeiautos rasten über die Kreuzung. Während sich der Fahrer erschrocken nach weiteren Fahrzeugen umsah, sprang die Ampel wieder auf Rot.

«Hat die Botschaft Sie geschickt?», fragte Jonatan.

«Keine Fragen», lautete die Antwort des Mannes.

In einem komplizierten Muster fuhren sie durch kleinere Straßen, so als wollte der Fahrer mögliche Verfolger abschütteln. Ab und zu schaute Jonatan zu Maryam, wie um sicherzugehen, dass sie wirklich da war.

Am Fridhelmsplan mussten sie erneut an einer roten Ampel halten. Der Fahrer ließ die Scheibe herunter, hielt nach jemandem Ausschau und wartete auf ein Signal, das er schließlich erhielt. Er nickte einer Person in der Dunkelheit zu und schloss das Fenster wieder.

«Die gesamte Botschaft wird überwacht, aber es gibt eine Stelle, die nicht von den Kameras erfasst wird», erläuterte er. «Auf dem Zaun neben dem Waldweg sind auf einem kurzen Stück außerdem keine Spitzen vorhanden, da können Sie drüberklettern.»

«Warum können wir nicht den Haupteingang nehmen?»

«Offiziell haben wir nichts mit Ihnen zu tun. Jetzt nicht und auch in Zukunft nicht. Nur eine kleine Gruppe von Leuten weiß über Sie Bescheid, und die glauben, dass Sie fremde Interessen vertreten.»

Fremde Interessen. «Mit wem aus der Botschaft habe ich denn gesprochen? Können Sie uns wenigstens sagen, was uns dort drüben erwartet?»

«Das ist nicht mein Job. Ich bin nur der Fahrer.»

Fünf Minuten später kamen sie an der Gjörwellsgatan an, die

zur russischen Botschaft führte, doch der Fahrer bog nach rechts in den Rålambsvägen ab, wo er anhielt. Stille legte sich über das Auto, und nur das Geräusch des Regens, der auf das Wagendach prasselte, war zu hören.

«Dort entlang.» Der Fahrer zeigte auf die andere Seite einer beleuchteten Kreuzung. «Der Waldweg liegt direkt geradeaus. Kurz vor der Botschaft, am Waldrand, ist die Stelle, an der Sie über den Zaun klettern können. Auf der anderen Seite warten Sie am Springbrunnen, bis jemand kommt und Sie abholt. Im Gebüsch gibt es eine kleine Öffnung, dort gelangen Sie zum Zaun.»

«Wer holt uns dort ab?», fragte Jonatan.

Der Fahrer seufzte genervt. «Ich gebe hier nur die Anweisungen. Sonst nichts. Sie haben eine einzige Chance, über den Zaun zu kommen. Wenn Sie entdeckt werden, ist es vorbei. Los jetzt, raus aus dem Auto!»

Es wirkte, als wollte Maryam etwas sagen, doch sie schien keine Worte zu finden. Sie stieg aus, und Jonatan folgte ihr. Plötzlich packte der Fahrer ihn am Arm und riss ihn zurück.

«Sie sind nicht willkommen», knurrte er leise. «Bleiben Sie draußen.»

«Ich dachte, Sie sind nur der Fahrer?»

«Sie haben mich gehört. Halten Sie sich fern.»

«Danke fürs Fahren.»

Jonatan schlug die Tür zu, nahm Maryam am Arm und zog sie mit sich, während der Wagen davonfuhr.

Gemeinsam liefen sie zur Kreuzung, und Jonatan spürte, wie sein Puls in die Höhe schnellte und sich Schweißtropfen auf seiner Stirn bildeten. Zu wenig Schlaf, zu viele Strapazen.

Als die Ampel grün wurde, überquerten sie die Straße, kamen an einer Bushaltestelle vorbei und sahen das Gebäude von *Dagens Nyheter*, das direkt gegenüber der Botschaft in den dämmrigen Himmel ragte. Jonatan bemerkte, dass Maryam dorthin schaute.

«Bettys Zeitung», erklärte er. «Irgendwie wird sie die Story schon veröffentlichen.»

Er sah Maryams müden, aber klugen Blick. Dann wandten sie sich beide dem Gebäude der russischen Botschaft zu. Während sie in den Waldweg einbogen, sah Jonatan, dass ein Fahrzeug vor dem Eingang des Gebäudes wartete.

Sie gingen an der Ostseite der Botschaft entlang und folgten der drei Meter hohen Absperrung, die bis zum Wasser des Mälaren reichte. Der Zaun verlief auf einer Anhöhe und bestand aus vier Meter breiten Elementen mit senkrechten Eisenstangen, an deren Enden scharfe Spitzen prangten. Alle zehn Meter stand ein Schild, das vor Überwachungskameras warnte.

«Wie weit müssen wir gehen?», fragte Maryam flüsternd.

Als Jonatan antworten wollte, kam eine Gruppe Jogger vorbei, und er senkte seinen Blick. Ein Mann mit Hund lief ebenfalls an ihnen vorbei, nahm sie aber kaum zur Kenntnis. Jonatan zog Maryam vom Pfad weg und in das Gebüsch links davon. Dort waren sie vor dem Licht der Straßenlaternen geschützt und konnten das Botschaftsgebäude beobachten.

Das Hauptgebäude war ein riesiger Betonkoloss, und obwohl viel davon hinter Bäumen verborgen war, konnte man die Panoramafenster auf den Mälaren erahnen. Das Betonglas in der Fassade hingegen vermittelte eher den Eindruck eines riesigen Bunkers.

Um besser sehen zu können, bahnten sie sich durch das Gebüsch einen Weg den kleinen Hang hinauf, wobei Jonatan Maryam vor sich herführte. Sie kletterten auf einen feuchten, mit Moos bewachsenen Felsen und standen plötzlich drei Meter über dem Waldweg, von wo aus sie gerade so über die Baumspitzen sehen konnten. Direkt unter ihren Füßen stand der Mann mit dem Hund, der anscheinend etwas witterte, aber nicht bellte. Was Jonatan von der Botschaft sah, bestätigte seine Zweifel an den Instruktionen des Fahrers: Zwischen dem Zaun und dem Haus lag eine freie Fläche. Dort fand sich nichts, das ihnen beim Vorrücken Schutz bieten würde. Auf diesem Weg zum Haus zu gelangen, war, als versuchte man, während des Finales quer über den Centre-Court in Wimbledon zu rennen. Und der Springbrunnen stand genau in der Mitte der Rasenfläche.

«Ist das der Abschnitt, den er meinte?» Maryam deutete auf einen Punkt zwischen den Bäumen.

«Ich nehme es an.»

«Worauf warten wir dann noch?»

Zunächst sagte Jonatan nichts, denn er hatte etwas entdeckt, das ihm die Kälte in die Glieder trieb.

«Warte.»

Irgendetwas hatte ihn an dem Auto am Eingangstor gestört, und jetzt wusste er, dass er recht gehabt hatte. Obwohl sie sich auf der anderen Seite des Pfads befanden, konnte er die starken Scheinwerfer erkennen, die vor dem Botschaftsgebäude angeschaltet worden waren.

Maryam schmiegte sich an Jonatan. Aus der Entfernung näherte sich eine heulende Polizeisirene, während der Hundehalter auf dem Weg unter ihnen immer noch unbeweglich dastand.

Auf einmal gingen auf dem gesamten Botschaftsgelände Scheinwerfer an, und der Rasen vor Maryam und Jonatan war hell erleuchtet wie ein Fußballfeld.

* * *

Im Anschluss an Bettys Präsentation wurde es ruhig im Vorstandsraum. Erwartungsvoll richteten sich die Blicke auf Marika Granfors-Lund, gespannt darauf, was sie sagen würde. Die Siebzigjährige beugte sich nach vorn, und mit funkelnden Augen schielte sie zu Bogren hinüber.

«Was hast du dazu zu sagen?»

Der Chefredakteur knetete seine Hände auf dem Tisch. «Spannende Story, Betty. Nur schade, dass der Säpo-Chef sie in die Welt gesetzt hat.»

«Das ist nicht wirklich wahr», entgegnete Betty.

«Wir wissen nicht, was Nylund im Schilde führt», sagte Bogren genervt. «Wir wissen, dass er Überwachungsmaterial an uns weitergegeben hat, das wir veröffentlicht haben, was den Rücktritt des Vorstands von LSI Holdings zur Folge hatte.»

«Die Informationen haben gestimmt», warf Betty ein.

«Darum geht es gar nicht. Es geht hier nicht um den Wahrheitsgehalt unserer Nachrichten. Es geht um die Integrität unserer Zeitung, darum, dass ein hoher Polizeichef uns für seine Zwecke ausnutzt.»

«Es stimmt, ich hätte besser einmal mehr über meine anonyme Quelle nachdenken sollen», räumte Betty ein. «Es tut mir leid, dass ich das nicht getan habe, bevor die Nachrichtenredaktion das Material verwendet hat.»

Bettys Eingeständnis machte Bogren nur noch wütender. «Du bist noch nicht lange hier, Betty, aber in den letzten Jahren haben wir viel Zeit und Ressourcen investiert, um über die Risiken der Überwachungsgesellschaft zu berichten. Das ist eine der Stärken dieser Zeitung. Nachrichten auf Grundlage von Informationen eines Säpo-Chefs zu produzieren, passt nicht dazu, und es erstaunt mich, dass du nicht sorgfältiger ...»

«Was schlägst du also vor?», fiel ihm Granfors-Lund ungeduldig ins Wort.

Bogren sagte: «Natürlich beenden wir die Berichterstattung. Wir wissen nicht, warum Nylund unser Interesse auf diese Waffengeschäfte gelenkt hat. Ich will, dass wir die Gespräche mit den Juristen beenden und sicherstellen, dass diese Zeitung bald wieder Gewinne einfährt. Keine Berichte mehr über LSI Holdings oder Susjinskij. Keine Informationen mehr von Nylund und auch keinen Kontakt mehr zu ihm.»

«Gar keinen Kontakt mehr?», fragte Betty leise.

«Was verstehst du daran nicht?», blaffte Bogren sie an. «Ist es für dich kein Problem, wenn Menschen aufgrund von Informationen, die die Säpo in Umlauf gebracht hat, diskreditiert werden? Bei diesem Spiel machen wir nicht mit.»

Betty wartete, bis Bogren fertig war, und wandte sich dann an Svensson. «Daniel, woher kommt das Video, in dem Hendricks Lebensmittelpakete ins Meer wirft?»

Svensson war augenscheinlich überrascht, angesprochen zu werden.

«Du sagtest, du hättest mit Nylund gesprochen?», hakte Betty nach.

«Das stimmt.»

«Und er hat zugegeben, meine anonyme Quelle zu sein?»

Svensson wand sich auf seinem Stuhl. «Ja.»

«Wir haben das Video als Erste veröffentlicht, doch wir haben nichts über die Hintergründe geschrieben, nichts darüber, warum er so gehandelt hat. Wir haben uns nicht einmal die Mühe gemacht, das zu überprüfen, oder?»

Schweigend saß Svensson da. Noch nie hatte Betty ihn so sprachlos erlebt.

«Rein bildmäßig war das Video gut», sagte er schließlich kleinlaut, «und wir wussten, dass es viele Klicks bekommen würde. Wir wissen auch, dass Hendricks nicht gut mit dem Roten Kreuz auskommt und manche unserer Inserenten ...»

«Ich habe nicht nach dem Anzeigenverkauf gefragt, sondern ich will wissen, wie du an das Video gekommen bist.»

Seine Antwort blieb ihm im Hals stecken, dann befeuchtete er seine Lippen.

«Wie bitte?», sagte Granfors-Lund ungläubig.

Betty fuhr fort: «Unsere Berichterstattung über LSI Holdings enthielt keinerlei Falschinformationen. Alles, was wir veröffentlicht haben, entspricht der Wahrheit. Der Vorstand der Holding leugnete seine Verbindungen zu Susjinskij. Sie haben geblufft, wir haben weitergeforscht, und sie mussten zurücktreten. Doch heute Nachmittag haben wir ein Video über Sebastian Hendricks publiziert, ohne bestätigte Angaben zu seinem angeblichen Konflikt mit dem Roten Kreuz zu haben. Von Hendricks habe ich die Information erhalten, dass die Lebensmittel Ursache für eine Vergiftung an Bord der *Athena* waren, und zufällig glaube ich, dass er die Wahrheit sagt. Das hat Nylund dir nicht erzählt, als er dir das Video geschickt hat, nehme ich an?»

Ein paar Sekunden vergingen, ehe Granfors-Lund das Wort ergriff und mit weicher, aber eiskalter Stimme sprach. «Willst du mich auf den Arm nehmen, Ralf? Du behauptest, Nylund sei eine unsichere und möglicherweise gefährliche Quelle, wenn es um Dinge geht, die sich als korrekt herausstellen, aber wir haben nichts dagegen, seinen irreführenden Mist zu publizieren, wenn wir damit Klicks auf der Homepage erzielen?»

Sie sprach weiter, noch bevor Bogren es schaffte, Luft zu holen.

«Worum geht es hier eigentlich? *Du* bist derjenige, der die Berichterstattung über die Überwachungsgesellschaft forciert, nicht die Zeitung. Hier geht es um *dich*, oder etwa nicht, Ralf? Darum, dass du selbst vor einigen Jahren im Fokus einer polizeilichen Überwachung gestanden hast, mit der unglücklichen Konsequenz, dass deine Frau sich von dir hat scheiden lassen. An diese Geschichte erinnere ich mich sehr gut. Du hast dir selbst so leidgetan, dabei hattest du eine Affäre mit einer Frau, die große Geldbeträge ihres Arbeitgebers veruntreut hat. Nachdem die Polizei Bilder von euch beiden bei einem gemeinsamen Essen im Operakällaren gefunden hatte, schickte jemand sie aus Versehen an eine Zeitung. Natürlich wusstest du nichts von dem Betrug, auch du warst ein Opfer, unschuldig – bis deine Frau das Bild in der Zeitung entdeckte.»

Bogren hatte die Fassung verloren und konnte seine verwirrten Gedanken nicht in Worte fassen.

«Alles deutet darauf hin, dass Betty eine korrekte Einschätzung vorgenommen hat», fuhr sie fort, «während du gemeinsam mit Daniel eine publizistische Katastrophe verursacht hast.»

«Dass wir den ganzen Zusammenhang mit Hendricks nicht gekannt haben, ist nicht wahr, und wenn ich gewusst hätte ...»

«Hör auf, dich zu beklagen», donnerte Granfors-Lund. «Wir haben einen Wissensvorsprung in Bezug auf den Rüstungsdeal in Indien. Mach etwas daraus, anstatt dich mit solchen Albernheiten über einen Lackaffen wie Hendricks zu beschäftigen.»

Darauf wusste Bogren nichts zu erwidern. Granfors-Lund hatte ihre Seite gewählt, während Betty stumm danebensaß und die Erniedrigung mit ansah.

«War sonst noch etwas?», fragte die Eigentümerin.

Bogren versuchte, den letzten Rest seiner Würde zusammenzukratzen. «Nein.»

«Und ein kluger Nachrichtenchef lässt Betty ihre Reportage beenden ...»

Daniel Svensson wurde so rot, als hätte man ihm befohlen, sich nackt auszuziehen, sich auf die Västerbrücke zu stellen und den Verkehrsteilnehmern zuzuwinken.

«Wenn ihr das nicht hinbekommt, müsst ihr es nur sagen», polterte Granfors-Lund weiter, «dann treffe ich mich mit den anderen Eigentümern und kläre sie über die Situation auf.»

«Das ist nicht nötig», sagte Svensson.

«Sie berichten weiter ausgehend von Bettys Informationen?»

«Sicher.»

«Nein, nicht ‹sicher›. Ich will, dass Sie ihr das klipp und klar sagen, damit es hinterher keine Missverständnisse gibt. Sagen Sie es ihr.»

Zwar weigerte sich Svensson, Betty anzusehen, aber er sagte: «Betty, du kannst mit der Reportage weitermachen.»

«Gut. Mein Flieger geht in einer Stunde. Noch etwas, Betty?»

Betty schüttelte den Kopf und schaltete den Computer aus. Im nächsten Moment stürmte Raja Singh atemlos in den Raum und hielt etwas in der Hand. Alle sahen ihn an.

«Dein Handy», sagte er an Betty gewandt, «ist hier ganz in der Nähe.»

* * *

Das Scheinwerferlicht war so grell, dass es sie trotz der Entfernung beinahe blendete. Inzwischen beschäftigte Jonatan nur noch eine Frage: Wie konnten sie unbemerkt auf das Gelände der Botschaft gelangen?

Vier Männer mit Schusswaffen liefen über den Rasen und schienen etwas zu suchen. Jonatan spürte, wie Maryam sich ein Stück von ihm entfernte.

«Ich klettere alleine rüber», sagte sie.

«Was redest du da?»

«Mit deiner Schulter kannst du nicht klettern.»

«Lass das meine Sorge sein.»

«Ich habe den Fahrer gehört: Sie erwarten nur mich.»

«Ich schaffe das.»

«Warum, glaubst du, bin ich hergekommen?», fragte sie. «Die Welt soll von der Thermitforschung erfahren, ich will die Sache hier und jetzt zu Ende bringen. Ich kann nicht mehr weiter fliehen. Vielleicht will irgendjemand auf der anderen Seite hören, was ich zu sagen habe. Du hast dich genug Gefahren ausgesetzt ...»

«Nicht deinetwegen.»

«Meine Mutter lebt in Amman. Wenn du nichts mehr von mir hörst, finde sie und erzähl ihr alles.»

Jonatan wollte protestieren, aber bemerkte im selben Moment ein Polizeiauto mit blinkendem Blaulicht an der Haupteinfahrt der Botschaft. Als er sich wieder zu Maryam umdrehte, war sie bereits vom Felsen hinuntergestiegen und hatte ihre Kapuze über den Kopf gezogen, um sich vor dem Regen zu schützen.

Auf der glatten Oberfläche des Felsens kam Jonatan ins Rutschen und landete unsanft auf dem Boden davor. Unten angekommen, spurtete er über den Weg in das Unterholz. Dort tauchte er in eine beinahe undurchdringliche Dunkelheit ein, musste sich mit den Händen vorantasten, Äste zur Seite biegen und manchmal um sie herumgehen. Er wagte es nicht auszuatmen, bis er das kalte und nasse Metall des Zauns an seinen Fingerspitzen spürte.

Maryam hatte den Zaun schon halb erklommen, mit bloßen Händen zog sie sich nach oben und versuchte vergebens, mit ihren Füßen Halt zu finden. Fünfzig Meter vor ihnen registrierte Jonatan zwei Wachleute auf dem Rasen.

Auch er griff um die Zaunstangen und zog sich nach oben, wobei ihm ein Zweig ins Gesicht schlug, sodass seine Füße abrutschten. Nur mit den Armen hing er am Zaun, und der Schmerz in seiner Schulter schrie ihn förmlich an loszulassen.

«Dreh um», zischte Maryam flüsternd.

«Nein.»

«Ich schaffe das allein.»

«Nein, tust du nicht.»

Dann umfasste Jonatan eine der Querstangen unter Maryams Fuß. Er biss die Zähne zusammen und klammerte sich fest, während sich Maryam abstieß und weiter nach oben hievte.

Auf einem Abschnitt von einem knappen Meter waren, genau wie der Fahrer gesagt hatte, keine Spitzen auf dem Zaun. Als

Maryam oben angekommen war, sah sie, wie die beiden Wachleute in ihre Richtung schauten. Sie hob ein Bein über den Zaun. Ihre Bewegungen waren geschmeidig und lautlos, im Gegensatz zu Jonatan. Ein Windstoß wehte ihr die Kapuze vom Kopf und fuhr ihr durchs Haar.

Schließlich erreichte auch Jonatan die Kante des Zauns und setzte sich rittlings hinter Maryam darauf, als etwas an ihren Köpfen vorbeiflog. Nur eine Sekunde danach pfiff es wieder, zehn Zentimeter von Jonatans Kopf entfernt. Instinktiv wusste sein Körper, dass es um Sekunden ging. Jonatan hob sein anderes Bein über die Kante und machte sich daran, auf der anderen Seite hinabzusteigen. Er rüttelte an Maryams Arm und versuchte, sie an sich zu ziehen, doch sie verharrte wie versteinert oben auf dem Zaun.

Er glaubte, sie hätte auf der schmalen Eisenstange das Gleichgewicht verloren, aber dann sagte sie etwas, das er nicht verstand, und kippte urplötzlich um. Mit dem Kopf voran stürzte sie auf seine Brust, während er sich weiter krampfhaft an den Zaun klammerte. Niemals hätte er gedacht, dass ihr kleiner Körper sich so schwer anfühlen könnte.

«Maryam?»

Keine Reaktion. Ihr Mund stand offen, die Augen waren aufgerissen. In einer eigenartigen Stellung lag ihr lebloser Kopf auf seiner Brust, während der Schmerz in seinen Fingern, die sich um die Eisenstangen krallten, immer stärker wurde.

Es gab keinen Zweifel, Maryam war tot.

Das Metall schnitt tief in Jonatans Finger, doch er klammerte sich weiter fest an die Stangen, hatte seine Füße zwischen die Gitterstreben geklemmt. Plötzlich lösten sich mehrere Bolzen aus ihren Verankerungen, und der Zaun begann zu wanken.

Jonatan fiel nach hinten und zog den Metallzaun mit sich. Noch immer ruhte Maryams toter Körper auf ihm, als sie mit einem dumpfen Geräusch auf dem feuchten Boden aufschlugen und ihm die Luft aus der Lunge gepresst wurde.

* * *

Als sie aus dem Zeitungsgebäude trat, blieb Betty unwillkürlich stehen. Durch die Abenddämmerung hörte sie den Schrei eines Mannes. Sie hätte schwören können, dass es Jonatan Starks Stimme war.

Sie rannte über die Straße, als sich auf der anderen Seite die schweren Eisentore der russischen Botschaft öffneten und zwei Männer im Anzug aus einem parkenden Auto sprangen. Sie stürmten auf das Gelände, während ein ankommendes Polizeiauto auf den Waldweg fuhr. Wie ein Reh auf einer Landstraße blieb ein Mann mit seinem Hund im Scheinwerferlicht stehen.

Betty erreichte den Streifenwagen und hinderte ihn am Weiterfahren. Der Polizist am Steuer ließ die Scheibe herunter und sah sie fragend an.

«Ich habe etwas gehört», rief sie und deutete auf den Weg vor ihnen. «Dort.»

Das Polizeiauto fuhr weiter, und kurz darauf näherte sich ein zweiter Streifenwagen mit hoher Geschwindigkeit.

Vom Gelände der Botschaft drangen Stimmen zu Betty herüber, dann wurde eine Tür aufgerissen und laut zugeknallt. Durch die Bäume hindurch sah sie, wie Wachleute mit automatischen Waffen aus der Botschaft stürmten. Dann merkte sie, dass jemand sie anschrie.

«Halt! Sie da, bleiben Sie stehen!»

Sie sah auf und erkannte einen Polizisten, der dreißig Meter vor ihr stand, während im Hintergrund Blaulicht flackerte. Ein anderer Polizist rief ihm etwas zu, was Betty ein wenig Zeit verschaffte.

Sie schlüpfte in das Gebüsch neben dem Weg, dessen Sträucher ziemlich dicht und beinahe undurchdringbar waren. Trotzdem kämpfte sie sich durch die massive Mauer aus Zweigen, die über ihr zusammenschlugen, zog ihren Kopf ein, kletterte den Hang nach oben und erreichte schließlich den Zaun.

Vom Inneren der Botschaft aus war sie leicht zu entdecken, doch niemand schien in ihre Richtung zu blicken. Auf dem erleuchteten Rasen zählte sie zehn uniformierte Männer – manche standen still da, andere bewegten sich hektisch. Eine Person wurde weggeschleppt.

Jonatan.

Betty hielt sich dicht an den Zaunstangen, tastete mit den Füßen nach festem Untergrund und schlängelte sich zwischen den Ästen und Zweigen hindurch. Durch die Scheinwerfer der Streifenwagen wurde das Unterholz gut beleuchtet, und sie hörte, wie sich die Polizisten auf dem Waldweg unterhielten. Sie sprachen über die «Situation» und überlegten, wen sie kontaktieren sollten und wen sie lieber *nicht* kontaktieren sollten. Niemand bemerkte Betty, als sie an ihnen vorbeischlich. Sie erreichte eine Stelle, an der ein Zaunelement nach innen auf den Rasen gestürzt war. Dort hatten mehrere Sicherheitsleute einen Ring um einen Polizeibeamten gebildet, der über einer am Boden liegenden Person kniete.

«Stehen bleiben!», rief plötzlich jemand hinter ihr. Betty fuhr herum und blickte in die Mündung einer Pistole. Direkt unter ihr stand ein Polizist im Gebüsch, dem sie geistesgegenwärtig ihren Presseausweis entgegenstreckte. «Ich bin Reporterin», sagte sie mit fester Stimme.

«Stehen bleiben, habe ich gesagt.»

Der Lauf der Pistole war auf einen Punkt zwischen ihren Augen gerichtet, doch davon ließ Betty sich nicht im Geringsten beeindrucken. Für einen Moment dachte sie nicht an ihr Leben oder ihre Gesundheit, denn sie erkannte, dass die Person, die unbeweglich auf dem Rasen lag, Maryam war.

«Ich habe gesagt, Sie sollen stehen bleiben!»

Betty hielt ihm den Presseausweis direkt unter die Nase.

«Ich bin Reporterin!», sagte sie heiser.

Doch der Polizist hörte nicht zu. Er packte sie und zog sie aus dem Lichtstrahl. Inzwischen heulten die Sirenen von allen Seiten.

«Warum halten Sie mich fest?», fragte sie den Polizeibeamten wütend.

«Ich halte Sie fest, bis wir mehr wissen», antwortete er.

«Bis Sie was wissen? Ich habe nichts getan.»

«Verhalten Sie sich ruhig», herrschte der Beamte sie an.

Der Polizist mit dem schmalen Gesicht und einem Schnurr- und Kinnbart war noch jung und wirkte unsicher. Der Griff, mit dem er Betty festhielt, war kein richtiger Polizeigriff.

Innerhalb von wenigen Minuten war ein Dutzend weiterer Polizeifahrzeuge eingetroffen. Manche von ihnen waren zivile Autos, bei denen das Blaulicht auf dem Armaturenbrett stand. Uniformierte Beamte und Kollegen in Zivilkleidung liefen überall in den Büschen hin und her.

Betty hätte alles darum gegeben, ein Nachrichtenteam vor Ort zu haben. Von den Panoramafenstern des Redaktionsgebäudes aus bot das Aufgebot sicherlich einen besonderen Anblick. Aber sie konnte an nichts anderes denken als an die Person, die auf dem Rasen gelegen hatte. Es war eindeutig Maryam gewesen.

«Die Wachleute haben da drinnen einen Mann abgeführt», sagte sie aufgeregt. «Auf dem Botschaftsgelände, haben Sie das gesehen?»

Ohne etwas zu erwidern, wandte der Polizist den Blick ab und führte sie zu den anderen Beamten, die auf dem Waldweg standen.

«Ich habe ihn schreien gehört», fuhr Betty fort. «Das können Sie nicht überhört haben. Er heißt Jonatan Stark und ist mit der Frau hierhergekommen, die dort im Gras liegt.»

Ruckartig riss Betty ihren Arm zurück, sodass der Polizist seinen Griff lösen musste.

«Sie lassen mich jetzt los», fauchte sie.

Betty zog ihren Mantel um sich, den sie noch nicht geschlossen hatte, seit sie die Redaktion verlassen hatte. Ein älterer Beamter kam aus dem Gestrüpp. «Ist nicht unser Bier», teilte er seinem jungen Kollegen mit einer ironischen Grimasse mit. «Gott sei Dank.»

«Haben Sie einen Krankenwagen gerufen?», fragte Betty.

«Was haben Sie da eigentlich im Gebüsch gemacht?», hakte der ältere Polizist nach.

«Blaubeeren gesucht. Sie müssen einen Notarzt rufen. Und dann will ich wissen, wer hier das Kommando hat.»

Zehn Meter hinter ihnen hielt ein schwarzes Auto, das sich zwischen den Streifenwagen hindurchmanövriert hatte. Ein Mann in dunklen, uniformähnlichen Kleidern ohne Polizeiabzeichen stieg aus. Nachdem er mit einigen Polizeiassistenten gesprochen hatte, kam er auf Betty zu.

«Harald Holt», stellte er sich vor und sah seine Kollegen prüfend an. «Ist alles in Ordnung hier?»

Beide nickten stumm. «Und Sie sind Betty Lind», stellte er mit angestrengter Miene fest.

«Ich würde gerne wieder meiner Arbeit nachgehen», forderte sie.

«Nur um die Situation nicht noch zu verschlimmern», sagte Holt beschwichtigend, «könnten wir uns kurz unterhalten, Sie und ich?»

«Worüber sollten wir uns unterhalten?»

«Über Jonatan Stark.»

«Ich muss mich nicht mit Ihnen unterhalten.»

«Völlig richtig, es ist Ihre Entscheidung, ob Sie mit mir reden möchten oder nicht.»

Ihr gefiel die Art nicht, wie er mit ihr sprach. «Zunächst einmal: Wir kennen uns nicht, Jonatan Stark und ich.»

«Sie kennen sich nicht», wiederholte er. «Sie waren also nur zufällig hier in der Nähe.»

«Ich arbeite *dort drüben.*» Sie deutete auf das Hochhaus, in dem *Dagens Nyheter* seinen Sitz hatte. «Wollen Sie nicht fragen, ob ich etwas gesehen habe?»

«Wir sperren gerade das ganze Gebiet ab, und ich würde lieber etwas darüber erfahren, was Sie mir über Stark erzählen können.»

«Hat Nylund Sie geschickt?»

Mit kühlem Blick musterte Holt sie. Genau wie die anderen Polizisten hatte er keine Lust, sich zu erklären.

«Wo ist Ihr Handy?», fragte Holt.

Doch Betty dachte gar nicht daran, weitere Fragen zu beantworten. «Wollen Sie nicht lieber etwas dagegen unternehmen, dass Stark verschleppt wurde?»

«War er bewaffnet?»

«Haben Sie gehört, was ich gerade gesagt habe?»

«Wir werden mit der Botschaft reden», sagte Holt beherrscht. «Woher wissen Sie eigentlich, dass es Stark war, der weggeführt wurde?»

«Ich habe ihn gesehen.»

«Dann kennen Sie sich also doch? Und können folglich die Frage beantworten, wo er sich in den letzten vierundzwanzig Stunden aufgehalten hat?»

«Kein Kommentar.»

Holts Augen blitzten auf. «Kein Kommentar», sagte er. «Das hätte ich selbst nicht besser formulieren können.»

«Kann ich jetzt gehen?»

Holt trat zur Seite – zwischen Polizeiassistenten, Fahndungsbeamten und den Streifenwagen öffnete sich eine kleine Gasse, die den Blick auf das Redaktionsgebäude freigab. Als Betty an Holt vorbeiging, raunte er ihr etwas zu.

«Machen Sie langsam, Betty Lind.»

Jonatan versuchte, ein Gefühl für die Zeit zu bekommen, doch sobald er nachzurechnen begann, wurde ihm schwindelig, und er musste sich setzen. Auf dem Boden war die Luft noch schlechter. Er presste die Hände gegen den Beton, konnte aber nur mit Mühe aufstehen.

Er würde hier sitzen, bis er irgendwann zusammenbrach. Sein Angriff auf die Beamten im Bahnhof war zu viel gewesen. Bei solchen Dingen drückte das schwedische Rechtssystem kein Auge zu. Das alles wurde ihm allmählich klar, während er hier im Dunkeln hockte und Stimmen in seinem Kopf hörte, wie bei einer beginnenden Psychose.

Aber es waren keine Stimmen ... es war *eine* Stimme ... sie klang verzweifelt, aufgeregt. Es war Maryams Stimme, die eindringlich und immer wieder das Wort wiederholte, das sie ihm auf dem Zaun zugeflüstert hatte.

Aihtaras ...

Wieder und wieder hörte er dieses Wort, bis es von einem donnernden Kommando übertönt wurde.

«Aufstehen.»

Licht fiel in seine Zelle, und er musste blinzeln, als er die Augen öffnete. Ein grobschlächtiger Kerl zog ihn auf die Füße und schleifte ihn in den Korridor. Dann führte er ihn in einen Aufzug, der sie ein paar Stockwerke nach oben beförderte, wo sie einen weiteren Korridor betraten. Sie blieben vor einer Tür stehen, und der Wächter klopfte an. Vielleicht hatte er hellseherische Fähigkeiten, denn Jonatan hörte kein «Herein», bevor der Mann die Türklinke herunterdrückte.

Das Zimmer hinter der holzvertäfelten Tür glich eher einer Wohnung als einem Büro. Drinnen wurde Jonatan auf einen Stuhl gestoßen. Er ächzte und atmete tief ein, wobei er den Messingschlüssel in seiner Hosentasche fest umklammert hielt. Als sie gestürzt waren, hatte er den Schlüssel zu fassen bekommen, ihn von Maryams Hals gelöst und seitdem nicht mehr losgelassen.

«Poltawa», sagte der sonnengebräunte Mann mit den aufmerksamen Augen auf der anderen Seite des Tisches. «Um die Beziehung zwischen unseren Ländern zu verstehen, muss man die Belagerung von Poltawa verstehen. Wie geht es Ihnen, Jonatan?»

Der Mann drückte die Aufnahmetaste eines altmodischen Tonbandgeräts, das auf dem Tisch stand. Es war ein in Russland hergestelltes Diktiergerät, das aus massivem Aluminium gefräst worden war und dessen Mikrofon Jonatan an die Tage des Kalten Kriegs erinnerte. «Heute ist Montag, der vierzehnte Oktober, zweiundzwanzig null null. Ich, Botschafter Mikhail Lomonosov, sitze hier mit Jonatan Stark, der widerrechtlich in die Botschaft eingedrungen ist. Wir beabsichtigen, den Vorfall zu melden und das weitere Vorgehen der schwedischen Polizei zu überlassen. Wir werden diesbezüglich in vollem Umfang mit den schwedischen Behörden kooperieren.»

Lomonosovs Stimme hatte einen ruhigen Tonfall, so als hielten sie ein Kaffeekränzchen ab und als hätte er Jonatan gerade darum gebeten, ihm die Milch zu reichen. Dann war er einen Moment still und schien auf eine Antwort zu warten, die er nicht bekam.

«Das ist alles Sache der schwedischen Jurisdiktion», sprach er weiter und legte seinen Kopf ein wenig auf die Seite, was einen Schatten auf den Windsorknoten seiner Seidenkrawatte warf. Sein schwarzer Anzug war makellos, weshalb Jonatan vermutete, dass er einen repräsentativen Termin gehabt hatte oder auf dem

Weg zu einem solchen war. «Möchten Sie sich zu dem Vorfall äußern?»

Mit mattem Blick sah Jonatan auf und bemerkte Lomonosovs buschige Augenbrauen und die randlose Brille. Über seinen Wangenknochen spannte sich die Haut, und seine Unterlippe hatte an einer Stelle eine kleine Verfärbung.

«Was geschieht jetzt mit ihr?», fragte Jonatan.

«Mit wem?»

«Mit Maryam ... Bringen Sie ihre Leiche nach Hause, oder überlassen Sie auch das den schwedischen Behörden?»

«Wir mischen uns nicht in die Arbeit der schwedischen Polizei ein, aber wir werden den Ermittlern jede Unterstützung zukommen lassen, die sie brauchen.»

«Warum bin ich hier?»

Lomonosov biss sich auf die Lippen. «Herr Stark ...»

«Ich habe diese ganzen Intrigen satt. Können wir diesen Teil nicht einfach überspringen?», fiel ihm Jonatan ins Wort.

Seinem Gegenüber war anzusehen, dass er nicht gerne unterbrochen wurde, denn sein Mund formte sich nun zu einem schmalen Strich.

«Wenn Sie mir einen Ratschlag gestatten: Sagen Sie nicht zu viel. Wählen Sie Ihre Worte mit Bedacht. Ich nehme mir lediglich hier und da ein paar diplomatische Freiheiten und möchte mich eine Weile mit Ihnen unterhalten.»

«Wunderbar.» Jonatan legte die Hände auf die Tischplatte, so als würde er gleich aufstehen. «Morgen ist alles vorbei. Die Welt wird von Susjinskijs und Ostrovskijs schmutzigen Geschäften erfahren. Maryam hat all das aufgedeckt. Susjinskij hat dafür gesorgt, dass sie ermordet wurde, und Sie haben ihm dabei geholfen. Herr Lomonosov ... wenn Maryams Geschichte herauskommt, wird der Name Shatnawi für den Rest Ihres Lebens mit Ihnen verbunden sein.»

Zunächst schwieg Lomonosov, dann wippte er auf seinem Stuhl vor und zurück, ehe er sich schließlich vorbeugte und sprach.

«Andrej Susjinskij ist ein bemerkenswerter Mann. Hat alles unter Kontrolle. Wäre ein ausgezeichneter General geworden, wenn er sich für das Militär entschieden hätte, aber der Nachrichtendienst hat ein gewisses Talent, besondere Typen anzuziehen.»

«Wollen Sie es so formulieren, wenn die Journalisten anrufen?»

Lomonosov verschränkte seine Finger auf dem Tisch. «Seine unersättliche Profitgier geht bis in die Kindheit zurück. Sein Vater nahm sich das Leben, erschoss sich. Und seine Mutter, ... seine Mutter war nicht ... sie konnte die Lücke nicht füllen. Schon immer hat ihn eine seltsame Leere umgeben.»

«Eine seltsame Leere ... nicht gerade die passenden Worte, um sein Konto zu beschreiben», bemerkte Jonatan spitz. Ohne zu lächeln, fügte er hinzu: «Wie sonst wäre er an das Areal in Al-Omar gekommen?»

Der Botschafter schaltete das Diktiergerät aus. «Meine große Herausforderung ist es, schwedischen Politikern zu erklären, dass unsere Absichten gut sind. Dass unsere Länder gemeinsame Interessen haben. Im Kern ist das mein Auftrag. Die Aufgaben von Sergej hier weichen davon allerdings ab», drohte Lomonosov und zeigte auf den Muskelberg, der Jonatan aus seiner Zelle geholt hatte.

«Sergej schlägt wie ein Mädchen.»

«Wenn er will, kann er sehr fest zuschlagen.»

«Ist mir egal.»

«Aber jetzt haben Sie die Gelegenheit, Ihr Gewissen zu erleichtern.»

«Und was soll ich sagen?»

«Was immer Sie wollen.»

Sergej näherte sich von der Seite, und Jonatan machte sich auf einen rechten Haken gefasst, doch stattdessen legte Sergej ein Handy auf den Tisch.

«Gehört das Ihnen?», fragte Lomonosov.

«Nein.»

«Dann sollte der rechtmäßige Besitzer es zurückbekommen. Wir können uns darum kümmern, oder ziehen Sie es vor, das selbst zu tun?»

«Betty Lind», sagte Jonatan erschöpft.

«Die Reporterin von *Dagens Nyheter*? Sind Sie gut miteinander befreundet?»

Jonatan wusste nicht mehr, ob sie ein Gespräch oder ein Verhör führten, ob sie sich am Beginn des einen oder am Ende des anderen befanden, doch es hatte den Anschein, als müsste er die Frage nicht unbedingt beantworten.

Dann öffnete sich die Tür hinter ihm, und ein kurz gewachsener Mann betrat den Raum. Er war korpulent, hatte eine Glatze und trug einen grauen Zweireiher. Der Mann stellte sich neben Lomonosov und flüsterte ihm etwas ins Ohr, woraufhin die Augen des Botschafters aufgeregt zu flackern begannen. Lomonosov stand auf und trat mit dem Besucher ans Fenster, wobei die beiden Männer so nahe beieinanderstanden, dass Jonatan dachte, sie würden sich gleich küssen. Von ihrem Gespräch verstand Jonatan nur, dass der kurz gewachsene Bote irgendetwas mehrmals wiederholte und dass Lomonosov diese Nachricht schließlich akzeptierend zur Kenntnis nahm. Ohne ein weiteres Wort an Jonatan zu richten, verließen die beiden Männer schließlich den Raum und verschwanden auf den Flur.

* * *

Der Wagen, der mit laufendem Motor um kurz vor Mitternacht vor dem Haupteingang von Rosenbad stand, war komplett schwarz und eine Sonderanfertigung. Staatsminister Torsten Björk wusste nicht einmal, welche Automarke es war.

«Fahren Sie los», befahl er dem Fahrer, nachdem er auf der Rückbank neben einem seiner beiden Leibwächter Platz genommen hatte. Der zweite Personenschützer des Staatschefs saß auf dem Beifahrersitz. Am königlichen Schloss erreichten sie eine Geschwindigkeit von fünfundvierzig Stundenkilometern und hatten bereits die halbe Strecke hinter sich. In einer Hand hielt der Staatsminister den Bericht des Säpo-Chefs, in der anderen ein Handy, um den Oberbefehlshaber des Militärs, Sverker Sondén, anzurufen.

«Meine Mitarbeiter haben mir berichtet, dass du versucht hast, mich zu erreichen, Sverker», sagte Björk mit einem höhnischen Unterton.

«Ich fürchte, wir müssen umdisponieren.»

«Und ich dachte, ihr hättet die Dinge langsam unter Kontrolle», spottete Björk. «Wo liegt das Problem?»

«In der Vertragszusammensetzung, vor allem aber bei den Kompetenzfragen. Wir können Hökbergs nicht innerhalb von vierundzwanzig Stunden feuern.»

«Wir haben wohl keine andere Wahl.»

«Sie besetzen die Schlüsselpositionen bei entscheidenden Entwicklungsprozessen. Wenn sie ihr Personal abziehen, stehen wir mit leeren Händen da.»

«Und das fällt dir erst jetzt ein?»

«Für den Vertrag war ich nicht zuständig. Als ich meine Stelle angetreten habe, war alles schon längst unter Dach und Fach.»

«Es war ein Fehler, es so weit kommen zu lassen, Sverker.»

«Wir befolgen lediglich politische Vorgaben, die oft die Tendenz haben, sich ziemlich schnell zu ändern. Ohne Hökbergs gibt es in den nächsten achtzehn Monaten keine Truppenübungen. Keine gemeinsamen Aktionen mit der NATO. Keine Verteidigungsgespräche im Nordischen Rat. Wenn ich vor den Verfassungsausschuss bestellt werde, bleibt mir nichts anderes übrig, als auf unser Gespräch heute Abend zurückzukommen.»

Die Manieren des Oberbefehlshabers hatten Torsten Björk schon immer irritiert. *Er ist trotzdem ein Feigling*, dachte er.

«Lassen wir das kurz einmal beiseite und reden stattdessen über dich, Sverker.» Zwar sprach Björk nicht lauter, aber sein Tonfall war jetzt sehr viel eindringlicher. «Zunächst einmal hat das Verteidigungsministerium nicht viel für dich übrig. In ihren Augen lässt der Datenangriff deinen Aktienkurs noch schneller sinken, und das sollte dich beunruhigen. Mich macht es jedenfalls nervös. Ich tue das hier deinetwegen. Ich mühe mich mit dem Verteidigungsminister, dem Verteidigungsausschuss und dem kompletten Ministerium ab, damit du eine zweite Chance bekommst. Morgen treten wir vor die Presse – du und ich –, und wir werden völlig transparent sein. Das verschafft dir ein paar Stunden, um einen nachvollziehbaren Plan auszuarbeiten, wie wir an einen neuen Lieferanten kommen. Ist das deutlich?»

Sondén fiel es schwer, sich mit der Situation anzufreunden, doch Proteste blieben aus. «Ich habe verstanden.»

«Mein Vorschlag ist, dass du die Berater von Hökbergs in allen Militärbereichen augenblicklich suspendierst. Kein Zugang zu sensiblen Daten mehr, Zutrittsausweise einkassieren und so weiter. Damit senden wir das richtige Signal.»

«In Ordnung.»

«Verstanden?»

«Ja.»

«Auf Wiederhören, Sverker.»

«Auf Wiederhören.»

Björk steckte das Handy wieder ein, als Farooq, sein Fahrer, vor einem unbeleuchteten Gebäude am ehemaligen Kai Skeppsbron in Gamla Stan hielt. «Langer Tag heute?»

«Ja, heute war wirklich ein langer Tag.»

«Ich glaube, wir sind da.»

Der Staatsminister stieg aus dem Wagen und trat in die dunkle Nacht, dann sah er sich um. Kein Verkehr, die Bürgersteige waren leer. Nach dem Gespräch mit Sondén war er noch immer verärgert, doch Farooqs unbekümmerte Art beruhigte ihn ein wenig. Durch einen anonymen Eckeingang des Gebäudes gelangte man in einen Keller, der unter einem Anwaltsbüro lag. Als Björk mit seinen beiden Leibwächtern dort ankam, öffnete sich die Tür.

«Willkommen.» Die Gruppe wurde in einen schmalen Flur geführt, an dessen Ende sich eine dunkle Eichentür befand. Björk öffnete sie und trat allein in den Raum dahinter. Vor dem Fenster am anderen Ende, das auf einen winzigen Innengarten hinausging, stand ein Mann, dessen moosgrüner Anzug mit der Farbe der Wände verschmolz. Über dem Konferenztisch in der Mitte lag ein dunkler Schimmer, da der Raum ausschließlich von Wandlampen beleuchtet wurde.

«Mikhail Lomonosov», präsentierte sich der Mann schnaufend, was verriet, dass er ebenfalls gerade erst angekommen war.

«Nur damit es keine Missverständnisse gibt», sagte Björk auf Englisch, während er Lomonosovs Hand schüttelte, «was in den letzten vierundzwanzig Stunden geschehen ist, wird langwierige Konsequenzen für die Beziehung zwischen unseren Ländern haben.»

«Denken Sie dabei an etwas Bestimmtes?»

«Susjinskij.»

«Schreckliche Gerüchte», sagte der Botschafter. «So etwas macht mich wütend. Wenn es tatsächlich stimmt, sollten die betroffenen Behörden selbstverständlich entschädigt werden.»

«Mein Fahrer wartet draußen mit laufendem Motor», wiegelte Björk ab. «Das hier muss schnell gehen.»

Er übergab den Bericht. Wie alle Diplomaten zeigte der Botschafter zuerst Interesse für die Vorder- und die Rückseite des Berichts, auf welchem Papier er gedruckt war, wie dick der Umschlag und wie er geheftet war. Als er die Unterlagen auf diese Weise geprüft hatte, tauchte er mit höchster Konzentration in den Text ein und blendete seine Umgebung aus.

«Das macht mich genauso besorgt wie Sie», bemerkte Lomonosov, nachdem er das Dokument gelesen hatte, und legte es auf den Tisch.

«Beabsichtigen Sie etwas wegen Susjinskij zu unternehmen?», wollte Björk wissen.

Lomonosovs Finger krallten sich um die Lehne des Stuhls vor ihm. «Wie Sie weiter vorgehen wollen, ist Ihre Entscheidung. Ich kann Ihnen aber versichern, dass Susjinskij weder ein Freund der Duma noch des Kremls ist.»

«Eine Antwort, die Ihrer drei Vorgänger würdig ist», sagte Björk, ohne seine Enttäuschung zu verbergen. «Dann werden Sie also nichts unternehmen?»

Der Botschafter ließ die Stuhllehne los. «Ich kann so weit gehen, meine Versuche zu intensivieren, einen Dialog mit geeigneten Personen im Kreml zustande zu bringen.»

«Ich bin kein Idiot, Lomonosov.»

«Das habe ich auch nie behauptet.»

Mit eindringlichem Blick musterte Björk den Botschafter. «Ich hatte geglaubt, es gäbe eine Möglichkeit für uns zusammenzuarbeiten.»

«Wenn die Zeit nur für eine Stunde stehenbleiben könnte», sagte Lomonosov unsicher. «Ich stehe hier mit dem Staatsminister Schwedens, das hat eine enorme Bedeutung. Ich werde meinen Landsleuten in deutlichen Worten berichten, dass Susjinskij Ihnen Sorgen bereitet, aber das Mandat – direkte und zeitnahe Verpflichtungen mit Ihnen zu diskutieren –, das fehlt mir leider.»

«Dann bleibt mir keine andere Wahl, als ein Signal zu senden, das Ihre Freunde im Kreml verstehen.»

Björks Worte ließen Lomonosov erstarren, die Formulierung verhieß nichts Gutes.

«Darf ich zuvor noch etwas anmerken? Mein Land ist wirklich beeindruckt von der Offenheit, die Sie Menschen auf der Flucht entgegenbringen. Was das betrifft, haben Schweden und Sie persönlich meine größte Bewunderung. Ich hoffe, dass diese Menschen Ihre Freigebigkeit zu schätzen wissen. Davon gibt es momentan viel zu wenig.»

Die Schmeichelei war aller Ehren wert, aber selbst wenn er auf die Knie gegangen wäre, hätte das keinen Unterschied gemacht. Björks Sympathien für den Mann waren nonexistent.

«Sie haben vierundzwanzig Stunden, um das Land zu verlassen.»

* * *

Noch immer saß Jonatan auf dem Stuhl und wartete auf eine Nachricht. Mit der Zeit wurde er immer gereizter, doch nichts geschah. Er fragte Sergej, der aber nur mit seinen breiten Schultern zuckte und ihm eine Antwort schuldig blieb. Gelangweilt vom Warten ging Jonatan in eines der angrenzenden Zimmer, wo ein Fernseher an der Wand hing. Sergej rührte sich nicht, es schien ihn nicht zu stören. Er schaltete das Gerät ein. In einem Nachrichtenüberblick versuchten zwei Experten, sich in ihrer Kritik an Sebastian Hendricks zu übertreffen, während Bilder aus dem Inneren der *Athena* gezeigt wurden. Ein Kamerateam berichtete live vom Schiff – im ganzen Frachtraum lagen schimmlige Matratzen herum, leere Flaschen, schmutzige Gläser, überquellende Eimer voller Exkremente, Plastikschüsseln und halb volle Essenskonserven. Die nächste Nachricht betraf Sveakraft und den Kauf des Gasnetzes von LSI Holdings – die Anleger des Risikokapitalunternehmens hatten fünf Milliarden Kronen Gewinn gemacht. Gerade als die Sendung zum Wetterbericht überging, öffnete sich die Tür. Ein Mann im Trainingsanzug betrat den Fernsehraum und stellte eine Reisetasche auf dem Boden ab. Er präsentierte sich als Arzt und bat Jonatan, seine Kleider auszuziehen. Zwar sprach der Mann gut Englisch, doch Jonatan vermutete trotzdem, dass er Russe war. Der Arzt untersuchte Jonatans Schulter, desinfizierte die Wunde mit Alkohol und klebte sie zusammen, ehe er eine Mullbinde um die Schulter wickelte. Der Rest würde von allein heilen, sagte er und verschwand einige Minuten später wieder.

Kurz darauf kam Sergej in das Zimmer, schaltete den Fernseher aus und bat Jonatan, ihm ins nächste Zimmer zu folgen. Es sah aus wie ein Schlafzimmer, und man hatte von hier aus eine herrliche Aussicht aufs Wasser des Mälaren. Auf dem Fensterbrett standen ein paar Topfpflanzen und ein eigenartiges Gewächs mit glatten gummiartigen Blättern, die an den Rändern vertrocknet waren. Ansonsten befanden sich ein niedriges Sideboard und ein Stuhl im Rokokostil im Raum. Auf dem Bett lag eine Decke, die so dick war, dass sie wie ein Teppich wirkte.

Sergej öffnete den Kleiderschrank und suchte ein paar Sachen heraus, die er Jonatan aufs Bett warf. Ein Paar Jeans, einen Strickpullover und Unterwäsche, alles in seiner Größe.

«Wir kümmern uns um Ihre schmutzigen Kleider», sagte Sergej. «Versuchen Sie, sich auszuruhen.»

«Wem gehören die Kleider?»

«Niemandem, der sie braucht.»

Nachdem Sergej den Raum verlassen hatte, legte sich Jonatan

auf das Bett. Als er die Augen schloss, erschien sofort Maryams Bild in seinem Kopf, und er konnte an nichts anderes mehr denken als an ihr letztes Wort. Was konnte es nur bedeuten, *aihtaras, aihtaras, aihtaras ...*

VIERTER TEIL

Als Jonatan wieder aufwachte, war es hell im Zimmer. Er konnte nicht wieder einschlafen, also versuchte er zu rekapitulieren, was passiert war.

Er hatte den Schuss weder gehört, noch hatte er jemanden schießen sehen. Und er hatte wieder einmal sehr viel Glück gehabt: Er war ohne größere Verletzungen davongekommen.

Wäre Maryam noch am Leben, wenn er sie nicht getroffen hätte? Im Hafen hatte er ihr das Leben gerettet, und in Vidargården wäre sie früher oder später erkannt worden, hätte er sie nicht von dort weggebracht. Die Säpo hatte gewusst, dass sie auf der *Athena* war, sie aber trotzdem nicht im Hafen abgefangen. Er ging alle möglichen Gründe durch, warum sie das nicht getan hatte. Wenn die in Frage kommenden Alternativen ihm Angst machten, dachte er umso genauer über sie nach.

Plötzlich öffnete sich die Tür zu seinem Zimmer, und Sergej trat ein.

«Zeit fürs Frühstück.»

Jonatan war fast dankbar dafür, in seinen Gedanken unterbrochen zu werden. «Wie spät ist es?»

«Ungefähr acht.»

Mühsam richtete er sich auf. Seine Schulter war noch immer verbunden und tat weh, aber die Kopfschmerzen waren ein wenig besser geworden. «Ein Wasser würde mir reichen.»

«Kommen Sie bitte mit in den Speisesaal. Dort gibt es viele russische Spezialitäten. Glazunya, Syrniki ... Oder haben Sie schon einmal Wareniki probiert?»

Im Speisesaal der Botschaft wartete Mikhail Lomonosov

bereits an einem Tisch in der Mitte des Raums, der für zwei Personen gedeckt war. Insgesamt standen sieben Tische im Saal, auf denen weiße Tischdecken lagen, die gut mit dem roten Teppichboden harmonierten. Wie ein imposantes Wandgemälde präsentierte sich der blaue Himmel durch das Glas der Panoramafenster. Als Jonatan an den Tisch kam, waren zwei Kellnerinnen mit hochgesteckten Haaren gerade dabei, das Essen zu servieren. Es gab Quarkklöße, Teigtaschen mit Fleischfüllung und Spiegeleier mit gehacktem Schnittlauch.

Lomonosov lächelte. «Setzen Sie sich.»

Jonatan gehorchte und setzte sich neben ihn. Im Tageslicht betrachtet war der Botschafter ein völlig anderer Mann. Er sah erschöpft aus, unter seinen geröteten Augen hingen schwere Tränensäcke. Sein weißes Hemd war nicht ganz zugeknöpft und gab den Blick auf eine sonnengebräunte Brust frei.

«Wir haben eine ganze Menge zu bereden», sagte er an Sergej gewandt. «Holst du den Wagen?»

Sergej ließ sie allein.

«Halten sich alle Botschafter ihren persönlichen Schläger?»

«Sergej ist kein Schläger», widersprach Lomonosov. «Sie wären erstaunt, mit wem er daheim in Moskau befreundet ist.»

Die Kellnerinnen schenkten Tee in Tassen mit Goldrand. Dann probierte Jonatan das Essen. Nur mit Mühe konnte er es herunterschlucken, und sein Kiefer schmerzte entsetzlich beim Kauen.

Lomonosov salzte seine Eier, und als er den Streuer zurückstellte, wurde Jonatan klar, dass in der letzten Nacht viel passiert sein musste.

«Vor einer Stunde hat uns die schwedische Polizei verlassen. Sie haben das Personal befragt, Bilder gemacht und schienen fürs Erste zufrieden zu sein. Außerdem kann ich Ihnen sagen, dass die Vorfälle im Värtahafen und im Hauptbahnhof keine Anklage gegen Sie zur Folge haben werden. Was mit Bo Kessler geschehen ist …»

«Es war ein Autounfall», verteidigte sich Jonatan schnell.

Der Botschafter nickte langsam. «Natürlich. Wie bei Ihren Eltern.»

Darauf erwiderte Jonatan nichts. Lomonosov nahm eine Karaffe vom Tisch, vermutlich eine alte Schiffskaraffe aus dem 19. Jahrhundert mit breitem Boden, damit sie auch bei rauer See stehen blieb. Er füllte sein Glas bis zum Rand mit Wodka. Dann nahm er ein Stück Brot, an dem er zuerst roch, bevor er ein Stück davon abbiss.

«Sie kamen aus dem Nichts und wurden Berater des Staatsministers in Energiefragen, weil Sie seinen Stabschef kannten. Stimmt das?»

«So wie Sie es sagen, klingt es unglaubwürdig.»

Mit gespielter Schwermut schüttelte Lomonosov den Kopf. «Nicht die eigentliche Ernennung, sondern eher die Umstände. So eine Stelle bekommt nicht jeder, der gerade einen Trauerprozess durchlebt. Zumindest nicht dort, wo ich herkomme. Trauernde Menschen eignen sich nicht für die Politik.»

«Sind wir hier, um über meine Eltern zu reden?»

«Sie sind ungeduldig. In Ordnung», sagte der Botschafter mit einem müden Lächeln, «lassen Sie mich damit beginnen, Ihnen eine ganz grundlegende Frage zu stellen, Herr Stark.»

Jonatan antwortete nicht.

«Die Mappe – die Mappe über Maryam Shatnawi –, wie sah die aus?»

«Weinrot.»

«Und weiter?»

«Auf der Vorderseite war das russische Staatswappen eingeprägt.»

«Gab es handschriftliche Notizen darin?»

«Nein», sagte Jonatan, doch dann korrigierte er sich schnell, «das heißt, doch. Auf einem der Fotos stand etwas geschrieben.»

«Erzählen Sie mir mehr.»

«Es waren russische Schriftzeichen.»

«Hatte Bo Kessler Zugriff auf die Mappe?»

«Ja.»

«Hat er Ihnen den Inhalt gezeigt?»

«Ich habe sie gestohlen», gab Jonatan leichtfertig zu und bereute augenblicklich, dem Botschafter keine andere Antwort gegeben zu haben. «Sie liegt jetzt in einem Mülleimer im Värtahafen.»

«Befand sich außer den Fotos noch etwas anderes darin?»

«Nein.»

«Sind Sie sicher?»

«Ja.»

Der Botschafter nickte zustimmend. «Diese Mappe wurde aus meinem Büro gestohlen und enthielt neben den Fotos noch ein weiteres Dokument. Möchten Sie etwas Stärkendes zu den Glazunya?»

Wieder nahm Lomonosov die Karaffe und wollte Jonatan einschenken, der jedoch dankend ablehnte. Was ihn betraf, war es für Hochprozentiges entschieden zu früh.

«So etwas ist schon öfter vorgekommen. Man hat eine Vorahnung, dass ein Sekretär, ein Assistent oder ein Beamter für jemand anderen arbeitet. Was soll man machen?»

Vorsichtig rutschte Lomonosov näher an Jonatan heran und legte ein Dokument vor ihn auf den Tisch. Es war eindeutig zu erkennen, dass es sich dabei um einen Asylantrag handelte, an dem neben dem russischen Staatswappen ein Bild von Maryam Shatnawi befestigt war, doch das Datum der Bewilligung des Antrags konnte Jonatan nicht sehen.

«Das war nicht in der Mappe», sagte er.

«Warum sind Sie dann hierhergekommen?»

«Ich habe auf mein Bauchgefühl gehört.»

«Können Sie mir das näher erläutern?»

«Susjinskij wollte Maryam daran hindern herzukommen. Das hat mir gereicht, um ihr zu helfen.»

«Ich verstehe», sagte Lomonosov. «Ihr Gespräch mit meinem Mitarbeiter muss abgehört worden sein. Wir haben mit so vielen neuen Fällen zu tun, dass wir manchmal vergessen sicherzustellen, dass wirklich alle mit an Bord sind und sich manche nicht von Außenstehenden beeinflussen lassen. Gleichzeitig muss man sich vorantasten, um die neue Welt zu verstehen.»

«Sie sollten Kalendersprüche schreiben.»

«Sicher, dass Sie nichts Stärkeres wollen?»

«Ja.»

«Der Kreml wird immer der Kreml bleiben. Viele Agenden, viele Verwicklungen und viele Nuancen. Aber im Fall von Maryam Shatnawi verlief die Grenze eindeutig: Während die einen sie lebendig wollten, wollten die anderen das Gegenteil.»

«Was sagt die Polizei?»

Lomonosov kniff seine schmalen Augen noch weiter zusammen, während er kaute. Dann folgte ein langes Schweigen.

«Ich kann nur das erzählen, was ich weiß», sagte Lomonosov und schluckte das Essen herunter. «Maryam Shatnawis Leiche wird nach Jordanien überführt. Früher oder später wird die Polizei Ihre Version hören wollen.»

«Weiß die Polizei, dass ich hier bin?»

«Sie haben nicht nach Ihnen gefragt. Wir warten natürlich noch darauf, dass diese Journalistin sich bei uns meldet.»

«Aber Sie wollen zuerst meine Version hören?»

«Sehr gerne.»

Unsicher, ob es sich um eine Falle oder um eine Chance handelte, zögerte Jonatan einen Moment, während Lomonosov das

Besteck ablegte, sich zurücklehnte und die Arme verschränkte. Letztlich entschied sich Jonatan dazu zu reden. Er gab Maryams Geschichte wieder, so wie sie sie ihm erzählt hatte, fing mit den Thermitwaffen und der Friedensverhandlung an, die als Tarnung für einen Waffendeal gedient hatte. Dann berichtete er über das Treffen zum Betreiberwechsel des Gasnetzes, an dem er selbst mitgewirkt hatte, erklärte seine Rolle beim Abschluss des Vertrags und erzählte von Susjinskijs Plan, die Firma Nordfall zu übernehmen, die für die Sicherheit im Värtahafen zuständig war.

Der Botschafter schien nicht sonderlich beeindruckt oder überrascht angesichts von Jonatans Schilderungen, womöglich wusste er das alles längst. Als Jonatan aber davon sprach, dass Maryams Vater Zugriff auf einen Server in Damaskus gehabt hatte, zeigte Lomonosov eine Reaktion.

«Wie hat er Zugang dazu erhalten?»

«Das spielt keine Rolle mehr.»

Erneut griff Lomonosov zum Besteck und halbierte ein Stück Fleisch. «Hat sie das nicht erwähnt?»

«Nein, sie war zu sehr damit beschäftigt, am Leben zu bleiben», platzte es aus Jonatan heraus.

Etwas, das einem Anflug von Scham ähnelte, huschte über das Gesicht des Botschafters. «Wegen Ihrer ehemaligen Lebensgefährtin besteht wahrscheinlich keine Gefahr mehr», sagte er nach einer Weile und schaute auf die Uhr. «Dass Familie und Freunde bedroht werden, ist Teil des blinden Spiels. Aber wirklich zu Schaden kommen sie nur äußerst selten.»

«Was beabsichtigen Sie, wegen Susjinskij zu unternehmen?», fragte Jonatan.

«Ich fürchte, es ist mir nicht möglich, mit Ihnen darüber zu sprechen.» Der Botschafter war wieder in sein gewohntes Muster verfallen, Fragen diplomatisch auszuweichen. «Ein Schritt nach dem anderen. Man beginnt immer mit dem Einfachsten.»

«Und Betty Linds Handy?»

«Das wurde ihr zurückgegeben.»

Wieder wurde es still zwischen ihnen. Jonatan hatte nicht vor, noch mehr zu sagen, und widmete sich nun in Ruhe seinem Frühstück. Er probierte den Tee, während Lomonosov weiter Wodka trank und dabei das Gesicht verzog.

«Als Mann in meiner Position riskiert man immer, abgesetzt zu werden. Dabei geht es meistens um Missverständnisse.»

«Und wie geht es jetzt weiter, Herr Lomonosov?»

Der Botschafter biss von einem der Syrniki ab und schwieg. Als sein Telefon in der Hosentasche vibrierte, schien er Kraft sammeln zu müssen, um es herauszuholen und auf das Display zu schauen. Seinem Pokerface konnte Jonatan zwar nicht entnehmen, ob er gerade den Jackpot gewonnen oder alles verloren hatte, doch er wusste, dass es sich entweder um das eine oder das andere handelte.

* * *

Zehn Minuten später befanden sie sich draußen in der kühlen Vormittagsluft. Bald würde er alles, was er Lomonosov erzählt hatte, in einer Reihe von Polizeiverhören nochmals darlegen müssen.

Still und friedlich lag das Gelände der Botschaft da, so als hätten sich die Ereignisse der letzten Nacht nie zugetragen – am Zaun waren keine Absperrbänder mehr befestigt, patrouillierende Wachen, Reporter oder Bauarbeiter waren ebenfalls nicht mehr zu sehen.

Ein dunkelblauer Mercedes mit Diplomatenkennzeichen hielt neben Lomonosov und Jonatan. Sergej saß am Steuer.

«Ich rate Ihnen, keine große Sache daraus zu machen», sagte Lomonosov. «Sergej befindet sich offiziell nicht im Land, und es hat keinen Zweck, anderen davon zu erzählen, dass Sie sich getroffen haben.»

«Das hatte ich auch nicht vor.»

Lomonosov nickte, wirkte aber nicht überzeugt. Dann signalisierte er einem Wachmann, das Tor zu öffnen. «Wir werden Ihre Spuren beseitigen.»

«Fahren Sie mich nach Hause?», fragte Jonatan.

«Das ist das mindeste, das wir tun können.»

«Ich dachte, Sie würden mich der Polizei übergeben.»

«Nicht unsere Verantwortung.»

«Wenn das so ist, kann ich auch selbst nach Hause gehen.»

«Nein.» Lomonosov hielt ihm die hintere Tür auf und blickte auf die Straße. «Ich will sichergehen, dass Sie wohlbehalten zu Hause ankommen.»

Nach kurzem Zögern stieg Jonatan ein. Als die Tür zugefallen war, bemerkte er, wie Lomonosov einigen Fahrzeugen hinterhersah, die auf der Straße vorbeifuhren.

Als sie an die Västerbrücke kamen, erhöhte Sergej die Geschwindigkeit auf einhundert Stundenkilometer. Die ganze Zeit über schaute er in den Rückspiegel, so als versuchte er, Verfolger abzuschütteln. In Hornstull musste Sergej an einer roten Ampel eine Vollbremsung hinlegen, was ihn sichtbar ärgerte. Ohne Vorwarnung wechselte er dann plötzlich nach links auf die Gegenfahrbahn und raste durch die Öffnung zwischen dem Ampelmast und dem Fahrradweg, sehr zum Schrecken der Fußgänger.

«Werden wir verfolgt?», fragte Jonatan ängstlich.

«Jetzt nicht mehr.»

Jonatan fasste sich an die Schulter. Durch die ruckartige Fahrt war er gegen die Tür gepresst worden, und jetzt spürte er, wie es auf seiner Haut langsam warm wurde. Die Wunde war wieder aufgebrochen.

Er beugte sich nach vorne. «Was genau ist eigentlich Ihr Job, Sergej?»

«Koordinator», antwortete er nach einer langen Pause.

«Was bedeutet das?»

Sergej warf ihm über den Rückspiegel einen kurzen Blick zu. «Personalorganisation.»

«Mögen Sie die Arbeit?»

«Es ist faszinierend. Man weiß, was mit den Leuten passiert, bevor sie selbst es wissen.»

«Wissen Sie, was mit mir passiert?»

«Das interessiert den Kreml nicht.»

«Aber Sie wissen es trotzdem, oder?»

«Es ist nicht meine Aufgabe, Ihnen zu sagen, worauf Sie schon längst selbst hätten kommen können.»

«Was soll das heißen?»

Jonatan erhielt keine Antwort. Schweigend kamen sie an seinem Haus im Ringvägen an, wo Sergej vor der Eingangstür hielt. Jonatan sah hinauf zu seiner Wohnung.

«Und was erwartet mich dort oben?», fragte er.

«Mein Auftrag ist es, Sie hierherzufahren, sonst nichts.»

Wütend wollte sich Jonatan auf Sergej stürzen, doch mit seiner verletzten Schulter wäre er ein leichtes Opfer für den großen Russen gewesen. Sergej drehte sich nach hinten um und schenkte Jonatan einen nichtssagenden Blick.

«Ich zerre Sie aus dem Wagen, wenn ich muss.»

Jonatan stieg aus dem Auto, ging zum Haus und gab den Türcode ein. Im selben Moment, in dem das Schloss summte, sah er in der Reflexion des Türglases, wie Sergej im dichten Verkehr verschwand. Oben angekommen öffnete er die Wohnungstür mit dem Extraschlüssel, der immer auf dem Türrahmen lag. Unter dem Briefkastenschlitz hatte sich ein Berg aus Zeitungen und ungelesenen Briefen angesammelt, über den er einfach hinwegstieg, da er ohnehin nicht vorhatte, lange zu bleiben. Er wollte sich nur schnell umziehen und dann zur Polizei gehen.

Seine Wohnung war klein und wurde von einem durchgesessenen schwarzen Ledersofa dominiert, das ihn einmal fünftausend Kronen gekostet hatte. Jetzt konnte man es nicht einmal mehr verschenken. Es stand vor einem kleinen Fernseher, dessen Fernbedienung kaputt war, was ihn jedoch nicht interessierte, da er schon seit geraumer Zeit nicht mehr fernsah. In einer Ecke des Wohnzimmers stand ein einsames Bücherregal mit alten Studienbüchern, die er seit Jahren nicht mehr angetastet hatte. Die Wohnung sah noch genauso aus wie zu seiner Studienzeit, sie war schmutzig, und die Vorhänge rochen nach altem Bratfett. Blumen oder Pflanzen gab es nicht. Er ging in die Küche und sah aus dem winzigen Fenster hinunter in den Innenhof, wo der Rasen mit Laub bedeckt war. Die Tauben, die in der Birke neben dem Fenster genistet hatten, waren seit einigen Tagen nicht mehr da, und in den Büschen darunter war auch das Summen der Wespen inzwischen verstummt.

Jonatan kippte das Fenster, um ein wenig frische Luft hereinzulassen. Dabei wehte ein Windstoß Kesslers Visitenkarte, die er ihm vor dem Fitnessstudio gegeben und auf dessen Rückseite er die Uhrzeit des Treffpunkts notiert hatte, vom Kühlschrank, und segelte auf den Boden.

Auf einmal hörte Jonatan das Geräusch quietschender Reifen auf der Straße. Er ging aus der Küche ins Wohnzimmer und sah aus dem Fenster zum Ringvägen hinunter. Vor dem Haus stand ein Minivan, aus dem vier Männer im Alter zwischen dreißig und vierzig stiegen. Mit ihren dunklen Chinohosen, den weißen Hemden und den Lederjacken sahen sie nicht gerade aus, als kämen sie von der Hausverwaltung.

Einen von ihnen erkannte Jonatan wieder: Es war der kleine Mann aus dem Container im Hafen, auf dessen schiefer Nase jetzt ein Verband klebte. Durch die Scheibe trafen sich ihre Blicke. Normalerweise dauerte es etwa dreißig Sekunden von der Straße bis zur Wohnungstür, doch diese Männer waren schneller. Jonatan schaffte es nicht einmal bis zur Tür, als sie schon auf dem Flur waren und seinen Fluchtweg abgeschnitten hatten.

Unter Betty Linds Führung hatten sich die Nachrichten- und die Politikredaktion um die hufeisenförmig aufgestellten Tische im dritten Stock versammelt. Zusätzliche Reporter und freiberufliche Mitarbeiter waren einbestellt worden, was in der größten Zeitung des Landes für neuen Schwung und Energie sorgte.

Mitten im Raum stand Betty in ihren bequemsten Kleidern, ein schwarzes gewebtes Kleid und Leggings. In der letzten Nacht hatte sie vergeblich versucht, ein paar Stunden in ihrem heimischen Bett im Stadtteil Vasastan zu schlafen, aber das Bild von Maryams leblosem Körper auf dem Rasen der Botschaft hatte sie wach gehalten. Betty wusste, dass dieses Bild sie niemals loslassen würde. Gerade wartete sie darauf, von der Zentrale der Stockholmer Polizei mit dem Verantwortlichen für die Ermittlungen zu Maryam Shatnawis Tod verbunden zu werden.

Fünfmal hatte sie innerhalb der letzten Stunde dort angerufen, aber die Telefonistin war geschickt darin, sie immer wieder abzuwimmeln. Beim sechsten Mal ergab sie sich mit einem affektierten Stöhnen. «Es geht niemand ran», sagte sie. «Aber Sie können eine Nachricht und Ihre Nummer hinterlassen.»

«So funktioniert das nicht», wehrte sich Betty, «ich will, dass Sie mich mit jemandem verbinden, der meine Fragen beantworten kann.»

«Einen kleinen Moment, bitte», bat die Telefonistin sie genervt und schaltete die Warteschleifenmelodie ein.

Die Journalisten um sie herum arbeiteten in vier Gruppen mit je einem Teamleiter, der sie auf dem Laufenden hielt. In der Ecke, in der sie für gewöhnlich arbeitete, hatte sie die erste Gruppe platziert: die Reporter mit politischen Kontakten. Das zweite Team nahm das Flüchtlingsschiff *Athena* und Maryam Shatnawi unter die Lupe. Ihre Arbeitsschlagzeile lautete: *Geflüchtete wollte Alarm schlagen – vor der russischen Botschaft erschossen.* Sie hingen die meiste Zeit am Telefon und sprachen mit der Polizei und dem Personal im Värtahafen.

Eine dritte Gruppe recherchierte zum Rüstungsgeschäft in Indien, wobei ihre Aufgabe darin bestand, die Angabe zu bestätigen, dass Hökbergs tatsächlich Thermitwaffen hergestellt hatte.

Zwei Kriegsreporter, ein Unternehmensanalytiker und ein Experte für Verfassungsfragen bildeten die vierte Arbeitsgruppe, die den Verlauf der Ereignisse der letzten Tage minutengenau nachvollziehen und analysieren sollte. Darüber hinaus beschäftigten sie sich mit einigen speziellen Fragen: Wer hatte den Säpo-Chef Ragnar Nylund in Stuttgart überwacht? Und warum befand sich diese Information überhaupt auf Maryams USB-Stick?

In der Redaktion herrschte eine Stimmung unterdrückter Nervosität und Anspannung, niemand traute sich, eine Kaffeepause einzulegen oder sich auf eines der Sofas zu setzen. Manchmal richtete jemand seinen Blick auf den Fernsehschirm an der Wand, wo BBC World live aus dem indischen Verteidigungsministerium in Neu-Delhi berichtete.

Als die Telefonistin der Polizei wieder in der Leitung war, hatte sich ihr Ton verschärft. «In der jetzigen Situation will hier niemand einen Kommentar abgeben. Der Vorfall außerhalb der Botschaft gestern tut uns leid.»

«Welcher Vorfall?»

Jetzt wurde die Telefonistin etwas vorsichtiger. «Wenn Sie sich gekränkt fühlen oder auf irgendeine Art schlecht behandelt worden sind, dann empfehle ich Ihnen, Anzeige zu erstatten.»

«Es geht nicht um mich. Können Sie mich mit dem Pressesprecher verbinden?»

Nach dem üblichen Hängen in der Warteschleife meldete sich der Pressesprecher der Stockholmer Polizei, Jarl Fromberg. Er war von der alten Schule, wie Betty aus früheren Gesprächen mit ihm wusste. Unter Journalisten war er nicht besonders beliebt, weil er oft herablassend war und dazu tendierte, Reporter zu belehren. Außerdem hasste er es, seinen Namen in der Zeitung zu lesen. Betty sagte ihm, dass sie mit jemandem sprechen wolle, der im Mordfall Maryam Shatnawi ermittele.

«Kein Kommentar zu diesem Zeitpunkt, Betty.»

«Ich war vor Ort und habe die Leiche gesehen.»

«Davon habe ich gehört, aber das ändert nichts.»

«Haben Sie eine Pressekonferenz geplant?»

«Gestern hatten wir zwei Autounfälle, von denen einer tödlich endete. Und eine Schießerei in Västerort mit zwei Verletzten. Wir können nicht jedes Mal eine Pressekonferenz abhalten, wenn irgendetwas passiert.» Fromberg seufzte ungeduldig. «Noch etwas?»

Betty zögerte die Antwort ein wenig hinaus und sprach dann betont langsam. «Wir werden einen Artikel veröffentlichen, in dem wir schreiben, dass der Schuss womöglich aus dem Inneren der Botschaft abgefeuert wurde und dass hinter Maryam Shatnawis Tod eine diplomatische Krise steckt. Außerdem werden wir anhand von Beispielen aufzeigen, wie passiv sich die Stockholmer Polizei dabei verhalten hat.»

«Viel Glück dabei.»

«Maryam Shatnawi war Passagierin auf der *Athena,* und schon im Värtahafen hat man versucht, sie zu töten. Für den Mordversuch sind Männer mit Verbindungen zum Oligarchen Andrej Susjinskij verantwortlich. Wollen Sie dazu Stellung nehmen?»

«Nein.»

«Wir wissen, dass die russische Botschaft eine Mappe mit Maryams Profil hatte. Außerdem hatte sie geheimes Material bei sich, das meine Redaktion gerade auswertet.»

«Von irgendwelchem geheimen Material weiß ich nichts.»

«Wenn es im Zusammenhang mit dem Tod von Maryam Shatnawi Verbindungen in die Politik gibt, dann interpretiere ich es so, dass die Polizei daran beteiligt war, diese Verbindungen zu vertuschen.»

«Moment mal», sagte Fromberg entrüstet. «Mit Geheimhaltung und solchen Dingen haben wir nichts am Hut.»

«Ich sage Ihnen nur, was wir herausgefunden haben.»

«Mein Gott», murmelte der Pressechef, «muss ich Ihnen wirklich die alte Leier von der Verschwiegenheitspflicht bei Ermittlungsverfahren vorbeten?»

Jetzt wird es langsam interessant. «Geben Sie mir einfach ein paar Informationen. Sie möchten nicht, dass ich einen schlechten Job mache. Und ich möchte auch keinen schlechten Job machen. Liefern Sie mir einen Grund dafür, nicht zu glauben, dass der Schuss aus der Botschaft kam.»

Am anderen Ende der Leitung hörte Betty, wie Fromberg mit seinen Fingern auf eine Tischplatte oder eine Stuhllehne trommelte. Sein Morgen hatte vermutlich hauptsächlich darin bestanden, am Telefon zu hängen.

«Okay, Betty, denken Sie nach», sagte er und senkte seine Stimme, «warum sollte die russische Botschaft jemanden auf ihrem eigenen Gelände einem Mordanschlag aussetzen? Wäre das nicht völlig verrückt? Wenn wir, rein hypothetisch, einmal annehmen, dass das der Fall war, warum haben die Russen dann so vorbildlich mit uns zusammengearbeitet? Sie lassen uns die Überwachungsbänder anschauen, zeigen uns die Patrouillenpläne der Wache, und wir dürfen verhören, wen wir wollen. Und sie haben uns uneingeschränkten Zugriff auf alle Schusswaffen des Geländes gegeben.»

«Verstehe», brummte Betty.

«Wirklich? Das ist eine extrem wichtige Angelegenheit. Nichts deutet darauf hin, dass der Schuss aus der Botschaft kam. Die Russen sind äußerst kooperativ.»

Damit bestätigte Fromberg, was Betty hatte wissen wollen, und sie legte auf. Der Schuss war von außerhalb gekommen. Jetzt allerdings wühlte sie die Frage auf, wie der Schütze gewusst haben konnte, dass Maryam sich vor der Botschaft aufgehalten hatte.

Sie wandte sich der Livesendung der BBC auf dem Fernsehbildschirm zu, als Raja Singh aus der Teeküche trat und zu ihr herüberkam.

«Ist irgendetwas aus Neu-Delhi durchgesickert?», fragte sie.

«Fehlanzeige.»

«Das ist ungewöhnlich.»

«An diesem Geschäft ist überhaupt nichts gewöhnlich.»

Rastlos und unfähig, noch länger still herumzustehen, wanderte Raja in der Redaktion umher und schaute auf die Bildschirme seiner Kollegen. Als er wieder bei Betty ankam, war nicht einmal eine Minute vergangen.

«Gibt es wenigstens irgendetwas Neues von Ragnar Nylund?»

Raja schüttelte den Kopf. «Ich habe keine Ahnung, wonach ich eigentlich suche.»

Betty hatte Raja gebeten, das vierte Team zu leiten und herauszufinden, warum es auf dem USB-Stick ein Bild von Ragnar Nylund gab. Dabei war Intuition gefragt, und Raja hatte ein gewisses Gespür für Eigenartiges.

«Wenn noch nichts aus dem indischen Verteidigungsministerium nach außen gedrungen ist, dann haben sie sich vielleicht noch nicht entschieden», mutmaßte Betty.

«Sie haben sich entschieden.» Raja klang völlig überzeugt. «Der Verteidigungsminister wird die Weltpresse nicht enttäuschen, schließlich ist das sein Moment im Rampenlicht.»

Betty sah auf ihre Uhr. Kurz vor halb zehn. Den Zeitunterschied mit eingerechnet, hieß das, die Pressekonferenz in Neu-Delhi hätte längst anfangen sollen. Raja starrte sie an.

«Was ist?»

«Es geht das Gerücht um, dir sei ein neuer Job angeboten worden.»

«Welches Gerücht?»

«Das, worüber alle reden.»

Normalerweise hätte Betty derlei Gerüchte mit einem Lachen abgetan, aber jetzt konnte sie nicht fassen, wie schnell manche Dinge die Runde machten. Frühmorgens hatte Marika Granfors-Lund sie vom Flughafen aus angerufen, und während sie gerade noch von ihrem Sommerhaus geschwärmt hatte, kam sie ohne Vorwarnung zur Sache: «Also, wollen Sie die Zeitung übernehmen, Betty? Wenn die Herren etwas gegen Sie in der Hand haben, werden sie das ausspielen, um ihre Karrieren zu retten. Vielleicht sind Sie die Zukunft dieser Zeitung. Das können wir durchaus einrichten, aber sagen Sie um Himmels willen, wenn Sie es nicht wollen. Wir können uns im Anschluss keinen Rückzieher mehr erlauben.»

Betty hatte sich etwas Bedenkzeit ausgebeten, denn in all ihren Jahren in der Medienbranche hatte sie nie auch nur einen Gedanken daran verschwendet, einmal eine Tageszeitung zu leiten. Abgesehen davon gab es im Moment viel zu viel zu tun, und sie hatte keine Lust, das Gerücht zu kommentieren.

«Lass gut sein, Raja. Konzentrier dich jetzt auf Nylund.»

«Mache ich ja, aber es wird getuschelt. Wenn jemand von den Eigentümern auftaucht, bedeutet das immer Veränderungen.»

Raja verschwand wieder in der Teeküche, und Betty erinnerte

sich an die vielen Male, als sie unbestätigte Gerüchte in Zeitungsredaktionen gehört hatte. Wenn die Führung sich in Schweigen hüllte, führte das unter den Mitarbeitern zu Unruhe, und auf den Fluren und in den Pausenräumen verbreiteten sich die allerschlimmsten Befürchtungen – ein Konkurs oder eine Übernahme, die gleichbedeutend mit Arbeitslosigkeit waren. Wenn die Chefetage dann ihre Pläne präsentierte, wurden sie gut angenommen, denn die Gerüchte stellten sich eigentlich immer als völlig überzogen heraus. Auf einmal standen die Mitarbeiter dann hinter den geplanten Veränderungen, anstatt gegen sie zu sein. Einfache Managementpsychologie.

Zwei Reporter kamen zu Betty hinüber. Maria und Lars waren smart und hatten eine schnelle Auffassungsgabe, weshalb sie beide jeweils eine Arbeitsgruppe leiteten. Maria war ein wenig kleiner als Betty und hatte schneeweiße Haare. Obwohl sie nur ein oder zwei Jahre älter als Betty war, zählte sie hier schon zur alten Garde. Sie arbeitete bereits mehr als zehn Jahre in der Nachtredaktion der Zeitung – lange genug, um weiße Haare zu bekommen.

«Wir haben Audiodateien gefunden, auf denen Personen auf Schwedisch über Thermit diskutieren», sagte Maria aufgeregt, klappte ihren Laptop vor Betty auf und reichte ihr ein Paar Kopfhörer.

Person 1: Entscheidend sind doch die Bilder, die wir in der Berichterstattung über einen Konflikt zu sehen bekommen. Und was sehen wir in den Nachrichten? Verweinte Kinder, tote Babys in den Armen ihrer Mütter. Das ist der Nachteil an Luftbombardements, sie haben nichts Heroisches. Thermitwaffen dagegen sind da zuverlässig. Sie radieren *alles* aus, zerstören ganze Stadtteile und hinterlassen keine Mütter, die tote Babys im Arm halten …

Person 2: Ich habe mit ein paar Leuten im Vorstand gesprochen, die gerne ein Joint Venture mit Ballisticheskiy ins Leben rufen würden.

Person 1: Das wird niemals funktionieren. Wir können im Entwicklungsstadium Geschäfte mit ihnen machen, aber Ballisticheskiy muss die Thermitwaffen selbst an den Mann bringen. Wir haben keine Möglichkeit, direkten Kontakt zum Regime herzustellen.

Person 2: Wir können mit den Russen über Thermit reden, aber nur im Tausch gegen Indien. Wenn sie kein Angebot für das indische Rüstungsgeschäft abgeben und uns garantieren, dass sie die Finger davon lassen, kann ich mit dem Vorstand darüber reden.

Person 3: In jedem Fall muss etwas passieren ... Gerade habe ich von zivilen Opfern außerhalb von Aleppo gelesen, und Reuters verbreitet widerliche Bilder von verstümmelten Leichen. Ich würde gerne einmal die Auswirkungen von Flugbombardements mit denen von Thermitwaffen vergleichen. Wenn ich mal ein wenig träumen darf – ein städtisches Gebiet mit viel Beton, Stromleitungen, Straßenlaternen und Bäumen. Vielleicht noch ein kleiner Zeitungskiosk an der Ecke. Wenn wir das Regime dazu bekommen, die Granaten zu testen, dann wird ihnen aufgehen, dass diese grausamen Bilder von Leichenbergen oder von Müttern mit toten Kindern der Vergangenheit angehören werden. Keine Schockbilder von Reuters mehr. Keine verstörten Kinder mehr, weil sie gar nicht erst traumatisiert werden können, so schnell, wie das Thermit alles zerstört. Keine Leichen, keine Bilder in den Medien. Könntet ihr einen Plan dazu ausarbeiten?

«Wer redet da?», fragte Betty Maria, nachdem sie die Kopfhörer wieder abgenommen hatte.

«Lars glaubt, er weiß es.»

Lars, der neben Maria stand, trug eine dunkle Jeans und ein verwaschenes schwarzes Sweatshirt und hatte offensichtlich erfolglos versucht, seine struppigen roten Haare auf die Seite zu kämmen. «Ich glaube, eine der Stimmen gehört einem ehemaligen Senior Advisor bei Hökbergs, den ich auf der Sicherheitskonferenz in Sälen gehört habe.»

«Wie heißt er?»

«Bo Kessler. Führt inzwischen eine eigene Consultingfirma.»

«Hast du schon versucht, ihn zu erreichen?»

«Noch nicht.»

Einen Moment dachte Betty über das nach, was sie eben gehört hatte. «Hat er wirklich gesagt, er will die Thermitgranaten an Zivilisten testen?»

Die Formulierung war Maria offensichtlich unangenehm. «Es scheint so», antwortete sie.

«Könntest du bitte ein Transkript der ganzen Aufnahme ausdrucken?», bat Betty sie.

«Klar.»

An Lars gewandt fragte Betty: «Schon etwas aus Rosenbad gehört?»

«Der Staatsminister hätte den indischen Botschafter treffen sollen, hat aber abgesagt.»

«Er hat wohl Wind von der Sache mit Hökbergs und dem Hackerangriff bekommen.»

«Nylund war gestern in Rosenbad, aber niemand will etwas dazu sagen, weder zu seinem Besuch noch zu dem anderen Gerücht.»

«Welches Gerücht?»

«Dass Nylund seinen Rücktritt plant. In Kürze wird die Tagesordnung für das Regierungstreffen morgen veröffentlicht. Wenn er zurücktritt, bestimmt die Regierung einen neuen Chef für die Säpo.»

«Geht dem nicht ein längerer Auswahlprozess voran?»

Jetzt zuckte Lars mit den Schultern. «Vielleicht ist der schon beendet?»

«Wer wird dann der Nachfolger?»

«Keine Ahnung.»

In diesem Augenblick kam Raja mit dem Handy in der Hand aus der Teeküche gerannt. «Jetzt kommt es. Ruhe!»

Er schnappte sich die Fernbedienung vom Regal an der Wand, ließ sie fallen, fluchte, hob sie wieder auf und stellte den Fernseher lauter. Alle blickten von ihren Computern auf und sahen auf den riesigen Bildschirm.

«Der Verteidigungsminister fängt gleich an», sprach er weiter. «Er ist Nationalist und redet deshalb nur Hindi. Seid mal leise, dann kann ich übersetzen, was er sagt.»

Es dauerte kurz, bis es in der Redaktion ruhig wurde, dann war auf dem Fernsehschirm zu sehen, wie der indische Verteidigungsminister das Podium betrat. Er war um die fünfzig, von kräftiger Statur, trug einen blauen Anzug und hatte sein schwarz glänzendes Haar akkurat gescheitelt. Seine Augen waren matt und leblos, was womöglich damit zusammenhing, dass er seit mehreren Wochen rund um die Uhr mit Waffenexporteuren verhandelt hatte. Die größte Demokratie der Welt wollte ihre Verteidigung umkrempeln. Wenn er froh darüber war, dass dieser Prozess endlich beginnen konnte, dann verbarg er es jedenfalls sehr gut. Er stellte sich hinter die Mikrofone auf dem Podium, bedachte die Reporterschar vor ihm aber mit keinem Blick. Seine ganze Aufmerksamkeit war auf das Stück Papier in seinen Händen gerichtet.

Als er anfing, wurde es totenstill in der Redaktion. Mit überkreuzten Armen stand Betty da und wartete auf Rajas Übersetzung.

«Ein entscheidender Faktor ...», sagte Raja und konzentrierte sich auf die Rede des Ministers, «... war, dass unser neuer Kooperationspartner gesellschaftliche Verantwortung übernimmt ... Durch seine Forschung in der Medizin ... die allein friedlichen Zwecken dient ... setzt dieser Lieferant ... neue Maßstäbe ... ein Prozent der Gewinne wird in Forschungsprojekte investiert, die der Gesundheit von Menschen zugutekommen ... somit ist der indischen Regierung die Entscheidung letztendlich leichtgefallen ... Das deutsche Unternehmen Sturm wird unser neuer Kooperationspartner.»

Diese Neuigkeit schockte Betty. Sie begriff nicht, weshalb sie so überrascht war, denn da sowohl Hökbergs als auch Ballisticheskiy sich disqualifiziert hatten, war das Ergebnis zu erwarten gewesen. Für ein paar Minuten blieb sie vor ihrem Laptop stehen. Dann öffnete sie das Bild, auf dem Ragnar Nylund ein Gebäude in Stuttgart verließ. Während sie das Foto ansah, suchte sie in ihrem Kopf nach einer Erklärung. Natürlich konnte sie ihn fragen, was er dort gemacht hatte, aber seit ihrem Treffen vor dem Außenministerium hatte er sie immer wieder abgewiesen. Ihre beste Informationsquelle. Warum, begriff sie nicht. Noch einmal ging sie ihr Gespräch vor der Oper durch, ohne dadurch schlauer zu werden. Hatte sie etwas Falsches gesagt?

Raja trat neben sie. «Es scheint kein PR-Trick zu sein. Sturm sponsert ein medizinisches Forschungsprojekt in Stuttgart.»

«Worüber wird da geforscht?»

Mit schnellen Bewegungen wischte er auf seinem Handy herum. Er hatte bereits eine Pressemitteilung des indischen Verteidigungsministeriums über Sturm ausfindig gemacht. «Irgendetwas über T-Zellen. Im *New England Journal of Medicine* wurden drei Artikel dazu veröffentlicht. In der Projektleitung sitzen Leute von Sturm. Ein Weizenbier wäre jetzt was Feines.»

«Wir sind hier noch nicht fertig», sagte Betty und machte damit seine Feierabendpläne zunichte.

«Ich weiß.»

Raja nippte an einer Tasse Kaffee, die er vorher auf den Tisch gestellt hatte, während Bettys Körper vor Kaffeeentzug schon zitterte. Doch sie war noch nicht bereit, den ganzen Weg bis zur Kaffeemaschine zu gehen. Zwar war sie eine Sklavin des Koffeins, aber jetzt musste sie sich auf etwas viel Wichtigeres konzentrieren.

«Was hast du gerade gesagt?»

«Wann?»

«Gerade eben.»

«Weizenbier?»

«Nein, davor.»

Betty brach der kalte Schweiß aus. Dann griff sie nach Rajas Handy. «Steht hier etwas von T-Zellen?»

«Ja. Habe ich was Falsches gesagt?», fragte Raja besorgt.

«Nein. Schick mir den Link.»

Sie gab Raja das Handy zurück und klappte ihren Laptop zu. Als er sich wieder beruhigt hatte, fragte er: «Gehst du jetzt?»

«Ich melde mich.»

«Aber das Briefing...»

«Ich glaube, wir haben einen Fehler gemacht.»

Mehrere Kollegen versuchten, sie aufzuhalten, doch sie wich ihnen aus und würgte sie mit ein paar Ausreden ab. Dann holte sie sich den Schlüssel für eines der Dienstfahrzeuge und rief Sebastian Hendricks' Profile in den sozialen Medien auf, während sie mit dem Aufzug nach unten fuhr.

* * *

Die ganze Nacht über hatte Hendricks seine Follower über seinen Aufenthalt im Krankenhaus Danderyd auf dem Laufenden gehalten. Im Unterschied zu anderen, die im Hafen verletzt und ins Karolinska-Universitätskrankenhaus gebracht worden waren, hatte Hendricks im Krankenhaus seiner Heimatgemeinde «eingecheckt».

Er hatte Nahaufnahmen von seinen Gesichtsverletzungen und den blauen Flecken auf Armen und Beinen gepostet. Außerdem hatte er mehrere Wachleute ausfindig gemacht und Informationen über sie geteilt: *Das ist Anders Jansson. Siebenundzwanzig Jahre alt. Wohnt in Hägersten. Hat einen Zwölfjährigen mit seinem Schlagstock bewusstlos geprügelt.*

Betty kam um halb zehn am Krankenhaus an. Seit sie das Redaktionsgebäude verlassen hatte, klingelte ihr Handy ohne Unterlass, weshalb sie es stumm schaltete, ehe sie an den Empfangstresen trat.

«Ich will einen Patienten besuchen», teilte sie der Pflegerin hinter dem Tresen mit. «Sebastian Hendricks?»

«Keine weiteren Besuche», sagte die Frau bestimmt. «Es gab zu viele Vorfälle.»

«Vielleicht kann ich helfen», bot Betty an und zeigte ihren Presseausweis.

Die Schultern der Frau senkten sich ein wenig, vor Erleichterung, wie es aussah. «Achter Stock, Zimmer neunzehn. Viel Glück.»

Sie nahm den Aufzug nach oben. Auf halbem Weg durch den typischen Krankenhausflur kam sie an zwei Männern auf einem Sofa vorbei – die gleichen Personenschützer wie im Hotel Nobis – und traf vor der Tür zu Hendricks' Krankenzimmer zwei weitere Leibwächter an.

Sie hielt ihnen ihren Presseausweis entgegen, woraufhin sich die beiden Männer ahnungslos ansahen und mit den Schultern zuckten. Im selben Moment öffnete sich die Tür und eine Krankenschwester kam heraus. Ihr Gesichtsausdruck sprach Bände darüber, was sie von dem Patienten im Zimmer hielt. Geistesgestört. Eine Gefahr für die Allgemeinheit. Oder für sich selbst.

Betty trat ein. Sebastian Hendricks saß in seinem Krankenbett und trug ein türkisgrünes Krankenhaushemd mit abgerissenen Ärmeln, wofür er nach Bettys Einschätzung wahrscheinlich selbst verantwortlich war. Über einer seiner Augenbrauen klebte ein Pflaster.

Neben dem Bett stand eine Ärztin, die ein Tablett mit zwei kleinen Pappbechern in den Händen hielt. «Zu Hause schlafen Sie besser. Wir können Ihnen ein Taxi rufen, wenn Sie das selbst nicht schaffen.»

«Hören Sie auf mit Ihren Überredungsversuchen. Glauben Sie, ich bin verrückt? Oder dass ich ein verdammter Idiot bin? Geben Sie mir endlich Schmerzmittel oder lassen Sie mich schlafen. Ich kenne die Patientenrechte.»

Die Ärztin bemerkte, dass Betty das Zimmer betreten hatte. «Und wer sind Sie?»

«Sie ist eine Freundin, Frau Doktor», stöhnte Hendricks genervt. «Können wir jetzt bitte wieder über mich reden?»

«Die Schmerzen, ja. Das hat man davon, wenn man sich auf einen harten Untergrund fallen lässt. Ah, hier sind ja zwei Schmerztabletten ...»

Zornig schlug Hendricks ihr das Tablett aus den Händen, sodass die Pillen auf dem Boden landeten. «Paracetamol und Ibuprofen? Geben Sie mir verdammt noch mal die Premiumpillen. Ich bin misshandelt worden und kein zwölfjähriges Mädchen mit Regelschmerzen. Wo bleiben die guten Sachen?»

Laut seufzend bückte sich die Ärztin, um das Tablett wieder aufzuheben. «Welche Präparate haben Sie eingenommen?»

«Präparate?» Hendricks verzog das Gesicht zu einer Grimasse und sah Betty an. Sein trüber Blick verriet, dass er unter Drogen stand, wahrscheinlich ein Cocktail aus verschiedenen Substanzen, die er ohne ärztliches Rezept eingenommen hatte. «Sehen Sie? Ich werde hier schikaniert!»

Die Ärztin wandte sich an Betty. «Würden Sie mir bitte zeigen, was in Ihren Taschen ist?»

Es gefiel Betty zwar nicht, aber sie leerte dennoch ihre Taschen, bis sie Rajas Ausdrucke, ihr Portemonnaie, Handy und Mascara in den Händen hielt und die Ärztin zufrieden schien.

«Frau Doktor», wandte sich Hendricks wieder an die Ärztin, «Betty hier war Pressechefin in Rosenbad. Mit Betty Lind legt sich niemand an. Glauben Sie, ich mache Witze? Das ist kein Witz. Wenn ich Drogen haben will, wende ich mich doch nicht an die gerissenste und gefährlichste Journalistin des Landes.»

«Wie geht es Ihnen?», erkundigte sich Betty.

«Er hat eigene Schmerzmittel eingenommen und weigert sich zu sagen, welche ...», kam ihm die Ärztin zuvor.

«Weil ich hier nur Mist bekomme!»

«Wenn Sie mir dabei helfen können, ihn nach Hause zu bekommen, wüsste ich das wirklich sehr zu schätzen. Wir brauchen das Zimmer und wollen eigentlich kein Drama daraus machen. Im Grunde genommen geht es ihm gut.»

«Ich verstehe», sagte Betty. Mit einer Geste signalisierte ihr die Ärztin, dass sie von nun an für den Patienten verantwortlich war.

«Ist das zu fassen?», entfuhr es Hendricks, nachdem die Ärztin das Zimmer verlassen hatte. «In ihren Augen bin ich nur ein kleiner Troll. Warum ist das so?»

«Ich weiß es nicht.»

«Das war eine rhetorische Frage. Ich kenne die Antwort längst. Ich habe ein großes Wissen und biete den Menschen Hoffnung. Selbstlos helfe ich anderen. Damit können sie nicht umgehen. Deshalb bin ich ein Ausgestoßener.»

Betty trat näher an das Bett heran. «Können wir einen Moment reden?»

«Sie haben das Video veröffentlicht», sagte Hendricks undeutlich. «Sie haben mir versprochen, das nicht zu tun, Betty.»

«Das war ein Fehler.»

«Die Leute hassen mich so noch mehr. Und ihr habt euch nicht einmal die Mühe gemacht zu erklären, weshalb das Essen über Bord geworfen wurde. Obwohl ich Ihnen erzählt habe, warum.»

«Es war nicht meine Entscheidung, es zu publizieren. Ich habe mich gestern darum gekümmert, dass es gelöscht wird. Meiner Meinung nach sollten Sie die Zeitung anzeigen.»

Heftig schüttelte Hendricks seinen Kopf und wirkte völlig benommen. «Hören Sie mir zu ... ich habe die *Athena* aus eigener Tasche finanziert. Ich finde, ich mache mich gut. Schauen Sie mal.» Er zog sein Hemd hoch und zeigte Betty seinen Bauch. «Von einem Schlagstock. Und hier auf der Stirn. Dieser blöde Fettsack hat mich mit seinem billigen Siegelring getroffen. Hat mir die Augenbraue mit einem rechten Haken aufgerissen, als ich auf dem Boden lag.»

«Sebastian, das tut mir alles ja sehr leid, aber ...»

«Muss es nicht. Sein Leben ist beendet. Er steht am Pranger wie all die anderen Faschisten im Hafen. Ich habe mich der Menschen auf der *Athena* erbarmt, und trotzdem bin ich für alle der Teufel und habe die Säpo am Hals. Bin wirklich ich das Sicherheitsrisiko, Betty?»

«Ich weiß es nicht.» Erst zögerte Betty, doch dann sagte sie, was sie dachte. «Ich habe guten Grund zu glauben, dass die Säpo nicht an Ihnen interessiert ist.»

«Wovon reden Sie da?»

«Vielleicht der Säpo-Chef», korrigierte sie sich, «aber das liegt an etwas anderem. Haben Sie außer gestern auch bei anderen Gelegenheiten den Verdacht gehabt, von der Säpo beschattet oder abgehört zu werden?»

Hendricks bewegte sich nicht.

«Betty, Betty, Betty ... misstrauen Sie mir jetzt auf einmal? Sind Sie eine von denen geworden?»

«Ganz und gar nicht.»

«Haben Sie sich nie gewundert, dass ich nur mit Ihnen spreche? Warum ich all die anderen Schreiberlinge in die Röhre schauen lasse?» Für einen kleinen Augenblick schien ihm schwindlig zu sein, sodass es ihm schwerfiel, die Worte zu artikulieren.

«Es waren keine Agenten von der Säpo. Das glaube ich jedenfalls nicht.»

Dabei zuckte sie mit den Schultern, denn sicher war sie sich nicht. Es war eine Theorie, aber vielleicht war Hendricks auch einfach zu benebelt, um mit ihr darüber zu sprechen. Aber sein Gesichtsausdruck erstarrte, er wirkte erschrocken. Das wollte er offenbar nicht hören, doch Betty fuhr ungerührt fort.

«Ich habe mir das Kennzeichen des Wagens notiert und es überprüft. Immerhin werde ich demnächst ziemlich schwere Anschuldigungen erheben und will mir keine Fehler erlauben.»

«Es waren keine Fahnder des Geheimdiensts?»

«Es waren Detektive mit einem Mietwagen.»

«Ich verstehe», sagte er, doch nichts deutete darauf hin, dass er das auch wirklich tat. «So eingefahren, dass ich Dinge nicht neu bewerten könnte, bin ich nicht. Ich gebe mich keinen Illusionen über mich selbst hin, Betty. Ich wusste, was mich im Hafen erwartet, weil ich weiß, dass die Menschen im Allgemeinen nicht so denken wie ich. Am allerwenigsten der Faschist, der mich auf den Boden geknüppelt hat.»

«Das muss schlimm gewesen sein.»

Hendricks fixierte Betty mit seinem Blick. «Erinnern Sie sich an unsere erste Begegnung? Ich hielt eine Rede bei einer Veranstaltung im Grand Hôtel und erzählte von meiner Kindheit. Von den Kerlen, die im Treppenhaus Schlange standen ... mir den Kopf tätschelten, mir eine Münze zuwarfen und sagten: ‹Behalt den Fünfer, Junge. Ist deine Mutter zu Hause?› Der Geruch von fünfzehn verschiedenen Schwänzen, der aus ihrem Mund strömte, wenn sie mir vor der Schule einen Abschiedskuss gab. Ich hätte es stoppen können. Nur ein kurzer Spaziergang zum Sozialamt. Auch wenn ich damals erst zwölf Jahre alt war, konnte ich schon ziemlich überzeugend sein.»

Betty erinnerte sich noch an die Rede, aber nicht an die Details. Sie hatten sich im Anschluss die Hand gegeben und Nummern ausgetauscht, sonst nichts.

«Niemand kaufte mir die Geschichte ab, denn mit mir hatte niemand Mitleid. Die Menschen im Publikum haben die Augen verdreht, glaubten, ich würde Quatsch erzählen. Ich habe es gesehen und gespürt. Bei solchen Dingen irrt man sich nicht. Aber Sie haben mir geglaubt, Betty. Sie haben das gesagt, was ich brauchte.»

Betty hatte keine Ahnung, wovon er sprach. Als Hendricks klarwurde, dass sie sich nicht erinnerte, schien es, als verlöre er jede Hoffnung.

«Sie haben gesagt, dass Sie es *verstehen*», fuhr er fort, «dass es nie zu Ende geht, dass der Schmerz für immer da sein wird, dass die Wunde niemals heilt, aber dass es hilft, darüber zu reden.»

Dann ließ er sich auf das Kissen seines Krankenbetts fallen, atmete langsam aus und wischte sich die Tränen von den Wangen. «Sie haben mir geglaubt», wiederholte er. «In meiner Welt bedeutet das sehr viel.»

* * *

Kaum war sie vom Parkplatz gefahren, musste Betty bereits wieder am Straßenrand anhalten. Tränen hatten sich in ihren Augen gesammelt und sie konnte nicht mehr erkennen, wohin sie fuhr. Die Tränen rannen ihre Wangen hinab.

Warum zur Hölle weine ich?

Sie weinte wegen ihres Vaters. Darüber, wie er ihre Mutter behandelt hatte. Sie weinte um Maryam. Sie weinte über sich selbst. Und sie weinte – zu ihrer eigenen, großen Verwunderung – über die Sehnsucht nach einem Kind. Schon länger verspürte sie diesen Wunsch, Mutter sein zu können, aber noch nie hatte sie diesen Gedanken als so heilsam empfunden. Der Gedanke an ein Kind spendete ihr plötzlich unerwarteten Trost.

Wird es jemals geschehen? Ich will nicht einsam sein. Nie wieder allein. Nie wieder. Niemals.

Während der Verkehr an ihr vorbeirauschte, rief sie das Bild eines Kindes mit blauen Augen hervor, das nie zu lachen aufhörte. Ein fesselndes und befreiendes Gefühl zugleich. Anschließend zog sie etwas aus ihrer Tasche und betrachtete es.

Das lilafarbene Armband.

Die Perlen mit den Buchstaben «Fuck Hodgkins». Drei Jahre lang hatte es in einer der Küchenschubladen in ihrer Wohnung gelegen, doch die Geschehnisse der letzten Tage hatten sie dazu bewogen, es wieder herauszuholen. Sie hielt es noch in der Hand, als ihr Handy klingelte.

«Du hattest gefragt, wer als Nylunds Nachfolger in Frage kommen könnte», meldete sich Maria aus der Redaktion.

Bevor Betty antwortete, schnäuzte sie in ein Taschentuch, atmete tief ein und hielt kurz die Luft an. «Was hast du herausgefunden?»

«Ist alles in Ordnung, Betty?»

«Ja.»

«Ein Informant aus dem Justizministerium hat eine Liste mit möglichen Kandidaten zu sehen bekommen.»

«Wer liegt vorne?»

«Laut meiner Quelle ist es ein gewisser Harald Holt.»

Ihr war sofort klar, warum ausgerechnet diesem Mann die besten Chancen zugeschrieben wurden. «Danke, Maria.»

«Sagt der Name dir etwas?»
«Eine ganze Menge.»
Betty legte auf und lenkte das Auto wieder auf die Fahrbahn.

Mit den Händen auf den Knien und nach vorn gerichtetem Blick saß Jonatan auf der Rückbank des Transporters. Als sie die Technische Hochschule am Valhallavägen passierten, wusste Jonatan, dass sie die Innenstadt verließen. Der Haupteingang der Universität flog an ihm vorüber und weckte einige schöne Erinnerungen, obwohl oder gerade weil Jonatan fest davon überzeugt war, seiner eigenen Hinrichtung entgegenzufahren. Er musste an die Büste eines bekannten Mathematikers denken, die im vierten Stock der Hochschule stand. Es war Brauch, dass die Doktoranden der Elektrotechnik sich davor verbeugten, ehe sie ihre Disputation antraten, um der akademischen Ewigkeit, deren Teil sie werden würden, die nötige Ehrfurcht zu erweisen.

Wie hieß er noch gleich?

Er versuchte, sich an den Namen zu erinnern, doch trotz der vielen Male, die er an der Büste vorbeigelaufen war, blieb es still in seinem Kopf. Sein Gedankenstrom wurde davon unterbrochen, dass der Fahrer das Radio ausschaltete und auf ein Display im Armaturenbrett schaute, das ihre Position oder ihr Fahrtziel anzeigte. Von seinem Platz aus konnte Jonatan vier weitere Punkte auf dem Bildschirm erkennen, was ihn vermuten ließ, dass es sich um eine größere Operation handelte.

Mit dem Zeigefinger deutete der Fahrer auf den Schirm und sagte etwas auf Russisch, doch sein Beifahrer schaute ihn nur verständnislos an. Jonatan mutmaßte, dass es um den Weg ging, doch der glatzköpfige Beifahrer mit der vernarbten Wange sagte kein einziges Wort. Sie transportierten einen zum Tode Verurteilten. Vor einer Exekution hatte Stille zu herrschen.

Ein paar Minuten später musste der Fahrer an einer Ampel auf der Hamngatan in der Nähe des Norrmalmstorgs warten. Wollten sie Verfolger abschütteln, indem sie einen Umweg fuhren, oder hatte sich der Ort für seine Hinrichtung geändert?

Stockholms Paradestraße sah heruntergekommen aus, völlig egal, wie viel die Stadt unternahm, um sie herauszuputzen. Alle zwei Jahre musste sie wegen Bauarbeiten gesperrt werden. Im Gegensatz zur Straße waren die Gebäude des Viertels jedoch nicht zu beanstanden, sie wirkten kostspielig und exklusiv.

Der Transporter hielt an, und der Fahrer stieg aus. Er ging zu einem Eingang mit einer Milchglastür und betätigte die Sprechanlage. Währenddessen stiegen die anderen Männer aus und ließen die Tür offen, sodass Jonatan ebenfalls aus dem Transporter klettern konnte. Auf dem Bürgersteig liefen Passanten dicht an ihm vorbei, eine Frau in Stöckelschuhen blieb sogar stehen, um auf ihr Smartphone zu sehen. Kurz überlegte Jonatan, sie anzusprechen, doch was hätte das genutzt? Susjinskij würde ihn doch wiederfinden. Morgen oder in einem Jahr. Was hätte er der Fremden auch sagen sollen?

Hinter der undurchsichtigen Tür wartete ein kahles Treppenhaus, in dem es nach frischer Farbe roch. Jonatan wurde eine enge Wendeltreppe hinaufgeführt, die in einer Lobby endete. Dort hielt die Truppe auf einen Korridor zu, der am anderen Ende des Empfangsraums begann. Hinter dem Rezeptionstresen senkte der Portier unauffällig seinen Kopf, als Jonatan in seine Richtung blickte. Seine junge Kollegin dagegen legte nicht dieselbe Diskretion an den Tag. Sie sah kurz auf, um mitzubekommen, was vor sich ging. Schnell verschwanden Jonatan und seine Begleiter hinter ein paar Säulen, gingen an zwei Aufzügen vorbei und betraten einen weiteren Flur, in dem sich ein Aufzug befand. Als sich die Schiebetüren öffneten, wurde Jonatan in den Aufzug hineingestoßen.

Einer der Männer folgte ihm in die Kabine, während die anderen stehen blieben und ihn mit regungslosen Mienen ansahen – sie wirkten beinahe schon gelangweilt. Im Aufzug gab es nur zwei Knöpfe für die Fahrtrichtungen. Es dauerte eine gefühlte Ewigkeit, bis sie oben angekommen waren. Jonatan schätzte, dass sie etwa im neunten oder zehnten Stockwerk sein mussten. Direkt hinter den Schiebetüren befand sich eine Gittertür, die Jonatans Bewacher öffnete, ehe er ihn in den davor liegenden Flur schob, das Gitter wieder schloss und einen Türcode eingab, der es sicherte. Damit hatte sich Jonatans Hoffnung auf einen einfachen Fluchtweg erledigt.

Sie kamen an einem Wachmann vorbei, der an einer Feuertreppe stand, und blieben dann vor einer Doppeltür aus verstärktem Stahl stehen. An der Tür hing ein Schild mit dem in blauen Farben gehaltenen Schriftzug *Property of LSI Holdings*. Ein Tisch im Rokokostil, auf dem eine dazu passende Vase mit weißen Lilien stand, befand sich an der Wand daneben.

Nachdem er an die Tür geklopft hatte, trat der Mann Jonatans Füße auseinander und filzte ihn, fand aber nichts, was er ihm hätte abnehmen können. Dann brummte er etwas in Richtung der Kamera, die über der Tür hing.

Nervös fragte sich Jonatan, was ihn erwartete. Folter? Es dauerte fast eine Minute, bis ein dicker Mann im Anzug sie anschaute und ihnen öffnete. Er wirkte überrascht, so als hätte er mit mehr Gästen gerechnet.

«Guten Tag», sagte er auf Englisch an Jonatan gewandt, «nett, Sie zu treffen.»

Jonatan nickte und folgte dem Mann in eine riesige Wohnung, die an eine Hotelsuite erinnerte. Links von ihm befand sich eine Art Garderobenraum und ein großes Badezimmer – er schätzte es auf ungefähr dreißig Quadratmeter –, in dem Jonatan einen Whirlpool erspähte. Direkt vor sich blickte er in einen fast tennisplatzgroßen Wohnraum, vor dessen Panoramafenstern der Himmel strahlend blau leuchtete. Mehrere Zimmerpflanzen verdeckten die schweren Antikmöbel, und der dicke Teppichboden verschluckte jedes Geräusch. Am anderen Ende des Raums warteten drei Männer, die ebenfalls Anzüge trugen. Sie schauten in die entgegengesetzte Richtung und würdigten Jonatan keines Blickes.

Ganz hinten in einer Ecke sah er eine Art langgezogenen, überdachten Balkon, der wie ein Sprungbrett in der Luft zu hängen schien. Dort stand eine aufrechte Gestalt im Sonnenlicht und betrachtete den Himmel.

Jonatan erkannte Andrej Susjinskij sogar im Gegenlicht sofort wieder.

* * *

Der Anblick von Andrej Susjinskij löste ein eigentümliches Gefühl der Erleichterung in Jonatan aus. Susjinskij drehte sich um und kam auf ihn zu. Er trug ein dunkles Polohemd und schien in besserer Form denn je zu sein. Er war sonnengebräunt, trug Goldringe an den wohlgepflegten Händen und goldene Schnallen an den Schuhen.

Mit einem kurzen Blick und ein paar Wörtern auf Russisch wies er den beleibten Mann an, das Zimmer zu verlassen. Auch der Mann, der Jonatan hergebracht hatte, verschwand nach draußen.

«Nun», sagte Susjinskij im besten Oxfordenglisch. «Wer hat Sie nach Hause gefahren?»

«Lomonosov.»

Still beobachtete Susjinskij ihn einen Moment lang. «Sie haben Maryam Shatnawi also bis an die Tür der Botschaft gebracht?»

Jonatans Arme hingen an den Seiten herab, doch er ballte

die Fäuste, als machte er sich zum Kampf bereit. Er antwortete nicht.

«Erst Kessler und die Sache im Värtahafen, jetzt Maryam Shatnawi. Ich liebe mein Land, Jonatan, und ich hasse es, wenn ich es verlassen muss.»

«Sie hätten Åsa nicht bedrohen sollen.»

«Ihre Freundin?» Susjinskij sagte etwas auf Russisch, das Jonatan nicht verstand. «Ich habe drei Söhne, Stark. Sie spielen Fußball in einem Verein außerhalb von Sankt Petersburg. Ich besitze den Verein. Ich besitze die Clubs der gegnerischen Mannschaften. Ich besitze die Schiedsrichter, die ihre Spiele pfeifen. Alle drei spielen in Teams, die dieses Jahr die Meisterschaft gewinnen werden. Für die Familie macht man eben alles.» Er zeigte drohend mit dem Finger auf ihn. «Diese Frau und die Kinder sind zwar nicht Ihre Familie, aber solange Sie für mich arbeiten, geschieht ihnen nichts. Hat Kessler das nicht deutlich gemacht?»

«Wie kommen Sie darauf, dass ich für Sie arbeiten würde?»

«Welche Alternativen haben Sie denn? Die Universität nimmt Sie nicht zurück. Nicht nach den Verbrechen, die Sie begangen haben. Und die Tür zur Politik ist ebenfalls verschlossen.»

«Also haben Sie Kessler geschickt», folgerte Jonatan. «Mussten Sie ihn zwingen, oder hat er sich überzeugen lassen?»

Auf dem Tisch vor ihnen lagen ein paar Papiere, die Susjinskij in die Hand nahm. «Dass Sie in der Politik gearbeitet und an Solarzellen geforscht haben, war jedenfalls nicht das entscheidende Argument. Es war höchstens so etwas wie der krönende Abschluss in meiner Argumentation. Als Allererstes habe ich ihm das hier gezeigt, um ihn von Ihnen zu überzeugen.»

Jonatan sah sich das Dokument an. Es bestand aus vier Seiten, die an der Ecke zusammengeheftet waren und wie Geheimdienstmaterial aussahen. Unter seinem Namen stand «Persönlichkeitsanalyse». Was darunter folgte, war ein klein gedruckter

Text, eine Beurteilung seines Charakters, die mit den Antworten eines fünfundvierzig Fragen umfassenden Bogens verknüpft war. Diagramme und Tabellen hielten Testergebnisse zu seinen analytischen Fähigkeiten, seiner Intelligenz und technischen Fertigkeiten fest. Den Schluss des Dokuments bildeten eine Unterschrift und ein Datum, welches besagte, dass die Unterlagen bereits fünfzehn Jahre alt waren.

Susjinskij sprach weiter: «Angesichts der Summe, die ich Kessler gezahlt habe, damit er Sie für diese Konferenz gewinnt, war es wirklich spannend zu sehen ... Was ist denn los?», unterbrach Susjinskij seine Rede und drehte sich plötzlich irritiert zur Tür um. «Wo zur Hölle bleiben die denn?»

Mit schnellen Schritten ging Susjinskij quer durch den Raum zur Tür und sprach mit jemandem im angrenzenden Zimmer. Als er wieder zurückkam, sagte er: «Ich glaube beinahe, wir warten lieber, bis wir in der Luft sind. Verdammte Amateure.»

Jonatan versuchte, sich auf den Bericht über seine Person zu konzentrieren, doch es fiel ihm schwer. Der letzte Absatz lautete wie folgt: *JS ist in der Lage, algebraische Formeln, Gleichungen und Diagramme zu erläutern. Seine umfangreichen Notizen spiegeln seine große Selbstdisziplin. Seine Antwortfrequenz lag deutlich über dem Niveau der Testgruppe.*

Hinter dem letzten Blatt fand sich eine weitere Seite, auf der die sechzehn Individuen der Testgruppe in der Reihenfolge ihrer Testergebnisse aufgeführt waren. Jonatans Name stand an oberster Stelle.

In diesem Moment kam der dicke Mann im Anzug wieder herein und balancierte ein Tablett mit Kaffee in seinen Händen. Offensichtlich betätigte er sich nicht oft als Kellner, denn er hatte Mühe, die beiden Tassen zu füllen. Susjinskij wartete, bis er den Raum verlassen hatte.

«Einfältiger Kerl», sagte er leise, als redete er mit sich selbst.

«Es ist doch ziemlich eigenartig, dass die Botschaften kein gutes Personal einstellen können. Was halten Sie von dem Dokument?»

Wieder sah Jonatan auf die Liste mit den sechzehn Namen. Mehrere von ihnen kannte er. Einige Jahre nach seinem Wehrdienst waren diese Namen in den unterschiedlichsten Zusammenhängen aufgetaucht. So war einer von ihnen Sprecher eines Forschungskongresses geworden, andere im Fernsehen interviewt oder mit Bild in einem Nachrichtenartikel erwähnt worden. Einer von ihnen war IT-Unternehmer, ein anderer ein eloquenter Wirtschaftswissenschaftler, wieder ein anderer war der neue Shootingstar in der Regierungskanzlei. Und irgendwie hatte Jonatan immer schon geahnt, dass es eine Verbindung zu diesen Männern gegeben hatte, die er nie wirklich zu fassen bekommen hatte. Und plötzlich wurde es ihm klar: Vor fünfzehn Jahren hatten diese Männer gemeinsam mit ihm in einem Flugzeughangar in Ronneby gesessen, Fragen beantwortet, Tests absolviert und technische Aufträge ausgeführt. Nach einer Woche waren sie wieder heimgefahren, um sich nie wieder zu treffen.

«Woher kommt das?», fragte Jonatan und zeigte auf die Dokumente.

«Der schwedische Nachrichtendienst wollte junge Talente anlocken. Sie waren eines davon.»

«Wo haben Sie das her?»

Susjinskij betrachtete seine Goldringe.

«Das ist eine lange Geschichte», sagte er schließlich. «Ich will Sie nicht mit Details langweilen. Die Araber mögen zwar die Algebra erfunden haben, aber auf die Anwendung sind wir gekommen. Diese Tests zeigen, dass Sie klüger sind, als es den Anschein hat. Sie haben Fachwissen, das überall gefragt sein wird. Das Einzige, was es noch zu klären gibt, ist Ihre Motivation. Sie haben hier und jetzt die Möglichkeit, Ihre Zukunft zu gestalten. Dieser

Schlamassel vor der Botschaft ... das geht vorbei. Wenn Sie sich richtig entscheiden, können Sie tun, was auch immer Sie wollen. Wenn Sie nein sagen, dann haben Sie gar nichts erreicht.»

«Und Sie bekommen immer, was Sie wollen, nicht nur, wenn es um Geschäfte geht, richtig?»

«Normalerweise umgebe ich mich mit Menschen, die mir gehorchen wie Hunde. Das ist das Einfachste.»

Susjinskij musste kichern. «Als mein Vater starb, blieb ich alleine mit meiner Mutter in Minsk zurück, und wir mussten in eine kleine Zweizimmerwohnung ziehen. Von meinem Zimmer aus konnte ich auf die Kirche des heiligen Simon und der heiligen Helena schauen. Die Legende geht so: Ein junges Mädchen namens Alena und ihr Bruder waren sehr krank, als ein Engel das Mädchen im Traum besuchte und ihr auftrug, eine Kathedrale zu bauen. Alena wachte auf und zeichnete eine wunderschöne Kathedrale aus roten Ziegeln. Die Kinder starben, aber ihr Vater baute die Kirche zu ihren Ehren.» Susjinskij legte eine kleine dramatische Pause ein. «Kein Engel hat mich jemals besucht. Nicht in Minsk. Nicht irgendwo anders. Wenn mich einer besucht hat, dann können wir gern darüber reden. Al-Omar ist groß, es ist der Schlüssel für den Aufbau der zukünftigen gesellschaftlichen Infrastruktur im Nahen Osten. Solarzellen sind die Lösung. Ich will den größten Solarzellenpark der Welt, und ich will, dass Sie mir dabei helfen.»

«Und meine Antwort lautet nein.»

Mit kalten Augen sah Susjinskij Jonatan an, dann richtete er seinen Blick auf einen der drei Männer im Anzug, und sie wechselten ein paar Worte. Susjinskij sprach mit lauter Stimme, doch der angesprochene Wachmann zuckte nur mit den Schultern. Diese Männer gehorchten ihm nicht, sie waren dazu abkommandiert worden, hier zu sein. Womöglich von der russischen Botschaft.

«Mir ist zu Ohren gekommen», murmelte Susjinskij weiter, «dass unten auf der Straße zwei Autos warten. Eines wird Sie zur Polizei bringen, das andere zum Flughafen. Es soll nach Möglichkeit so aussehen, als hätten Sie die Wahl, aber Sie verstehen sicherlich auch, dass mir die Demut fehlt, das wirklich ernst zu meinen.»

Bevor Jonatan etwas darauf erwidern konnte, hörte er ein Geräusch hinter sich und drehte sich um. Mikhail Lomonosov hatte unbemerkt den Raum betreten. In den Händen hielt er ein eigenartiges Paket.

* * *

Mikhail Lomonosov machte sich nicht die Mühe, die Anwesenden zu begrüßen, mit ausdrucksloser Miene blickte er Susjinskij an, den er auf dem Empfang in der russischen Botschaft zu Ehren seines Amtsantritts als Botschafter kennengelernt hatte.

In Schwedens Kommunen gibt es keine funktionierende Wirtschaftsprüfung, hatte Susjinskij damals erklärt. *Politiker prüfen Politiker, und alle haben ihre Finger mit im Spiel. Unregelmäßigkeiten werden parteiintern geregelt, vom Öffentlichkeitsprinzip kann da keine Rede sein. Energie, Migration und die Sicherheitsbranche sind die Investmentbereiche, bei denen ich ansetzen will.*

An diesem Abend wollten viele mit Lomonosov sprechen, doch Susjinskij hielt sie alle auf Abstand.

Die kommunalen und staatlichen Unternehmen, hatte Susjinskij weiter ausgeführt, *sind ein Sektor für sich, denn sie werden durch das Gesetz geschützt. Sie umgehen die demokratischen Prozesse mit der Zustimmung von Politikern und verstecken ihre Geschäfte hinter Leasingverträgen. In achtzehn Kommunen kontrolliere ich bereits das Erdgasnetz.*

Halten Sie sich von den Medien und Gerichtssälen fern, hatte

Lomonosov nur kurz angebunden entgegnet und keine Miene verzogen. Dann hatte er Susjinskij stehengelassen, um mit einem jungen Sekretär zu sprechen, den viele für seinen Liebhaber hielten.

«Das ist Jonatan Stark», sagte Susjinskij und zeigte auf ihn. «Aber das wissen Sie ja bereits.»

Als sein Name erwähnt wurde, wachte Jonatan aus seiner Erstarrung auf. Der Botschafter trat weiter in den Raum hinein und nickte den drei Männern an der Wand zu, auch Jonatans Anwesenheit nahm er zur Kenntnis. Er ging auf die antiken Möbel zu, änderte seine Meinung dann aber und setzte sich auf einen der geschnitzten Stühle, wo er mit der Hand über die Armlehne fuhr, die Holzoberfläche streichelte und anschließend an seinen Fingerspitzen roch.

«Und der Schütze?», fragte er leise, wobei er die Entfernung zur Tür abzuschätzen schien.

«Seine Leiche wird nie gefunden werden», erwiderte Susjinskij. «Ich bin kein Amateur, Mikhail. Ihre Leute machen sich wichtig, können aber nicht einmal die einfachsten Fragen beantworten.»

«Hatten Sie einen angenehmen Flug?»

«Ich wurde verdammt noch mal mitten in der Nacht geweckt.»

«Verstehe. Und weil nichts mehr daran zu ändern ist, was geschehen ist, können wir uns einfach auf den nächsten Schritt konzentrieren.»

«Ich habe uns allen einen Dienst erwiesen», sagte Susjinskij voller Überheblichkeit. «Dass das Mädchen es geschafft hat, den ganzen Weg bis hierher zu kommen, zeigt nur, welche Idioten Dimitrij da unten postiert hat.»

«Vor der Botschaft», knurrte Lomonosov, «ausgerechnet dort mussten Sie Ihre Angelegenheiten regeln? Direkt vor meiner Botschaft?»

Susjinskij kam ihm so nah, dass sein Knie die Lehne des Stuhls berührte. «Sind wir auf einmal spitzfindig geworden? Nach all den Geheimdienstinformationen, die ich Ihnen und Dimitrij beschafft habe?»

Lomonosov sah Jonatan an.

«Was Stark mir erzählt hat, ist inzwischen bestätigt worden. *Dagens Nyheter* wird Informationen veröffentlichen, die wir noch nicht widerlegen können. Wie die Sache mit Al-Omar.»

«Niemand schert sich um Al-Omar», bellte Susjinskij.

«Die Zeitung hat gründliche Arbeit mit dem Material von Maryam Shatnawi geleistet. Es wird bald veröffentlicht werden.»

Abwartend blickte Susjinskij den russischen Botschafter an.

«Dimitrij hatte Kontakt zu Ostrovskij», fuhr Lomonosov fort, während er mit den Fingern auf das Päckchen in seinen Händen klopfte. «Indien hat sich entschieden, und Ballisticheskiy hat das Ziel verfehlt. Sturm hat sich den Auftrag geschnappt.»

«Dimitrij hätte Ostrovskij niemals an einen Verhandlungstisch gesetzt», sagte Susjinskij schnell. «Er denkt immer zuerst an sich selbst, bevor er jemand anderem hilft.»

«So wie Sie?»

«Das alles hat Ostrovskij ins Rollen gebracht, als er Karim Shatnawi nachstellte. Ich musste hinter ihm aufräumen. Dimitrij sollte mir danken.»

«Und Al-Omar?»

«Was hat das denn mit dieser Sache zu tun?», fragte Susjinskij. «Das begreife ich nicht. Ostrovskij hat eine halbe Stadt in Italien gekauft, und das hinter Dimitrijs Rücken. Wie kommt so etwas eigentlich im Kreml an?»

«Genug jetzt, Andrej», herrschte Lomonosov ihn an. «Um das zu erklären, bin ich hier. Dimitrij ist enttäuscht von Ihnen. Diplomatische Gespräche abzuhören, um an Al-Omar zu kommen, ging einfach einen Schritt zu weit.»

«Zu weit?» Auf einmal musste Susjinskij laut lachen. Es war ein furchterregendes, freudloses und heiseres Lachen. «Bin ich deswegen hier? Mikhail, wissen Sie überhaupt, wie nahe Dimitrij und ich uns stehen?»

«Das interessiert mich nicht.»

«Hinter dem Offizierskasino in Murmansk. Ein paar Soldaten der Speznas drückten ihn mit heruntergelassenen Hosen gegen ein Rohr, das aus der Mauer ragte. Die Feuertaufe. Sie wissen, wovon ich spreche, oder, Mikhail?»

«Nein.»

«Der kleine Dimitrij hat danach wochenlang Blutklumpen geschissen. Damals hat er die erste Lektion des Lebens gelernt: Unser Leben gehört nicht uns selbst. Wäre ich nicht eingeschritten, hätte er nie wieder sitzen können.»

Lomonosov wollte ihn unterbrechen, doch Susjinskij kam ihm zuvor: «Er heulte wie ein Kleinkind, doch ich rettete ihn vor weiteren Erniedrigungen. Heute macht jeder große Augen, wenn er einen Raum betritt, ganz so, als wäre er Stalin persönlich. Ich wusste, wann es an der Zeit war zu gehen. Alle anderen, die dabei waren und es gesehen haben, sind weg vom Fenster. Dimitrij hat sie aus dem Weg geräumt. Sie sind alle tot, psychisch krank oder im Gefängnis. Aber ich bin noch da, und ich werde niemals vergessen, dass er geschrien hat wie ein Baby.»

«Es reicht, Andrej.»

«Ich habe ihn ausgebildet, verflucht! Ich und niemand anderes. Ich habe ihm beigebracht, wie man an Informationen kommt und sich so einen Vorteil verschafft. So wie an die Information über Sie und den zwölfjährigen Jungen in Berlin.»

«Das ist eine Lüge.»

«Oder war er doch schon zweiundzwanzig und volljährig?» Lomonosov lief rot an. Susjinskij war jetzt nicht mehr aufzuhalten, es war seine Show. «Das ganze Gerede darüber, was natürlich ist und was nicht. Was man mag, mag man eben, nicht wahr, Mikhail?»

«Ich habe das nie getan.»

«Wollten Sie nie die Hose eines Jungen aufknöpfen, um sich ein wenig zu entspannen? Ich urteile nicht, Mikhail. Damit habe ich schon vor langer Zeit aufgehört. Wenn Sie wollen, kann ich Ihnen einen jungen Burschen organisieren oder einen ausgewachsenen Kerl. Wir könnten eine Datscha für Sie beide finden und davor Wachen aufstellen. Sie könnten den Jungen auf sich setzen, ihm einen blasen oder sich von ihm durchficken lassen!»

Der Botschafter gab den Männern hinter Susjinskij ein unauffälliges Signal, und plötzlich ging alles sehr schnell. In seiner Erregung hatte Susjinskij nicht bemerkt, wie sich die Männer von hinten angeschlichen hatten. Vielleicht stand er unter Schock oder war verwirrt, denn er leistete keinen Widerstand.

Mit verzweifelter Miene sah er Lomonosov an, als sie ihm die Arme auf den Rücken drehten. Dann wurde er auf einmal schlagartig wieder ruhig. «Denken Sie wirklich, ich würde den Leuten nichts davon erzählen, Mikhail?»

«Sie werden auf jeden Fall zur Verantwortung gezogen werden», sagte Lomonosov bestimmt. «Ich überbringe nur die Nachricht.»

«Elender Homo.»

Mit einer ruckartigen Bewegung riss sich der muskulöse Milliardär los und versuchte, seine Bewacher umzustoßen, doch sie waren darauf vorbereitet und traten ihm die Beine weg, sodass er auf den Boden fiel. Jeder Widerstand war vergebens. Mit einem dumpfen Schlag knallte sein Kopf auf den Teppichboden, und zum ersten Mal seit langer Zeit erlebte Andrej Susjinskij körperliche Schmerzen. Er versuchte, seinen Kopf zu drehen, um seine Peiniger zu erkennen, doch er konnte sich keinen Millimeter bewegen. Die schiefergrauen Wolken, die am Himmel vor dem Fenster vorüberzogen, waren das Einzige, das er sehen konnte.

«Ich habe ihm das gesamte Militär gegeben», schrie er, «die komplette Justizverwaltung, alle Personendaten des ganzen Landes. Und was springt für mich dabei heraus? Am Ende macht er doch, was er will. Fragen Sie ihn, wie es sich anfühlt, auf sein eigenes Reich herunterzuscheißen!»

Als Lomonosov aufstand, packten die Anzugmänner Susjinskij am Kragen und zogen ihn auf die Beine.

Lomonosov senkte seine Stimme. «Ein Raum wartet auf Sie, Andrej, und mehr gibt es dazu nicht zu sagen.»

«Ich habe auch einen Raum für Sie», zischte Susjinskij zurück. «Dort werden sie Sie bei lebendigem Leib zerfleischen, und Sie werden in einer Lache aus Scheiße, Blut und Ihrem eigenen Schweiß elendig verrecken.»

Wie ein Tier auf dem Weg zur Schlachtbank schleiften die Männer Susjinskij zur Tür hinaus und warfen sie hinter sich zu. Eine eigenartige Stille legte sich über den großen Raum, und plötzlich begriff Jonatan, dass alles zu Ende war. Dann vernahm er ein gedämpftes Krachen aus dem Flur. Er nahm an, dass die Vase mit den Lilien im Flur soeben zu Bruch gegangen war.

Der Botschafter ging zurück zu dem geschnitzten Stuhl und nahm das Päckchen, das darauf lag. Es war in dickes Papier eingeschlagen, das an alte Strukturtapete erinnerte. Er überreichte es Jonatan.

«Das sollte alles sein, was Sie brauchen», sagte er. «Entschuldigen Sie bitte, dass diese Sache so stattfinden musste.»

Ragnar Nylund kam an seinem Haus in Enskede an und stellte das Auto in der Garage ab. Auf einem der Dachbalken saß eine hölzerne Eule, die ihn willkommen hieß. Vera hatte sie im Werkunterricht geschnitzt – die Holzskulptur hatte Perlen als Augen, die das Licht der Autoscheinwerfer reflektierten. Den Platz in der Garage hatte sie selbst ausgesucht, und das nicht ohne Grund. Jedes Mal wenn er die Eule sah, weckte sie Schuldgefühle in Nylund. Sie erinnerte ihn an all das, was er in ihrem Leben verpasst hatte.

Er schloss das Garagentor und ging über den Steinpfad zum Haus. Er umrundete einen Rhododendronbusch, wo ihn eine Überraschung erwartete. Jemand saß auf der Treppe vor der Tür. Es war Betty Lind.

Einen Moment lang erstarrte er.

«Hallo», sagte er schließlich.

«Hej.»

«Was wollen Sie?»

«Darf ich reinkommen?»

«Warum?»

«Wir müssen uns unterhalten.»

«Ich habe nichts mit Ihnen zu besprechen.»

Betty stand auf und ging auf ihn zu. «Ich weiß nicht mehr, was ich noch glauben soll. Diese ganze Sache ist mir irgendwie über den Kopf gewachsen.»

«Dann machen Sie eben etwas anderes», schlug er vor.

«Nein», entgegnete sie und schnaubte leise. «Ich werde eine persönliche Reportage über Maryam Shatnawi schreiben. Sie hat unbequeme Wahrheiten über schmutzige Waffengeschäfte ans Tageslicht gebracht und musste das mit ihrem Leben bezahlen. Außerdem haben wir eine längere Serie mit Artikeln in Planung, bei denen es um Hökbergs und die Produktion von Thermitwaffen gehen wird. Dabei kann es bleiben, aber das hängt von Ihnen ab.»

Nylund wollte ihr einfach sagen, dass sie verschwinden und sich nie wieder bei ihm melden sollte. Doch dann fiel ihm ein, dass die Journalistin Betty Lind solchen Aufforderungen kein Gehör schenkte. Zu glauben, sie so plump abspeisen zu können, war schlicht und ergreifend sinnlos.

«Warten Sie hier», sagte er resigniert und ging ins Haus.

Im Keller kramte Nylund eine Flasche Whisky und zwei Gläser hervor. Dort unten war er schon mehrere Monate nicht mehr gewesen, es herrschte das totale Chaos. Überall lagen Sachen herum, wie nach einer Party, auf der angetrunkene Teenager gewütet hatten. Er steckte die Whiskyflasche und die Gläser in die Seitentaschen seiner Jacke, dann ging er wieder nach oben.

Betty wartete noch immer vor der Tür. «Kommen Sie mit», forderte er sie auf.

Die Nachbarschaft lag still und verlassen da. Als sie das Ende der Straße erreicht hatten, gingen sie weiter geradeaus und folgten einem kleinen Pfad, der neben einigen Reihen leerer Fahrradständer und Hagebuttenbüschen verlief. Nach etwa zehn Metern wurde der Weg schmaler, so als hätte er vor dem wilden Gestrüpp kapituliert, und Betty musste ihren Mantel enger um sich ziehen, um nicht an den Dornen hängen zu bleiben.

Während sie liefen, wechselten sie kein einziges Wort miteinander. Betty überlegte, ob sie zum Angriff übergehen oder doch lieber versuchen sollte, ihn zu umgarnen. Für gewöhnlich war sie nicht von Zweifeln geplagt, und sie wusste nicht, ob dieser Umstand auf Nervosität oder Unsicherheit beruhte. Sie bemerkte, dass auch Nylund etwas zu schaffen machte. Er schien darauf zu warten, dass sie das Schweigen brach.

«Ich glaube nicht, dass Sie es schon gehört haben», sagte Nylund schließlich, während sie dem Pfad weiter folgten, «aber Susjinskij ist verhaftet worden und wird zurück nach Russland geflogen.»

«Das wusste ich nicht», gab Betty zu.

«Wir halten uns da raus. Das ist eine russische Angelegenheit. Wir bringen sie mit einer Eskorte zum Flughafen, aber Susjinskij müssen sie schon selbst in den Flieger setzen.»

«Was geschieht dann?»

«Keine Ahnung. Die internen Machtkämpfe im Kreml sind selbst für die Beteiligten ein Mysterium.» Er versuchte zu lächeln und sah Betty an. «Warum sind Sie nicht in der Redaktion? Lassen die Sie einfach so abhauen?»

«Ich musste mal an die frische Luft.»

Sie gingen zwischen zwei Hängebirken hindurch. Auf der anderen Seite breitete sich ein kleiner Strand vor ihnen aus. Wie eine Lichtung aus einem Märchen, dachte Betty. Erst als sie das Ufer erreicht hatten, blieben sie stehen. Vom Wind war das Wasser ganz kraus.

Nylund nahm den Whisky und die Gläser aus den Taschen, gab Betty ein Glas, zog den Korken aus der Flasche und schenkte sich einen kleinen Schluck ein. Dann nippte er am Whisky, und nachdem er ihn für gut befunden hatte, goss er auch Betty davon ein.

«Nicht unbedingt klug von einem Polizisten, einer Journalistin Alkohol anzubieten», merkte er an.

«Sie sind doch längst kein Polizist mehr.»

«Viele wollen nichts trinken, weil sie Angst haben, Dinge zu sagen, die sie vielleicht gar nicht sagen wollen.»

Betty schnupperte nur an ihrem Glas, trank aber nichts von

dem Whisky. Seite an Seite standen sie am Ufer und schauten aufs Wasser.

«Wie geht es Ihrer Tochter?»

«Das habe ich Ihnen schon gesagt.»

«Aber wie geht es weiter?», wollte Betty wissen. «Wie … kommen Sie damit zurecht?»

«Wie ich damit zurechtkomme …?» Nylund schien in seine Gedanken versunken zu sein. Dann zeigte er quer über den kleinen See auf die Birken am anderen Ufer, deren rot-gelbe Blätter hell leuchteten. «Als Vera zehn Jahre alt war, bekam sie einmal Hausarrest, weil sie alleine bis auf die andere Seite geschwommen war, obwohl ich es ihr verboten hatte.»

«Waren Sie sauer?»

«Vor allem enttäuscht.»

«Aber Sie haben sie angeschrien?»

«Sie hatte es verdient, und sie hat es nie wieder getan. Ich weiß nicht, jetzt bereue ich es natürlich. Eins dieser Dinge, die man bereut. Was wollen Sie von mir, Betty?»

Sie zuckte mit den Schultern und bemerkte Nylunds traurigen Blick, als er auf seine sandigen Schuhe hinabsah. Dann richtete er seine Augen wieder auf das Wasser.

«Das hier war unser Platz, Betty. In der letzten Zeit komme ich immer öfter her, spüre einen Drang herzukommen – wenn die Sonne auf die Bäume am anderen Ufer scheint. Dann denke ich daran, wie es war, als sie klein war, als wir zu zweit hier saßen. Ich jage diesem Gefühl hinterher, will es spüren und mich darüber freuen können, aber meistens tut es nur weh.»

Als er verstummte, konnte Betty einen Hauch von Glück in seinen Augen sehen, der aber schnell wieder verschwand.

«Haben Sie niemanden, mit dem Sie reden können?», fragte sie.

«Jeder fragt mich das. Dabei spreche ich doch gerade darüber, mit Ihnen.»

Betty wurde klar, dass sie ihm auf die Sprünge helfen musste. Von allein würde er kein Geständnis ablegen. Sie holte ihr Handy aus der Manteltasche, auf dem noch dieselbe Internetseite geöffnet war, die sie in der Redaktion überflogen hatte. Sie las ein paar Zeilen laut vor:

«Diese Behandlung nennt man CAR-T-Zelltherapie. Dabei wird dem Krebspatienten Blut entnommen, und anschließend werden sogenannte T-Zellen aus dem Immunsystem separiert. Diese T-Zellen werden mit neuer, synthetischer DNS ausgestattet und dann wieder in den Blutkreislauf des Patienten eingesetzt. Ein Merkmal dieser Zellen ist, dass sie sehr aggressiv sind und lernen, den Krebs im Körper des Patienten zu bekämpfen. Eine sehr erfolgreiche Behandlungsmethode, im Grunde revolutionär. Es wird nur eine einzige Dosis benötigt, doch die ist nicht billig. Eine Million Euro kostet sie. Heute wurden zehn neue todkranke Patienten ins Marienhospital in Stuttgart verlegt, sechs Frauen und vier Männer.»

Dann öffnete Betty ein Bild auf ihrem Handy, das sie Nylund entgegenstreckte. Auf dem Bild war er selbst zu sehen.

«Sie waren diese Woche in Stuttgart und haben sich mit den Verantwortlichen des Forschungsprogramms getroffen, die auch im Vorstand von Sturm sitzen. Bevor ich hierhergefahren bin, habe ich im Krankenhaus Danderyd angerufen. Man hat mir gesagt, Vera sei in eine andere Klinik verlegt worden.»

Sie wartete auf eine Antwort, und ihr war bewusst, dass ihr Vorstoß schmerzvoll für ihn sein konnte, aber davor hatte sie keine Angst.

«Der gute alte schwedische Patientenschutz», knurrte Nylund hämisch.

«Fragen zu stellen, um an Informationen zu kommen, ist mein Job.»

«Ja, Sie sind gut. Daran besteht kein Zweifel.»

«Genau wie Sie. Sie haben den Staatsminister gestern über den Datenangriff informiert, nicht wahr? Daraufhin hat Björk das Treffen mit dem indischen Botschafter abgesagt, um das Hökbergs ihn gebeten hatte. Damit haben Sie Björk vor einem großen Fehler bewahrt. Er hätte ziemlich blöd aus der Wäsche geguckt, wenn er die Werbetrommel für nicht funktionierende Verteidigungslösungen gerührt hätte.» Sie wartete kurz, doch Nylund schien nichts erwidern zu wollen, also sprach sie weiter. «Die Armee richtet den Blick nach vorn. Kein guter Tag für die schwedische Waffenindustrie. Kein guter Tag für Ballisticheskiy. Aber Sturm kann das Rüstungsgeschäft des Jahrhunderts feiern.»

Nach einer ganzen Weile des Nachdenkens sah Nylund Betty an. «Was versuchen Sie, mir zu sagen?»

«Ich weiß nicht. Vielleicht hätten Sie es besser einfach gelassen und wären anonym geblieben. Hätten mir kein Wort mehr gesagt und sich nicht zu erkennen gegeben. Das wäre für uns beide wohl am besten gewesen.»

Nylund stand wie versteinert da.

«Verstehen Sie?», sagte Betty. «Es war irgendwie unlogisch, dass Sie auf einmal keine weiteren Informationen für mich hatten, nachdem wir uns gestern getroffen haben. Ihre Worte waren: Es gibt keine Informationen mehr. Aber Sie sind der Chef der Säpo, Sie müssen auf einem unvorstellbar hohen Berg an Informationen sitzen. Trotzdem haben Sie beschlossen, unsere Zusammenarbeit zu beenden.» Wieder war sie einen kurzen Augenblick still, ehe sie fortfuhr. «Und ich glaube auch nicht, dass das Ihre ursprüngliche Absicht war. Ich glaube, Sie wollten unsere Zusammenarbeit ausweiten.»

«Glauben Sie das?»

«Ja, sonst hätten Sie nicht verraten, wer Sie sind. Sie wollten Hökbergs wirklich hart treffen durch meinen Bericht über das Sicherheitsleck. Aber dort draußen vor dem Außenministerium passierte plötzlich etwas anderes. Sie haben Ihre Entscheidung dort und in eben dem Moment gefällt, in dem wir uns dort trafen.»

«Habe ich das? Wieso?»

Aus ihrer Manteltasche zog Betty ein Armband.

«Weil ich Ihr Armband gesehen habe», sagte sie. «Sie wussten nicht, dass mein Vater an derselben Krebserkrankung wie Vera litt. Das war ein Zufall, mit dem Sie nicht gerechnet hatten.»

Nylund sah auf das Armband. Es war identisch mit seinem eigenen. Dann blickte er Betty an. «Vera hat es mir gegeben. Sie fand, ich sollte es tragen.»

«Meinem Vater waren solche Dinge egal.»

«Ihr Vater war ein bemerkenswerter Mann.»

«Sie hätten hören sollen, wie er mit mir umgegangen ist.»

«Väter müssen manchmal hart sein. Ungerecht sogar. Und kalt, um ihre Kinder zu stärken, um sie auf die Welt da draußen vorzubereiten.»

«In dieser Hinsicht ist es ihm gelungen.»

«Wir leben in keiner guten Welt, Betty. Ihr Vater hat Sie geliebt. Glauben Sie mir.»

Betty sagte nichts.

«Ihre Mutter», fragte er, «lebt sie noch?»

«Ja.»

«Das ist doch etwas. Sie haben sich.»

«Das ist nicht der Punkt», widersprach sie. «Mein Vater hat mir und meiner Mutter den Rücken gekehrt, lange bevor er erkrankte. Aber ich habe nicht verstanden, warum Sie mir den Rücken gekehrt haben. Und dass Sie sich dann an Daniel Svensson gewandt haben, wie er mir gestanden hat, und dadurch die Zeitung in eine komplizierte Lage gebracht haben. Ich glaube nicht, dass irgendetwas davon sonderlich durchdacht war. Sie hatten Angst, ich könnte dahinterkommen, dass es um Vera ging.»

«Es gab keine Pläne für eine erweiterte Zusammenarbeit, und ich hatte keine Ahnung davon, wer oder was sich auf der *Athena* befand. Ich dachte, wir beide hätten die gleiche Meinung zu Susjinskij, Sie und ich?»

Ein Flehen lag in seinem Blick.

«In dieser Gesellschaft denkt niemand mehr langfristig», hielt er fest. «Risikokapitalgesellschaften stürzen sich auf Projekte und verschwinden klammheimlich wieder. Wen kümmert es, ob der Arzt, der das eigene Kind operiert, privat oder kassenärztlich arbeitet, ob die Schule eine private oder eine öffentliche ist? Mich kümmert es nicht. Ich will einfach nur, dass meine Tochter die beste Behandlung der Welt bekommt.»

«Und was ist mit Maryam Shatnawi?», fragte Betty.

«Maryam Shatnawi.» Er klang nachdenklich, so als spräche er ihren Namen zum allerersten Mal aus. «Sie wurde ermordet, wahrscheinlich im Auftrag von Susjinskij.»

Leise seufzte Betty, ehe sie etwas erwiderte. «Sie haben nie geglaubt, dass ich so weit gehen würde, wie ich es getan habe – dass ich sie im Hafen aufsuchen würde. Sie wussten nicht, dass Jonatan Stark ebenfalls involviert war. Sie haben die Säpo außen vor gelassen und stattdessen Privatdetektive angeheuert, um Hendricks und mich auszuspionieren. Irgendetwas an Susjinskijs Interesse für die *Athena* hat Sie beunruhigt.»

«Natürlich war ich beunruhigt. Immerhin ist er für den Datenangriff verantwortlich und hat Informationen aus mehreren Behörden gestohlen.»

«Bevor sie gestern mit Jonatan geflohen ist, hat Maryam mein Handy an sich genommen. Heute Morgen hat ein Kurier der russischen Botschaft es mir zurückgebracht. Jonatan hat Sie kontaktiert.»

«Wir haben uns getroffen, ja.»

«Jetzt frage ich mich, woher Susjinskij wissen konnte, dass

Jonatan und Maryam auf dem Weg zur Botschaft waren. Und die wahrscheinlichste Antwort darauf ist die, die Sie gerade erwähnt haben. Susjinskij hat Telefone abgehört. Vermutlich auch Ihres.»

Stumm sah Nylund sie an.

«Sie haben es sicher geahnt», vermutete sie. «Hat Jonatan Fragen darüber gestellt, was Sie in Stuttgart gemacht haben? Ich schätze, er hat Sie nervös gemacht, und Maryam hat wahrscheinlich mehr gewusst, als Ihnen lieb war.»

«Sie raten, Betty.»

«Warum haben Sie von dem Haus in Vidargården erzählt? Sie haben mir Informationen gegeben, von denen Sie wussten, dass sie Jonatan interessieren und er ihnen nachgehen würde. Und ich war dumm genug, ihm davon zu erzählen.»

Grinsend hob Nylund sein Glas und leerte den Whisky in einem Zug. Dann nahm er Bettys Glas, kippte es aus und steckte es mit dem anderen und der Flasche zurück in die Jackentaschen, während vereinzelte Sonnenstrahlen durch die Wolkendecke brachen und auf die Birken am anderen Ufer fielen. Was auch immer Nylund hatte sagen wollen, er blieb stumm.

Schweigend kehrten sie zum Haus zurück, doch im Sonnenlicht wirkte während des Spaziergangs alles ganz anders, farbenfroh und hoffnungsvoll. Vor Bettys Auto, das sie gegenüber von Nylunds Haus auf der anderen Straßenseite geparkt hatte, blieben sie stehen.

«Werden Sie hierüber schreiben?», wollte er wissen.

«Für den Moment habe ich genug von Sensationen, und ich nehme an, dass die Säpo weitere Skandale ebenfalls vermeiden will. Ich denke, Ihr Nachfolger wird mit sich reden lassen, wenn Sie es selbst erzählen und alle Fakten auf den Tisch legen.»

«Das würde zu nichts führen», sagte er. «Nur Sie können sie zum Handeln zwingen, indem Sie darüber schreiben. Sagen Sie mir nicht, dass ich mich in Ihnen getäuscht habe, Betty.»

«Aber das haben Sie.»

«Glauben Sie wirklich, dass es einen Sinn gibt hinter all dem, was geschieht? Es gibt keinen. So funktioniert die Welt nicht. Man macht einfach das Beste aus der Situation.»

«Ich weiß, dass Sie Harald Holt gerne als Ihren Nachfolger sähen. Es wird sich zeigen, wo seine Loyalitäten liegen, wenn er Säpo-Chef wird. Ich bin mir da nicht so sicher. Björk wählt Ihren Kandidaten vielleicht aus Dankbarkeit, aber es ähnelt Politikern nicht gerade, jemanden zu belohnen, der sich aus diesem Geschäft zurückzieht. Wenn Sie selbst es nicht erzählen, werde ich mich bei Ihrem Nachfolger melden und meine Theorie darlegen.»

«Und was ist Ihre Theorie?»

«Dass Sie Sturm dabei geholfen haben, den Indienauftrag einzustreichen. Im Gegenzug erhielt Vera eine Behandlung.»

«Würden Sie das wirklich tun?»

«Natürlich würde ich das. Ist das so schwer zu verstehen?»

Sie konnte sehen, dass Nylund ganz und gar nicht verstand. Noch immer schien er zu glauben, sie in der Tasche zu haben. Doch sein Geheimnis war gelüftet, und das brachte ihn zum Schweigen.

«Nur damit Sie es wissen, Betty», sagte er mit leidender Miene. «Ich lebe für nichts anderes mehr, als noch ein einziges Mal mit Vera dort unten am Wasser sitzen zu können. Ich dachte, wenn das jemand verstehen würde, dann Sie.»

«Auf Wiedersehen, Ragnar.»

Damit stieg Betty in ihr Auto, zögerte noch einmal kurz und startete dann doch den Motor. Als sie davonfuhr, blieb Nylund mit niedergeschlagenem Blick zurück.

EPILOG

Am Flughafen Arlanda stieg Jonatan Stark aus dem Taxi und betrat das Terminal. Susjinskijs Flug würde erst in einer Stunde gehen, weshalb sich Jonatan ein Café suchte, wo er einen Flat White bestellte. Er wollte Susjinskijs Flugzeug von einem geeigneten Platz am Fenster des Terminals aus abheben sehen, bevor er selbst an Bord seines Fluges gehen wollte. Mit den Resopaltischen und Spiegeln an den Wänden sah das Café eigentlich eher aus wie ein Pub. Über dem Tresen hing ein Neonschild, das für einen Energydrink warb und auf dem ein vor sich hin glitzernder Wasserfall eigenartige Schatten warf.

Jonatan setzte sich an einen Tisch und öffnete das Päckchen des Botschafters. Lomonosov war großzügig gewesen: Darin lagen ein armenischer Pass sowie ein Dokument, das bescheinigte, dass er in einem Distrikt außerhalb von Moskau gemeldet war. Sein neuer Name lautete Levi Ormanian. Außerdem hatte er Visa für fünf Länder des Nahen Ostens erhalten sowie Flugtickets erster Klasse nach Istanbul und von dort aus nach Amman. Daneben befanden sich zehntausend Euro Bargeld in verschiedenen Währungen in dem Päckchen. Offiziell reiste er im Auftrag der russischen Botschaft in Stockholm. Es war ein Auftrag administrativer Natur, bei dem ein Geschäftsmann einige Unterlagen bescheinigen sollte, wozu seine persönliche Anwesenheit unerlässlich war.

Seine Meinung über Bürokratie hatte Jonatan revidieren müssen, denn wenn es nötig war, konnte sie durchaus effektiv und schnell sein. Er verstaute den Inhalt des Päckchens in seinen Taschen und widmete sich dann seinem Kaffee.

Auf dem Bildschirm an der Wand lief eine Nachrichtensendung. Staatsminister Torsten Björk und der Oberbefehlshaber des Militärs, Sverker Sondén, gaben vor Pressevertretern eine Erklärung ab, in der sie den Verfassungsausschuss ermahnten, «das Kommando zu übernehmen und alle Fragen zu klären, die den Datenangriff betreffen».

Dann tauchte am Eingang des Terminals ein bekanntes Gesicht auf, und Jonatan verlor sofort jegliches Interesse an der Nachrichtensendung. Die Frau trug flache Schuhe und einen schwarzen Mantel, ihr Haar war hochgesteckt, genauso wie sie es damals in Rosenbad immer getragen hatte.

Als sie sich in seine Richtung bewegte, hob er die Hand und gab sich zu erkennen.

Sie kam zu ihm und blieb ein Stück von seinem Tisch entfernt stehen.

«Danke, dass du gekommen bist», begrüßte er sie. «Ich glaube, ich muss mich bei dir entschuldigen.»

«Warum hast du es getan?», fragte Betty.

Nachdem er einen Schluck Kaffee getrunken hatte, antwortete Jonatan. «Warum ich dich in Vidargården zurückgelassen habe? Du kennst die Antwort. Ich wollte dich keiner Gefahr aussetzen. In meiner Lage hättest du das Gleiche getan.»

Betty kam ganz an seinen Tisch, zog einen Stuhl zurück, setzte sich und legte ihre Hände auf die Tischplatte. «Nylund hat Sturm dabei geholfen, den Indienauftrag zu ergattern.»

«Was ist für ihn dabei herausgesprungen?»

«Eine Krebsbehandlung für seine Tochter.»

«Ich wusste nicht einmal, dass er eine Tochter hat.»

«Er stand schon länger in Kontakt mit Sturm. Aber wenn die Wahrheit ans Licht kommt, wird es problematisch für Hökbergs.»

«Ganz bestimmt», pflichtete Jonatan ihr bei.

«Ich frage mich, wie Maryam an all die Informationen auf dem USB-Stick gekommen ist.»

«Über einen Server in Damaskus, hat sie gesagt.»

«Und weiter?»

Jonatan sah sie an, und ihn beschlich das Gefühl, dass Betty weniger an den Informationen interessiert war, sondern vielmehr seinen Charakter beurteilen wollte. Er wurde unter die Lupe genommen.

«Ich weiß nicht», sagte er nach einer Weile.

«Das ist nur der Anfang. Ich werde Maryams Geschichte erzählen. Ich will die Hintergründe verstehen und herausfinden, wer sonst noch darin verwickelt ist.»

«Klingt nach einem ausgezeichneten Plan.»

Betty blickte ihn forschend an. «Was ist dein Plan?»

«Ich werde meinen Kaffee austrinken und mich dann zur Sicherheitskontrolle begeben. Maryams Mutter wohnt in Amman. Sie will sicher wissen, was passiert ist.»

«Und dann?»

«Kleine Schritte, denke ich. Einen nach dem anderen. Vielleicht gehe ich wieder zurück an die Universität, wenn sie mich nehmen, aber so weit bin ich noch nicht.»

«Die Universität?»

«Ja.»

Sie sah ihm direkt in die Augen und scheuchte den Kellner, der ihre Bestellung aufnehmen wollte, mit einer Handbewegung fort. Die letzten vierundzwanzig Stunden hatten anscheinend keine sichtbaren Auswirkungen auf sie gehabt.

«Ich weiß noch, als wir uns in Rosenbad kennengelernt haben», sagte sie. «Du warst voller Hoffnung auf Klimareformen, hast hart geschuftet und deine Feierabende damit verbracht, vor dem Computer im Büro zu sitzen und Memos für das ganze Ministerium zu schreiben. Irgendwann haben alle damit angefangen herumzurechnen, was die Umstellung auf eine Gesellschaft ohne fossile Brennstoffe kosten würde. Das war dein Verdienst. Aber zur gleichen Zeit liefen in den Hinterzimmern ganz andere Geschäfte ab.»

Damit Jonatan über ihre Worte nachdenken konnte, wartete Betty kurz, ehe sie langsam und mit kühler Stimme weitersprach: «Die Regierung hat das Gasnetz an Susjinskij verkauft und damit die Opposition bloßgestellt. Das war das wahre Spiel. Über deinen Kopf hinweg.»

«Auch über deinen.»

«Warum willst du an die Uni fliehen?»

«Ich fliehe nicht.»

«Aber zum größten Solarzellenpark der Welt in Syrien hast du nein gesagt.»

«Wer behauptet das?»

«Susjinskij ist zwar aus dem Spiel, aber der Solarzellenpark nicht. Lomonosov hat mich angerufen. Er fliegt heute zurück nach Moskau, wollte mir aber noch seine Sicht der Dinge schildern. Er meint, du verpasst die Chance deines Lebens.»

«Möglicherweise.»

Betty beugte sich nach vorn. «Du hast alles für Maryam getan, was in deiner Macht stand. Dass du jetzt ihre Mutter besuchst, die du noch nie getroffen ...»

«Du hast keine Kinder, Betty.»

Betty schien von seiner Bemerkung völlig überrumpelt zu sein, denn es verschlug ihr die Sprache.

«Ich auch nicht», lenkte Jonatan ein. «Aber ich war für Kinder verantwortlich. Deshalb weiß ich, dass Eltern einfach alles tun würden, um zu erfahren, was mit ihren Kindern passiert ist. Eltern wollen es bis ins letzte Detail wissen. Vielleicht ist das für dich schwer zu verstehen, aber solche Dinge sind wichtiger als Solarparks.»

Ohne ihren durchdringenden Blick auch nur eine einzige Sekunde von Jonatan abzuwenden, lehnte sich Betty zurück und legte die Hände wieder auf die Tischplatte.

«Es tut mir leid», entschuldigte sich Jonatan, weil er merkte, dass sein Kommentar sie verletzt hatte, «okay?»

Doch Betty war schon aufgestanden, verließ das Café und trat ohne ein weiteres Wort aus dem Terminalgebäude.

Jonatan seufzte tief, dann leerte er seine Tasse und begab sich zum Check-in, wo er seinen Koffer abgab, ehe er weiter zur Sicherheitskontrolle ging.

Das war falsch, dachte er. Eigentlich hatte er sich doch versöhnen wollen. Aber eine Sache hatte er inzwischen gelernt: Betty war vielleicht schnell aufgebracht und wütend, aber meistens beruhigte sie sich ebenso schnell wieder.

* * *

Mit dem armenischen Pass kam er durch die Kontrollen in Arlanda, und auch im Flughafen von Istanbul winkte man ihn durch die Sicherheitsschleuse. Schließlich landete er auf dem Queen Alia International Airport außerhalb von Amman und holte sein Gepäck.

Lomonosovs Instruktionen zufolge sollte ein gewisser Vasilij Zajtsev ihn dort empfangen, doch nachdem Jonatan über eine Stunde in der Ankunftshalle gewartet hatte, nahm er sich vor dem Flughafengebäude ein Taxi. Sein Fahrer hieß Akash und bot sich ihm in holprigem Englisch als persönlicher Guide an. Er kenne jede Straße, jedes Restaurant und jede Bar in Amman. Als sie sich der Stadt näherten, verließ Akash die Hauptstraße und fuhr eine enge Gasse hinauf.

Nach ein paar hundert Metern bog er scharf links ab und hieß Jonatan in Jabal al-Weibdeh – dem Viertel der Freidenker – willkommen. Dann hielt er mit einem stolzen Grinsen vor Jonatans Hotel.

«Hier wohnen Menschen wie ich», beschrieb er die Gegend und fasste Jonatan an den Händen, als er bemerkte, wie viel Trinkgeld er bekommen hatte.

«Bei Gott, Sie sind wie mein Bruder. Großzügig und barmherzig.» Akash nahm eine kleine Holzfigur des heiligen Christophorus vom Armaturenbrett und gab sie Jonatan. «Nehmen Sie das. Es ist das Einzige in meinem Besitz, das Ihrer würdig ist.»

Jonatans höfliche Versuche, das Geschenk abzulehnen, waren vergeblich.

«Der heilige Christophorus hat mich fünf Jahre lang auf den Straßen Ammans beschützt. Nehmen Sie die Figur, ich bitte Sie.»

Mit der kleinen Holzfigur in der Hand stieg Jonatan aus dem Taxi ins Abenddunkel. An den Türen des Hotels befanden sich Metalldetektoren, und in der Mitte des Foyers ragte ein weißer Springbrunnen in die Höhe, zwischen dessen Wasserstrahlen eine Überwachungskamera verborgen war. Sicherheitsmaßnahmen, die Jonatan nicht störten, ganz im Gegenteil.

An der Rezeption arbeitete ein älterer Herr, dessen Uniform mit Goldknöpfen besetzt war. Er warf einen ziemlich kurzen Blick auf Jonatans Pass, ehe er seine aufrichtige Freude darüber zum Ausdruck brachte, ihn wieder als Gast begrüßen zu dürfen.

Das Zimmer im achten Stock war klein und spartanisch eingerichtet, doch die Aussicht war erstklassig. Jonatan legte seinen Koffer aufs Bett und trat hinaus auf den kleinen Balkon.

Unter ihm befand sich ein Restaurant, dessen vollbesetzte Tische sich die gesamte Straße hinaufzogen. Direkt hinter der Stadt erstreckte sich die Wüste in all ihrer Weite, was in Jonatan das eigenartige Gefühl hervorrief, dass irgendjemand dort draußen in der Dunkelheit war. Jemand, der wie er selbst vor allen

Anschuldigungen floh und nach einem friedlichen Ort am Rand des Horizonts suchte.

* * *

Nur eine halbe Stunde später hatte er das Gebäude erreicht, in dem laut Lomonosovs Angaben Maryam Shatnawis Mutter wohnte. Der Spaziergang über einen Hügel, durch verwinkelte Gassen und eine steile Steintreppe hinauf hatte ihn angestrengt, und er schwitzte. Jetzt stand er vor einem Mehrparteienhaus, das nicht unbedingt aussah wie das Zuhause einer Diplomatenfamilie.

Über der Eingangstür brannte kein Licht, und die Gegensprechanlage war defekt. Die Leuchtstoffröhren auf den Balkonen der kleinen Wohnungen sorgten für ein wenig Licht, sodass Jonatan die übervollen Fensterbretter mit Blumen, Topfpflanzen und Feigenkakteen erkennen konnte. Außerdem roch es stark nach Hagebutte und Jasmin.

Er klopfte an die Haustür und trat einen Schritt zurück. Durch das ganze Viertel zogen sich schmale Gassen, in denen auch nachts Geschäfte geöffnet hatten. Obwohl einige Menschen draußen unterwegs waren, öffnete niemand die Tür.

Nach wenigen Minuten des Wartens gab er auf und wollte den Rückweg antreten. Doch er kam nur ein paar Meter weit, als eine ältere Frau aus einer Seitengasse trat und an ihm vorbeiging. Eingehüllt in einen weiß-goldenen Schal aus Kaschmir hielt sie auf das Nachbarhaus zu, ihr Blick war auf den Boden gerichtet.

«Entschuldigen Sie», sprach Jonatan sie auf Englisch an und zeigte auf die Tür des Mehrfamilienhauses. «Wohnt dort die Familie Shatnawi?»

Mit sichtlicher Anstrengung begegnete die Frau seinem Blick, ihr Rücken war krumm, vermutlich von all den Treppen in ihrer Heimatstadt.

«Kennen Sie die Familie Shatnawi?», bohrte Jonatan weiter nach.

Sie schüttelte den Kopf, als sich die Tür ihres Hauses öffnete und ein Mann herauskam. Bevor die Tür wieder ins Schloss fallen konnte, stellte die alte Frau ihren Fuß in den Spalt.

«Ich bin ein Freund der Tochter. Maryam.»

Lange sah die Frau ihn an, dann legte sie ihre Handflächen übereinander auf die Brust und seufzte. Sie konnte ihm nichts sagen, zeigte aber auf das Nachbarhaus und schüttelte wieder den Kopf.

Jonatan fragte, ob er am nächsten oder übernächsten Tag wiederkommen könnte, doch die Frau wand sich nur und lächelte entschuldigend. Er begriff, dass sie ziemlich gut wusste, wer die Shatnawis waren.

«Noch nicht zurück», sagte sie schließlich doch. «Vielleicht bald.»

«Morgen oder in ein paar Tagen?», wollte Jonatan wissen.

«Wenn Gott will.»

Da fiel Jonatan das Halsband mit dem Messingschlüssel ein, und er hielt es in die Höhe, während er erklärte, dass er es Maryams Mutter geben wollte.

«Sind Sie Freund aus Paris?», fragte die Frau.

«Nein. Nur ein Freund.»

Endlich schien die Frau davon überzeugt zu sein, dass Jonatan Maryam wirklich kannte. Eine Gruppe Männer, die sich laut miteinander unterhielten, ging an ihnen vorbei.

«Aihtaras», hörte Jonatan einen von ihnen sagen, bevor die Gruppe zwischen den Häusern verschwand, wo eine Treppe hinunter in die Stadt führte.

Hastig drückte Jonatan der Frau den Schlüssel in die Hand

und wünschte ihr einen schönen Abend. Dann eilte er den Männern laut rufend hinterher, doch sie hörten ihn nicht. Er rannte weiter, stolperte den engen Treppengang nach unten, wobei er sich immer wieder an den Hauswänden abstützen und entgegenkommenden Menschen ausweichen musste. Völlig außer Atem erreichte er schließlich eine belebte Straße.

Er rief noch lauter, sodass ein paar Taxifahrer aufsahen, die in der Nähe standen und vor einem Nachtcafé Tee tranken. An der nächsten Kreuzung hatte er die Gruppe, der er hinterhergelaufen war, endlich eingeholt und wandte sich an denjenigen der Männer, von dem er glaubte, dass er ihm das Wort zugeraunt hatte.

«Entschuldigung, sprechen Sie Englisch?»

Vollkommen überrumpelt, auf diese Weise von einem Fremden angesprochen zu werden, musterte der Mann ihn von Kopf bis Fuß.

Jonatan erzählte den Männern von sich und erklärte ihnen, dass er ein Tourist sei. Die Hitze und die steilen Hügel der Stadt machten ihm zu schaffen, und er spreche kein Arabisch. Er verriet dem Mann, dass ihm bereits jemand anderer vor kurzem das Wort «aihtaras» zugeflüstert habe und dass er nicht wisse, was es bedeute. Und so fragte Jonatan ihn, ob er ihm das Wort bitte übersetzen könne.

Der Mann lächelte ihn ein wenig verunsichert an, und auch seine Freunde schauten verwundert drein und kicherten leise. Bevor sie alle ihres Weges gingen, sagte der Mann ihm, was das Wort bedeutete:

«Achtung! Pass auf!»

Mark Johnson
Die schlichte Wahrheit

[illegible]